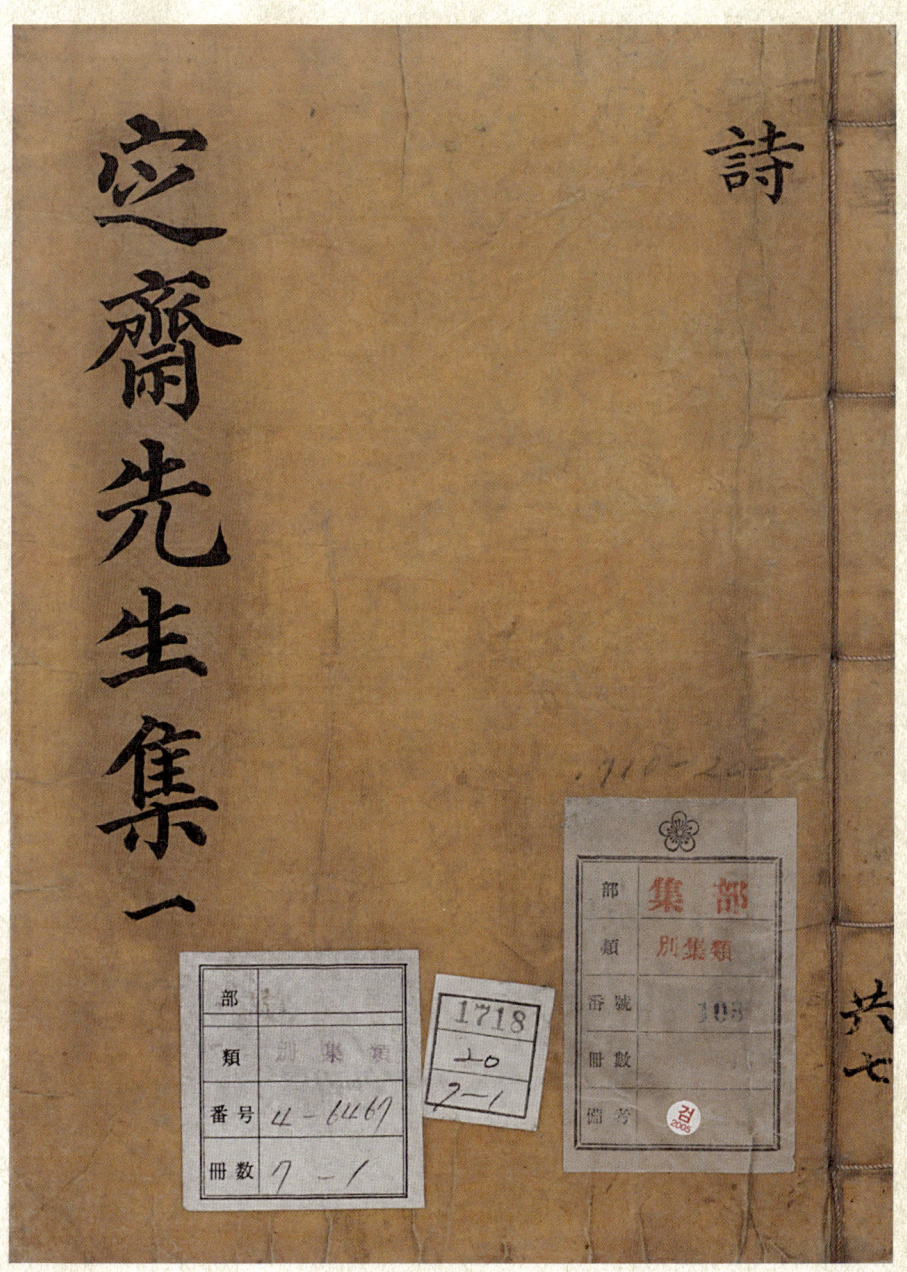

「정재집」 표지 박태보(朴泰輔)의 시문(詩文)을 모아 편찬한 문집. 박태보가 국문을 받아 죽은 후 아버지 박세당(朴世堂)에 의해 간행이 추진되었다. 한국학중앙연구원 장서각 소장

『문녈공긔스』 1면 『박태보전』의 이본(異本) 중 하나. 한양대학교 김용덕 교수가 지방 학술조사 때 발견하여 처음 공개했다. 이 책 『박태보전』은 여러 이본 중 이 『문녈공긔스』를 대본으로 삼았다. 김용덕 소장

『박틱보실긔』 표지 『박태보전』의 구활자본. 『문녈공긔ᄉ』를 대본으로 삼아 20세기 초에 간행되었다.

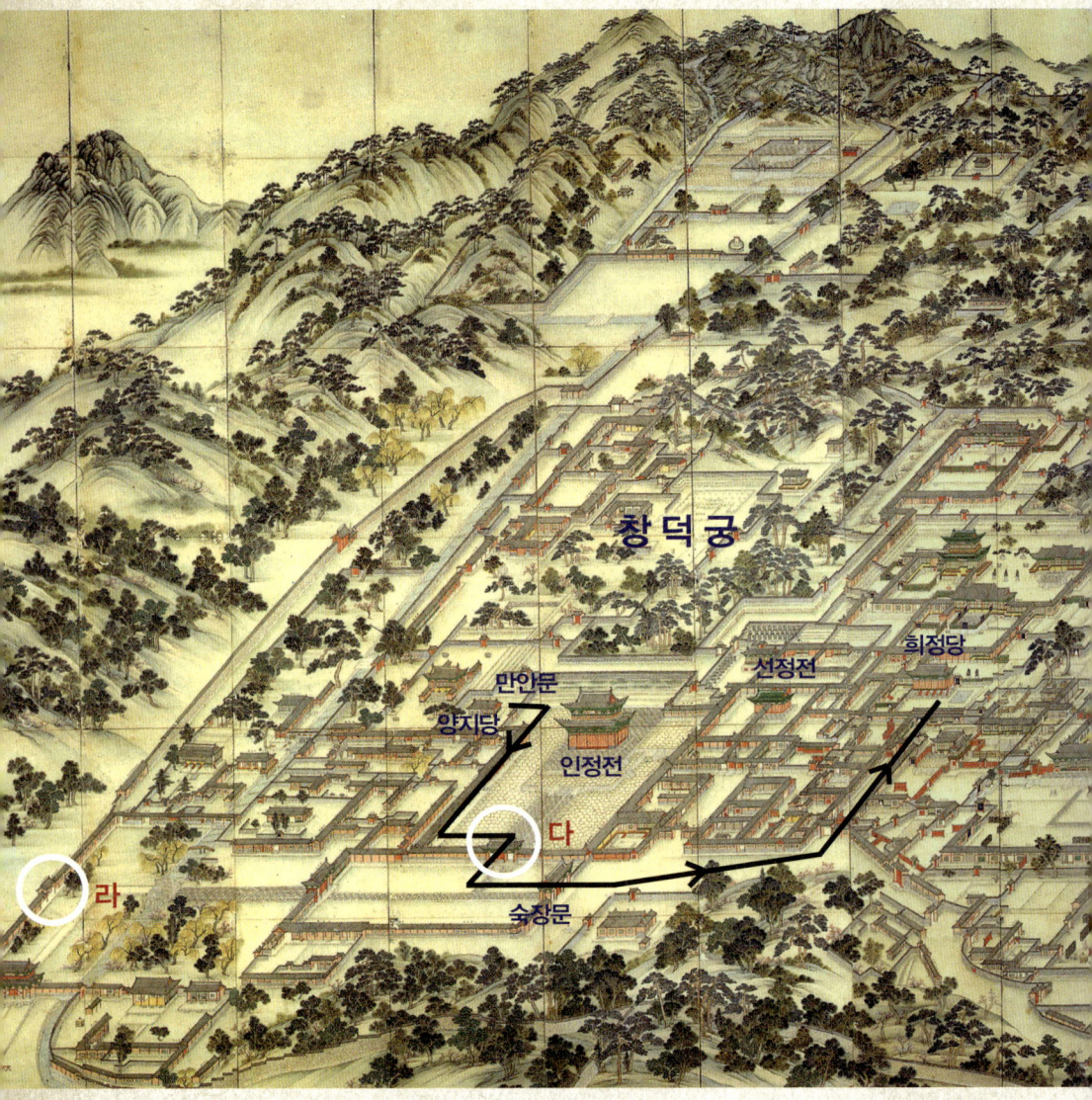

창 덕 궁

만안문

양지당

인정전

선정전

희정당

다

라

숙장문

박태보 국문 당일 임금의 동선과 궁궐 안 이모저모
숙종 15년(1689년) 4월 25일, 숙종은 인현왕후 폐출에 반대하는 상소를 올린 박태보 등을 친국(親鞫)했다. 이날 숙종의 활동지 및 이에 관련된 궁궐 안 이모저모를 〈동궐도〉에 표시해보았다. 고려대학교 박물관 소장

검은 실선 표시 : 친국을 위해 이동한 이날 저녁부터 친국을 마친 이튿날 아침까지 숙종의 동선. 이날 저녁 숙종은 만안문 앞에 가마를 대기하도록 했다. 평소 양지당에 자주 머물곤 했던 숙종은, 이날 저녁에도 이곳에서 머물러 있다가 가마를 타고 만안문을 나와 국문장으로 이동했다. 국문은 밤새 진행되었고 아침이 되어서야 숙종은 숙장문을 통해 국문장을 빠져나 갔다. 숙장문으로 나가면 선정전이나 희정당을 향하게 된다. 선정전은 편전(便殿)이고 희정당은 침전(寢殿)이다. 밤새 진행된 국문에 지친 숙종은 침전인 희정당으로 가서 쉬었을 것이다.

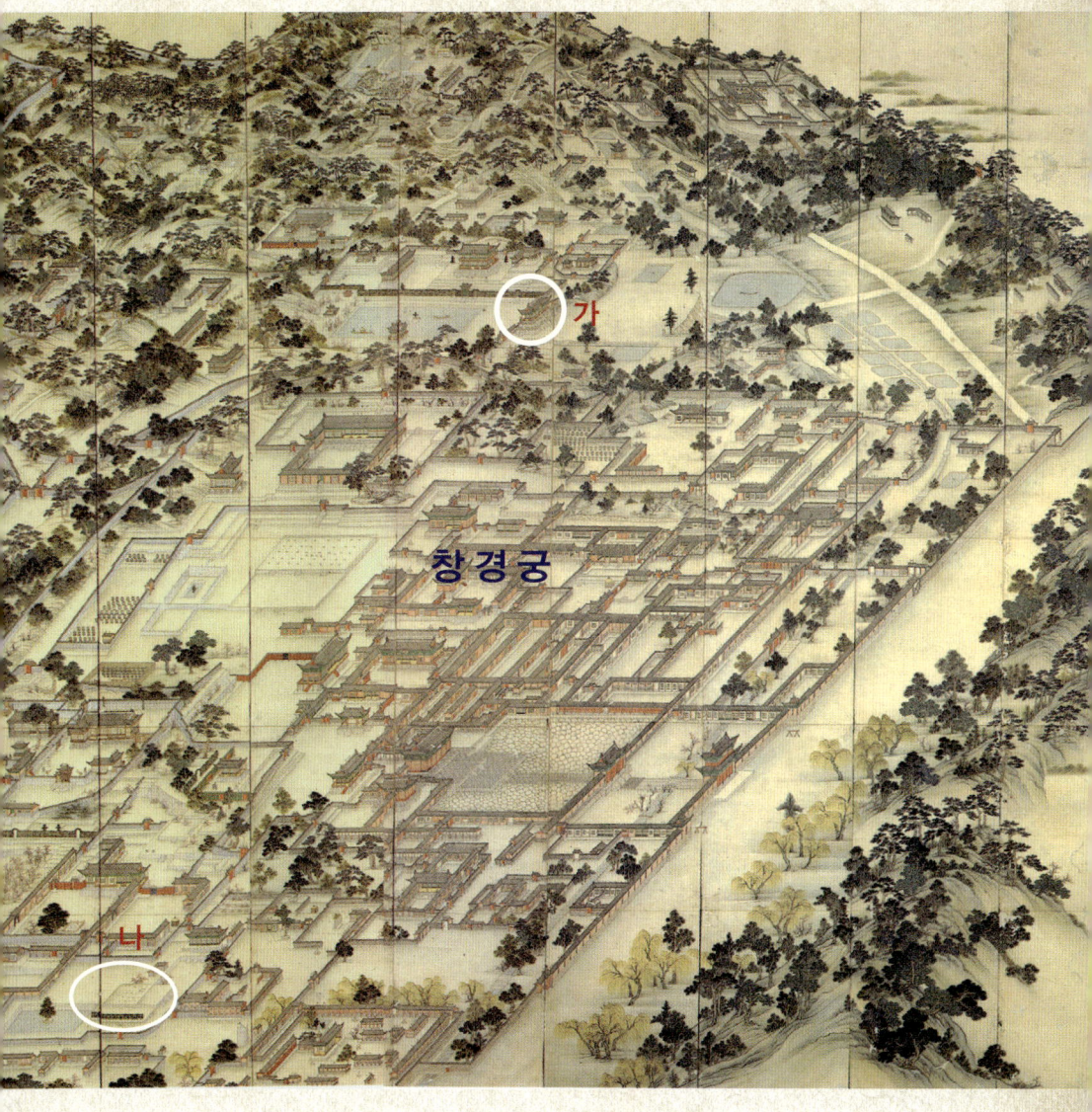

가 : 영화당. 조선시대에 과거(科擧)는 주로 영화당 앞 공터에서 치러졌다. 숙종이 이날 창경궁에 갔었다는 기록을 볼 때 이곳에 들른 것으로 추정된다.

나 : 시민당. 영화당에서 나온 숙종은 이곳으로 자리를 옮겨, 박태보 등이 올린 상소를 읽었다. 시민당은 〈동궐도〉 제작 당시 소실된 상태였기에 터만 그려져 있지만, 숙종 시절에 이 건물은 건재했다.

다 : 인정문. 이날 저녁 숙종은 인정문 앞에 자리를 잡고 친국을 거행했다. 당시 국문장은 주로 인정문 앞에 설치되었다.

라 : 금호문. 박태보 등은 당시 벼슬에 있지 않았기 때문에 궁 안에 있을 수 없었다. 그래서 상소를 올린 후 임금의 답을 기다리며 금호문 밖에서 기다리고 있었다. 국문이 시작되자 박태보를 비롯해 이곳에 있던 사람들이 한 명씩 임금 앞으로 불려갔다.

己巳代儒生疏

伏以臣等謹按詩曰：谷風以陰陽兩遏地同惡不宜有怒此言陰陽和而
後兩澤降夫婦和而後家道成故夫婦之道難略有且陪國當兆強同心不宜輕
加怒怒也況帝王之於后妃如天之有地之之有也配德涵體胃寸人神吳禮教仁
網之更又不但匹庶之夫婦而已今教 中宮殿下肯德名家令譽風者我 明聖
王后親覩窈窕用副宮寮之求高宗桃之所托為人民之所恃九年于茲矣
臣等常以為 殿下之仁明必盡刑家之道而 中宮之業報石斌內助之友閨壺
之化可達於家邦而開雖趾之威親見今日夫伏見卿者賓履批音乃忽
驟利 中宮之過夾全有按舊典舉行之 令兄在今日民庶之引者莫不傷心
衷覩趺踈盪此何景象少何舉措即臣等私情況所務忠每事夷難盡善就
德耆聞於外者至扵相闢之間人情况所務忍每事夷難盡善就
能無一二細瑣之可以兩殿者此胆忍可以全義唯寂可以保聞家之有但壽

「기사록」 인현왕후 폐출에 반대하여 박태보 등이 상소를 올리고, 이에 격노한 숙종이 친국을 단행하여 이들을 심문한 과정을 기록한 책이다. 상소의 내용, 원정(原情)의 내용, 왕이 물은 문목(問目) 등이 자세히 적혀 있다. 한국학중앙연구원 장서각 소장

六偶兩見謂妄呼呌眡

浮山中書當歸以

爲信得沒今可去無爲

我友咟　守立獎

壬戌月正元日　士元

戲次士安韵

入江本爲漁登延回永饗榮塗阮新得雅志胡邊
喪期翔躇逢島矯首望立獎未醉業霞鷁猗戀石
上泉羽容多先登嘲笑輕未至進退仰候氣己在
操縱裏有口不得語有脚無由之呷吟成領篇史
謂胡亂呌澄浪皆目取聖訓今應信且宜恐心性
善謔非相哂

「가장유묵(家藏遺墨)」중 박태보의 유묵(遺墨) 박태보는 형 박태유(朴泰維)와 함께 조선에서 안진경체(顏眞卿體) 보급의 주축이 되었다. 이들은 외삼촌인 남구만(南九萬)으로부터 이 서풍을 계승하여 안진경체에서는 당대 최고의 명필이 되었다.
한국학중앙연구원 장서각 소장

박태보 묘소와 노강서원 양주 석천동, 곧 지금의 의정부시 장암동에 있는 박태보의 묘소와 그를 배향한 서원. 수락산 아래 서계 박세당 종택 인근에 있다. 노강서원은 본디 노량진에 세워졌는데, 이후 소실된 것을 근래에 후손들이 이곳에 다시 세웠다.

박태보전

한국
고전
문학
전집

012

박태보전

서신혜 옮김

문학동네

머리말

　이 책의 주인공인 박태보는 숙종이 인현왕후를 내칠 때 이에 반대하다가 국문鞠問을 받은 끝에 죽은 인물이다. 박태보는 좋은 집안에서 태어나 20대에 장원급제를 할 만큼 똑똑했으며, 잘생기기까지 하여 뭇 여인의 마음을 녹였다. 게다가 아버지가 박세당, 외삼촌이 남구만과 윤증으로, 모두 조선 후기의 저명한 학자이자 문신이었으니 배경 또한 완벽하다고 볼 수 있다. 그런데 이 완벽한 인물이 마음 또한 곧아 불의에 대항하여 목숨을 바치기까지 하였다. 그래서 그의 삶과 죽음은 더욱 극적이고, 이는 수많은 이야기를 낳았다. 이 책은 이런 박태보의 이야기를 그린 『박태보전』을 오늘의 말로 옮겨 누구나 쉽게 읽게 하고, 분명한 확인을 원하는 이들을 위해서 원문도 교감하여 제시한 것이다.

　작업을 하는 동안 몇 번이나 코끝이 찡해져 울 수밖에 없었다. 특히 박태보가 국문을 받는 장면에서 '울면서 매를 치고 울면서 압슬을 하며 울면서 낙형을 하던' 나장들과 함께 울었고, 아버지 박세당이 '아들의 생사를 알려고 발버둥치는 장면'에서 함께 조바심을 냈으며, 아들에게 이제 저승으로 가라고 하며 문 닫고 나와 통곡하는 박세당과 함께 울었다. 몇 번을 읽어도 이 장면에서는 울지 않을 수 없었다. 작품의 앞부분에 박태보의 조상 이야기와 박태보가 올린 상소 등 곁가지가 등장해 다소 자루한 감이 있다. 하지만 여기를 넘어가면 감동에 감동이 이어진다. 아울러 이런 곁가지 서술은 이후 국문장에서 박태보가 보인 모습의 진정성을 뒷받침하는 것이기도 하다.

8~9년 전, 당시 『박태보전』의 이본異本 중 하나인 『문널공긔ᄉ』로 석사 논문을 쓰고 있던 주영아 선생 덕에 이 작품을 처음 접했다. 나는 고전소설 전공자이기도 하고, 동학同學이 논문에서 다루는 작품이라 알아두어야겠다 생각하여 이때 『박태보전』을 읽고 관련 논의를 조금 살펴두었다. 주 선생은 논문 작성을 마친 후에 관련된 모든 자료를 넘겨주며 내게 연구를 권했다. 하지만 자료만 받아두고 구체적으로 무엇을 해보지는 못한 채 몇 년이 흘렀다. 그러다 근래에 조선왕조실록 전문사전을 만드는 팀에서 같이 일한 이정철 선생님께서 이 작품에 대해 물으며 작품을 읽도록 해달라 부탁을 해왔다. 그래서 오랫동안 넣어두었던 자료를 다시 꺼냈다. 아무래도 필사본이든 한문본이든 비전공자가 바로 읽기는 어려워 보여 현대어역된 것을 찾아보았다. 그런데 뜻밖에도 아직까지 그런 작업이 이루어지지 않았음을 알게 되었다. 조선 역사에서 중요한 시기를 다룬 작품이고 『인현왕후전』이나 『사씨남정기』와 함께 읽으면 당시를 입체적으로 이해하는 데 도움이 될 중요한 작품인데도 아직까지 현대어로 옮겨지지 않았다는 사실에 먼저 놀랐다. 그러고는 내가 그것을 해야겠다고 마음먹었다. 오래전에 받아둔 숙제도 할 겸.

이 작품을 처음 발굴하여 제자에게 기꺼이 내주신 김용덕 교수님과

이 작업을 수행하는 동인이 된 주영아, 이정철 선생님께 특별히 감사드린다. 박세당 선생 집안에서 모든 자료를 한국학중앙연구원에 기탁해준 덕분에 여러 관련 도판을 구하기 수월하였다. 문중 어른들과 한국학중앙연구원 장서각의 관계자 여러분께도 감사드린다.

2012년 11월
서신혜

박태보전
깊이
읽기

【 일러두기 】

1. 『박태보전』의 여러 이본 중에서 한양대학교 김용덕 교수 소장본 『문녈공긔스』를 대본으로 삼았다. 이것은 여러 이본에 나오는 장면을 모두 담고 있으면서, 이외의 내용까지 포함하고 있는 가장 자세한 이본이다.

    20세기 초에 나온 구활자본 『박틱보실긔』는 이를 대본으로 한 것이므로 『문녈공긔스』에서 알아보기 힘든 곳은 주로 이 구활자본을 참조하여 대조하였으며, 그래도 어색한 곳은 박태보의 문집인 『정재집』을 비롯해 『승정원일기』 『숙종실록』 및 『박태보전』의 다른 이본에 해당 내용이 있는지 살펴 교감하였다.

2. 현대어역 부분은 원본을 충실히 풀되, 가독성을 높이기 위해 되도록 각주를 줄였고, 어려운 말은 쉬운 우리말로 풀었다. 예를 들어 곤위坤位, 궁위宮闈 등은 모두 왕비를 나타내는 단어이므로 알기 쉽도록 '중궁' '내전' 등으로 바꾸어 썼다. 길고 정확한 설명이 필요한 것은 각주를 쓰지 않고, 원문의 해당 부분에 풀어넣었다.

3. 원본에는 분절이나 그에 따른 소제목이 전혀 없다. 옮긴이가 독자의 편의를 위해 내용에 따라 나눈 것이다. 원본과 현대어역의 분절과 소제목은 같게 하여, 두 글을 비교해 보기 원하는 독자의 편의를 도모했다.

4. 원본은 모두 한글로만 되어 있었다. 그러므로 원본에 병기한 한자는 모두 옮긴이가 넣은 것이다. 한자를 넣음으로써 의미를 설명하는 각주를 되도록 줄였다.

5. 명백한 오기는 병기한 한자를 통해 수정 방향을 제시했다. 예컨대 '소에가 극히 흉역인딕'의 경우 '소에'는 '소어'의 오기가 분명하므로 '소어(疏語)가 극히 흉역(凶逆)인딕'로 썼다.

6. 명사에 주격조사 ' ㅣ '가 붙은 경우는 괄호 속에 ' ㅣ ' 없이 한자만 표시했다. 예를 들어 '뎐해'는 '뎐해(殿下)'로 표시했다.

14

7. 인명의 경우 처음에는 성과 이름이 모두 나오지만 한번 언급된 뒤로는 성은 빼고 이름만 나오는 경우가 많다. 그런 것은 자칫 헷갈리기 쉬우므로 괄호 안에 성까지 모두 갖추어 한자로 표시해놓았다. 예를 들어 '두인'이라고 되어 있는 곳에 '두인(吳斗寅)'이라고 표시했다.

8. 반복해서 나오는 단어는 되도록 앞에 나오는 것에만 한자를 넣으려고 했으나, 처음 단어가 나온 후 몇 쪽 지나 나올 경우 독자의 편의를 위해 다시 한자를 넣은 것도 있다.

9. 원본에서 동일한 인물의 이름을 간혹 다르게 표기한 경우가 있다. 이는 이 책의 대본인 『문녈공긔ᄉ』 자체의 오기로, 바로잡지 않고 그대로 살려 쓰는 대신, 혼동을 방지하고자 한자를 병기했다.

박
태
보
전

반남 박씨가 생긴 사연, 그리고 빛나는 조상들

문열文烈 박공의 휘[1]는 태보泰輔요 자는 사원士元이요 호는 정재定齋이니 반남 박씨潘南朴氏이다. 대대로 유명한 사람이 이어져 벼슬아치 중 으뜸 집안이 되었다.

그 시조는 고려 말의 우문관이자 조선에서 영의정으로 추증[2]된 문정공文正公 박상충朴尙衷이다. 그가 학문을 처음으로 이루어 포은圃隱 정몽주鄭夢周, 목은牧隱 이색李穡 등 여러 공과 함께 이름을 올렸다. 조정에 상소하여 '소인이 대명을 배반하고 망한 원나라를 섬기고 사신을 죽여 국가에 큰 화를 일으키는 죄상'을 논하였다. 간신들이 매우 노하여 그를 모함하므로 중형을 받아 멀리 유배되었으나 가다가 길에서 죽으니 나라 사람들이 모두 슬퍼하였다. 이 세상에서 그를 반남 선생이라고 일컫는다.

10대조는 평도공平度公 박은朴訔이다. 조선 태종을 섬겨 좌명공신[3]이 되

---

1) 돌아가신 어른 생전 이름.
2) 사후에 어떤 공을 인정하여 벼슬을 올리는 것.
3) 왕자의 난 때 공을 세운 공신들에게 태종이 내린 공신 칭호.

었으니 덕스러운 업적의 성대함이 역사책에 기록되어 있다.

그 후손 중에는 영의정으로 추증된 문강공 박소가 있으니, 그는 바른 학문과 곧은 도로 유명하였다. '김안로는 소인이니 다시 등용하면 안 된다'고 강하게 주장하다가 오히려 김안로가 그를 함정에 밀어넣어 영남 지방으로 쫓겨나서 거기서 죽으니, 조정에서나 밖에서나 사람들은 그가 원통하게 죽었다고 말하였다. 이분이 야천 선생이니 박태보공의 5대조이다.

고조부는 사재감 정正이었다가 좌찬성으로 추증되신 박응천朴應川공이다. 여러 번 목민관을 했는데 좋은 벼슬아치라고 소문이 났으며, 여러 자제들을 가르치되 스스로 모범이 되었다. 오성부원군 이항복이 묘지명을 짓되 "의관과 예악이 문 앞에 있어, 씩씩하고 모범됨이 마치 나라 조정 같았다"라 하였다.

증조부는 의정부 좌참찬이자 영의정으로 추증된 정헌공貞憲公 박동선朴東善이다. 광해군 시절 모후4)를 폐할 때 모든 신하들을 위협하여 정청庭請5)하게 하고 참여하지 않는 사람은 큰 형벌로 다스리겠다고 하였는데 홀로 불참하였으므로 사람들이 모두 장하게 여기고 옳다고 하였다. 송곡 조복양이 행장을 짓되 "지금 세상에 살면서도 집안의 법은 옛날 양파와 유빈6)처럼 하였다"고 했다.

조부는 이조참판 금주군이자 이조판서로 추증된 충숙공忠肅公 박정朴筵이다. 우리 인조대왕을 섬겨 정사공신7)이 되었다. 홀로 맑은 주장을 하여 권신을 논박하니 곧은 성품이 조정을 움직여서 조정 중흥의 명신이되었다.

---

4) 인목대비.
5) 신하들이 궁궐 뜰에서 큰일을 보고하고 명령을 기다리는 일.
6) 중국에서 온 집안이 예의 바르고 순후하기로 유명했던 사람들.
7) 인조반정에 공을 세운 공신.

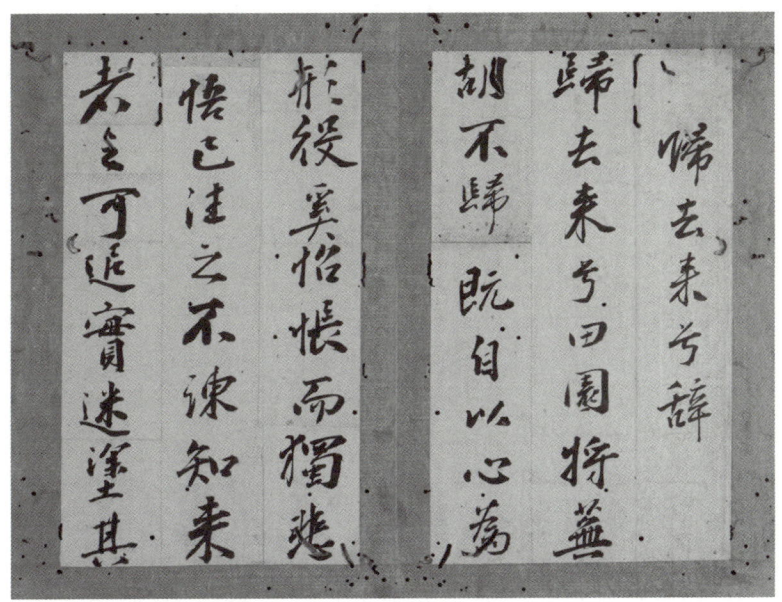

박세당의 글씨 '귀거래혜사(歸去來兮辭)' 한국학중앙연구원 장서각 소장

　부친은 이조판서 문절공文節公 박세당朴世堂이다. 문과에 장원급제하여 청화직8)을 거친 유신으로 유명하였지만 뜻이 세상과 맞지 않다며 양주 석천동9)으로 물러났다. 조정에서 여러 번 불렀지만 가지 않았다. 도학과 문장이 사림10) 중 으뜸이 되었다. 서계 선생이라고들 불렀다. 어머니는 의령 남씨이니 금성현령이자 영의정으로 추증된 남일성의 딸이었다.

　박세당의 셋째 형은 처사 박세후이다. 문행文行이 높았지만 일찍 돌아

───────────────

8) 사헌부, 사간원, 홍문관 등 삼사에 근무하며 언론을 담당하는 직위. 직급은 낮으나 깨끗하고 명예롭게 여겨진다.

9) 수락산 아래, 지금의 의정부시 장암동.

10) 전원에서 유학을 공부하는 문인 학자.

박세당 집안의 근거지 석천동

박세당은 조부 정헌공 박동선, 부 충숙공 박정 밑에서 태어난 명문가의 자제였다. 젊은 나이에 장원급제하여 누가 봐도 장래가 촉망되는 관료의 재목이었다. 현종 4년인 1663년 11월에 왕이 청나라 사신을 영접하기 위해 모화관에 친행할 때, 홍문관 수찬 김만균이 수행을 거부하는 일이 일어났다. 호란 때에 자신의 할머니가 강화도에서 죽었으므로 청나라 사신 영접 자리에 수행할 수 없다는 것이었다. 이 일을 두고 명분, 의리를 중시하는 송시열 계열은 그를 옹호하고, 서필원 등은 그를 비난하였다. 사실 이 일은, 힘없는 조선이 새로 등장한 강국 청나라와, 망하였으나 옛 어버이 국가라고 아직도 섬기는 명나라 사이에서 어떤 노선을 가야 할 것인가에 관한 미묘한 입장 차이 때문에 일어난 사건이었다.

이때 박세당은 서필원 등의 의견을 옹호하였는데, 이 논쟁의 과정에서 송시열 계열 사람들은 반대파를 삼간오사(三奸五邪), 즉 '간사한 사람 셋, 사특한 사람 다섯'으로 지목하면서 비난하였다. 이때 오사의 한 사람으로 박세당이 지목되자 그는 정치에 신물을 느껴 결국 1668년 40세의 나이에 수락산 아래로 들어오고 말았다. 그곳은 아버지 박정이 인조반정의 공으로 하사받은 땅이었다.

박세당은 석천동(石泉洞) 주변에 집터를 잡았다. 석천동은 이름 그대로 돌과 물이 얽힌 수려한 공간이었다. 수락산에 있으니 한양성을 기준으로 동쪽에 있다. 그러나 박세당은 한양 사대문이 아니라 수락산을 기준으로 볼 때 서쪽에 있다는 의미에서 이곳을 서쪽의 계곡, 즉 서계(西溪)로 명명하고, 이를 자신의 호로 삼았다. 골짜기 곳곳의 바위에 글씨를 새겨놓기도 했다. 이곳에서 농사도 짓고 제자도 양성하며 개인의 저술활동에도 힘을 기울였다.

박세당은 생전에 스스로 자기의 묘표를 써놓았는데, 거기에 석천동으로 돌아온 사실과 그곳에서의 삶을 잘 정리해놓았다. 그의 문집의 한 대목을 보면 이렇다.

재주가 짧고 힘도 약하여 세상에서 무엇을 해볼 수가 없고 세상도 날로 이지러져가서 바로잡을 도리가 없는지라, 관직을 버리고 동대문 밖으로 30리 떨어진 수락산 서쪽 계곡에 가서 살았다. 그 계곡의 이름이 석천동이었으므로 자칭 서계에서 나무하는 늙은이, 즉 서계초수라고 하였다. 물가에 집을 지어놓고 울타리도 치지 않은 채 복숭아, 살구, 배, 밤 나무를 둘러 심었다. 오이 심고 밭 개간하며 땔감을 팔아 생활했다. 농사철에는 늘 밭에 있었으며 호미 들고 쟁기 진 이들과 함께 지냈다. 처음에는 간간이 조정에 나가기도 했지 만 나중에는 여러 번 불러도 나가지 않고 30여 년간 여기 살다가 죽으니, 나이 일흔이 넘 었다. 집 뒤 백수십 보 되는 곳에 안장했다. (『서계집』14권 「서계초수묘표西溪樵叟墓表」)

지금도 이곳에 서계 종택, 서계 묘소, 서계가 제자를 양성하던 곳, 박태보의 위패를 모신 노강서원 등이 모여 있다. 화창한 날 서울 지하철 7호선 장암역에 내려 근처를 돌아보는 것 도 좋을 것이다.

수락산 밑 석천동의 현재 모습 석천동은 지금의 의정부시 장암동에 위치한 다. 곳곳에 서계가 쓴 글이 새겨져 있다.

이론과 실용을 아우르는 드문 선비, 박세당

이론에 강한 사람은 실전에 약하고, 실전에 강한 사람은 이론에 약한 법이다. 조선시대 이론이란 성리학 또는 주자학이라 불린 유학이고, 실전이란 곧 농업이나 상공업 등 실용 학문이다. 박세당은 두 분야에서 모두 뛰어난 저작을 남긴 특이하고 특별한 사람이었다.

그는 숙종 2년인 1676년에 농사에 관한 서적인 『색경穡經』을 저술하였다. 그 서문에 이렇게 적었다.

선비가 나아가 조정에 서서 도를 행하면 군자라 하고, 물러나 들에서 밭을 갈고 자기 힘으로 밥을 먹으면 야인이라 한다. 나는 이미 밭을 갈고 있지만 야인 되기를 구한들 할 수 있겠는가. 나는 일찍이 벼슬할 때 내 도가 부족함을 알고서 농사를 지을 마음을 먹고 물러나 내 힘으로 밥 먹으려고 한 지 오래다. 비각의 책들을 살펴서 내용을 얻고, 이것이 내 스승 삼을 만하다며 기뻐하였다. 번다한 것은 깎아내고 중복되는 것은 제거하여 한 권으로 만들어 편리하게 볼 수 있도록 하고는 이름을 '색경'이라 지었다. 그 안에는 여러 곡식, 과일과 채소, 삼 종류들, 닭, 돼지, 거위, 오리 및 벌과 물고기류는 물론이요, 나무와 꽃, 약초 재료, 뽕을 길러 누에 치는 것 등이 구비되어 있다. 무릇 백성의 삶을 두터이 하려는 것이다.

한편 박세당은 유교 경전에 대한 주해서인 『사변록思辨錄』도 저술했다. 제목은 『중용』 20장에 나오는 "널리 배우고 깊이 묻고 신중히 생각하고 명확히 분별하며 독실히 행한다(博學之, 審問之, 愼思之, 明辨之, 篤行之)"라는 구절의 중간 부분에서 한 글자씩 따서 붙였다. 이 저작은 여러 경전의 본뜻을 실질적 논증을 거쳐 밝혀낸 것으로, 여기에는 경전의 본뜻에 어긋나지 않으면서도 박세당 본인의 독창적인 견해를 드러낸 것도 많다. 그는 평생에 걸쳐 각 경전에 대한 연구와 저술을 계속했다. 숙종 6년인 1680년 『대학사변록』 저술을 시작으로 1687년에 『중용사변록』, 1688년에 『논어사변록』, 1689년에 『맹자사변록』, 1691년에 『상서사변록』을 저술하였고 1693년에는 『모시사변록』을 저술하였다. 주자의 의견이라면 무조건 따르려고 하던 일반적인 유학자들과는 다른, 그의 유연하고도 깊은 사고를 잘 보여주는 책이다. 하지만 이 때문에 유학을 어지럽히는 사람, 즉 사문난적으로 몰리기도 했다.

망한 명나라에 대한 의리와 현실의 강자 청나라에 대한 예우 문제로 미묘한 갈등이 벌어지던 시기에, 박세당은 청나라에 대한 현실적 대우를 주장하는 유연한 사고를 보였다. 이로 인해 더욱 사문난적으로 몰렸다.

예컨대 『맹자』의 「이루離婁」편에 나오는 "금야욕무적어천하(今也欲無敵於天下)"라는 구절에 대해 주석을 하면서 박세당은 이렇게 설명했다.

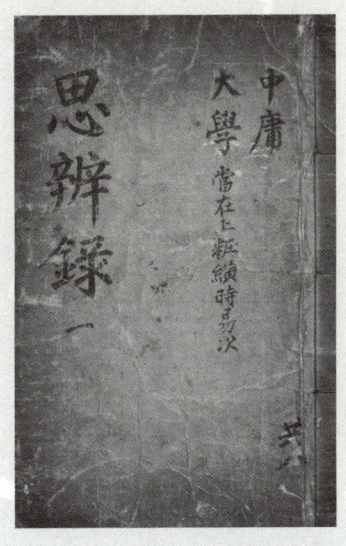

박세당의 『사변록』
한국학중앙연구원 장서각 소장

이 장은 이런 뜻을 말한 것이다. 스스로 강하지 못하면 마땅히 강대한 나라에 굴복하고 섬겨서 하늘을 따라야 한다. 진실로 우리가 강하게 될 수 있다면 비록 강대한 나라라도 장차 우리에게 복종하며 섬겨서 천리를 거스르지 않을 것이다. 이것이 이른바 작은 덕은 큰 덕에게 부림을 당한다는 뜻이다. (『맹자사변록』 「이루」)

명나라에 대한 의리만을 주장하는 것은 천리를 거스르는 일이요, 현실을 직시하여 강하고 큰 나라가 된 청나라에 복종하고 그들을 섬기는 것이 천리에 순응하는 것이라는 설명이다. 명분론에 휩싸여 북벌을 주장하는 송시열 등에게 사문난적이라고 비판받은 것은 바로 이러한 그의 견해 때문이었다.

가시어 후손이 없으므로 박태보공이 어렸을 적 양자가 되었다. 그렇게 해서 어머니가 된 분은 파평 윤씨이니 노서 선생이라 불리는 윤선거의 딸이었다.

박태보의 어린 시절

박태보공은 갑오년(1654년) 5월 21일 술시[11]에 태어났다. 첫 이레가 되기 전 태단[12]이 나서 아래로 창자까지 들었다. 어떻게 할 줄 몰라하다가 시즙[13]을 발라서 무사하게 되었다.

공의 사람됨이 모범적이고 성품이 깨끗하고 곧으며 기운이 빼어나고 과감하였다. 아이 때에도 지조 있는 행실을 보였다. 일찍이 친어머니인 남부인을 여의고[14] 윤부인을 섬기는데, 꼭 친어머니께 하는 것처럼 하였다.

아이 때 윤부인이 데리고 자는데 박태보공은 반드시 속옷을 입고 잤다. 윤부인이 왜 그러느냐 물으니,

"옛날부터 남녀 간에는 분별이 있다고 하였습니다"

라고 답하는 것이었다. 이러니 어머니 윤부인께서 더 어루만지며 사랑하였다.

나가 놀 때에는

"어느 곳에 가서 놉니다. 어느 시간에 돌아오겠습니다"

하고는 틀림없이 그 말대로 하여 어기지 않으니, 윤부인이 일마다 기특

---

11) 오후 7~9시.
12) 태 안에서 태아에게 생긴 피부 질환.
13) 송장이 썩어 나온 물.
14) 박태보가 13세인 1666년.

해하면서 사랑하였다. 자라서는 어른을 본받아 뜻에 순종하니 윤부인이 평안하였다. 박태보공의 외숙인 명재 윤증공이 칭찬하기를

"우리 누이가 아들이 없어서 슬퍼하더니 이 아이가 이렇듯 효행이 기특하니 친자식인들 이보다 더하랴"

하였다 한다.

열 살이 되니 총명이 점점 늘어 글자를 일찍 깨우쳐서 어른이 아무 글이나 지으라고 하면 바로 입을 열어 응대하여 사람을 놀라게 하였다. 또 세상 물정과 인물의 옳고 그름을 의논할 때 그 표현이 절도가 있고 마땅하며 조리가 분명하므로 공의 외할아버지 남일성공이 칭찬하기를

"이 아이는 당장 임금 앞에 나아가 말하게 하더라도 그 충직함이 옛날 급암[15]보다 낫겠다."

하였다. 어떤 사람이 말하기를

"이 아이가 너무 영민하고 날카로운 기운이 남보다 더하니 수명이 혹 짧을까 싶다"

하니, 부친인 서계 박세당 선생이 웃으며,

"이 아이가 제 스스로 깨닫는 때가 있을 것이다"

했다. 박태보공이 15세에 관례[16]를 치른 뒤로는 스스로 마음을 잡아 날카로운 기운을 꺾어 말과 행동거지가 편안해지고 온화해져서 매사에 법도가 있었다. 어렸을 적의 모습을 고쳐 삼가고 조심하니 두어 해 못 봤던 사람은 놀라며

"예전 모양이 없다"

하였다.

---

15) 중국 한무제 때 직언하던 신하.
16) 성인식.

윤증과 박태보

박세당의 형 박세후에게는 아들이 없었다. 그래서 박세당은 자신의 둘째 아들인 박태보를 형의 양자로 보냈다. 박세후는 윤증의 누이를 아내로 맞이했으므로, 박태보는 윤증의 조카가 된다.

윤증은 조선 후기 소론의 대표자로서 노론의 영수 송시열의 대척에 선 인물이었다. 윤증은 특별히 박태보를 아꼈다. 윤증의 문집에는 박태보에게 보낸 글이 매우 많이 남아 있다.

예컨대 숙종 8년인 1682년 1월 3일에 윤증은 박태보에게 이런 편지를 보냈다.

> 편지 끝에 전답을 구한다는 말이 있는 것을 보고 한번 웃었다네. 그러나 "할 일은 여기에 그치지 않는다"는 전주(田疇)의 말로 자신을 다잡으면서, 한가한 생각을 하지 말게. 자네가 논한 것은 성숙되고 충실하니 진실로 탄복할 만하네. 다만 모든 일에는 반드시 양면이 있기 마련이니 각기 한쪽 끝만 잡고서 한다면 다들 자기주장을 할 수 있지. 여기에서 귀하게 여길 것은 피차간에 실정을 통하며 경중의 마땅함을 짐작하여 이치가 저절로 밝아지게 하고 서로 거스르는 기운을 없애야 하는 것이라네. 자네에게 부족한 것은 이것인 듯하네. (『명재유고明齋遺稿』 19권 「여박태보사원與朴泰輔士元(八日)」)

박태보는 한 해 전, 문묘에 모신 인물을 함부로 조정하면 안 된다는 내용, 그리고 이조판서 이단하의 잘못을 지적하는 내용의 상소를 올렸다가 파직된 상태였다. 외삼촌인 윤증에게 보낸 편지에서 파직된 자신의 신세를 한탄하면서 전답이나 구해야겠다고 말한 모양이다. 외삼촌 윤증은 옛날 송나라 철종 때에 추호(鄒浩)가 유황후(劉皇后)의 책봉에 반대하다가 좌천된 일을 언급한다. 추호가 실망하여 눈물을 흘리자 벗인 전주는 "상심하지 마라. 선비가 해야 할 일은 여기에 그치지 않는다"고 하였다. 이 이야기는 『십팔사략十八史略』 7권의 송나라 부분에 나온다. 윤증은 이 말을 기억하며 스스로를 다잡으라고 박태보를 격려한 것이다.

서계 종택 의정부시 장암동에 있다.

평소의 일화

16세에 정승인 완남부원군 이후원의 사위가 되었다. 혼인날 저녁에 부인에게 부모를 잘 섬기라 하고는 꿇어앉아 자지 않았다. 장인인 완남 공이 물었다.

"신랑이 어찌하여 자지 않는가?"

"옷과 이불이 다 비단이라 너무 사치스러워서 선비에게 맞지 않습니다. 편치 못하여 잘 수 없습니다."

완남공이 칭찬하고는 즉시 비단을 거두고 무명으로 된 이불과 옷을 방에 들였다. 그제야 박태보공이 취침하였다.

석천동에 새로 서당을 지어 도배까지 마친 후에 나가서 보니 서까래 하나가 비뚤어져 있었다. 박태보공이

"비뚤어진 것을 어찌 늘 대할 수 있겠는가"

하고는 즉시 다 헐고 고쳤다. 공이 바른 것을 좋아하는 성품이라 평상시 하는 일 중에 이런 일이 많았다.

시 속의 벗 박은

문장을 지으면 스스로 스승이 되고, 말이 자못 세차고 깊어 철이나 돌 같았다. 어느 날 갑자기 평상시에 지어둔 자기 문집을 땅에 던지며 말하기를

"우리가 할 일이 여기에만 있지는 않을 것이다"

하고는 학문에 크게 힘써서 성현의 글에 푹 젖고 맛 들여 늘 외우고 읊었다. 그리하여 오묘한 것을 깨우쳐 남들의 생각을 뛰어넘으니 그 견식과 의리는 세상 사람들이 감히 따라잡지 못할 정도였다.

호서 지방 영보정[17]에서 놀 때에 그곳 풍경이 유명하므로 박태보공이 다음과 같이 시를 지었다.

> 호수 위 바람 연기 가을빛을 띠었으니
> 작은 잔에 약간 취하여 높은 누각에 앉았네
> 바람이 먼 포구서 이니 산 빛이 움직이고
> 조수 물러난 빈 물가에 언덕 그림자가 흐르네
> 무수한 구름 돛대는 섞여 나가고 섞여 들어오고
> 한 쌍 맑은 섬 마주 대하여 뜨고 가라앉네
> 바람벽 사이에 중열이는 내 벗이니
> 어찌하면 이끌어 이 놀음을 함께할까.

---

17) 충청남도 보령에 있는 정자.

중열은 읍취헌 박은(朴誾[18])의 자이다. 문장은 물론 기개와 절조가 온 나라에 유명한 사람이었다. 영보정에 대해 지은 글이 더욱 유명하여 이것을 판에 새겨 걸었으므로 박태보공이 시 속의 벗이라고 인정한 것이다. 이 어찌 우연한 일이겠는가. 100년의 시차가 있지만 서로 느끼는 바가 있어 그러한 것인가. 끝내 서로 행한 일이 비슷하니 시가 영참[19]이 된 것일까? 박태보공이 박은을 본보기로 삼았음은 이 시를 보면 알 수 있다.

흉년에 이런 잔치는 아니 되옵니다

박태보공은 숙종 임금 을묘년(1675년)에 생원이 되었고 정사년(1677년)에 알성시 장원급제를 하였다. 이때의 나이가 24세이다. 문장과 학문이 이미 성숙하여 빛난 이름이 널리 알려졌다. 성균관 전적을 거쳐 예조 좌랑에 올랐다.

이때에 대왕대비전을 위한 진연을 하려고 하므로 박태보공이 진연을 열지 말 것을 청하였다. 이를 청한 상소는 대강 다음과 같다.

지금 궁궐에서 잔치를 베푸셔서 대왕대비전[20]과 대비전[21]의 장수를 비시니, 전하께서 부모를 사랑하는 마음과 효로 봉양하는 정성이야 누가 우러르지 않겠습니까. 지금은 흉년이라 간략히 하라 하셨는데 그 덕과 뜻이 갸륵하기는 합니다. 하지만 올해는 봄과 여름에 매우 가물어서 보리는 갈지도 못하고 서리가 일찍 내려서 모든 곡식이 다 되지 못하였습니다. 충

---

18) 조선 중기의 학자이자 시인.
19) 일이 생기기 전에 보이는 영험한 징조나 빌미.
20) 효종의 비인 인선왕후.
21) 현종의 비인 명성왕후.

구활자본 『박태보전』 표지 "박태보행년 24세에 알성장원ㅎ야 장안대로로 나오난 광경"이라 적혀 있다.

청도와 경상도 사이에 경작을 못하여 벌거벗은 땅이 가득하여 백성이 생명을 보전하지 못하는 지경이 되었습니다. 한편으로는 진휼[22]하고 다른 한편으로 잔치를 하는 일은, 성인께서 하늘을 두려워하고 백성을 걱정하셨던 뜻이 아닙니다. 또한 진연은 진풍정[23]과 다르기는 하지만 이것도 재물을 허비하고 백성에게 해로움을 끼치는 바가 적지 아니합니다. 공자께서는 "재물을 절약하고 법도를 삼가 백성을 평안하게 하는 것이 제후諸侯가 할 효성"이라 하였습니다. 잔치를 풍성히 하고 음식을 낭자하게 하여 즐겁게 해드리는 것을 효성이라고 한다면 이는 공자께서 말씀하신 효성과 다릅니다.

22) 흉년에 가난하고 굶주린 백성에게 곡식 등을 나누어 주는 일.
23) 진연보다 규모가 크고 의식 절차가 많은 궁중의 잔치.

어찌 혼자 즐거우면 안 된다는 경계를 범하여 백성이 머리 아파할 만한 원망을 취하십니까.

임금께서 우용(優容24))하여, 진연의 뜻과 예를 그만두지는 못하지만 비용을 덜어서 간략히 하겠다고 답하였다.

유배지에서 문장의 조리를 닦아

이해(1677년) 겨울에 시관으로서 문제를 잘못 내었다는 이유로 소인들에게 모함을 당해서 선천으로 유배를 갔다. 유배지에 있던 반년 동안 아침저녁으로 경서를 외우고 날마다 분량을 정해서 읽었다. 이후 올린 상소문에 조리가 있었던 것은 여기에서 터득한 바가 많았던 덕이다.

무오년(1678년) 여름 유배에서 풀려 돌아왔을 때 계모 정부인25)이 돌아가셨다. 탈상26) 후에 곧 통문관 수찬에 임명되니 이때 박태보공의 나이가 27세였다.

나라에 일이 있으면 늘 모든 학사들이 감히 앞서지 못하고 박태보공에게 미뤘다. 공은 붓을 들어 입에서 내면 곧 글이 되었다. 옳고 그름이 명백하여 당파에 매이지 않고 남의 헐뜯음이나 칭찬에도 흔들리지 아니하니 모든 학사들이 공경하고 두려워했다.

---

24) 대간, 즉 대관(臺官)이나 간관(諫官)이 궁중이나 임금 인척의 일을 지적하여 곧게 말하면, 비록 그 말대로 듣지는 않더라도 죄를 묻지는 않는 것.
25) 친아버지 박세당의 두번째 아내 광주 정씨.
26) 부모의 삼년상을 마침.

시험 문제 잘못 냈다고 유배되다

박태보는 숙종 3년인 1677년 10월 5일에 증광별시(增廣別試) 시관(試官)이 되었다. 이때 시관은 총 여섯 명이었는데, 무엇을 출제할까 고민하던 중 박태보가 시제를 내었고, 그것이 채택되어 과거를 치르게 되었다. 그가 낸 시험 문제는 『춘추좌씨전』에 나오는 '미진불여악석(美疢不如惡石)', 즉 '좋은 병이라도 나쁜 약침만 못하다'는 구절이었다. 그런데 막상 당일에 시제를 공개하자 응시생 중 상당수가 이 구절이 '시휘(時諱)', 즉 당시에 함부로 말하면 안 되는 것을 말했다는 이유로 시험장을 떠나려 하였다.

이 구절은 『춘추좌씨전』「양공襄公」 23년 조에 나오는 것으로 공손흘이 어떤 사람의 물음에 대답하는 구절 중 일부이다. 그 대답은 이랬다. "계손씨가 나를 사랑하는 것은 질병과 같고, 맹손씨가 나를 미워하는 것은 약침과 같다. 좋은 병이라도 나쁜 약침만 못하다. 대저 약침만이 나를 살릴 것이요, 병은 좋은 것이라도 그 독이 심할 것이다(季孫之愛我, 疾疢也, 孟孫之惡我, 藥石也. 美疢不如惡石. 夫石猶生我, 疢之美, 其毒滋多)." 여기에서 진(疢)은 병을 가리키고, 석(石)은 침을 가리킨다. 아름다운 병(美疢)이라니 무슨 말인지 명확하지 않은데, 병 중에서 상처가 그다지 흉하지 않고 깨끗하게 아문 것이 있다면 아름다운 병이라고 할 수 있을 것이다. 나쁜 약침(惡石)이란 아픔을 치유하기 위하여 고통스럽고 지저분할 만큼 찢고 파내는 것을 생각하면 될 것이다. 당장 듣기에 좋은 것, 사랑받는 것은 실은 아름다운 병으로서 결국 나를 해치고, 당장은 아프고 싫은 것, 미움받는 것은 약침으로서 결국은 병을 치료한다는 의미이다.

중국 춘추시대는 여러 조그마한 나라들이 있었고, 이 나라들 간에 혹은 각 나라 내부에 왕권 계승 문제가 복잡하게 얽혀 있었다. 박태보가 시험 문제로 낸 이 구절은 그중 노나라 맹손씨의 죽음과 그 이후의 계승 문제와 관련이 있다. 간략히 정리하면 이러하다. 맹손씨가 죽었는데 아들 중에 형인 질(秩)이 아니라 동생인 갈(羯)이 후계자가 되었다. 나이가 아니라 능력의 문제라며 권력을 잡은 것이다. 이런 일련의 권력 이동이 생겼을 무렵, 누구를 따르며 누구의 죽음에 슬퍼해야 하는지에 관한 물음에 공손흘이 위와 같이 대답했던 것이다.

우리는 공손흘을 알고자 하는 것이 아니므로 더이상 이에 대해 이야기할 필요는 없다. 중요한 것은, 바로 이 구절이 언급되는 맥락이, 장자를 버리고 차자를 세운 일과 관련된 부분이라는 사실이다. 응시자들은 이런 전후 맥락을 알고 있었기 때문에, 이 한 구절만으로도 '이는 이전 시기 차남이었던 효종이 왕이 된 일과 관련하여 말하지 않아야 할 것을 말했다'고 여긴 것이다.

박태보의 입장에서 보면 본인은 의도하지 않은 것이요, 그저 생각이 나서 출제한 것뿐이지만 워낙 붕당정치가 심하던 때라 반대파의 극심한 탄핵으로 결국 유배를 가게 되었다. 그러나 그는 불과 몇 달 만에 풀려나 돌아왔다.

경신환국 때의 강개한 소년 대관

박태보공이 교유하는 사람은 당대에 문학적 재능이 있는 명사 두세 사람이었다.

경신년(1680년) 환국換局27) 때에 한 무리의 신하28)를 내치고 옛 신하들29)을 부르셨다. 분주히 궁궐로 들어올 때 어떤 사람이 엿보니, 한 사람이 들어오는데 풍채가 호탕하고 몸놀림이 넘어질 듯 지척거려 조금 취한 듯했으니 이는 서파西坡 오도일吳道一이었다. 다른 사람이 오는데 모습이 소담하고 우아하며 기품이 조용하면서도 눈썹 끝에 촌스러운 모습이 있었으니 이는 창계滄溪 임영林泳이었다. 마지막으로 한 소년 대관이 왔는데 쇠 같은 얼굴빛에 정신은 빼어났으며 기상은 곧고 날래었다. 글씨까지 나는 듯하고 목소리가 쇠나 돌도 쪼갤 듯하였다. 액정서30) 소속 서리들이 겁을 내어 감히 우러러보지도 못할 정도였으니, 이 사람이 바로 박태보공이었다.

공의 성품이 강개하고 큰 절개를 좋아하여 마음을 한번 정하면 흔들리지 않았다. 공은 옛적에 직간하던 신하들을 사모하였기 때문에 사람들이 그의 강함을 꺾거나 모짊을 막지 못하였다. 당시에 함부로 말하지 못하는 일들이나 권세 있는 분에 대한 것이라고 해도 가리지 않았다. 어떤 일을 당하면 정색하여 조정에 서서 할 말을 다 하고, 유교 경서를 끌어다 그 의리에 따라 임금께서 잘못하신 일을 바로잡고 빠진 일을 채웠다. 그래서 경연에서 임금을 모시고서 글을 읽을 때 자주 임금의 안색을 어둡게 만들었다. 세상 사람들은 높게 평가하였지만, 그 시절에 용납되

---

27) 숙종 6년인 1680년에 남인이 숙종의 노여움을 사서 축출된 사건.
28) 기존에 권력을 잡고 있던 남인들.
29) 새롭게 권력을 잡게 된 서인들.
30) 왕명을 전달하거나 궁궐을 관리하는 일 등을 맡던 관아.

숙종 때의 정치 세력

숙종 대는 조선의 어느 임금 때보다도 정치 세력의 변화가 심했던 시기이다. 붕당정치가 절정에 달한 당시, 정치적 변화의 소용돌이 속에서 여러 인물이 등장과 내쳐짐을 반복하며 죽어간 시기이기도 하다. 숙종 대의 정치 세력 간 싸움과 정국 변화는 매우 빈발했기 때문에 다 설명하기는 어렵지만, 다음과 같이 세 번의 큰 사건을 기준으로 시기를 나눠 기억하면 당대 전반을 이해할 수 있다.

● 즉위 초~경신대출척: 남인 득세

숙종은 1674년 즉위한다. 아버지인 현종의 말년은 남인이 득세하던 시기였으므로 숙종 즉위 초에는 남인의 득세가 이어진다. 그러다 남인의 영수인 영의정 허적이 허락 없이 궁중의 천막을 가져다 쓴 사건 및 허견의 역모 사건 등이 일어나면서 1680년 이른바 경신대출척(경신환국이라고도 함)이 일어나 남인이 실각하고 서인이 집권한다.

● 경신대출척~기사환국: 서인 득세

1680년 경신대출척 이후 서인이 정국의 주도권을 잡는다. 『박태보전』에서 당시 서인이 등장할 때 눈에 띈 세 사람을 소개하는 장면이 나오는데 그중 한 명이 박태보였다.

하지만 장희빈에게 마음을 빼앗긴 숙종은, 그녀가 낳은 아들(훗날의 경종)의 명호(名號)를 원자로 책봉하는 문제를 두고 송시열 등의 서인이 반대하자 전격적으로 이들을 모두 내치고 인현왕후를 폐비하였다. 1689년 벌어진 이 사건을 기사환국이라 한다. 그렇게 하여 남인이 득세하고 서인은 실각한다.

● 기사환국 ~갑술환국: 남인 득세

1689년 기사환국 이후 정국을 잡았던 남인은 숙종의 변심으로 인현왕후 민씨가 복위하면서 완전히 실각하고, 다시 서인 정권이 들어선다. 이것을 1694년 갑술환국이라 한다.

● 갑술환국 이후: 서인이 갈라져 생긴 두 당파인 노론과 소론 득세

갑술환국 이후에 정권을 잡은 서인 세력은 이미 노론과 소론으로 나뉜 상태였다. 이후 숙종 대에는 더이상 남인이 득세한 적이 없었던 대신, 노론과 소론 사이의 싸움이 계속되었다.

박세당과 박태보는 서인에 속하며, 서인이 갈린 뒤로 박세당은 소론 쪽에 속했다. 인현왕후 민씨는 서인측 인물이었고, 희빈 장씨는 남인측 인물이었다. 그러므로 누가 숙종의 총애를 받고 누가 내쳐지느냐 하는 것과 어느 붕당이 조정의 주도권을 쥐느냐 하는 문제는 맞물려 돌아갔다. 박태보는 기사환국 때 죽었다.

숙종의 행서체 글씨 중국 진(晉) 때 사람 오은지(吳隱之)의 시 「작탐천酌貪泉」을 쓴 것이다. 한국학중앙연구원 장서각 소장

지 못하여 벼슬자리에서 파직되는 일이 많았다.

옥당[31]에서 벼슬하다가 노모 봉양을 위해 지방관으로 보내달라 상소하니 임금께서

"사정은 비록 간절하지만 지금 사람이 없으니 경연에 참여하는 신하에게는 외지 수령 임무를 내릴 수 없다"

하시면서 특별히 옷과 음식을 내리셨다. 공이 표를 올려 은혜에 감사하였다.

왜 가서 곡하지 않으십니까

이 무렵 인경왕후[32]가 천연두로 돌아가셨다. 임금이 아직 천연두를 앓지 않은 까닭에 두 궁의 의장을 나누어 다섯 달 만에 장례를 하였는데, 임금께서 빈전에 가서 곡하지 아니하시므로 조정 신하들이 빈전에 출입하면 감히 대조전[33] 앞에는 가지 못하고, 발인할 때도 모든 신료가 의정부에서 울며 보내게 되었다. 이에 박태보공이 이렇게 상소했다.

전하께서 초상이 났는데도 가서서 곡을 하지 아니하시더니 이제 발인 때에도 들어가서 곡하는 것을 의논하지 아니하고 계십니다. 전하께서 종사를 생각하여 전하의 몸을 보호하시느라 자잘한 예를 돌아보지 아니하시는 뜻은 압니다. 하지만 3월이 되면 날씨가 변합니다. 대개 전염병에 걸렸다가도 도져서 앓지 않으면 석 달 후에는 그 기운이 없어지는 것입니다. 이제 석 달이 지났는데도 아직도 꺼리고 계시니, 제 생각에 이것은 잘못입니다. 조

---

31) 홍문관.
32) 숙종의 첫번째 비.
33) 왕비가 거처하는 건물.

정이란 예법의 근본이라 만백성이 우러러 본받습니다. 지금 전하께서 꺼리지 않을 일을 꺼려서 없애면 안 될 예를 없애시니 이것은 만백성이 본받을 일이 아닙니다. 원컨대 즉시 들어가 곡을 하는 예를 행하시고, 백관에게 명령하여 교외까지 울며 따라가 송별하게 하십시오. 꺼리는 일을 끝내시고 정과 예를 펴시옵소서.

임금은 이를 탐탁지 않아하면서도 벌을 내리지는 않으시면서 다음과 같이 답을 내렸다.

이번 상례는 꺼려야 하는 일 때문에, 처음 상이 났을 때부터 발인할 때까지 끝내 내가 몸소 가서 곡하지 못하니 슬픔과 서러움을 어떻게 다 말하겠는가. 훗날 정해진 날에나 혼전에 가서 서러움을 뿜어내려 한다. 빈전에 가서 곡함이 옳지만 일이 이전과는 다름이 있어서 거행하기는 어렵다. 교외에 백관을 보내어 곡하며 송별하게 하는 일은 아뢴 대로 처리하라.

임금께서 박태보공의 의견을 따르지는 않았지만, 당시의 여론은 공의 행위를 옳다고 여겼다.

형벌과 조사는 아랫사람부터 해야지 대신부터 합니까

전에 오시수가 사신으로 다녀와서 '네 나라 신하가 강하다'는 말을 전한 죄로 갇혀 죽게 되었다.[34] 이때 박태보공이 상소하기를

---

34) 오시수가 원접사로 중국 사신을 맞이하고 돌아와, 중국의 통관 장효례가 '네 나라 신하가 강해 선왕이 제압당했다'는 말을 했다고 고했다. 이것이 문제가 되어 결국 그는 죽게 된다. 두 나라 사이의 외교 관계 등 정치적으로 민감한 사안에 관한 것이라 결국 죽음까지 불러온 것인

"말을 전한 역관에게 죄를 주어 자백을 받음이 마땅하거늘, 도리어 대신을 지낸 사람에게 먼저 형벌을 내린다면 일이 어떻게 되겠습니까" 하고 아뢰었다. 이 일로 임금의 뜻을 거스르고 다른 신하들의 꾸중을 들었지만 조금도 뉘우치지 않았다.

문묘 배향 인물을 함부로 바꾸면 안 됩니다

이 해에 청성부원군 김석주가 공자의 사당인 문묘에 배향[35]한 사람들을 삭제하거나 추가하는 내용을 건의하니, 여러 대신이 이 뜻에 찬동하여 논의가 이미 일어났다. 또 이 무렵 이단하가 이조판서로 임명되었다. 박태보공은 이 둘에 대해 모두 논박하였다. 상소 내용은 이러하였다.[36]

신이 청성부원군의 차자[37]와 여러 대신의 의논을 보니 신당, 공백료, 순황 등 아홉 사람을 다 문묘에서 빼겠다는 말씀이 있었습니다. 신은 처음에는 기뻐하고 나중에는 근심했습니다.

기뻐하는 것은, 임금께서 처음으로 학교를 새롭게 하는 정치를 행하시는 것에 대해 기뻐하고, 전하의 처분이 이렇게 단호하신 것에 대해 기뻐한 것

데, 이는 소위 '신하가 강하다'는 말과 관련된 사건이라서 '신강지설(臣强之說)'이라 불리기도 한다.

35) 신주를 모시는 일.

36) 『숙종실록』 숙종 7년(1681년) 12월 20일 기사에 상소의 내용이 나와 있다. 임금이 젊은 혈기로 아직 충분히 논의되지 않았거나 자료가 부족한 이들을 문묘에서 빼려고 한다는 점을 지적한 것과, 이단하는 잘못을 하고도 그것들을 가리려고 한 사실이 여럿 있는 사람이니 이조판서에 적합하지 않다고 지적한 것이다. 숙종은 이 말을 받아들이지 않았고 오히려 화를 내면서 박태보를 꾸짖으며 직을 빼앗았다. 이후 여러 신하가 소를 올려 벌을 내리지 말라고 했으며, 결국 박태보의 상소로 인해 이단하는 숙종 7년 12월 26일에 면직된다.

37) 일정한 격식을 갖추지 않고 사실만을 적어 올리던 상소문.

문묘

문묘는 공자를 중심으로 여러 성현의 위패를 모시고 제사하는 곳을 말한다. 공자를 위시하여 안자, 증자, 자사, 맹자 등의 중국 인물은 물론이요 최치원, 설총 등 신라의 인물과 안유, 정몽주 등 고려의 인물 및 조선의 여러 인물의 위패를 함께 모셔 제사를 지냈다. 조선은 유교를 국시로 한 나라였으므로 문묘를 매우 중요시하였으며, 여기에 위패가 모셔지는 것은 매우 의미 있는 일이었기 때문에 선비들은 자기의 조상이나 스승이 문묘에 배향되는 것을 큰 영광으로 여겼다. 따라서 문묘에 위패가 모셔지는가 내쳐지는가는 매우 민감한 사항이었다. 우리나라의 문묘는 태조 7년에 처음 세워진 이래 화재 등으로 여러 번 다시 건립되었으며, 현재는 종로구 성균관에 서울 문묘가 있다.

문묘는 공자의 사당이기 때문에 유교가 전해지는 곳이면 어디든 문묘가 세워졌다. 중국의 경우 베이징은 물론 지린, 상하이, 쑤저우 등 여러 곳에 문묘가 있으며, 중국과 같은 유교 문화권인 베트남의 하노이 등지에도 문묘가 있다.

한국과 중국의 문묘 위는 성균관에 있는 서울 문묘 대성전, 아래는 중국 쑤저우에 있는 문묘의 모습이다. 정정남 촬영

입니다.

그렇지만 여기에서 근심할 것에 대해 한 말씀 올리겠습니다. 대개 문묘에 함께 배향하는 법은 당나라 때부터 나라마다 더한 것이 있었습니다. 하지만 인물들에게 허물이 있고 그 일처리가 구차하고 초라한 경우가 많았습니다. 그러므로 나중에 성인군자가 나오면 예를 다시 의논할 일이지, 지금 함부로 의논하여 삭제하는 것은 도리어 그대로 두는 것만 못합니다. 명나라 시절 송염³⁸⁾과 정민정이 의논하여 문묘의 배향 인물을 삭제한 일이 있었지만 잘못된 것이 많았습니다. 장부경³⁹⁾이야 망령되이 방자하게 굴면서 꺼리는 일이 없을 정도였으니 다시 말할 것도 없습니다. 지금 이 문제를 의논하는 사람들이, 말은 명나라의 법을 따르는 것처럼 하나 사실은 명의 법을 고치고 있습니다. 이전 사람이 잘못한 일을 의논하기는 쉽지만 자기가 잘못한 줄은 모르니, 이것이야말로 천하 모든 사람의 병통입니다. 지금 이 시대에 성인군자도 없는데, 변변찮은 식견으로 지난 역사와 옛 법을 경솔히 고치니 이것은 깊이 생각하지 못한 처사입니다.

그러나 신이 근심하는 바는 이 일의 잘잘못을 따지는 것 이외에 있습니다. 상께서는 춘추⁴⁰⁾가 한창일 때라 공부가 아직 충실하지 못하고 혈기를 다 없애지 못하셨습니다. 그래서 일의 쉬운 것만 보고 어려운 것은 보지 못하시며, 일의 머리만 생각하고 끝을 생각하지 못하시고, 일의 중요도를 미처 살피지 아니하시고, 행하기를 너무 급하게 하십니다. 저의 망령된 의견으로는, 이 병통을 고치지 아니하시면 반드시 나라를 다스리는 데에 방해가 되고 일하는 데에 해가 많게 될 것이니, 크게 근심할 일입니다. 지금 신하들이 견식이 없어서, 전하로 하여금 겸손한 덕을 높이고 삼가는 도리를

---

38) 명나라 태조 때의 사람으로, 문묘 배향 인물의 적합성을 따져야 한다는 논의를 처음 일으켰다.
39) 명나라 세종 때의 태학사로, 당시 문묘 배향 인물의 적합성 여부를 논하는 일을 맡았다.
40) 나이.

지키도록 돕고, 전하께서 치우치는 것을 바로잡게 할 도리는 생각하지 않고 있습니다. 오히려 앞 시기 선비를 갑자기 끌어내고 중요한 법을 무너뜨리는 것이나 돕고 있습니다. 전하께서도 붓을 휘두르며 저지하지 않으시니, 그런 소식을 듣는 사람은 의심을 합니다. 그러니 이 잘못을 놓아두면 한 가지 일만 잘못하는 데 그치지 않을 것 같아 저는 진실로 두렵습니다. 일에는 근본과 말단이 있고, 천천히 할 것과 서둘러 할 것이 있습니다. 지금 사람을 가르치는 도리가 없어지고 선비의 풍습이 게을러져서, 집에서는 효성스럽고 공경하는 행실이 없어지고, 공부의 문제에서도 정성스레 바른 학문을 닦는 일 없이 글자 쓰기만 일삼아 녹봉이나 구합니다. 의논을 비뚤게 하며 무리나 만들어 치우친 주장만 숭상하니 인재가 사라지고 풍속은 무너졌습니다. 전하께서 만일 학문을 부지런히 하시고 예를 일으켜 이 폐단을 크게 변화시키려 하신다면 큰 선비를 맞아서 성균관을 맡게 하시고, 준수한 선비를 가르쳐 학문하는 법을 가르치시며, 선대의 아름다운 정치와 앞 세상 선비들의 옳은 말씀을 들어 쓰십시오. 『시경』에 "가득히 많은 선비여, 문왕이 그래서 평안하다"는 구절이 있듯, 이는 근본이 되는 일이요 시급히 할 일이건만 이것을 의논하지 않으시고 종묘에 배향하는 예나 자세히 하고자 하고 계십니다. 비록 하나하나 바로잡을지라도 태평의 겉모양만 꾸미는 일에 불과할 것이요, 유림들만의 관심거리가 될 것입니다. 이러한 모습으로는 백성의 마음이 곧 안정되지 못할 것입니다. 명나라 가정嘉靖[41] 때에 대대적으로 문묘 배향 인물을 바로잡았으나 조정의 질서가 문란했고 민생은 늘 바뀌어 명나라의 화근이 이 가정 연간으로부터 시작되니, 이 일이 효험이 없음은 분명합니다. 하물며 요즈음은 사사로운 뜻들이 횡행하여 기강이 서지 못하고, 정치 명령은 일정함이 없으며, 절도 있게 소비하지 못하여 비축해놓은 곡식도 없습니다. 백성은 죽어가는데 은혜를 내리지는 않고, 무섭고

---

41) 중국 명나라 세종 때의 연호(1522~1566년).

놀라운 재해는 매달 매일 일어나는데도 임금과 신하 상하가 모두 겉을 꾸미는 데만 힘쓰고 있습니다. 이것은 나라에 화를 부르는 것이니, 후세의 웃음거리가 될 것입니다. 엎드려 비옵건대, 상께서는 옛 법을 중히 여기시고 새 명령을 거두시어 근본적인 것, 급한 것을 살피시옵소서.

이조판서 이단하는 갑인년[42]에 선왕의 행장을 지을 때 윗분의 노함이 심하시니 급하게 행동을 하여 필요하지 않은 말씀을 행장에 더 썼습니다. 그 처사와 뜻이 뒤바뀌고 미련하여 지금 사람들이 다들 꾸짖습니다. 이즈음 가례[43] 후에 여양부원군 민유중[44]을 병조판서에 임명하시니 이것은 전부터 내려오는 중요한 법을 훼손하여 외척이 정치에 간여하는 폐단을 여는 것이었습니다. 그래서 대신과 삼사[45]가 날마다 다투는데도 이단하는 대사헌으로서 구할 줄을 모르고 오히려 다른 사람들의 상소를 비판하면서 "이 벼슬은 나라 법에는 없는 것이니 임금의 장인이 겸해도 된다"[46] 하였습니다. 이는 사람들의 이목을 가리고 상하 사람들에게 아첨하는 것입니다. 일 처리와 말이 이러한데도 도리어 상께서 대총재[47]로 허락하시는 것에 대해 오늘날 대간들이 한마디 말도 못하니, 전하의 눈과 귀가 되는 관리들이 귀먹고 눈 어둡기가 이렇습니다. 어찌 한심하지 않겠습니까.

---

42) 숙종 즉위년인 1674년.

43) 인현왕후와의 혼례.

44) 인현왕후의 아버지.

45) 조선에서 언론을 담당하는 세 부서인 사헌부, 사간원, 홍문관.

46) 숙종이 인현왕후의 아버지 민유중을 병조판서로 삼았다. 외척이 정치에 간여하는 문제는 대체로 꺼리는 것이므로 대간들이 당연히 간쟁해야 하는데, 당시 이단하는 사헌부의 관원이었으면서도 이 문제를 막기는커녕 오히려 별도로 한 관직을 설치하여 민유중을 임명하도록 청하면서 "이 직임은 법전에 기록된 것이 아니므로 임금의 장인이 맡아서는 안 될 이유가 없다"고 하였다. 박태보가 이런 처사를 문제삼고 있는 것이다. 『숙종실록』 숙종 7년 12월 20일 기사에 나온다.

47) 이조판서.

그 아버지에 그 아들

아버지 박세당이 세 아들 박태유, 박태보, 박태한에게 보낸 편지가 여럿 전한다. 이 편지들은 아들별로 따로 묶여 박세당의 문집에 실려 있는데, 각 편지 끝에는 날짜가 표시되어 있다. 그중 정사년 10월 29일 편지에는 이런 대목이 있다.

남을 보거든 삼가 침묵하여라. 무릇 말할 때에는 번다한 것을 절대로 경계해야 한다. 또 시사적인 문제의 시비에 대해서는 한마디도 하지 마라. 이것이야말로 후회하지 않고, 근심이나 욕됨을 피하는 좋은 방법이다. (『서계집』 17권 「기자태보寄子泰輔」)

정사년인 1677년에 박태보는 24세의 나이로 유배를 갔다(박태보전 깊이 읽기 4 '시험 문제 잘못 냈다고 유배되다' 참조). 박세당은 자신의 대를 이어 장원급제하여 관료의 길을 가고 있는 아들이 자랑스럽기도 했지만, 동시에 아들의 곧음을 걱정하였다. 그런 마음을 편지에 담아, 유배 간 아들에게 거듭 세상 시비에 대해서 말하지 말라고 당부하고 있는 것이다. 하지만 아버지 박세당의 이런 걱정과 당부는 소용이 없었다. 선천 유배는 몇 달 만에 끝났지만, 훗날 아들 박태보는 끝내 의기를 꺾지 않고 직간을 하다가 국문 끝에 맞아 죽고 말았다.

아들에게 이렇게 당부하였지만, 사실 박세당 자신 또한 세상에 순응하며 입을 닫고 산 인물이 아니다. 박세당은 일흔 넘은 나이에 자신의 죽음에 대비하여 스스로 묘표를 썼는데, 그 맨 마지막에 자신이 몇몇 책을 주해했음을 밝히던 중에 이런 이야기를 썼다.

맹자의 말을 매우 좋아하여 차라리 외롭고 쓸쓸하게 세상과 부합하지 못한 채 살아갈지언정, 끝내 '이런 세상에 났으니 이런 세상에 맞추어 잘 지내면 되지 않겠느냐'는 이들에게 고개를 숙이며 그들을 따라 살지는 않으려 했다. 그 뜻이 그러했다. (『서계집』 14권 「서계초수묘표」)

세상이 어떻든 그 세상에 맞춰 사는 이들을 향해 욕을 해댈 수 있는 사람, 차라리 혼자 외롭고 쓸쓸하게 살다 죽을지언정 더러운 것에 맞춰 살지는 않겠다는 사람이 박세당이었다. 자신이 평생 그렇게 했노라고 스스로 묘표에 쓸 정도이니 말해 무엇하랴.

　　아들을 걱정하며 제발 세상 시비를 논하지 말라고 했으나 정작 자신도 그리하지 못했던 아버지 박세당. 아들 박태보는 바로 그 아버지를 닮았던 것이다.

상이 크게 노하여 비망기[48]를 내리시고 파직하여 다시 등용하지 못하게 하였다. 승정원과 삼사에서 박태보공을 구하고 승상인 노봉 민정중은 민유중의 형인데도 그를 구하였다. 그러나 이 상소문을 올린 뒤, 위로는 임금의 뜻을 상하게 하고 아래로 모든 대신을 노하게 하였던 까닭에 삼사의 관원으로 추천되어도 뽑아주지 않는 일이 무수하였다.

사가독서 하고 이천현감도 되다

임술년(1682년, 숙종 8년)에 사가독서[49] 대상자로 뽑혔다. 이것은 당대 사람들이 매우 선망하던 일이었다. 박태보공과 도지겸, 임영, 오도일, 서종태, 이어를 뽑아 임금께서 글을 지어 올리라 명하셨다. 사슴 가죽을 내리시고 술과 은잔을 내리시니, 박태보공 등이 표문을 올려 은혜에 감사하고 일생의 영광으로 여겼다.

이해 겨울에 이천현감이 되었는데, 5년이 되도록 조정으로 다시 부르지 아니하셨다. 공은 이천에 부임한 후 고을의 폐단과 백성이 아파하는 것을 살펴 하나하나 듣고, 정치 명령과 문서를 조리 있게 하였다. 밤낮으로 부지런히 하여 조그만 폐단도 없게 하고, 글을 읽어 선비들을 가르치기도 하니 이천 백성들이 지금까지 칭송한다.

48) 승지에게 내리는 임금의 명령서.
49) 인재 양성을 위해 몇몇 인물을 뽑아 특정 시기 동안 독서에만 전념하게 한 제도.

풍수지리나 믿고 왕릉을 옮기다니요

병인년(1686년, 숙종 12년) 봄에 현감에서 사임하는 문서를 올려 그만두었다가 나중에 홍문관 관원이 되고, 이조 좌랑, 북평사, 전라도 어사를 거쳐 응교가 되었다. 이때 장릉[50]을 옮기자는 의논이 일어나니, 박태보공이 글을 올려 "풍수에 따라 화와 복이 일어난다는 것은 무당의 말과 같다"고 하였다. 이런 잡술[51]의 말 때문에 반백 년이나 된 능을 옮기는 일을 가볍게 의논하는데, 수십 명 신하 중에 옳다 하는 이가 반이나 되고 옳지 않다고 하는 사람은 감히 분명하게 말도 못하는 상황에서, 박태보공의 말이 이렇게 통쾌하였다. 하지만 상께서는 함부로 말한다며 꾸중하셨다.

파주목사 시절

파주목사로 임명되어 백성을 다스리기를 이천에서 한 것같이 하되 더욱 부지런하고 익숙하게 하니, 경기도 중의 으뜸이라 일컬어졌다.

파주에 관사가 아직 없었으므로 목사 녹봉을 떼어내어 풍낙헌을 지었다.

겨울에 얼음을 보관할 때 공이

"얼음을 쌓을 수 있도록 몇 칸 건물을 지으라"

하고

---

50) 인조의 왕릉. 숙종 12년 12월에 풍수지리상 장릉의 위치가 좋지 않아 재난이 자주 일어나는 것 같으니 천장해야 한다는 내용의 상소가 접수되었다. 이를 두고 조정에서는 논란이 일었다.
51) 여기에서는 풍수지리설을 가리킴.

장릉 인조와 인열왕후의 능. 경기도 파주에 있다. 이연노 촬영

"얼음 몇 덩이를 들여놓으라"
하였다. 나중에 살펴보니 과연 옳은 일이었다.

모든 것에 뛰어난 인재

공의 타고난 기품이 보통이 넘어 재
주가 높고 이치에 밝았다. 매사 어렵든
쉽든 반드시 다 안 후에야 그쳤다.

필법도 반듯하고 단단하며 방정하여
형제[52]가 모두 세상에 유명하였다.

재주도 오묘하고 정밀하여 조금도 틀
림이 없어서 그릇 안의 곡식, 나무 위의
열매가 몇 개라고 하여 세어보면 하나
하나 틀린 경우가 없었다.

또 의약, 점술, 천문까지 모르는 것이
없고 세상의 고을과 나라 지형의 거리
와 백성의 숫자까지 다 알고 있었다. 특

『가장유묵』 박태유, 박태보의 필첩
한국학중앙연구원 장서각 소장

별히 『주역』 공부에 대해서는 늘 강연 자리에 들어가서 깊은 뜻과 묘한
이치를 분명히 말씀하였는데, 그렇게 하면 그 자리에 있는 모든 재상이
나 유명한 인재들, 나이 든 선비들까지도 아무 말 못할 정도였다.

---

52) 박태유와 박태보 형제.

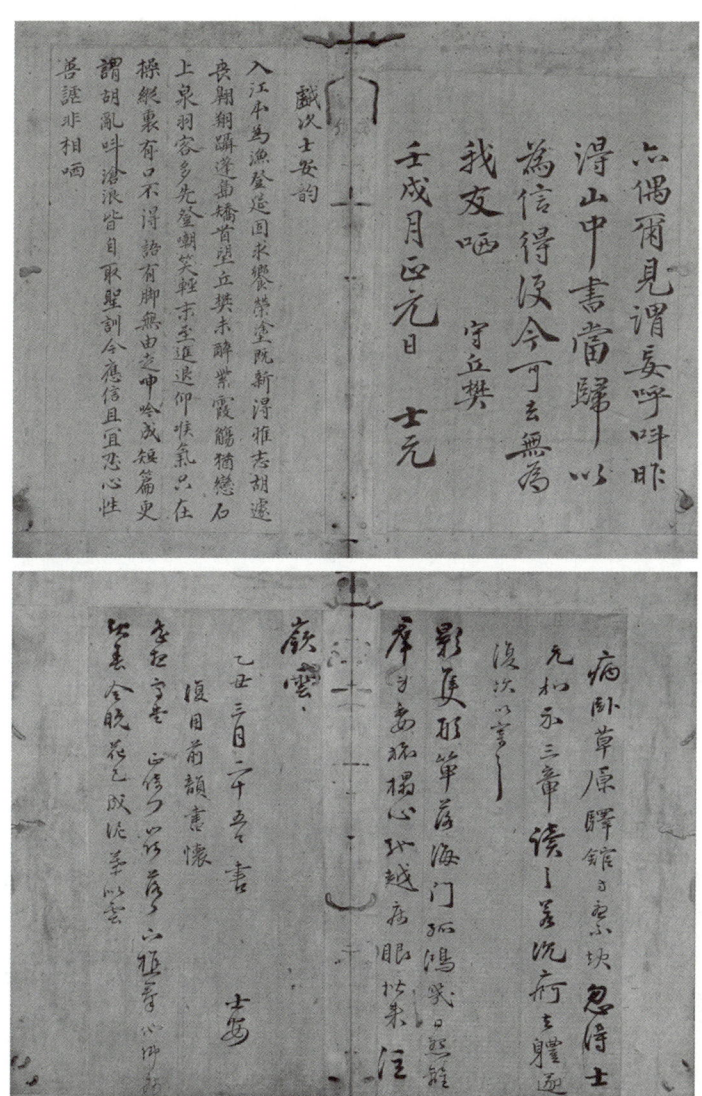

『가장유묵』에 실린 형제의 유묵 박태보는 형 박태유와 함께 안진경체를 조선에 보급한 것으로 유명하다. 박태보의 유묵(위)에 사원(士元)이라는 글자가 보인다. 사원은 박태보의 자이다. 박태유의 유묵(아래)에는 사안(士安)이라는 글자가 보인다. 사안은 박태유의 자이다. 한국학중앙연구원 장서각 소장

잘생긴 박태보에게 반한 여인

박태보에 대해 전하는 설화는 역사 사실과 그다지 다르지 않다. 인현왕후 폐출에 대해 상소한 일과 그 일로 인해 국문을 당하는 장면을 얼마나 길고 자세하며 극적으로 표현했는가의 차이만 있을 뿐 다른 이야기는 거의 없다. 조선 말기에 이원명이 엮은 한문 소설집인 『동야휘집東野彙輯』에 나오는 것 말고는 그에 관한 설화를 찾아보기는 힘들다. 현대에 들어 전국에서 구비 설화를 조사했을 때 강원도 양양군 서면에서 박태보에 관한 설화가 하나 채록되었지만 이 역시 박태보가 국문당할 때의 장면을 말한 것이었다. 『한국구비문학대계』 2집 5책 432쪽에 전문이 실려 있다.

국문 장면 외에 박태보에 대해 전하는 유일한 이야기는 그에게 반한 한 여인에 관한 것이다. 윤태영, 구소청 공편 『이조오백년야사』(1967)에 실려 있다. 그 내용은 이렇다.

참판 이종엽의 집에서 심부름하는 여인이 박태보에게 반했다. 그 마음이 너무 강해서 병이 날 정도이므로 박태보의 유모를 찾아가 사실대로 말하고 도움을 청했다. 그의 마음이 너무나 진실한 것을 안 유모는 박태보 집에 찾아갔으나 박태보가 워낙 강직하였기 때문에 박태보에게 말하지는 못하고 그 어머니에게 말했다. 젊은 여인의 청을 거절하면 청춘인 아들의 앞길에 방해가 될지도 모른다는 유모의 말에 어머니 역시 그냥 넘길 수는 없었지만, 아들의 강직함을 잘 알기 때문에 남편 박세당에게 말을 했다. 박세당은 아들 박태보를 불러서 사람의 간절한 소망은 저버리는 것이 아니라면서 원한을 쌓는 일이 없도록 하라고 당부했다. 박태보는 아비를 거절하지 못하여 그녀와 하룻밤을 보냈지만 이후는 잊어버리고 지냈다.

이후 박태보가 국문을 받고 유배지로 가다가 노량진 근처에서 죽어갈 때 한 여인이 뵙기를 청하므로 불렀더니, 지난날 하룻밤을 함께 보낸 여인이었다. 박태보는 겨우 여인의 손을 잡은 다음 숨을 거두었다. 여인은 숨진 박태보 옆에서 지쳐 쓰러질 때까지 눈물을 흘리다가 조용히 밖으로 나가 이후 자취를 감추었다.

나중에 인현왕후가 복위되고 박태보의 충절도 인정되어 사당이 세워졌다. 사당이 세워지던 날 이 여인이 소복을 입은 채 사당 서까래에 목을 매달고 죽었다. 남편을 따라 죽은 열녀 같은 행실을 보인 것이다.

사실 박태보가 여인의 손을 잡고 죽었을 가능성은 전혀 없다. 더이상 유배지로 가지 못하여 노량진 근처에 있을 때 많은 사람이 다녀가면서 그의 상황을 보고 있었다. 그런 상황에서 근본을 알 수 없는 여인이 찾아와 그를 만났을 가능성은 전혀 없다. 또 사내는 여인의 손에서 죽지 않는다면서 아내까지 내보냈던 박태보가 이 여인의 손을 잡고 죽었을 리는 더더욱 없다. 워낙 잘생기고 집안도 좋고 똑똑하기까지 했던 인물이 젊은 나이에 옳은 일을 위해 굽히지 않고 죽었으니, 무슨 이야기든 덧붙지 않겠는가. 이 이야기야말로 멋진 러브 스토리 하나쯤 만들어내고 싶은 민간의 마음이 빚어낸 창작물일 것이다. 이 이야기는 노강서원 창건과 연결되어 창건 설화로 전해지기도 한다.

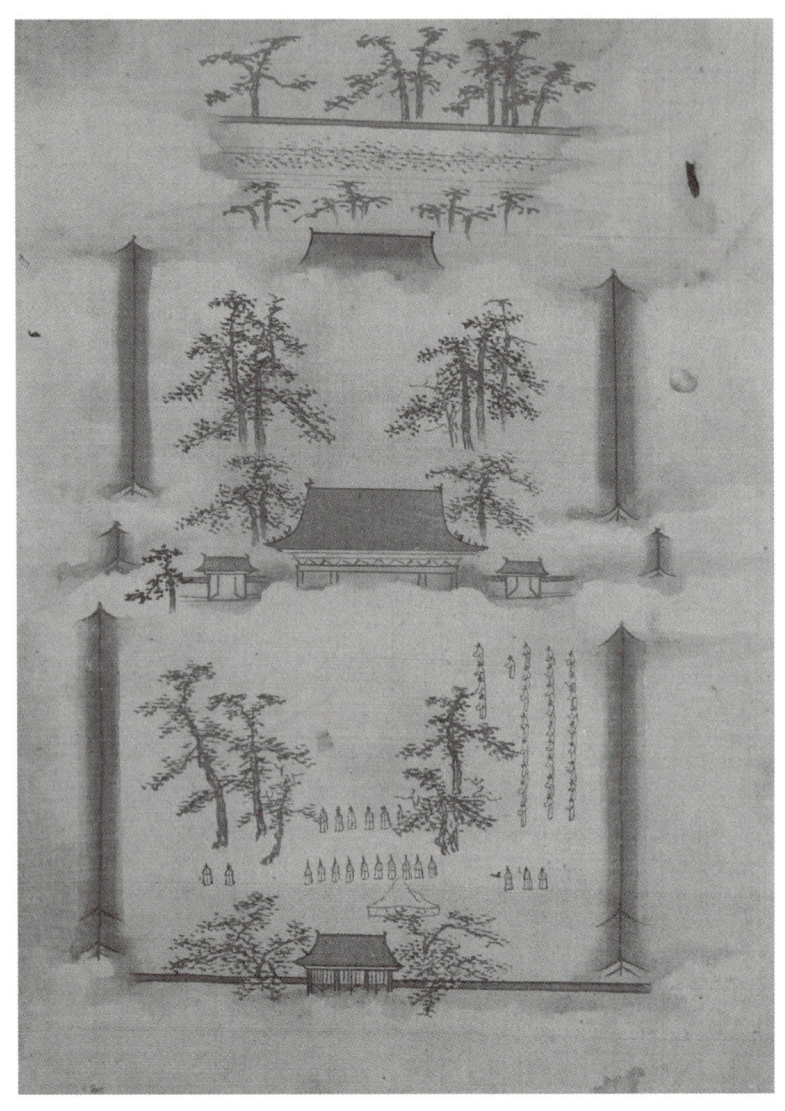

『성정계첩』 내 문묘 모습 1610년 문묘에 김굉필 등 다섯 사람을 모시는 것을 기념하여 만든 책이다. 그 첫 면에 그려놓은 문묘 종사 당시의 모습을 통해 조선 시대의 문묘 모습을 알 수 있다. 한국학
중앙연구원 장서각 소장

율곡과 우계를 문묘에서 내치지 마옵소서

기사년 봄에 나라 일이 크게 변하여[53] 모든 소인이 권력을 잡아 율곡 이이와 우계 성혼 두 선생을 문묘에서 내치려 하였다. 박태보공이 고을 수령을 할 마음이 사라져서 병이 있다고 하여 그만두고 돌아왔다. 두 선생을 위하여 "문묘에서 내치지 마옵소서" 하는 상소를 써서 선비들에게 주니 지금까지도 전해지며 읽히고 있다.

인현왕후 폐함을 반대하다 귀양 가는 외숙 남구만

이 무렵 인현왕후를 폐하게 되니 박태보공이 간하는 상소를 지어 유생과 감찰들에게 주었다. 이때에 공의 외숙인 약천 남구만이 영의정으로서 후궁에 대해 말씀드렸는데 상이 크게 노하여 강릉으로 귀양을 보냈다. 박태보공이 교외까지 나가 그와 송별하였다. 말을 타고 가면서 외사촌인 남학명에게 이르기를

"꿈에 어떤 사람에게 조문을 하는데 피눈물로 온몸이 젖었다. 꿈에서 깬 후에도 더 흐느꼈으니 이 무슨 징조일까?"

하였다.

박태보공이 약천 남구만공께 글을 지어 전송하였다. 그 시는 이렇다.

아득히 서로 보고 길머리에 섰으니

뜻은 슬프고 정은 지극하여 다 말이 없도다

본래 공은 원망이나 탓을 아니 하시나

---

53) 기사환국을 가리킨다. 장희빈이 낳은 아들을 원자로 책봉하는 문제로 남인이 숙종의 마음을 얻어 서인을 몰아내고 재집권한 사건이다.

남구만과 박태보

남구만은 숙종 때에 영의정까지 올라 활동했던 인물이다. 정치 세력의 교체에 따라 등용과 내쳐짐을 여러 번 경험했지만 정치, 의례, 인재 등용 등 다방면에서 활약한 관리이다. 남구만은 덜 알려졌을지언정 그가 쓴 이 시조는 『청구영언』에 실린 이래, 아직까지도 애송되고 있다.

> 동창이 밝았느냐 노고지리 우지진다
> 소 치는 아이는 상기 아니 일었느냐
> 재 너머 사래 긴 밭을 언제 갈려 하나니

남구만은 박태보의 외숙이었다. 남구만의 여동생이 박세당과 혼인하여 낳은 둘째 아들이 박태보였던 것이다.

남구만은 인현왕후의 폐비에 반대하다가 숙종의 노여움을 입어 강원도로 유배되었다. 유배 갈 때 박태보가 와서 전송하기도 했는데, 그는 박태보가 끝내 죽었다는 소식을 나중에야 들었다. 5월 15일에 남구만은 아들에게 쓴 편지에서

"하늘이시여, 하늘이시여! 왜입니까?"

하고 탄식하고는 이렇게 이어갔다.

"이 소식을 전해들은 후로 오장육부가 다 타버렸다. 소리조차 못 내겠고 눈물조차 안 나온다. 나도 이런데 제 아비야 어떻겠는가."

『약천집』 34권에 실린 「아들에게 보내노라喬兒」에 나온다.

다만 나는 근심스럽고도 슬프다
채찍을 들고 티끌을 일으키며 종을 재촉하여도
바람은 요란하고 날은 어두워 길의 사람 슬퍼하노라
이번에 가면 동편 백성은 잠깐 위로하겠으나
어느 달에나 대궐로 들어올 기약을 보리오

약천공이 이렇게 화답시를 지었다.

이제 손을 놓고 길에 섰으니
한 수 시로써 말을 하노라
흰 털과 푸른 낯은 같이 쇠하고
미친 말과 큰 글은 다 정이어라
하늘은 긴데 망양은 흐리고 아득하며
바람은 먼데 어룡은 휘파람 불기를 슬퍼하더라
묻노니 자네 어느 때에 나를 찾으려는가
영주 큰 고개에서 회 먹을 기약 정하고자 하노라

이때 사람들이 공에게
"이상하다, 그대의 시구 끝이 서글퍼 상서롭지 않도다"
하니 공이
"지금의 모습을 들어 쓴 것뿐이니 무엇이 해롭겠는가"
하였다. 슬프다! 공의 이 시가 마지막 글이었다. 이때는 화를 입기 엿새
전이었다. 꿈과 시가 바로 그 전조였던 것이다.

80여 명 대표로 상소를 작성하다

이때에 임금이 비망기[54]를 빈청에 내렸다. 그 말이 엄정하고 위엄이 극렬하여 일의 기세가 점점 급박해져가니 온 나라가 어쩔 줄 몰라하였다. 박태보공이 듣고 강개하여 눈물을 흘리며 말하기를

"지금 국모께서 장차 위태롭게 되는데 신하로서 비록 파직중이라고 해도 간하지 않을 수 있겠는가"

하더니, 드디어 편지를 써서 파직된 사람들에게 청하여 장차 상소하려고 했다. 오두인공도 파산[55]한 사람들과 함께 상소하려고 한다 하였다. 그래서 평상시 있던 곳에서 마을로 모이니[56] 이때에 이세화공이 강교에서 약속도 아니 한 채 들어오고 파산한 조정 선비들도 소문을 듣고 오니 모두 합하여 80여 명쯤 되었다. 최석정, 이돈이 각각 소매에 상소문 초본을 넣고 왔다. 모든 선비들이 상소에 적을 글을 의논하였으나 결론이 나지 않고 날이 이미 저물었으므로 어떤 사람이 말하기를

"오늘은 벌써 저물었으니 내일 바치는 것이 좋겠다"

하였다. 박태보공이

"이런 일에 대해 어찌 시간을 끌겠는가"

하였다. 또 한 사람이 말하기를

"글을 짓고 쓸 사람이 없으니 어떻게 할까?"

하니 박태보공이 분연히 말했다.

"차라리 내가 짓고 쓰겠다."

말을 내자마자 붓을 잡아 상소를 둘로 나누어 적고는 고치고 더하여

---

54) 여기에는 인현왕후의 생일을 축하하지 못하게 하고, 그의 잘못을 드러내는 내용의 글이 적혀 있었다. 『숙종실록』 숙종 15년 4월 24일 기사에 실려 있다.

55) 실무에서 물러나 이름뿐인 품계만 갖게 되던 일 또는 그런 사람.

56) 이 부분의 정확한 뜻은 알 수 없다. 원문에는 "평시예셔ᄆ올노모하니"로 되어 있다.

숙종의 여인들

숙종은 유독 여인들과 관련하여 큰 사건을 많이 일으켰고, 의도했건 의도하지 않았건 그 사건들로 인하여 이후 왕실에 영향을 미쳤다. 큰 사건과 관련한 인물로는 인현왕후 민씨, 희빈 장씨, 숙빈 최씨가 있지만 숙종은 이외에도 여러 비와 후궁을 두었다.

사람들에게 가장 잘 알려진 인현왕후는 숙종의 첫 부인이 아니다. 숙종은 세자 시절인 1671년에 11세 나이로 혼인을 한다. 이 사람이 인경왕후 김씨(1661~1680)이다. 『숙종대왕인경왕후가례도감의궤』가 현재 남아 있어서 혼인 때의 상황이 잘 드러나 있다.

그러나 인경왕후는 아들 없이 일찍 죽었고, 1681년 두번째로 맞은 여인이 바로 인현왕후 민씨(1667~1701)이다. 인현왕후는 왕후가 된 지 몇 년이 지나도록 자식을 낳지 못하였다.

이 무렵, 정확하게는 1686년에 숙종이 맞은 여인이 악녀로 알려진 희빈 장씨이다. 대빈 장씨라고도 부른다. 그가 훗날 경종 임금이 되는 아들을 낳았다. 인현왕후와 장희빈은 단순히 한 여인이라는 존재를 넘어 서인과 남인이라는 당파와 연결되어 있었기 때문에 이들과 관련한 정치적 문제도 복잡했다. 장희빈이 아들을 낳으면서 조정의 판세가 달라졌고, 결국 인현왕후는 폐위가 되고 희빈 장씨가 중전의 자리에 올랐다. 나중에 마음을 돌린 숙종이 인현왕후를 복위시키고 장희빈을 죽이기까지 했다.

왕비의 자리는 비워둘 수 없었으므로 인현왕후 사후에 또다시 어린 나이의 인원왕후 김씨(1687~1757)를 정비로 맞이했다.

정비 이외에 숙종은 여러 후비를 두었다. 장희빈을 들이기 직전 1686년 봄에 김창국의 딸 영빈 김씨를 후궁으로 들였다가 인현왕후를 폐비할 때 함께 쫓아냈고, 이후에도 1693년에 무수리였던 숙빈 최씨를 후궁으로 들였다. 이외에도 소의 유씨, 명빈 박씨 등을 후궁으로 들이기도 하였다. 물론 이들은 처음부터 영빈이나 소의나 명빈이었던 것은 아니고 숙종 28년에 가서야 그런 직첩을 받았다.

왕이 여러 여인을 두는 것은 드문 일이 아니었으나 숙종의 경우 그 정도가 심하고 감정에 따라 행동도 과격하여 여러 정치적인 문제뿐만 아니라 왕실 재정상의 문제를 일으키기도 했다.

　이중 인현왕후와 장희빈은 다들 잘 알테니 이들을 제외한다면, 특히 기억해야 하는 사람은 인원왕후 김씨와 숙빈 최씨이다.

　인원왕후는 숙종 사후 왕실의 제일 어른인 대비로서 중요한 순간에 중심을 잡는 역할을 했다. 특히 환관 박상검이 연잉군(훗날의 영조)을 제거하려 하는 긴박한 순간에 인원왕후는 이 문제에 단호히 대처하여 해결함으로써 결국 연잉군이 보위에 올라 영조가 되게 하는 데 결정적인 역할을 하였다. 『경종수정실록』 경종수정 1년 12월 22일 기사가 이 문제를 자세히 다루었는데, 그때에 죄인을 문초하는 과정에 이런 말이 나온다.

　　왕세제께서 대전으로 가서 박상검의 교지한 죄를 아뢰고, 대비전에서는 또 재차 언문으로 하교하시어 환첩(宦妾)의 죄를 처형하니, 궁이 깨끗이 맑아지고 종묘사직이 안정되었습니다. 이것은 진실로 성상의 우애하는 마음에서 연유한 것이나, 인원왕후의 침착한 대처와 은밀한 계획이 두 분 마마를 가르쳐 위기를 안정으로 바꾼 것입니다. 옛적의 이른바 '여자 중의 요순(堯舜)'이라는 말이 인원왕후를 두고 한 말이라 하겠습니다.

　인원왕후는 특히 영조의 왕위 계승과 안정에 결정적인 역할을 하여, 이후 영조로부터 극진한 대접을 받았다. 영조는 인원왕후가 죽었을 때 직접 최선을 다해 그 상례를 치르기까지 하였다.

인원왕후의 시호를 적은 금보　바닥에는 '정의장목인원왕후지보(定懿章穆仁元王后之寶)'라고 새겨져 있다. 국립고궁박물관 소장

숙종의 여인 중 기억하지 않을 수 없는 또 한 사람이 있다. 숙종이 궁중의 허드렛일이나 하는 무수리에게 마음을 빼앗겨 그를 맞으니 이 사람이 숙빈 최씨이며, 그가 낳은 아들이 나중에 영조가 된다. 장희빈의 아들 경종이 일찍 죽고 동생인 영조가 그를 이어 왕이 되었다. 영조는 왕의 아들이기는 하였으나, 어머니가 무수리였다는 것 때문에 평생 정치적인 부담감을 안고 살았다. 그 부담감이 이후 아들 사도세자를 죽이는 등의 행동에 영향을 미쳤음은 부정할 수 없을 것이다.

그러고 보면 숙종과 그의 여인에 관련된 이야기는 한 개인의 이야기가 아닌 셈이다.

숙빈최씨소령원도 소령원
은 숙빈 최씨의 무덤이다.
1753년경. 한국학중앙연구원
장서각 소장

짓고 썼다. 쓸 때에 붓놀림이 나는 듯 비바람이 치는 듯하였고, 준엄하고 빛나는 말이 많았다. 짧은 시간 안에 상소 한 편을 이루어냈다. 오두인공의 벼슬이 가장 높았으므로 상소 대표로 하여 승정원에 상소를 바쳤다. 이때가 기사년(1689년) 4월 25일 신시[57]였다.

상소를 읽다

상소를 올렸는데도 오래도록 답을 내려주지 않으시더니, 황혼녘에 상이 승지에게 들어오라 하시고는 읽게 하였다. 승지 이서우가 상소를 펴놓고 엎드려 읽었다.

전 판서 신 오두인, 전 참판 신 이세화, 전 사직 신 유헌, 전 승지 신 김재현, 전 군수 신 최선, 전 목사 신 이돈, 전 승지 신 서문유, 전 급제 신 조성보, 전 부사 신 서종태, 전 목사 신 이광하, 전 목사 신 박태보, 전 목사 신 심사홍, 전 경력 신 신여석, 전 부사 신 이행하, 전 부사 신 심집, 신 이지웅, 신 유명재, 신 윤박, 신 윤평, 신 권상하, 전 정랑 신 홍수헌, 전 판관 신 이동암, 부사 신 이의창, 전 참의 신 심수량, 전 현감 신 박태순, 전 도사 신 김연, 전 찰방 신 서종헌, 전적 신 김두남, 전 정랑 신 김홍복, 전 정랑 신 김몽신, 전 도사 신 유명흥, 전 현감 신 이언기, 전 사과 신 이삼석, 전 판관 신 홍만선, 신 유성운, 전 현령 신 안중, 전 현감 신 오두성, 신 이정기, 신 박용견, 신 김재, 전 주부 신 김세정, 전 별제 신 한덕량, 전 박사 신 이진식, 전 별검 신 이기주, 전 군수 신 이준, 전 현감 신 윤이징, 전 첨정 신 유시번, 전 군수 신 이인혁, 전 현령 신 이인소, 전 봉사 신 이인희, 전 현감 신 정정양, 신 이세원,

전 사과 신 김덕기, 전 봉사 신 이세유, 신 최방언, 전 판관 신 홍수점, 전 봉사 신 이하성, 신 이만형, 참봉 신 정유점, 신 이덕령, 신 남반, 신 박세집, 전 참봉 신 이만형, 급제 신 김세익, 전 참봉 신 민광익, 전 현감 신 강석범, 신 이만징, 신 이행적, 전 부사 신 조태래, 전 감찰 신 서문숙, 전 현감 신 김하석, 신 곽창징, 전 도사 신 오수대, 전 현령 신 이경수 등은 진실로 황공하옵게도 머리를 조아려 삼가 절하며 주상 전하께 글을 올립니다.

저희가 엎드려 생각하오니, 임금이 후비를 둔 것은 종사를 함께 받들고 만민에게 함께 임함이 왕의 길의 근본이요 왕의 교화의 근본이기 때문입니다. 옛적에 성왕聖王이 후비를 중요하게 여긴 것은 이런 까닭입니다. 우리 모후께서 궁궐에 오신 지 이미 아홉 해째입니다. 대왕대비께서 친히 간택하셔서 우리 전하께 맡기시니, 전하께서도 대왕대비 삼년상을 함께하셨습니다. 덕을 잃은 일이 밖에 들리지도 않았고 신하들과 백성의 우러름이 간절하였습니다. 그런데 갑자기 어제 빈청에 내리신 비망기는 신하로서 차마 들을 말씀이 아니었습니다.

왕의 말씀이 한번 내려오자 온 세상이 모두 놀랐습니다. 어찌 성명의 세상[58]에 은혜를 상하고 도리에 해로운 명령이 있을 줄 생각이나 하였겠습니까. 아아! 궁중의 일은 바깥사람이 알 바 아니되, 비망기 가운데 이른바 "핑계하여 사람을 속인다"는 말씀은 무슨 일인지 모르겠습니다. 설령 내전께 조그만 허물이 있다고 해도, 꿈속의 일[59]은 행위가 드러난 허물이 아닌데 갑자기 집어내어 드러내셨으며, 전혀 앞 임금과 왕비를 핑계하여 말한 것이 아닌데 망극한 죄명을 씌우셨습니다. 하물며 원자께서 나시니 종묘사직

___

58) 성인이 다스리는 밝은 세상.
59) 『숙종실록』숙종 15년 4월 21일 기사를 보면, 숙종은 인현왕후가 꿈에 선왕과 선후, 즉 현종과 명성왕후를 만났다고 자신에게 이야기했다는 사실을 신하들에게 전한다. 인현왕후의 꿈 내용은 이렇다. 현종과 명성왕후가 나타나 인현왕후는 복록이 후하고 자손도 많을 것이며, 숙원은 자식도 없고 복도 없으며 궁에 오래 머물면 나라에 이로울 것이 없으리라고 했다는 것이다. 당시 장씨는 숙원이었다. 숙종은 인현왕후가 그런 꿈 이야기를 자신에게 전했다며, 이는 왕후가 투기를 부리는 것이라 말했다.

왕비를 가리키는 말

박태보는 숙종이 인현왕후를 폐위하는 것을 반대하다가 벌을 받는다. 그러므로 작품에 인현왕후를 가리키는 말이 자주 나온다. 왕의 정비(正妃)를 가리키는 말에는 어떤 것들이 있을까?

공식적인 용어는 후비(后妃)이다. 후는 임금, 비는 왕비라는 의미이다. 그러나 왕비를 나타내는 말로 가장 일반적으로 쓰이는 것은 중전(中殿)이다. 중전이란 왕비가 거처하던 궁전을 뜻한다. 따라서 중전이라는 호칭은 왕비를 직접 지칭하지 않고 왕비가 지내는 궁궐 내 건물로 지칭을 대신하는 말이다. 제대로 쓰자면 중궁전(中宮殿)이라 해야 하지만 이를 줄여서 중전이라 하기도 하고 중궁이라 하기도 한다. 건물을 통해 사람을 지칭하면서 안에 있는 분이라는 뜻을 더해 내전(內殿)이라 부르기도 한다. 유교적인 이념상 왕을 백성의 아버지라고 하므로 왕비는 자연스럽게 백성의 어머니가 된다. 그러므로 왕비를 국모(國母)라고 부르기도 한다. 대궐 안, 문지방 안에 사는 지위를 가진 사람이라는 뜻의 곤위(壺位), 궁위(宮闈)도 왕비를 나타내는 용어이다.

숙종은 인현왕후를 왜 폐위했나

숙종은 인현왕후의 무슨 잘못을 들어 폐위했을까? 『숙종실록』 숙종 15년 4월 21일 기사를 보면, 신하들 앞에서 숙종은 이렇게 말했다.

말세가 될수록 인심이 점점 나빠지기는 하지만 어찌 내가 당한 것 같은 일이 있겠는가. 경들에게 발본색원할 뜻이 있으니 나도 말하고 들은 것이 있다. 중궁에게는 『시경』 「관저關雎」에 나오는 덕 같은 것은 없고 투기하는 습관이 있다. 중궁은 병인년에 희빈이 처음 숙원이 될 때부터 귀인에게 붙었으며, 그가 분을 터뜨리고 투기를 일삼은 정상은 이루 다 말할 수가 없다. 어느 날은 내게 "꿈에 선왕과 선후를 만났습니다. 두 분이 저를 가리키면서 '내전과 귀인은 선조 임금 때처럼 복록이 두텁고 자손도 많을 것이다. 그러나 숙원은 아들이 없을 뿐만 아니라 복도 없으니, 궁궐에 오래 있게 되면 경신년에 실각한 사람들에게 붙어서 나라에 이롭지 못할 것이다' 하고 말씀하셨습니다" 하였다. 부인의 투기는 옛날에도 있었지만 어찌 선왕과 선후의 말을 빌려서 나를 두렵게 하여 움직일 계책을 세우는 극심한 지경에 이르렀단 말인가. 투기가 통하지 않게 되자 이런 헤아릴 수 없는 말을 만든 것이니 어린 아이인들 어찌 이 말을 믿겠는가. 간교한 정상은 그 속이 훤히 들여다보인다. 이런 사람은 고금에 다시없을 것이다. 꿈 이야기처럼 숙원에게 아들이 없는 것이 사실이라면 원자는 어떻게 탄생되었는가. 그 못된 작태가 여기에서 더욱 증험되었다.

한마디로 인현왕후가 투기가 심하다는 것이다. 여기서 언급되는 숙원이란 희빈 장씨를 말한다. 우리가 흔히 장희빈, 즉 희빈 장씨로 알고 있는 그는 숙종 12년인 1686년 12월에 숙원으로 책봉되어 궁궐에 들어왔다. 이때 정비인 인현왕후와 희빈 장씨 외에 또다른 후궁인 귀인 김씨가 있었다. 여기에서 귀인 김씨란 김창국의 딸로 1686년 3월에 숙의로 책봉된 후 같은 해 5월에 소의를 거쳐 귀인으로 책봉된 여인이다. 훗날 영빈으로 책봉되었다. 같은 서인 집안 출신인 까닭에 귀인 김씨와 인현왕후는 특히 가깝게 지냈다고 한다.

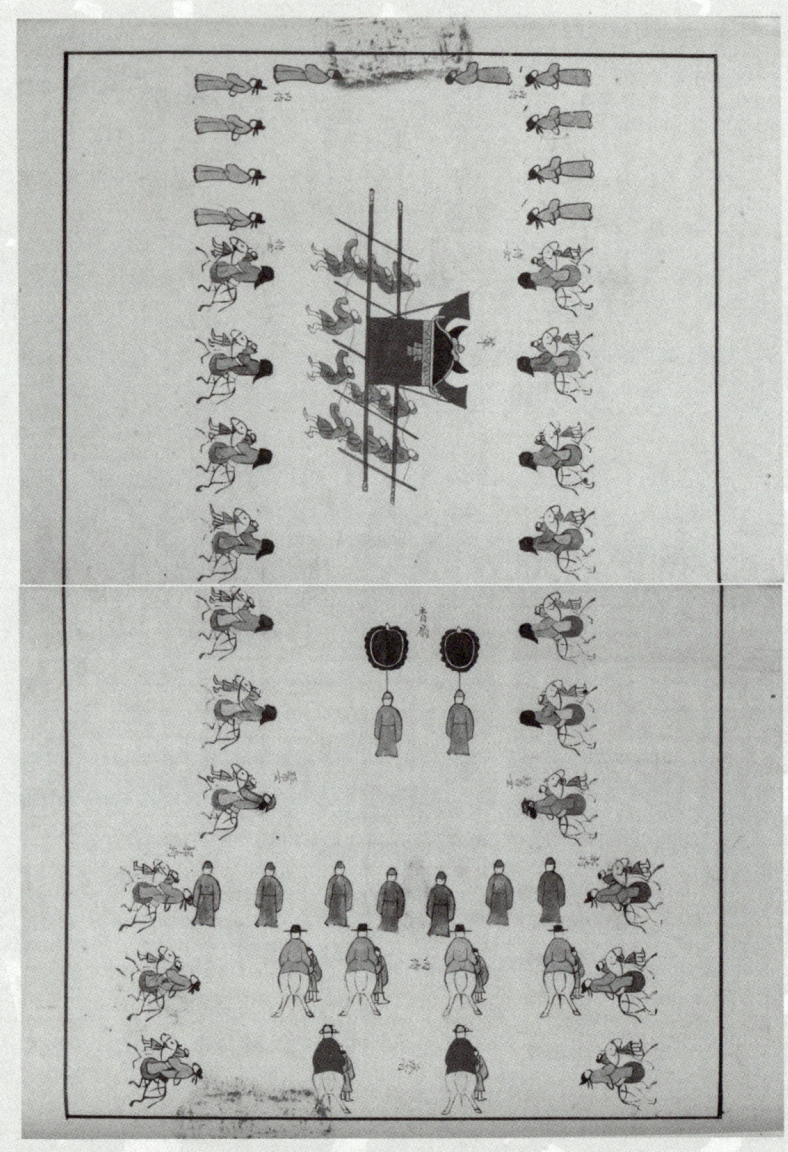

숙종의 친영 행렬 반차도 숙종이 인현왕후를 궁궐로 맞이해오는 친영 행렬의 모습. 『숙종인현왕후 가례도감도청의궤』의 말미에 실려 있다. 한국학중앙연구원 장서각 소장

숙종의 말에 의하면 인현왕후가 귀인 김씨와 힘을 합하여 숙원 장씨를 투기하고 있으며, 원자가 태어난 마당에 그것을 그냥 둘 수 없다는 것이다.

이 말을 한 날로부터 이틀 뒤는 인현왕후의 생일이었다. 숙종은 인현왕후의 생일을 하례하려던 신하들을 막았다. 다음날 어리둥절해하며 이유를 묻는 신하들을 향해 숙종이 한 말에 이런 대목이 있다.

(하례를 받지 못하게) 했으면 당연히 송구스러워하면서 징계를 받는 태도를 갖추어야 할 것인데, 끝내 스스로 반성하지 않은 채 화를 내면서 "진실로 나의 죄이다. 어찌할 것인가. 폐출시키려면 폐출시켜라" 하였다. 그 마음이 이러니 어떻게 감화되기를 바랄 수 있겠는가.

숙종이 인현왕후에 대해 좋지 않게 이야기하는 것은 『숙종실록』 15년에만 집중적으로 나타나고 있으므로, 전부터 숙종과 인현왕후의 사이가 좋지 않았는지, 혹은 숙종이 전부터 인현왕후를 나쁘게 생각했는지 여부는 알 수 없다.

숙종은 앞에서 인용한 것처럼 인현왕후의 투기를 문제삼으며 그녀를 폐위하고 있다. 그 대표적인 증거로 제시되는 것은 인현왕후가 꿈에서 들었다는 현종과 명성왕후의 말을 숙종에게 전한 일이다. 이를 통해 결국 장희빈과 원자를 해치려 하였다는 것이다. 『박태보전』에서 박태보 등이 상소를 올리고 또 친국을 받으면서 집중적으로 설명하고 있는 것이 바로 이 내용이다. 꿈 이야기를 한 것은 단지 이야기일 뿐 실제로 무슨 행동을 한 것이 아니므로 죄를 논할 수 없다는 것이요, 원자를 낳은 일은 온 백성이 다 좋아하는 경사인데 왕후인들 안 그렇겠느냐는 것이며, 나아가 원자가 태어난 뒤로 왕후께서 투기하신다는 소식이 들리는 것을 보니 이는 아마도 모함하는 자가 하는 말을 임금께서 들으신 것 같다는 이야기다.

숙종과 인현왕후, 장희빈을 주인공으로 하는 이야기는 이미 조선시대에 소설로 등장하기도 했고, 여러 번 텔레비전 사극으로 방영되기도 하였다. 이들 작품에서는 한결같이 인현왕후가 더없이 현숙한 여인으로 그려진다. 실록에 나오는 것처럼 화를 내며 소리를 지르는 일은 절대 하지 않을 인물로 이미지화되어 있다. 그래서 실록에 실린 숙종의 인현왕후에 대한 언급은 왠지 낯설기만 하다. 하지만 그녀 역시 사람이었다. 자신을 내치려는 남편 앞에서 가만히 있을 사람이 누가 있겠는가. 누구라도 화를 내며 소리질렀을 것이다. 장희빈의 악행을 강조하고, 폐비가 잘못된 일임을 간하는 신하들의 충절을 강조하려면, 인현왕후를 더없이 좋은 사람으로 만들어야 했기에 그렇게 그렸을 뿐이다.

의 끝없는 복이라 깊은 산, 깊은 골짜기에서조차 즐거워하지 않는 이가 없는데 내전의 마음이야 더욱 그렇지 않으시겠습니까. 전에 후궁을 널리 들이라 하신 것은 내전[60]께서 하신 말씀입니다. 후사를 걱정하시어 개인의 감정을 잊으신 뜻을 거기에서 볼 수 있는 것입니다. 그런데 지금 원자[61]께서 나신 후 불평한 마음을 품어 노한 기색이 있다고 하시니 이것은 이치에 맞지 않는 말씀이십니다. 여인은 속이 좁아서 투기하지 않는 사람이 드문 까닭에 태임太任[62]이나 태사太姒 같은 성품이 아니면 누군들 투기를 하지 않겠습니까. 또 여항의 보통 사내 중에 한 아내 한 첩을 둔 이만 해도 반드시 명분을 지킵니다. 그가 잘 살피지 않아 집안을 평안하게 하지 못하면 가장이 소임을 못한다고 합니다. 진실로 그러지 못하면 서로 위협하는 데서 의심이 생기고 서로 겨루는 데서 틈이 생깁니다. 헐뜯어 사랑한다 미워한다며 사이를 이간질하다보면 물에 젖듯이 서서히 미혹되어 나중에는 곧이듣게 되니, 잘 살피지 못하면 큰 해를 입습니다.

전하께서는 늘 종묘사직을 위하여 깊이 염려한다고 하셨는데, 신 등은 그 뜻을 모르겠습니다. 이미 원자의 지위와 호칭을 정하여 적장자로 삼아 중궁의 아드님이 되셨습니다. 어찌 중궁을 폐하여야 원자께서 평안하시겠습니까. 나중에 원자께서 자라신 후 오늘의 일을 들으면 어찌 슬퍼하지 않으시겠습니까. 옛글에 이르기를 "부모께서 사랑한 이를 또한 사랑한다" 하였고, 또 "남자가 아내를 마땅히 여기지 않아도 부모께서 '나를 잘 섬긴다' 하면 남자가 부부의 예를 행하여 죽기까지 소홀히 하지 않는다" 하였습니다. 설령 내전의 처사가 전하의 마음에 들지 않아도 선대 임금께서 사랑하시던 일을 생각한다면 전하의 효성으로 어찌 차마 폐할 생각을 하실 수 있으시리까. 『주역』에 "여럿이 믿으면 후회가 없다" 하였고, 또 이 말을 풀어

---

60) 인현왕후.
61) 훗날의 경종.
62) 주나라 문왕의 어머니.

70

서 설명하되 "여러 사람의 뜻을 좇으면 하늘의 마음과 맞을 것이다" 하였습니다. 이 일이 있음으로부터 전하의 신하 대신재상과 삼사백관에 이르기까지 누구는 힘써 간하고 누구는 정청庭請하여 서로 다투어 간하였으나 죄를 주고 벌하심을 계속 이어 그치지 않으십니다. 그래도 포의의 선비들[63]이 서로 이어 상소를 하고, 여자나 아이들이나 아래의 천한 이들이라도 몰려다니며 눈물을 흘리지 않는 이가 없습니다. 이렇게 하는 것은 진실로 천지의 기운이 잘못되면 만물이 나지 못하고 부모께서 화합하지 못하면 자식들이 편치 못한 까닭입니다. 사람의 마음이 있는 곳에서 하늘의 뜻을 알 수 있으니, 전하께서는 마음대로 행하시나 하늘의 뜻을 거스르지 못할 줄을 왜 생각하지 못하십니까. 옛글에 이르되 "사람이 누군들 허물이 없으리오마는 고치는 것이 귀하다" 하였으니, 큰 의를 생각하시고 모든 아랫사람의 마음을 살피시어 위엄을 거두시고 급히 명령을 고치사 천지일월로 하여금 다시 덕이 합함을 보게 해주십시오. 이로써 조선 백성의 근심하고 불안한 뜻을 위로하시게 된다면 더이상 다행한 일이 없겠습니다. 신 등이 전하의 조정에서 전하께서 주신 녹을 먹고 두 마마를 우러러 은혜를 입음이 끝이 없더니, 이제 죄를 입어 파직중에 있어서 정청에도 참여하지 못하기에 구구하고 아픈 마음을 펴서 감히 전하 앞에 아뢰옵니다. 오직 전하께서는 살피시옵소서. 신 등은 서러워 울며 아뢰옵니다.

한밤중에 친국을 준비하다

읽기를 마치니 상이 물었다.
"상소의 말이 어떠한가?"

---

63) 베옷 입은 선비, 즉 벼슬을 하지 않은 가난한 선비.

승지가 대답했다.

"과도한 표현이 있지만 대의는 정청의 의견과 다름이 없습니다."

"서로 위협하고 서로 겨룬다는 '상알상핍'이라는 그 부분을 다시 읽어
보라."

승지가 두어 줄을 읽으니 상이 목소리를 가다듬어 말씀하시되

"신하가 되어 감히 이런 말로 임금을 누르려 한단 말인가. 비망기에
말을 엄하게 하였는데도, 삼사의 백관들이 사흘 동안 정청한 일도 오히
려 근거가 없거늘 하물며 감히 '물들었다'고 하면서 그런 말로 글을 올
려 참소를 믿고 모함한다고 몰아붙이니 이 또한 흉악한 것이 아니냐. 비
망기를 살피지 않고 부인을 위하여 절개를 세우고자 하여 나에게 '참소
를 믿고 내전을 폐한다'고 하니 상소의 우두머리 오두인을 오늘밤 삼경
⁶⁴⁾ 내로 친국하고 그 이하 사람들은 모두 먼 곳에 귀양을 보내라"

하셨다. 승지가 아뢰되

"80여 명을 한꺼번에 멀리 귀양 보낸 전례가 있습니까?"

하니 상이

"100명이라도 죄가 있으면 그렇게 할 것이니 전례가 있고 없음을 따
지겠는가"

하였다. 승지 김해일이

"반역 문제를 다루는 옥사도 아닌데, 어찌 이렇게 늦은 밤에 국문장을
차리도록 하십니까?"

하니 상이

"모반한 역적보다 더하니 그러는 것이다"

하였다. 또 이르기를

"이세화와 유헌을 데려오라"

---

64) 저녁 7시~새벽 5시를 다섯으로 나눈 셋째 시간대로, 밤 11시~새벽 1시 사이이다.

하고, 다시

"이 상소는 반드시 가르친 놈이 있을 것이다. 민진후 형제를 의금부로 데려와 추국하라"

하였다. 이서우, 김해일 두 승지가 아뢰었다.

"비가 아직 개지 않았고 밤기운이 습하오니 전하의 옥체가 상할 것입니다. 천천히 다스리심이 어떻겠습니까?"

"잡말 말라. 당장 친국을 하지 않으면 오늘밤 내로 큰 병이 날 것 같으니 큰비가 오더라도 친국을 할 것이다. 대신과 삼사와 의금부 당상과 여러 승지를 불러서 급히 친국할 기구를 삼경 내에 준비하라. 급히 받들어 거행하지 않으면 형방승지에게 죄를 묻겠다."

상께서 또 말씀하시기를

"상소를 주장한 자가 있을 것이니, 민진후를 데려와 추국하는 것과 상소에 이름 올린 이들을 멀리 귀양 보내는 일은 기다리라"

하였다. 두 승지가 명을 받들어 달려갔다. 상이 이윽고 보련寶輦[65]을 타고 만안문[66]을 지나 인정문[67]에 자리를 잡고 서서 승지를 부르시며 국문장을 설치하라 하시니 이때가 초경 오점[68]이었다.

끝없이 재촉하는 임금

임금의 분노가 심하니 궁궐 안이 끓는 듯하더라. 궁궐 문은 다 닫히고

---

65) 임금이 타는 가마의 일종.
66) 양지당과 인정전 사이에 있는 문.
67) 창덕궁의 정전인 인정전의 정문.
68) 각 경을 다섯으로 나눈 것을 점이라 부른다. 그러므로 초경 오점은 저녁 8시 40분 무렵이다.

숙종의 하루 동선

우리는 어떤 글을 읽을 때 그 내용만 이해하고 만다. 그런데 글 속 모든 사건은 공간에서 이루어진다. 공간의 이동에 유의하여 읽으면 머리로만 이해하던 것들이 삼차원 영상처럼 보다 강렬하게 다가온다. 박태보 등이 상소 때문에 친국을 받던 날인 숙종 15년 4월 25일 기록을 중심으로 숙종의 동선을 따라가보자. 『승정원일기』『숙종실록』 및 우리가 읽고 있는 『박태보전』 내용을 종합하여 구성해보면 다음과 같다. (〈동궐도〉 전체에 표시한 숙종의 동선은 책 앞부분 화보에 실려 있으니 참조하기 바란다.)

기록에 의하면 그날은 아침부터 안개가 끼고 흐렸다. 그날 숙종은 창덕궁에서 하루를 시작했다. 여러 곳, 여러 사람에게서 올라온 사직서 등을 처리했다. 그러다 숙종이 창경궁으로 갔다. 그곳에 간 이유는 기록에 나오지 않지만 추정해볼 수 있다. 그때에 증광시(增廣試)의 문과 전시(文科殿試)가 있었고, 여기에서 38명의 합격자를 뽑았다. 과거는 규장각 앞 연못인 부용지 옆에 있는 영화당 앞마당에서 주로 열렸다. 지금 사람들은 이곳을 창덕궁 권역으로 알고 있지만, 사실 창덕궁과 창경궁의 경계는 지금 학자들도 명확히 알 수 없다. 하지만 〈동궐도〉에서 명확히 드러나듯 영화당 일원은 위치상 창경궁 영역이었을 확률이 높다. 아마도 숙종은 과거 합격자 발표 때문에 창경궁에 갔을 것이다.

이어 파악할 수 있는 동선은 시민당이다. 시민당은 창경궁 전체 영역에서 앞쪽(남쪽)에 있다. 1830년경에 제작한 〈동궐도〉에는 화재로 소실된 이곳 터만 그려져 있는데, 현재 낙선재 근처가 바로 이곳이다. 숙종은 영화당 근처에서 시민당으로 옮겨와 오두인, 박태보 등 80여 명이 연명으로 올린 상소를 읽었다. 화가 난 숙종은 승정원에서 승지를 불러다가 상소를 다시 읽게 하고 친국을 준비하게 하였다.

이후 어떻게 움직였는가에 대한 기록은 없다. 다만 숙종이 친국 준비를 지시하면서 "가마를 타고 만안문을 통하여 나갈 것이다. 인정문으로 가겠으니 준비하라"고 했으므로, 시민당에서 상소를 읽은 숙종은 이후 선원전이나 양지당으로 가 있었을 것이다. 숙종 연간에 왕은 양지당에 머물러 있는 경우가 많았음을 생각할 때 아마 이날도 양지당에 있었을 것이다. 그러다가 시간이 되어 보련을 타고 만안문을 나와 인정문 앞에서 내려 거기서 친국을 한 것이다.

상소를 올린 후 소식을 기다리고 있던 사람들은 돈화문 왼편 담장 쪽에 있는 금호문 앞에 모여 있었다. 나장이 금호문 앞에 나와 박태보를 부르는 내용이 작품에 나온다. 숙종은 금호문 앞에서 죄인들을 불러다가 인정문 앞에서 밤새도록 친국을 한다. 숙종은 25일 밤 9시 무렵 친국을 시작했지만 결국 박태보로부터 자백을 받지 못하고 26일 진시, 즉 아침 7시 이후에야 숙장문을 통해 국문장을 떠난다. 숙장문으로 나가면 선정전이나 희정당으로 가게 되는데, 밤새 친국을 하여 한숨도 못 잤으므로 편전인 선정전으로 가서 집무를 보기보다는 침전으로 사용하던 희정당으로 갔을 가능성이 높다. 이것이 숙종의 길었던 그날 하루 동선이다.

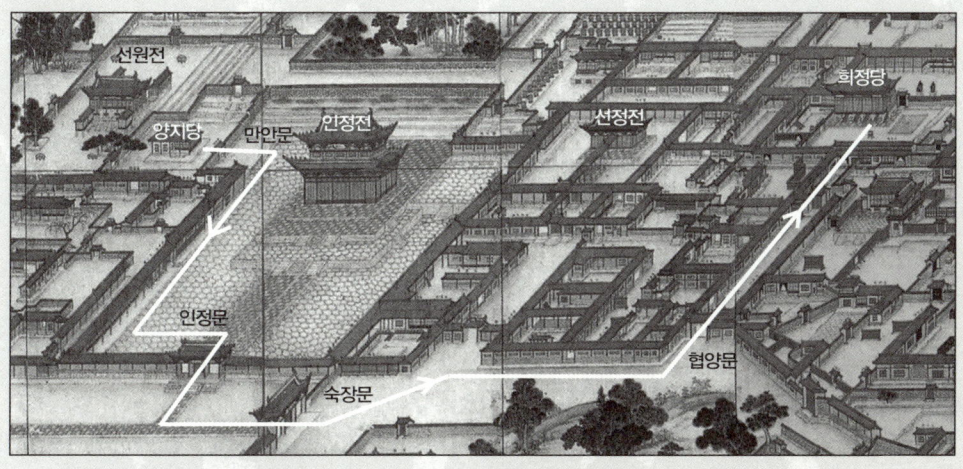

박태보 친국 날 숙종의 동선 숙종의 친국 날 저녁 이후 동선을 〈동궐도〉에 표시한 것. 숙종은 보련을 타고 만안문을 나와 인정문에 자리를 잡았다. 거기에서 밤새 친국을 한 뒤 숙장문으로 나가 침전으로 갔다. 박태보 등은 금호문 밖에서 대기하고 있다가 친국장으로 한 명씩 불려갔다(금호문은 인정문을 기준으로 왼편, 창덕궁 서측 담장에 있다). 고려대학교 박물관 소장

밤중에 갑자기 하는 것이라 각사를 미처 모으지 못하고 의장도 미처 펴지 못하였다. 황겁하여 다만 섬돌 위에 돗자리를 깔고 거기에 용상과 어탑만 둘 뿐이었다. 이날 친국에 참여한 자는 영의정 권대운, 좌의정 목내선, 우의정 김덕원, 판의금부사 민암, 지의금부사 유명천, 동의금부사 신후재와 권유, 대사헌 목창명, 대사간 유명현, 도승지 유명견, 좌승지 이옥, 우승지 박진교, 좌부승지 김해일, 우부승지 이서우, 문사낭청 김주, 김원섭, 심계량, 심발, 이현조, 주서 임윤원, 가주서 이재춘, 사변주서 심중량, 기사관 민진형, 박정, 별 형방도사 이행도, 이후영, 문서빗도사 신처[69], 장만기였다. 이때 황겁하여 이들이 제때 오지 못하니 상이 진노하여 큰 소리로 하교하기를

"승지, 도사에게 명령하여 죄인을 데려오라"

하니 승지 이서우가 명을 전하고 들어와 아뢰었다.

"친국 때에 궁성 호위는 어떻게 하오리까?"

"하지 말라."

"어느 문을 열으오리까?"

"금호문과 단봉문을 열어두라."

"밤중이라 급하여 친국의 의장을 갖추지 못하였습니다. 나중에 폐가 될까 두렵습니다."

김주와 심계량이 입시하기를 청하니 상이 물었다.

"옥당[70]은 무슨 일인가?"

심계량이 아뢰기를

"오두인의 상소를 미처 보지 못하였사오나 친국하심이 성덕에 해로울 듯합니다"

---

69) 정확히 누구인지, 무슨 뜻인지 알 수 없다.
70) 홍문관의 부제학, 교리 등을 이르는 말.

하였고, 심주는

"병사를 일으켜 궁궐에 침입한 역적도 아닌데 이와 같이 급히 친국하십니까. 밤이 깊고 신하들이 미처 오지 못하였으니……"

하였다. 그러자 상이

"옥당은 귀먹었느냐? 흉악한 반역을 다스리는데 신하를 기다리겠는가. 오두인이 내 비망기를 헛말이라 하니, 진실로 그렇다면 내가 없는 말을 한 이광한 같다 하는 것이냐? 이놈들을 죽이지 못한다면 이 분을 어떻게 풀까"

하였다. 상이 계속 말씀하셨다.

"도사에게 죄인을 데려오라 하였느냐?"

"나장이 다 모였으며 형장은 대령하였느냐? 사관薩官은 물어보라."

"신하들은 왜 안 오는가?"

승지 이서우가 아뢰기를

"신하들의 집이 성 밖에도 있고, 혹 여항71) 먼 곳에도 있기 때문에 더딥니다"

하니 상이 말하였다.

"표신을 내주어 성문을 열게 하라."

"죄인이 왔느냐? 사관은 물어보라."

상이 계속 말하였다.

"문사낭청은 당직을 서고 있던 옥당이 일단 맡으라."

"죄인이 왔는가? 승지는 물어보라."

이때가 이경 일점72)이었다.

상이 계속 명하였다.

---

71) 일반 백성이 사는 골목.
72) 밤 9시 무렵.

"이경이 지났는데 죄인은 왜 아니 오는가? 승지는 왜 아뢰지 않느냐?"

"영부사 민정중을 대신의 지위에 그대로 두지 못할 것이니 우선 관작을 빼앗으라."

승지 이서우가 아뢰었다.

"죄인의 집이 멀기도 하고, 밤중에 급하게 하느라 하인이 미처 오지 못하여 지체되고 있습니다."

상이 말하였다.

"먼저 온 이는 먼저 데려오고 나중에 오는 이는 나중에 데려오라."

"대신과 의금부 당상관 중에서 누가 오고 누가 안 왔는가? 사관은 알아보고 아뢰라."

"옮겨 앉은 지 한참이 지났는데 아직 대신과 금부 당상이 한 명도 오지 않으니 진실로 일의 모양이 놀랍다. 대신을 심문하는 경우는 없으나 금부 당상은 모두 다 죄를 따지라."

"부르는 패가 나간 지 오래인데 승지들은 왜 안 오는가?"

승지 이서우가 아뢰었다.

"심야라 잠자리에 들었을 때이기에 자연히 지체되고 있습니다."

이때 민암이 들어오니 상이

"판의금부사는 왜 이리 늦게 들어오는가? 나장과 형장 준비는 하였는가? 확실히 재촉하라"

하였다. 민암이 재촉하고 들어오니 상이

"판의금부사는 문랑과 같이 상소를 살펴보면서 문목73)을 적어내라"

하였다. 민암이 물러나 문랑과 함께 상소를 보았다. 상이 말하기를

"이전에 보니 친국할 때에 뜰에 상을 놓고 상 위에 문서를 놓고는 문

---

73) 죄인을 심문할 내용의 조목.

랑이 상 가에 서서 쓰더라. 예법대로 배설하라."

하였다. 이때가 삼경 일점[74]이었다.

임금이 직접 준비하는 친국

상이 말하였다.

"삼경이 되었는데 신하들은 왜 안 오는가?"

민암이 아뢰었다.

"대부大夫[75] 이상의 벼슬아치는 아무리 급해도 걸어다니지 말라 하였사온데, 밤중에 갑자기 하인이 모이지 못하여 지체되고 있습니다."

민암이 또 아뢰었다.

"국청 때의 문목은 대신이 지어내는 것이 법이니, 대신을 기다리시는 것이 어떠하올지요?"

이때에 권대운이 들어오니 상이

"지금 나라에 흉악한 반역이 있어서 내가 여기 앉은 지 삼경이나 지났는데 경이 너무 늦게 오는구려. 임금과 신하 사이의 직분과 도리가 이러했소?"

하니, 영의정 권대운이 아뢰었다.

"집이 멀어 늦었으니, 황공하오며 대죄[76]하옵니다."

"대죄하지 말고 어서 판의금부사와 상의하여 문목을 지어내시오."

또 상이 말했다.

"영상은 상소를 보니 어떠하더이까?"

---

74) 밤 11시 무렵.
75) 정1품부터 종4품까지의 벼슬.
76) 임금의 처벌을 기다림.

임금이 직접 신문하는 친국

조선시대에 사법기관으로 의금부, 사헌부, 형조 등이 있었는데, 그중 의금부는 왕명에 의하여 왕족의 범죄나 모반 행위, 강상죄(綱常罪) 등을 다루는 기관이었다. 이 의금부 예하에 국청이 있었다. 국청은 모반 등 국가적인 중요 범죄에 대해서 왕명으로 특별히 설치한 재판기관 혹은 재판정이었다. 국청은 친국(親鞫), 정국(庭鞫), 추국(推鞫), 삼성추국(三省推鞫)으로 나누는데, 이중 죄질이 무거워 임금이 직접 보는 아래에서 행하는 국청을 친국이라 한다. 박태보가 받은 것이 친국이다.

밤중에 궁궐에서 어떤 일이 벌어질 경우 궁궐 호위를 특별히 하고, 궁궐 문 중 일부를 열어놓았다. 박태보를 친국할 때가 밤이었으므로 궁궐 호위는 어떻게 할지, 어떤 문을 열어놓을지 임금에게 묻는 대목이 이 작품에도 나온다.

조선 역사 전반에 걸쳐 친국의 예는 심심찮게 찾아볼 수 있다. 단종의 복위를 꾀한 여섯 신하, 즉 사육신에 대해 세조가 친국을 하였고, 반역을 일으킨 허균 일당에 대해 광해군이 친국을 하였다. 망한 명나라를 몰래 돕다가 청의 미움을 받아 압송된 임경업을 인조가 친국하였으며, 영조 38년(1762년) 세자가 내시와 결탁하여 역모를 꾸미고 있다고 고변한 나경언을 영조가 친국하기도 했다.

친국 때에는 대신과 의금부 당상관, 사헌부 및 사간원의 모든 관원, 육방승지, 문사낭청 등 30∼40명이 참여하게 되어 있었다. 몹시 화가 난 숙종은 즉시 박태보 등을 추국하여 벌을 주고 싶었지만, 이런 까닭에 관원들이 올 때까지 기다릴 수밖에 없었던 것이다. 친국 때의 모든 절차 및 심문 내용은 추안(推案) 혹은 국안(鞫案)에 기록하여 보관하였다.

"문자를 전혀 가리지 않았으니 무상(無狀[77])합니다만, 신하에게 맡겨 다스리시면 충분할 것을 굳이 친히 국문하십니까?"

"오두인 등이 내가 한 말을 헛말이라 하니, 내가 헛말을 한 이광한 같은 사람이 되었소. 전에 김홍욱 같은 놈이 나오더니 이번엔 그보다 더 심하오. 어찌 잠시라도 세상에 살려두리오."

목내선이 소리를 가다듬어 아뢰기를

"밤기운이 습하오니 대궐 안으로 환궁하옵소서"

하니, 상이

"잡말 말고 어서 거행하시오"

하면서 또 말하기를

"문목을 처음 작성한 후 다시 정서하면 더딜 것이니 바로 정서하시오"

하였다. 권대운이 아뢰기를

"이현조, 심발을 문랑으로 삼으면 어떻겠습니까?"

하니, 상이 말하였다.

"친국할 때에 사람 잡아올 일이 있을 수 있으니 가도사(假都事[78])를 많이 내도록 하시오."

상이 계속 말하였다.

"문목을 자세히 내라. 오두인 등이 내 말이 거짓말이라 하면서 내가 참소를 듣고 잘못된 행동을 한다 하니, 이 말을 누구에게서 들었으며 상소는 누구의 꼬임을 듣고 하였느냐는 것을 문목에 넣으라."

도승지 유명견이 아뢰기를

"친국하실 절목을 각 부서에 분부하겠습니다"

---

77) 함부로 행동하여 버릇이 없음.
78) 도사는 벼슬아치에 대한 감찰이나 규탄을 맡던 종5품 벼슬아치.

하니, 상이

"그 말대로 하라"

하였다. 상이 계속 말하였다.

"나장은 왜 이리 적은가. 누가 늘어서며, 누가 장 횟수를 세며, 누가 장을 잡겠는가. 판의금부사는 재촉하여 더 많이 세우라."

"횃불이 왜 이리 적은가. 많이 켜라."

"'서로 핍박하고 서로 참소한다. 사랑하고 미워한다'는 것은 무슨 말이며 '물에 젖듯이 서서히 깊이 젖어들어 살피지 못한다'는 것은 무슨 말이냐는 것도 문목에 넣으라."

이때에 신하들이 거의 다 모이고 임금의 호령이 매우 엄하고 급하니 대소 신료들이 다 얼굴빛을 잃고 당황하여 다리를 떨며 숨도 쉬지 못하면서 아무 말도 못한 채 서로 얼굴만 쳐다보고 있었다. 상이 말하기를

"오두인을 먼저 불 밝은 데로 잡아들이라"

하니 도사가 명령을 받아 급히 가더라.

제가 상소문을 썼다고 고하십시오

이때에 박태보공이 여러 선비와 더불어 상소를 바친 후에 답을 기다리는데, 저물도록 답이 안 내려오니 선비들 중 몇은 집으로 가고 몇은 대궐문 밖에 있었다. 박태보공과 오두인공과 이세화공과 심수량, 김몽신, 이인엽, 조대수, 김덕기 등이 함께 명령을 기다리는데, 이세화공이 말하기를

"우리가 비록 파산하여 벼슬이 없기는 하지만 80여 명이나 되니 엄연히 바깥에 있는 한 조정朝廷과 같이 되었습니다. 어찌 상소를 한 번만 하겠습니까. 여러 번 하는 것이 어떠합니까?"

하니 오두인공이 웃으며 말하기를

"아마도 영감 말씀대로 할 겨를이 없을 것입니다"

하는데, 그 말을 다 마치기도 전에 대궐 안에서 소란스러운 소리가 들렸다. 여러 선비들이 서로 돌아보면서 말했다.

"이는 틀림없이 우리에게 죄를 물으려 하는 것이로다."

이윽고 국청을 연다는 명이 내리니 밤중에 늘어선 횃불이 환히 타고 서리들이 황겁하여 떠들썩한 소리가 천지에 진동했다. 선비들이 모두 얼굴빛을 잃고 저마다 두려워하는데 박태보공이 홀로 말하기를

"이 일이 이런 지경에 이르는 것이 이상하지 않습니다. 법에 맞는 것이니 놀라지 마십시오"

하면서, 말과 행동이 조용하며 편안한 것이 평상시와 같았다. 해창위 오태주는 오두인공의 아들이다. 그가 울며 부친께 아뢰기를

"일의 형편을 예상할 수가 없으니 아버님께서는 들어가서 아뢸 말씀을 의논하시는 것이 좋겠습니다"

하였다. 박태보공이 오두인공께 말하기를

"이 상소를 짓고 쓴 것은 진실로 제가 한 일이니 어찌 면할 수 있겠습니까. 공께서 먼저 들어가실 것이니, 상께서 누가 짓고 썼느냐 물으실 때에 반드시 바른대로 아뢰소서"

하니, 오두인공이 말했다.

"내 어찌 차마 그렇게 하리오."

박태보공이 말했다.

"바른대로 말하지 않음은 임금을 속이는 것이니, 공께서는 우물쭈물하다가 다시 임금을 속이지 마옵소서."

이세화공이 바지를 걷어 다리를 만지면서 한숨 쉬며 탄식하였다.

"30년 동안 임금의 은혜를 입어 후히 녹봉을 받아먹어서 다리에 살이 쪘는데, 오늘 국청 자리에서 이것을 드러낼 줄 어찌 알았으리오."

조금 후에 금오랑이 나장을 거느리고 와서 오두인공을 데려가니, 박태보공이 소매를 잡고 이르기를

"상께서 누가 짓고 썼느냐 물으시거든 공께서는 제가 그랬다고 답하십시오"

하니, 오두인공이 말하기를

"내가 어찌 상소의 대표로서 내 스스로 감당하지 않겠는가"

하였다. 박태보공이 두세 번 말하기를

"공께서 만일 바른대로 고하지 않으면 제가 스스로 바로 고하겠습니다. 어려워하지 마시고 속이지 말고 똑바로 고하여 숨기는 일이 없게 하십시오"

하며 거듭 당부하였다. 오두인공이 들어가고 나서 이세화공과 유헌공이 이어 잡혀가니 박태보공이 드디어 잡혀가기 위해 옷매무새를 고치고 앉아 기다렸다.

상소 대표자 오두인을 국문하다

승지 이서우가 명을 받들어 죄인을 재촉하더니, 이때에 죄인을 잡아왔다고 아뢰니 상이

"오두인을 먼저 올리라"

하고, 이렇게 말하였다.

"친국하는 일의 형편이 이렇게 엄중한데 죄인이 아직 망건을 쓰고 조용히 걸어들어오는가. 빨리 큰 칼을 씌우고 손발에 사슬을 채우라."

문랑 심계량이 문목을 읽으니 상이 말하기를

"조목조목 엄하게 물으라"

하였다. 상이 계속 말하였다.

"나장은 죄인의 어깨에 몽둥이를 끼우고 국문하라."

"우의정은 왜 아직도 안 오는가?"

김덕원이 놀라 일어나 엎드려 아뢰었다.

"소신이 온 지 오래되었습니다."

"양사 당관은 왜 안 오는가?"

이서우가 아뢰었다.

"대사헌 목창명은 성 밖에 있어서 미처 못 왔습니다."

"죄인의 원정原情[79]은 거친 문자로 하지 말고 말로 아뢰어라."

이때에 오두인공이 나이 많고 파리하며 말이 어눌하여 분명하지 않으니 상이 말했다.

"형을 가하기 전에 분명히 말하지 못할까. 상소를 주장한 사람은 누구이며, 지은 사람은 누구이며, 쓴 사람은 누구인가? 속이지 말고 시간을 끌 생각도 말고 어서 바로 아뢰어라."

오두인공이 원정하니, 심계량이 그 글을 읽었다.

"신 오두인은 나이가 예순여섯입니다. 나라의 은혜를 입고 재상이 되어 임금의 잘못한 행실을 보고도 직무가 없는 까닭에 정청에도 참여하지 못하는데, 그렇다고 잠자코 있는 것은 신하된 자의 직분이 아닌지라 파산한 신하들과 함께 상소를 한 것입니다. 급히 쓴 글이라 속뜻과 표현이 어긋났을 뿐 어찌 전하를 조금이라도 의심하겠습니까. 상께서 말씀하신 '서로 핍박한다'는 말은 여염에서 부부 사이가 나빠지면 그런 일이 있다는 것으로, 여항의 말씀을 아뢴 것일 뿐 어찌 누가 꾀어서 한 말을 들었겠습니까. 상소를 주장한 것은 어찌 한 사람이 한 일이겠습니까마는, 엄하게 물으시니 어찌 감히 속이겠습니까. 붓을 잡은 이는 박태보이고, 의논이야 누군들 안 했겠습니까. 이 밖에는 아뢸 말씀이 없습니다."

---

79) 죄인이 자신의 사정, 생각, 진술을 표하는 것.

읽기를 마치니 상이 말했다.

"오두인은 내리고 이세화를 올리라."

승지 김해일이 표신標信을 가지고 들어오고 대사헌 목창명이 급하게 들어와 아뢰기를

"밝은 임금이 다스리는 이 세상에 이런 흉한 놈들이 이런 참혹한 상소를 할 줄 누가 알았겠습니까. 매우 통분합니다"

하였다. 상이 말했다.

"그대는 국문을 참관하시오."

글은 잘 모르지만 왕비를 폐하는 것이 잘못인 줄은 압니다

이때에 이세화공을 올리니 문목을 읽고 원정 받기를 법대로 하였다. 이세화공은 본래 확실한 사람이라 원정하기 전에 아뢰기를

"신은 죄가 확실히 있습니다. 전하로 하여금 밤중에 친국하여 옥체를 손상하게 하였고, 그릇된 행동을 하시게 했으니 이것은 더욱 신의 죄입니다"

하니, 상이

"잡말 말라"

하였다. 심계량이 원정을 읽어 아뢰니, 그 대강의 내용이 이랬다.

"죄인 이세화는 나이가 60이라. 신은 재주가 없는데도 은혜를 과도하게 입어 오도의 방백을 지냈습니다. 영남으로 돌아와서는 병이 들어 강촌에 있었는데, 갑자기 왕후를 폐하는 조치를 듣고 놀라 급히 한양으로 들어왔습니다. 80여 명이 약속하지도 않았는데 일제히 모여서 상소를 의논하였습니다. 신은 실학 급제[80]라 글솜씨가 좋지 못하여 늘 문자 관련된 것은 대강만 알 뿐 깊은 뜻은 몰라서, 왕후를 폐하는 조치가 잘못

된 일이라는 것만 알고 상소가 당연하다는 것만 압니다. 신에게 상소를 주장하라고 했더라도 신이 진실로 사양치 아니하였을 것입니다. 지금 어떤 사람이 있는데, 아비가 어미를 내치면 그 아들이 울며 간하여야 옳습니까, 아비의 뜻에 따라 어미를 내치는 것을 물끄러미 보고 간하지 않는 것이 옳습니까? 아아! 전하는 신하들과 백성의 아버지이시고 중궁께서는 어머니이십니다. 전하의 신하 되어 잠잠히 있으면 세상에서 용납하지 못할 죄인이 됩니다. 이것 밖에는 아뢸 말씀이 없습니다."

상이 말하였다.

"이세화는 내리고 유헌을 올리라."

유헌공은 노병이 심하여 귀먹고 말도 잘 못하므로 먼저 병상에서 아뢰니 상이 말했다.

"병들었으면 상소에 참여하였겠느냐. 나장은 죄인의 어깨에 몽둥이를 꽉 끼운 후 물으라."

문랑 심계량이 원정을 읽었다.

"죄인 유헌은 나이 일흔셋입니다. 한양성 밖에 있었는데 상소한다는 말을 듣고 아들을 보내어 이름만 썼기 때문에 상소에 쓴 내용은 사실 모릅니다."

상이

"그를 내리라"

하였다. 또 상이 말하기를

"친국은 다른 옥사와 달라 법이 엄하다. 내가 이미 여러 말을 들었으니, 집필했다는 박태보를 잡아오라"

하니, 이때는 사경 삼점[81]이었다.

---

80) 실속 있는 공부를 한 사람이란 뜻으로, 문리를 제대로 통하지 못한 선비를 낮춰 부르는 말.
81) 새벽 2시 무렵.

박태보를 잡아오라

도사가 나장을 거느리고 금호문[82] 밖에 나와 크게 소리쳤다.

"집필한 박태보는 어디 있느냐?"

공이 여러 사람 가운데에서 일어나 말하기를

"내가 여기 있노라"

하고 스스로 큰칼을 가져다 쓰고, 망건과 담뱃대를 종에게 주면서

"이것을 가져다 모친께 드려라"

하고 띠와 부채를 소매에 넣는데, 그 몸놀림은 편안하고 얼굴빛이 변하지 않으며 걸음걸이도 조용했다.

이인엽, 조대수, 김몽신 세 사람이 손을 잡고 말했다.

"이 무슨 때인가. 자네 어찌 혼자 담당할까. 우리도 당당히 같이 들어갈 것이라."

박태보공이 말하기를

"자네들이 함께 들어갈 의가 무엇인가. 짓고 쓰기는 다 내가 한 것이라."

하니, 세 사람이 한꺼번에 말하기를

"원정을 장차 어떻게 하려고 하는가? 제발 서로 의논하세"

하였으나, 박태보공이 말했다.

"내 원정은 내가 할 것인데 어찌 의논하리오. 차라리 혼자 죽을지언정 어찌 다른 사람과 함께하리오. 내 마음은 이미 정하였으니 자네들은 염려 마시게."

이돈이 소매를 잡고 말했다.

"태보야, 어찌 이리 경솔한가?"

---

82) 창덕궁 서측 담장에 있는 문. 돈화문과 가까이 있다.

박태보공이 소매를 떨치고 일어나 웃으며 말하기를

"남자가 이때를 당하여 어찌 죽기를 두려워하리오. 우습다, 영감의 말이여! 내가 마음을 한번 정하였으니 어찌 죽기를 무서워하리오"

하고는 드디어 들어가니, 국문장 바깥에 있던 오두인공과 이세화공이 박태보공의 오는 거동을 보고 말했다.

"슬프다! 우리는 벼슬이 높고 늙어서 죽게 되었으니 한번 죽어서 나라에 은혜를 갚음이 후회될 것 없지만, 자네는 젊고 명망이 있으며 집에 두 노친이 계시니 헛되이 죽는 의리가 우리와는 다르다. 그러니 자네, 이제 원정을 잘하여 다 우리에게 미루고 살 도리를 생각하시게. 그리 하지 않으면 면치 못할 것이니, 원정을 같이 의논함이 어떠한가?"

박태보공이 이렇게 대답했다.

"영감께서는 그런 말씀 마옵소서. 제 원정을 어찌 영감의 말씀대로 하겠습니까. 사람이 되어 이 자리에 이르러 죽을 따름이지 어찌 기교를 짜겠습니까. 제 마음은 이미 정하였으니 어찌 변하겠습니까."

박태보공의 말씀과 기운이 더욱 강개하고 정신은 더욱 강렬하니, 누군들 슬퍼하지 않으며 이상히 여기지 않겠는가.

들을 것도 없다 무조건 쳐라

이윽고 들어가니 문랑이 상 아래에 서서 큰 소리로 문목을 읽었다.

"상소 중에 '평계하여 거짓말을 꾸민다' 한 것은 무슨 말이며, '설사 내전께서 과실이 있은들 꿈을 말한 것이니 말실수에 불과하고 실제 일로 드러난 것이 아닌데 적발하여 망극한 죄명을 씌운다' 한 것은 무슨 말이며, '서로 다투고 서로 핍박한다'는 것은 무슨 말이며, '한 몸의 사심을 따른다'는 말은 또 무슨 말이며, 비망기로 하교하신 것이 확실한데도 이렇게 꾸민 것은 무슨 까닭이냐? 누가 가르치더냐? 이런 흉한 말을 어디에서 들었느냐? 이러한 흉한 상소는 누구와 더불어 의논하였으며, 누가 상소를 주장하여 임금을 배반하고 죄상이 드러난 사람[83]을 위해 절개를 세우고자 하였느냐? 숨기지 말고 바로 아뢰라."

문목을 다 읽으니 상이 나장으로 하여금 어깨에 몽둥이를 가로지르고 엄히 물으라 하였다. 박태보공이 옷깃을 여미고 기운을 낮추어 소리를 조용히 하여 아뢰었다.

"이미 문목으로 물으시니 바로 아뢰겠습니다."

상이 말하였다.

"네가 어찌 임금을 업신여기는 부도를 하였느냐? 네가 어찌 임금이 한 말을 허망하다고 하느냐?"

"신이 어찌 임금을 업신여기겠습니까. 그렇지만 신은 내전께서 비록 언어에 과실이 있으나 적발하여 큰 죄를 주심이 마땅하지 않다고 생각합니다. 항간에 처와 첩을 둘 다 둔 사람 중에 가장이 치우쳐서 집안 다스리기를 잘못하여 가정의 도를 무너뜨린 이들이 종종 있습니다. 이제 전하께서 후궁을 매우 사랑하시니 혹 그러하실까 싶습니다. 신이 어찌 감히 왕의 말을 허망하다고 하오리까."

이렇게 문목에 대한 대답을 두어 가지 했는데, 박태보공이 조금도 무서워하는 기색이 없는 것을 보고는 상이 더욱 크게 노하여 죄인을 어좌 가까이 오게 하고는 크게 소리쳐 하교하였다.

"네가 어찌 감히 이런 말을 하느냐. 내가 첩을 총애하다가 참소를 믿어서 죄 없는 내전을 폐한다는 말이냐. 그러면 나는 죄 없는 자를 고발한 이광한같이 되는구나."

상이 또 말하였다.

---

83) 인현왕후를 가리킴.

"조그만 놈이, 전에도 나를 거스르고 힘들게 하던 놈이 네놈 아니냐. 내가 너를 깊이 미워하였으나 특별히 분노를 참아 네 머리를 베지 않았더니, 오늘 또 네가 나를 욕보이는구나. 간특한 부인을 위하여 이렇듯 방자하니 흉한 반역이 아니냐?"

박태보공이 아뢰었다.

"군신과 부자는 의가 똑같습니다. 전하께서 어찌 이런 하교를 하십니까. 임금과 어버이가 비록 같지 않지만 충과 효는 다름이 없습니다. 아비가 만일 어미를 내치면 자식 된 자로서 간하겠습니까, 순순히 듣겠습니까? 이제 전하께서 전에 없던 잘못된 일을 하셔서 중궁께서 장차 기울어지게 되니 신하 된 자가 죽기를 무릅쓰고 간하여 들으시기를 기다리는 것입니다. 어찌 전하를 배반하옵고 중궁을 위하는 것이겠습니까. 중궁을 위한 것이 곧 전하를 위한 것입니다."

왕이 말하기를

"이러한 독한 물건은 바로 베어도 안 될 것이 없다. 원정을 받지 않을 것이니 바로 엄한 형벌을 내리라"

하니, 우의정 김덕원이 아뢰었다.

"원정을 받지 않고 때리기를 먼저 하면 나중 폐단이 매우 클 것입니다."

상이 말하기를

"이런 흉물을 두고 문초하여 진술받기를 어찌 기다리겠는가. 어서 엄하게 형벌을 가하라"

하고, 판의금부사를 불러 하교하였다.

"일에는 옳고 그름이 있고 법은 두루 연결되어 있는데, 저놈이 자기가 옳고 나는 남을 무함한 이광한 같다며 죄인[84]을 위하여 절개를 세우려

---

84) 인현왕후를 가리킴.

조선의 형벌

조선의 형법은 명나라의 『대명률』을 기준으로 하였으며, 형벌 역시 이것을 기준으로 다섯 가지로 구성했다. 다섯 가지는 태형(笞刑), 장형(杖刑), 도형(徒刑), 유형(流刑), 사형(死刑)이다.

태형은 죄인을 작은 형장인 태(笞)로 치는 형벌이고, 장형은 큰 형장인 장(杖)으로 치는 형벌이다. 죄인의 볼기를 치는 것이 일반적이며, 열 대 단위로 때린다.

도형은 장을 몇 대 때린 후 일정 기간 동안 노역을 시키는 형벌이다. 이들 도형수들이 여러 관청에서 수위 역할을 하거나 잡일을 담당했다.

유형은 일정한 장소로 격리되어 유배 생활을 하는 형벌이다. 일반적으로 귀양이라 하면 이 유형을 나타낸다. 죄의 경중에 따라 거주지와 얼마나 떨어진 곳으로 가느냐가 결정되었다. 유형은 기한이 없었으므로 별도의 명령이 없는 한 종신토록 감당해야 하는 형벌이었다.

사형은 말 그대로 죄인의 생명을 빼앗는 법정 최고 형벌이었다. 목을 베거나, 목을 매달거나, 몸을 여러 갈래로 찢는 등 집행 방식에 따라 참형, 교형, 능지처사형으로 나누었다. 시신이나마 온전히 보존할 수 있다는 점에서, 죄인의 입장에서는 그나마 교형이 가장 나은 사형 방식이었다.

조선시대의 형벌, 고신 등에 관한 연구는 한국학중앙연구원 한국학대학원 심재우 교수의 것이 탁월하다.

고 하는구나. 매질 잘하는 나장 고의쇠에게 명하여 사지를 결박하게 하고 판의금은 몸소 살펴서 하나하나 엄히 형벌을 가하여 승복하도록 심문하라."

1차로 형신을 가하다

이때 임금의 분노가 계속되고 호령이 더욱 엄하여 장 치는 소리가 향교동에까지 들리더라. 골육이 다 깨져 유혈이 낭자한데도 박태보공은 안색이 편안하고 조금도 아프다는 소리를 내지 않으니, 상이 부채로 안석을 치며 소리쳤다.

"이렇게 형장을 가했는데도 아프다는 소리가 없으니 이런 독한 물건이 무슨 일을 못하리오. 엄히 치라."

공이 아뢰기를

"전하께서 임금을 배반하고 중궁을 위한다 하시며 저를 죄인이라 하십니다. 신이 비록 무상하지만 약간의 예는 압니다. 전하를 배반하고 중궁을 위하여 절개를 세우려 한들 그것을 어찌 절개라 하겠습니까. 그렇지만 중궁께 절개를 세우는 것이 곧 전하께 절개를 세우는 것입니다"

하니, 상이

"네가 더욱 독을 내뿜는구나. 임금을 업신여기는 부도를 저질렀다는 진술을 어서 받으라"

하였다. 박태보공이 대답했다.

"전하께서 계속 '임금을 업신여겼다'는 것을 신의 죄로 삼고 계십니다. 신이 참으로 어리석어서 무슨 일이 전하를 업신여기는 일이 되는 줄 모르겠습니다. 신의 상소는 전하를 업신여김이 아닌 줄 어찌 모르십니까. 청컨대 글로써 대답하겠습니다. 업신여겼다는 하교를 듣고 싶지 않습니다."

상이 계속 말하였다.

"승복을 하지 않으면 매의 숫자를 세지 말고 때리라."

"잡소리를 하거든 입을 찢으라."

"비망기의 뜻이 확실한데도 참소를 듣고 속인다고 말하여 나를 헛말하는 것으로 만드니, 네가 임금을 업신여긴 것이 아니냐? 어서 자백을 하라."

박태보공이 대답하였다.

"투기하는 때에 의심이 쉽게 일어나는 일이 많았습니다. 궁중의 일을 바깥사람은 알 바 아니나, 생각건대 혹 투기하는 일이 있는데 전하께서 살피지 못하신 것이 아닌가 싶습니다."

"부인을 위하여 절개를 세우려고 죽기까지 하는 것은 무슨 생각 때문이냐? 후세에 누군들 너를 두고 절개 있다고 하겠느냐?"

"신이 어찌 절개를 세우고자 상소를 하였겠습니까. 다만 지금 하신 일이 바르지 않음을 보고 신하의 마음이 너무나 아파서 상소의 말을 써서 전하께 드리기를 바랄 따름이었습니다."

"어찌 자백을 하지 않느냐?"

"신은 무엇을 자백해야 하는지 모릅니다. 신은 전하의 신하입니다. 어찌 전하를 속일 리가 있겠습니까."

"원자元子는 나라의 근본이다. 원자를 향하여 편하지 않은 마음이 있으니 이[85]는 죄인이다. 네가 어찌 죄인은 위하면서 원자는 위하지 않는 것이냐? 그저 임금을 업신여긴 것이 아니라 대역의 부도를 저지른 것이로다. 엄하게 형을 가하라."

승지 이서우가 고했다.

---

85) 인현왕후를 가리킴.

"엄하게 형을 가하였습니다."

상이 말했다.

"우선 그를 내리도록 하라."

상소 대표자 오두인을 두번째 치다

상이 또 말했다.

"전에 죄인 홍치상을 베었는데 또 이런 변이 있도다. 세상의 도와 인심이 과연 어떠하단 말인가."

권대운이 말했다.

"전례대로 의논하자면 오두인, 이세화는 마땅히 다시 쳐야겠는데 유헌은 어찌하시겠습니까?"

"임금을 업신여긴 죄인을 다스리려는데 법 잡기를 어찌 이리 느슨하게 하는가. 대신은 추고하지 못하나 금부당상은 추고하시오."

오두인공을 다시 올려서 형추하는데 오공의 쇠함이 심하므로 나장이 차마 많이 치지 못하더라. 상이 말했다.

"누가 상소하라고 이르더냐?"

"80여 명이 의논한 것이지, 누구에게 지시를 들은 일은 없습니다."

"80여 명 중에 어찌 주동자 한 사람이 없겠느냐? 홍치상이 임금을 업신여겨 베었더니 또 어찌 감히 나를 업신여기는가?"

"어찌 업신여기겠습니까. 그것은 말이 되지 않습니다."

"감히 글을 쓰고서 이제 와서 말이 되지 않는다고 하는가. 또 어찌 감히 주동자를 숨기는가?"

"정청에 참여하지 못하면 마땅히 상소해야 한다고 해서 했습니다."

"상소에 대해 말한 놈이 누구냐?

형추하는 모습 기산 김준근이 그린 풍속화 중 죄인 형추하는 모습. 움직이지 못하도록 등 뒤에 막대기를 꽂아 붙잡고 있는 것이 보인다. 또 이미 많이 쳐서 부러진 매와 아직 사용하지 않은 매가 보인다. 『조선풍속도—스왈른 수집본』(숭실대학교 한국기독교박물관, 2008)에 수록되어 있다. 숭실대학교 한국기독교박물관 소장

"어느 곳에서 그 말이 나왔는지 모릅니다."

"하늘이 이르더냐, 땅이 이르더냐? 모른다는 것은 말이 되지 않는다. 엄히 쳐라."

"윤심이 소식을 전해주었습니다."

"무슨 말을 전해주더냐?"

"파산인도 마땅히 상소할 만하다고 하였습니다."

"사실인지 거짓인지 물으리니 윤심을 데려오라."

이때에 세 대신이 나아와 엎드려 아뢰되

"새벽이 거의 되었으니 원컨대 안으로 들어가시지요"

하였고, 우의정 김덕원이 아뢰기를

"비록 이 옥사보다 더 중요한 것이 있어도 근래에 친국하신 일이 없었습니다. 그런데 이제 밤도 다 지나고 새벽이 되었는데도 여기 앉아 계시니 신 등은 걱정이 적지 않습니다"

하니, 상이 말하였다.

"우상은 어찌 감히 그렇게 말을 하는가. 어찌 이보다 중요한 옥사가 있으리오."

김덕원이 물러나니 권대운과 목내선이 좌우에서 나오고 여러 승지가 나와서 아뢰기를

"우상이 비록 실언하였으나 친국은 매우 중요한 일이니, 삼공을 채우기 위해[86] 그를 다시 부르옵소서"

하니, 상이 말했다.

"번거롭게 아뢰지 말라. 이 옥사보다 더 중요한 것이 어찌 있겠는가."

---

86) 친국할 때에는 삼정승, 즉 영의정, 우의정, 좌의정이 모두 있어야 했다.

이세화에게 두번째 묻다

이때에 오두인공을 치는 것을 그쳤는데 윤심을 미처 잡아오지 못하였으므로 상이

"이세화를 다시 올리라"

하여 그를 다시 형추하였다.

"주동한 놈이 누구냐?"

"제가 진실로 주동하였습니다."

"다른 사람에게 미루지 않으려고 네 스스로 주동하였다고 하느냐? 내가 상소에 있는 말을 물으면 오두인과 너는 모른다고 하고 박태보 홀로 각 구절마다 잘 아는데도, 네가 주동하였다고 하니 너는 나를 속이고 있는 것이다. 오두인은 박태보가 쓴 것이라 하던데, 상소를 짓는 것도 박태보가 하였느냐?"

"박태보가 쓴 것은 맞지만 짓는 것은 80여 명 중 누군들 하지 않았겠습니까. 오두인이 반드시 다 아뢰었을 것입니다."

"그렇다면 너는 왜 상소에 참여하였느냐?"

"상소의 말을 보니 마음에 들어서 참여하였습니다."

"흉악하고 참람한 문자인데 뭐가 좋더냐?"

"비망기를 볼 때는 개연[87]하더니, 상소의 글을 보니 좋더이다."

"비망기 중의 어떤 말이 개연하더냐?"

"지금은 정신이 어지러워 무슨 말이었는지 모르겠습니다."

"이미 보았다, 좋았다 하더니 이제 와서 기억하지 못한다고 하니 이 말이야말로 간사하다. 엄히 형추하라."

"여항간의 부부 사이에 혹 이런 일이 있으므로 제 추측으로 아뢴 것

---

87) 마음에 걸려 꺼림칙함.

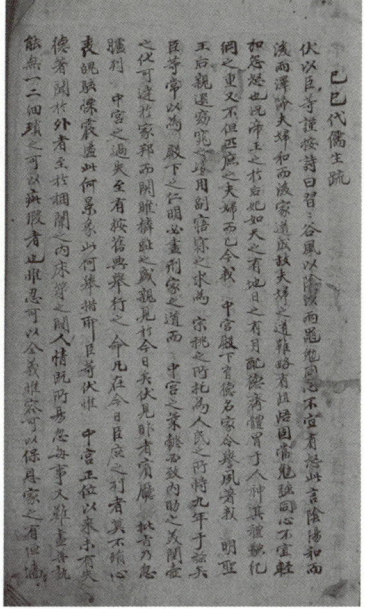

『기사록』 표지와 첫 장 『기사록』은 박태보 등이 인현왕후 폐출에 반대해 상소를 올리고 국문을 받는 일련의 과정을 기록한 책이다. 상소의 내용, 국문받는 이들의 변을 담은 원정의 내용, 왕이 물은 문목 등이 모두 적혀 있다. 한국학중앙연구원 장서각 소장

입니다.”

"임금에게 아뢴 말이면서 추측이었다고 하는가?"

"추측이었다고 하여 죄를 물으시면 조금도 억울한 것이 없겠으나, 임금을 업신여겼다는 이유로 죄를 주신다면 매우 억울합니다."

승지가 엄히 형추했다고 아뢰니 상이 이세화를 내리고 박태보를 올리라 하여 다시 형추하였다.

박태보를 다시 불러 국문하다

상이 말했다.

"여러 죄인이 네가 상소를 지었다고 원정하였다. 쓰기도 네가 하고 주동도 네가 하였느냐? 엄히 치라."

"제가 쓰기는 하였지만 상소의 말은 여럿이 불러서 하였습니다. 하지만 이미 제가 쓴 후에 문자들 중에서 취하고 버리면서 윤색을 하였습니다."

"네가 무슨 마음으로 흉악하고 참혹한 말을 만들었느냐? 홍치상을 보지 않았느냐."

"아아! 전하께서는 어찌 저를 홍치상에게 비교하십니까. 홍치상에겐 죄가 있지만 소신에겐 무슨 죄가 있습니까. 신의 상소는 온 나라 사람들이 함께 의논한 일입니다. 신이 벼슬아치가 된 지 몇 해인데 신의 행실이 홍치상과 다른 줄을 모르십니까?"

"네놈들은 홍치상과 똑같다. 내가 참소를 믿고 거짓말을 한다고 하니 나를 업신여김이 아닌가! 임금을 배반하고 간사한 부인을 위하여 독毒 같은 일을 하니 대역부도한 것이 아니냐?"

박태보공이 조용히 우러러 대답하였다.

"전하께서는 어찌 이렇듯 실언을 하십니까. 옛사람이 말하기를 부부는 인륜의 시작점이요, 성인은 인륜의 지극함이라 하였습니다. 필부도 납폐[88]한 의를 중요하게 여겨 의로 대접하는데, 하물며 중궁은 얼마나 높으시며 얼마나 위엄이 있으신데 전하께서는 노했다고 어찌 말씀을 가리지 아니하십니까?"

상이 더욱 크게 노하여 계속 말했다.

---

88) 혼인 때에 신부 집에 혼서(婚書)와 폐백을 보내는 것.

100

"네가 나를 더욱 곤란하게 하고 윽박지르는구나. 판의금은 어찌 봉초 捧招89)를 받지 않는가. 하나하나 따져 엄히 형추하라!"

"간사하고 독하여 끝내 바로 고하지 아니하느냐?"

공이 대답했다.

"상소 안의 말로 이미 고하였으니 이제 더 고할 것이 없습니다. 전하께서 신의 상소를 가져다가 마음을 풀고 골똘히 보시면 제가 똑바로 고한 줄을 아시고, 제가 무고한 것이 아닌 줄을 아실 것입니다."

"네가 상소의 말을 다 하였으니, 숨기고자 한들 어찌 숨길 수 있겠느냐. 어서 자백하라."

"이제 저에게 자백을 받으시려는 것은 무슨 말씀이며, 무슨 일입니까? 신은 추호도 전하를 업신여긴 일이 없습니다."

"이런 역적은 즉시 베어야 나라의 기강이 설 것이다. 엄형嚴刑하여 승복을 받으라."

"전하께서는 근래에 『주역』을 강론하셨으면서도 하늘과 땅의 의리를 모르십니까. 설령 중궁께 과실이 있다 해도, 옛적 명성왕후90)께서 생전에 중궁을 인자하게 사랑하시던 때에는 과실이 있어도 그 말씀을 듣지 못하시더니, 원자께서 탄생하신 뒤부터 과실을 점점 들으시니, 신의 생각으로는 참소가 이것으로부터 들리는 것이 아닌가 합니다."

상이 크게 노하여 큰 소리로 하교하기를

"이 무슨 말인고, 이 무슨 말인고. 이놈의 간교하고 악함은 김홍욱보다 심하다. 장차 반역죄로 다스릴 것이로되 먼저 압슬형壓膝刑을 하겠다. 승복을 하면 나라의 형률로 다스리리라. 자백을 하지 않으면 이유를 따지지 말고 겨드랑이에 몽둥이를 끼우고 입을 치라. 압슬 형추를 속히 거

---

89) 죄인에게 구두로 받는 진술.
90) 현종의 비.

행하라"

하니, 목내선이 아뢰었다.

"압슬 형구는 갑자기 갖추기가 어렵습니다. 황공합니다."

박태보공이 말하기를

"신은 이미 죽기로 결심하였고 임금과 신하 사이의 분수와 의리를 다하였사오니 진실로 아깝지 않지만, 전하의 행동은 이렇듯 과도하시니 형벌을 과하게 하시어 끝내 망한 나라의 주인이 되실까 걱정입니다"

하니, 상이 더욱 노하여 말했다.

"국가의 존망을 네가 아느냐?"

"신은 대대로 중요한 벼슬을 지내어 나라와 운명을 같이하는 신하로서 편안함과 근심을 나라와 함께할 것입니다. 그러므로 신은 오늘의 일이 애통합니다. 나중에 반드시 뉘우치시게 될 것입니다."

상이 사관史官을 돌아보면서 하교하기를

"이런 잡소리는 쓰지 말라"

하고, 또

"판의금부사는 압슬 형추를 왜 재촉하지 않는가. 급히 재촉하라"

하였다. 형추가 매우 엄하여 흘러나온 피로 바지를 짤 정도가 되고 모습이 참혹하였지만, 박태보공의 말과 기운은 조금도 요동치 않고 의리와 옳고 그름을 분간하니 좌우에서 보고 듣는 자들이 다들 얼굴빛을 잃을 정도였다. 나장도 매를 들되 울지 않는 이가 없었다. 승지가 엄히 꾸짖었음을 고하고 윤심을 데려왔다고 아뢰니 상이 말했다.

"박태보를 우선 내리고 윤심을 올리라."

오두인과 이세화를 다시 형추하나 성과를 얻지 못하다

승지가 말하기를

"새벽이 되어 일기가 음산하니 병조에 포장을 치라고 분부하겠습니다"

하니, 상이

"그리하라"

하였다. 상이 윤심의 원정을 읽게 하고 이어 말했다.

"처음에는 서로 소식을 통했으나 참여치 않았고 상소의 말도 모른다고 하니 윤심은 죄가 없다. 놓으라."

상이 말하기를

"오두인의 실상은 진실로 악하다. 한 번 소식 통했을 뿐인 사람은 고하고 매우 친하여 함께한 이는 고하지 않으니, 간사하고 독하기가 심하다"

하고는 다시 올려 형추하였으나 원정이 전과 같으므로 내리게 하였다. 상이 이세화의 형추를 더 할 것이니 다시 올리라 하여 이세화공을 올려서 형추하였으나 승복을 하지 않았다. 이공이 늙어서 매를 견디지 못하여 어탑을 자주 바라보며 한마디 고하려고 아픔을 참고 말하기를

"신의 머리는 벨 수 있지만 결안[91]은 받지 못하실 것입니다"

하고, 또 아뢰기를

"신이 한번 죄를 인정하여 죽는다고 하더라도 천하 후세의 공론은 어떻게 하시렵니까. 신의 몸은 나라에 허락한 것이니 저는 늘 충성을 다하여 죽어서 가죽까지 바칠 마음이 있었는데 오늘 마침 죽게 되니 경사가 아니겠습니까. 다만 신은 참소의 뜻만 알고 상소의 말이 어떤 줄은 모릅니다. 신이 당당히 원정의 죄를 정할 도리가 있을 것입니다"

하니, 엄히 꾸짖고 내렸다.

---

91) 사형할 죄로 결정한 문서.

같은 시기를 그린 작품, 『인현왕후전』과 『사씨남정기』

숙종 연간에는 당파 간 싸움이 심하여 정권 교체가 잦았고, 숙종 개인의 성향 문제도 있어서 전반적으로 많은 사람들이 화를 당했고, 중대한 사건도 많이 생겼다. 이런 시기적인 특성 때문에 이 시대를 다룬 문학작품도 여럿 나왔다. 『박태보전』 이외의 대표적인 작품이 『인현왕후전』과 『사씨남정기』이다.

『인현왕후전』은 누가 썼는지 알 수 없는 작품이다. 이 작품은 숙종이 인현왕후를 내치고 장희빈을 맞았다가 다시 인현왕후를 복위시키는 과정을 그렸다. 그런데 이 작품은 장희빈이 숙종의 마음을 잡기 위해 꾸민 일들에서부터 인현왕후를 저주하기 위해 하는 행동에 이르기까지 자세하게 그리고 있어서 오히려 장희빈이 주인공이 된 듯하다. 폐비 문제가 나오기 때문에 이 작품 중간에 박태보가 고문받는 장면이 그려져 있기도 하다.

『사씨남정기』는 명나라의 유현수가 사씨를 아내로 맞았으나 사씨가 아들을 낳지 못하자 후실로 교씨를 맞았는데, 교씨가 아들을 낳은 후로 사씨를 모함한 끝에 내쫓았으나 결국 유현수가 일의 전모를 알고 사씨를 다시 맞는다는 이야기이다. 서포 김만중이 지은 작품으로, 당시 숙종이 인현왕후를 내쫓고 장희빈을 맞은 것을 풍자한 글이다. 이 글이 널리 알려졌고 숙종도 이를 보고 자신의 일을 후회했다고들 하지만 실제 숙종이 이 작품을 보고 마음을 돌렸는지는 알 수 없다.

『박태보전』과 『인현왕후전』 『사씨남정기』는 같은 시기, 같은 사건을 두고 그린 작품이기 때문에, 함께 읽으면 전체적인 상황을 조망하는 데 도움이 된다.

『인현왕후전』속 박태보 모습

『인현왕후전』의 여러 이본 중 가람본에서는 박태보의 국문 장면을 다음과 같이 묘사하고 있다. 이상보가 교주(校註)한 「인현성모민씨덕행록」(『인현왕후전』, 을유문화사, 1971)을 일부 수정하여 제시하니 비교해보기 바란다.

상이 대신과 2품 이상을 불러 폐비하심을 전교하시니 (…) 이때 응교 박태보는 파직중에 있었는데 먼저 상이 덕을 잃음을 근심하고 또 중전이 가진 덕에 비해 억울한 것을 아파하여, 모든 파직한 관리들과 함께 연명으로 상소할새, 판서 오두인과 참판 이세화와 함께 응교 박태보가 상소의 대표가 되어 가로되,

"임금이 후비 두심은 조상의 정통을 이어 모든 백성의 위에 임하사 만세를 잇는 경사인데, 이제 전하가 만민의 부모가 되사 삼강오륜의 중한 법으로 나라를 다스리시면서 스스로 행치 못하실 일을 행코자 하시니 이것은 신민의 바라는 바가 끊어지는 것입니다. 성인이 배필을 중시하는 법을 마련하여 오륜에 두셨고, 『서경』에도 '함께 부모 삼년상을 지냈으면 떠날 수 없다' 하였습니다. 전하도 중궁과 함께 삼년상을 지내셨고, 지금도 대왕대비 상복을 함께 입어 아직 벗지도 못하였으니, 비록 허물이 있어도 폐하지 못하거늘 하물며 옥처럼 흠이 없는 것을 보시지 않으십니까. 성인이 '부모께서 사랑하신 것은 개나 말이라도 공경한다' 했는데, 명성대비께서 중전을 사랑하셨습니다. 전하의 지극하신 효성으로 어찌 인륜을 상하게 하시며, 전하의 넓고도 큰 도로 어찌 이런 실덕을 하십니까. 엎드려 비오니, 전하께서 다시 살피사 인륜을 정하시고, 백성의 바람을 좇으시면 어찌 종묘사직과 백성의 복이 아니겠습니까. 원컨대 상께서는 폐비하신다는 전교를 거두소서"

하였더라. 상이 상소를 보시고 크게 노하여 즉시 친국을 하여 세 사람을 잡아 엄히 신문하되,

"너희가 신하가 되어서 임금을 비방하니 그 죄상이 삼족을 벌할 만하다. 충성하는 마음을 다잡아 다시는 폐비를 받들지 않을 테냐?"

하시니, 세 사람이 머리를 찧으며 조금도 굴복하지 아니하고, 말씀을 강개하게 하며 충성

『인현왕후전』속 박태보 모습 국립중앙도서관본 『인현왕후전』에 실린 박태보가 국문을 받는 장면. 본문에서 언급되는 '응교'가 바로 박태보이다.

스럽고 의로운 마음이 하늘의 북두성에까지 사무쳤다. 상이 진노하사 나졸에게 호령하여 형구를 갖추고, 셋을 형틀에 올려 한 번씩 치니 소리가 동구 안까지 들리고 흐르는 피가 낭자하였다. 판서 오두인과 이세화는 나이 일흔이라 위엄을 두려워하고 형벌을 이기지 못하여 머리를 숙이고 말을 못하되, 오직 박태보는 정신이 씩씩하고 말씀이 추상같아서 형벌 때문에 살과 뼈가 문드러져도 조금도 두려워하지 않고 한결같이 아뢰었다.

"임금께서 덕을 잃으셨는데도 신하가 간하지 못하고, 참소에 혹하여 죄 없는 국모를 폐하시니 이는 이제까지 없었던 큰 변고이며 풍속에 관계된 일입니다. 신이 비록 미천하나 국록을 먹고 조정에 참여하였으니, 임금이 덕을 잃어 영원히 더러운 이름을 남길 줄을 알고도 어떻게 간하지 않겠습니까. 상께서 국모를 참소한 자를 베시고 망극한 전교를 거두시면 종묘사직의 복이요 백성의 행복이 될 것입니다."

상이 더욱 노하사 눈을 치켜뜨고 용상을 치시며 큰 소리로 크게 욕하였다.

"조그마한 놈이 이토록 간악하냐. 나를 참소나 듣는 어두운 임금이라 하고 자기는 직언하는 충신이라 하니, 이런 대역부도한 놈은 이런 형벌로 할 수 없다. 압슬 기구를 들이라."

106

"전하가 신을 죽이시면 그만이지만, 사람이 되어서 아비가 실덕함을 간하지 않으며, 어미가 무죄하니 구하지 않을 수 있겠습니까."

상이 더욱 노하여 압슬로 뼈를 빻고 장으로 치니, 좌우에 선 사람들이 차마 보지 못하였다. 살가죽이 떨어지며 뼈가 드러나 튀는 피가 왕의 옷자락 아래 떨어져도 박태보의 안색은 씩씩하고 조금도 굴복하지 않았다. 날은 이미 저물었는데 자백을 받지 못하므로 친국을 끝내지 않고 앉았다가 섰다가 하시며 꾸짖기를

"이놈은 간악하고 독한 물건이라. 빨리 화형으로 단근질하라"

하셨다. 마당에 불을 밝히고 화형 도구를 갖추어 단근질하니, 누린내가 하늘을 찌르고 검은 피가 땅에 고이니, 좌우에서 보는 자가 낯을 가리고 눈물을 금치 못하며, 좌우에 선 신하들이 몸을 가만두지 못하여 한겨울처럼 덜덜 떨었지만, 박태보는 변함없이 강직하였다. 장하다! 충신열사 백 사람이 모함한들 마음을 고치리오. 온몸이 다 오그라져 손과 발이 없어질 지경이 되니, 상이 내려다보시고 착하게 여기시나 종일 밤낮 동안 하여 옥체가 불편하시니 승지에게 명하여,

"네가 가서 달래어 자백하게 하고 하옥하라"

하셨다. 승지가 명을 받아 앞에 나아가 꾸짖었다.

"왜 상의 뜻을 거슬러 이 모양이 되며, 상으로 하여금 밤새도록 옥체를 피곤하게 하느냐."

말이 끝나지도 않았는데 박태보가 눈을 부릅뜨며 큰 소리를 질러 말하기를,

"난신적자가 국록만 허비하면서, 임금이 어진 일을 하도록 돕지도 않고 아첨기만 하여 무죄한 국모를 폐출하는데도 당연한 일로 여기면서 오히려 나를 꾸짖으니, 이것은 금수나 오랑캐라. 나는 죽어도 용봉, 비간(폭군에게 직간하다가 죽은 중국의 신하들) 같은 무리가 되겠지만, 너희는 살아 있으면 나라의 원수요, 죽으면 더러운 귀신 될 것이며 그 재앙이 자손에게 미치리라"

하니, 승지가 부끄러워 말없이 물러났다. 상이 악착스럽다 여겨 명하사,

"옥에 가두고 내일 갑산으로 유배하라"

하시며 추국을 끝냈다. 즉시 출발한 지 얼마 못 가서 중궁전 폐출하셨다는 말씀을 듣고 박태보는 말을 잃고 크게 탄식하여 장독(매 맞아 생긴 상처의 독)과 화독(화형을 당해 생긴 상처의 독)이 발하여 죽었다. 슬프다! 예부터 충신열사로 죽은 이가 많지만 박태보의 곧고 충성된 뜻과 절개는 용봉, 비간 이후 최고이다. 일시에 아름다운 이름이 세상에 가득하고 만세 후에도 돌에 새겨 전해지니 어찌 죽었다 하리오. 하지만 일흔 되신 두 부모가 살아 있고, 박태보의 죽음이 너무나 참혹한 것을 보고 장안에 울지 않은 사람이 없었으며, 간신이나 소인이라도 탄식하였다.

압슬형에 뼈 깨지는 소리 들려도

상이

"박태보를 다시 올리라"

하고 압슬 형구를 다시 폈다. 이때부터는 오두인, 이세화 두 공은 내버려두고 오로지 박태보공만 다스리더라. 널판을 깔고 그 널판 위에 사감[92] 두 섬을 깔고 두 다리를 넣고 또 사감 두 섬을 덮은 후 좌우로 널을 덮고 널머리를 단단히 매어 움직이지 못하게 하였다. 거기에 건장한 군사가 한쪽에 셋씩 서서 일시에 소리 맞춰 뛰었다. 열세 번 뛰면 이것을 한 채라 했다. 상이 재촉하여 일시에 뛰어 자백을 받게 하시니, 널 속에서 뼈와 사감이 깨어지는 소리가 났다. 나졸은 울며 뛰고 좌우에서 보는 자는 얼굴빛을 잃고 물러나는데, 박태보공의 안색은 변함없고 한 번도 아프다는 소리가 없었으니, 상이 노하여 말했다.

"네가 이미 네 스스로 짓고 썼다고 했으면서 어찌 자백을 하지 않느냐. 네가 비록 승복하지 않는다 해도 죽기를 면할 수 있겠느냐?"

"망상罔上[93]한 죄로 죽이시면 죽겠지만, 무상誣上[94]하다는 것은 신의 죄가 아닙니다."

상이 매우 크게 노하여 말했다.

"상소 중에 말한 꿈속 일이란 것은 무슨 말이며, 누구에게 들었느냐?"

"신의 상소 중에 무슨 말씀이 무상을 범한 것입니까? 생각건대 조금도 무상에 가까운 것이 없습니다. 이른바 꿈의 일이란 것도 전하의 비망기를 보고 알았습니다."

"그렇다면 네가 나를 허망한 사람이라 한 것이로다."

---

92) 사기가 깨어진 조각인 사금파리 같은 것을 이르는 것으로 보인다.
93) 사리에 어두워 윗사람을 속임.
94) 윗사람을 속이고 업신여김.

"신이 어찌 궁중의 일을 알겠습니까마는 꿈속 일은 허망한 것에 가까워 맞는 일이 없는데, 부부간에 우연히 한 말이 그 무슨 잘못이라고 전하께서 이를 꼬집어 죄목으로 삼으시니 큰 잘못이 아닙니까. 전하께서 중궁이 꿈을 믿는다고 하시지만 신은 도리어 전하께서 꿈을 믿는 것이라고 생각합니다. 이전에 입시侍했을 때 늘 하교하사 꿈 이야기를 하셨으니, 그래서 신은 전하께서 꿈을 좋아하시는 줄 압니다."

상이 매우 크게 노하여 팔을 내저으며 말하였다.

"간교하고 독하기 그지없도다. 계속 나를 헛말을 한 이광한 같다 하니 이놈을 어찌 베지 못하겠는가. 너는 정녕 부인95)에게 아첨하여 이렇듯이 구느냐? 부인에게 이런 잘못한 행실이 있으면 너는 반드시 잘못한 일이 아니라고 할 것이다. 민진후 형제가 너에게 부탁하여 흉악한 역적의 상소를 지었느냐?"

"밝은 임금께서 어찌 신을 서인西人이라 하여 민진후에게 아첨한다고 하십니까. 제가 비록 서인이기는 합니다만 성품이 본래 좁아서 세상과 부합하지 못하는 줄을 상께서 어찌 모르십니까. 신이 만일 붕당에 들어 이해관계로 계교를 짜서 잘 받들었다면 어찌 전하의 뜻을 맞추지 못하여 이 지경에 빠졌겠습니까. 밝은 임금께서 어찌 신의 평생 몸가짐이 붕당과 먼 것을 모르십니까. 신의 형 박태유가 여양부원군의 일을 탄핵한 적이 있어서 두 집이 서로 교통하지 않는데, 어찌 교분이 있었겠습니까.96) 밝은 임금께서는 또 미처 생각하지 못하십니까. 하물며 이 상소는 신하 된 사람이 마땅히 해야 할 분수와 의리입니다. 어찌 다른 사람의 지시를 받겠습니까. 그런데도 이렇듯 참혹히 형추하시니, 전하께서는 신이 서인

---

95) 인현왕후.
96) 박태보의 형 박태유는 숙종 9년(1683년)에 여양부원군 민유중을 탄핵한 일이 있었다. 그 일로 두 집안의 사이가 좋지 않기 때문에, 민유중의 아들 민진후 형제의 사주를 받았다는 것은 말이 되지 않는다고 설득하고 있다.

이라고 이렇게 하시는 것입니까?"

"엄하게 국문하라. 감히 동인 서인을 말하고 또 감히 편당을 일컬으며 이렇듯 방자한가. 내 어찌 네가 서인이라 하여 엄히 형벌을 가하는 것이 겠느냐."

"원컨대 급한 노여움을 그치시고 오늘의 행위를 다시금 생각하시옵소서. 진실로 쉽게 알 수 있는 일일 것입니다. 군신의 분수와 의리는 부자 사이와 같으니 부모께서 화합하지 못하면 자식이 울며 간함이 옳습니까 그릅니까. 신들의 뜻은 두 분 마마를 받들어 국가의 평안한 복록을 누리고자 하여 아뢰는 것이니, 오늘의 이 상소가 있을 줄을 모르셨습니까. 옛말에 이르기를 '내 마음으로 남의 마음을 헤아린다' 하였는데, 전하께서는 어찌 의리를 살피시어 신들의 마음을 헤아리지 아니하십니까."

이서우가 엄히 꾸짖었음을 아뢰었다.

내 몸이 재가 되어도

상이 더욱 노하여 압슬 형구는 없애고 화형 도구를 빨리 들이라 하고 말했다.

"엄히 형추하고 또 압슬하고 또 화형을 할 것이다. 어찌 자백을 하지 않느냐."

박태보공이 압슬한 다리를 간신히 꿇어 하교를 듣고 우러러 대답하여 고하였다.

"전하께서 아무리 참혹한 형벌을 내리셔도 신은 본래 임금을 업신여긴 죄를 범한 적이 없습니다. 무슨 일로 업신여기겠습니까."

"끝까지 간악한 놈이로다. 자백하지 못할까."

압슬형과 낙형

죄가 있는 것 같은데도 실토하지 않으면 고신(拷訊), 즉 고문을 했다. 일반적으로는 신장 (訊杖)이라는 매로 때리는 방식으로 고신을 했지만, 상황에 따라 다양한 고신 방식이 사용되었다.

박태보가 당한 대표적인 고신은 압슬형(壓膝刑)과 낙형(烙刑)이다. 압슬형은 죄인의 다리 위에 널판을 놓고 물건을 올리거나 사람이 올라가 뜀으로써 죄인을 압박하는 것이고, 낙형은 인두를 불에 달궈 발바닥을 지지는 것이다. 조선을 통틀어 압슬형과 낙형을 가장 심각하게 받은 사람이 박태보라고 할 수 있다. 또 역설적으로 우리가 이 형벌에 대해 자세히 알 수 있는 것은 박태보의 추국 때문이기도 하다.

특히 압슬형을 할 때는 널판을 놓고 그 위에 자갈이나 사금파리 같은 것들을 깔고 거기에 무릎을 꿇게 했다. 사이사이 빈곳을 사금파리 같은 것으로 채운 후 다시 그 위에 널판을 놓는다. 그런 상태에서 돌을 올리거나 사람이 올라가서 뛰는데, 이때 고통은 비할 데가 없다 한다. 또 낙형을 할 때에는 일반적으로 발바닥만 지지는데, 박태보의 경우 몸을 거꾸로 매단 후 옷을 찢고 맨살을 인두로 지졌다. 우선 몸의 한쪽만 지지면서 나머지 한쪽마저 지지겠다고 위협하며 고신을 하였다.

압슬형이고 낙형이고 간에 말이 간단해서 그렇지 이것들은 참혹하기 이를 데 없는 고신이다. 이를 통해 대상자가 지만(遲晩), 즉 자백을 하면 고신은 끝나게 된다.

잔혹한 고신법 중 상당수는 영조 때에 금지되었다. 숙종의 아들인 영조는 50년이 넘는 세월 동안 왕으로 있으면서 여러 가지 개혁을 했다. 그중에 고신에 관한 것도 포함되었다.

도둑의 경우 오늘날의 문신에 해당하는 자자(刺字)를 했다. 초범일 경우는 팔뚝에, 재범의 경우는 얼굴에 했으며, 삼범 이상은 처형했는데 영조 때에 이것을 폐지하였다. 죄인의 신체 부위를 가리지 않고 마구 때리는 난장(亂杖)이 조선 초기부터 있었는데 영조는 이것도 폐지하였다. 죄인의 두 손 모두 수갑을 채웠던 전례를 바꾸어 먹고 마실 수 있도록 왼손을 풀어주게 한 것도 영조 때에 개정된 것이다.

압슬형과 낙형 기산 김준근이 그린 풍속화 중 고신하는 장면들. 압슬형이나 낙형과 똑같지는 않으나 비슷하다. 발가락 사이에 불을 놓는 고신 방법은 인두로 발을 지지는 낙형과는 조금 다르지만, 화형(火刑)이라는 면에서는 유사성을 지닌다. 『프랑스 국립기메동양박물관 소장 한국문화재』(국립문화재연구소, 1999)에 수록되어 있다.

　　박태보가 당한 압슬형과 낙형은 세조가 사육신을 국문할 때도 썼다. 그러나 박태보가 고신을 받았을 때가 가장 참혹했다고 한다. 영조는 1724년 갑진년에 압슬형을 먼저 폐지하고 1733년 계축년에 낙형을 폐지하였다.

"제가 역적이 아닌 줄을 밝은 임금께서는 모르십니까?"

"네가 임금을 배반하고 죄인을 구하니 역적과 무엇이 다른가?"

"신은 절대로 역적이 아닙니다."

상의 분노가 폭발하여 몸을 가만두지 못하고 몇 번이나 앉았다 섰다 하면서 소리를 질렀다.

"이놈이 더욱 독하다. 어서 빨리 화형을 하라."

급히 숯 두 섬을 피우는데, 너무 급하여 부채질도 미처 못하고 모든 나장이 옷자락으로 숯을 피웠다. 화염이 하늘에 닿을 듯하니 좌우에 선 신하들이 뜨거움을 이기지 못하여 점점 물러섰다. 두 손 넓이만한 넓적한 쇠 두 개를 불에 넣어 달구고, 식으면 서로 바꾸어 달구어 지지게 했다. 큰 나무를 세워 박태보공을 거꾸로 매달아 땅에서 여섯 치 정도 떠 있게 하니 보는 자들이 다 창백해지고 모두 기가 막혀 말을 못했다.

공이 정신을 더욱 가다듬어 기운과 말씀이 점점 분명해져 조용히 고하기를

"신이 들으니, 압슬형이나 낙형으로 역적을 다스린다 했는데 지금 신의 죄가 역적과 무엇이 같습니까?"

하니, 상이 말했다.

"네 일이 흉악하고 참혹하여 역적보다 심하다. 무슨 말을 하는가. 자백한다는 두 글자만 말하라."

나장이 바지를 풀려고 하자 상이 말하기를

"어찌 매달지 않느냐. 살이 나오는 족족 지지라"

하니, 일이 매우 급하여 바지 솔기를 찢으며, 달군 쇠를 나무에 시험해보니 곧 연기가 일면서 나무가 탔다. 화형법은 쇠가 식으면 뜨거운 쇠로 바꾸어 지지기를 열세 번 하면 한 채라 했다.

달군 쇠를 가끔 바꾸어 지지니 두 다리가 불같이 일어나고 벌건 기름이 끓어 누린내가 코를 찔렀다. 공의 모습은 죽은 나무 같았다. 끓는 기

름이 콸콸 흐르니 옆에 섰던 신하들은 감히 떨며 바로 서 있지 못하는데 박태보공의 안색은 찡그리거나 견디지 못하는 기색이 전혀 없으니 떨던 사람들이 이로 인해 오히려 힘을 입어 평안했다.

상이 말했다.

"판의금은 몸소 가서 왼쪽 몸을 두루두루 지지라. 낙형燒刑 속에서도 저놈이 살아날 수 있으리오. 이렇게 해도 자백을 하지 않을 수 있을까."

박태보공이 말했다.

"신이 이 지경에 이르러서야 자백을 한다면, 속으로는 제 마음을 속이는 것이고, 위로는 전하의 마음을 속이는 것입니다. 신의 몸이 재가 되고 숯이 되며 불이 되어도 진실로 전하를 속이지 못합니다."

"스스로 더욱 착한 줄 알고 자랑하는구나. 온몸을 다 지지면 어찌 자백을 못 받겠는가."

"오늘 신하의 절개를 당당히 다하였습니다. 장차 자백할 일이 없습니다. 전하께서는 선왕을 침노하여 말한 조사기97)는 다스리지 않으시면서 신에게는 무슨 죄가 있다고 이렇게 참혹한 형을 가하십니까. 10여 년간 경연에 출입하면서 군왕의 덕을 보조하지 못하여 전하로 하여금 잘못된 행위를 하시게 하였으니 이는 신의 죄입니다만 다른 죄는 없습니다."

상이 더욱 크게 노하여 사관에게 이르셨다.

"박태보의 이런 말은 쓰지 말라. 천하에 이런 간사하고 독한 것이 어디 있으리오. 간사하고 독함으로 나를 참람하게 욕보인 것이 아니냐. 김홍욱보다 훨씬 더 심하다."

권대운이

---

97) 숙종 15년(1689년) 윤3월 27일 조사기는 송시열의 죄를 논하는 상소를 올렸는데 그 내용이 선왕을 무함하는 것과 연결되어 대신들이 그에게 죄를 물을 것을 맹렬히 요청하였다. 숙종은 급히 결정을 하지 않았다가 숙종 20년(1694년) 5월 11일에서야 그를 죽였다. 즉 박태보가 심문을 받던 당시에는 아직 그를 죽이지 않은 상태였다.

"문사낭청 김주가 병이 났으니 김원섭으로 바꾸었으면 좋겠습니다."
하자, 상이
"그리하라"
하였다. 이때에 이런 말은 아뢰어도 박태보공을 구하는 사람은 볼 수가
없었다.
상이 말했다.
"네가 끝내 자백을 않으려느냐. 이미 다리를 지지고 무릎을 지지고 왼
쪽 몸을 지졌는데 이리하여도 자백을 않으려느냐."
권대운이 머뭇머뭇하다가 아뢰었다.
"신의 나이 80이라 옥사를 여러 번 겪었는데, 발바닥만 지지는 듯하
였습니다."
"그러면 전례대로 거행하라."
나장이 하교를 받들어 발바닥만 지지니 상이 말했다.
"두 발을 두루두루 지지라."
이때 두 다리는 숯 같고 끓는 기름은 샘솟는 듯하였지만 박태보공의
말씀은 조리가 있고 예를 잃음이 없었으니 다들 신기하게 여겼다.

고문 속에서도 다른 이들을 구하고

상이 말했다.
"유헌이 상소 안에 있는 말을 모른다 하니, 이것이 옳으냐?"
박태보공이 대답했다.
"유헌은 정말로 병이 들어서 성 밖에 있었기 때문에 그 아들을 보내
어 이름만 적었으므로 상소 안의 문자를 모르는 것이 맞습니다."
"이세화는 자기가 주동하였노라 하는데 이것이 옳으냐?"

"쓰고 짓는 것은 신이 한 것이지 이세화가 한 말씀이나 넣었겠습니까. 틀림없이 신을 구하고자 하여 자신이 담당하려고 한 말씀입니다."

유헌, 이세화 두 공이 쉽게 죄를 면한 것은 박태보공의 이 말씀에 힘입은 것이다.

상이 말하기를

"이세화와 유헌이 주동하지 않았다면 네가 주장한 것인데 왜 자백을 않느냐?"

하자 공이 대답했다.

"전하께서 신을 죽이시려거든 머리를 바로 베십시오. 누가 감히 말리겠습니까. 받기 어려운 자백을 왜 꼭 받으려고만 하십니까. 신의 머리는 베실 수 있지만 자백은 받지 못하실 것입니다. 신이 전하를 위하여 말씀드리는데, 전하는 말씀과 기운이 너무 격하시고 위엄이 너무 급하여 밤새도록 과도하게 기운을 쓰고 계십니다. 신이 듣기로 분노와 기운을 과하게 내면 정신이 편치 못하다고 합니다. 구구한 신의 마음으로는 전하의 옥체가 상하실까 걱정이옵니다. 이제 전하께서 신을 협박하시어 참람한 형벌로 자백을 받은 후 그치고자 하시나, 신이 어찌 감히 밝은 임금을 속여 거짓으로 자백을 하겠습니까."

왕께 올리는 마지막 말

박태보공이 또 숨을 내쉬고 소리를 나직이 하여 아뢰었다.

"신은 이제는 죽었습니다. 엄한 형벌을 못 견디어 거짓으로 자백을 하고 저승에 돌아간다면 저승 사람이 틀림없이 신을 보고 비웃으며 '저 사람은 형벌을 못 견뎌 거짓 자백을 했다'고 할 것입니다. 그러면 신이 그때 부끄럽지 않겠습니까. 서럽습니다. 신의 아비 나이가 60도 넘고 어미

고문 속에 빛난 절개—사육신, 삼학사 그리고 박태보

우리 역사에서 심각한 고문을 당했지만 그 고문을 통해 절개를 더욱 빛낸 이들이 여럿 있다. 대표적인 인물이 사육신과 삼학사이다.

사육신은 성삼문, 박팽년, 이개, 하위지, 유성원, 유응부를 이른다. 그들은 단종의 자리를 뺏은 수양대군, 즉 세조를 밀어내고 단종을 복위시킬 것을 꾸미다가 발각되어 모진 고문 끝에 결국 죽은 사람들이다. 서울 노량진에 사육신묘와 사당이 있다.

다음으로 들 수 있는 이들은 이른바 삼학사이다. 홍익한, 윤집, 오달제가 바로 이들인데, 이들은 병자호란 당시 청나라에 항복하는 것을 반대하다가 중국으로 끌려갔다. 그곳에서 온갖 협박과 고문과 회유를 받았으나 굴복하지 않아서 끝내 중국 선양성 서문 밖에서 처형되었다. 남한산성 한쪽 기슭에 있는 현절사에 이들 세 학사의 위폐를 모셨다.

박태보는 옳지 않음을 주장하되 목숨을 바쳐 죽기까지 하였다는 면에서 이들과 한맥락 속에서 평가된다. 사육신과의 관계는 이 작품 후반에 언급된다. 한편 백범 김구는 감옥에서 온갖 어려움을 겪으면서 박태보와 삼학사를 생각하며 고통과 두려움을 이겨냈다고 한다.

노량진에 있는 사육신묘와 사당 근래 후손의 싸움으로 인해 현재 이곳에는 7기의 무덤이 있다. 이
선희 촬영

백범 김구를 감옥에서 견디게 한 박태보

백범 김구의 자서전인 『백범일지』에 이런 대목이 나온다.

1896년 김구는 명성황후 시해 사건에 대한 원수를 갚겠다고 황해도에서 일본 군인을 살해한 죄로 체포되어 해주 감옥에 수감되었다가 이후 인천 감옥으로 이감되었다. 주리를 트는 고문을 당하는 등 모진 고통을 겪었으나 재판정에서 김구는 일본인 재판관을 향해 호령하면서 그들이 우리나라를 빼앗고 우리 국모를 죽인 죄 등을 꾸짖을 뿐이었다. 결국 사형을 선고받고 집행을 기다리고 있었다.

김구는 어느 날, 전국 각지 감옥에 수감된 사형수들의 형 집행 일정에 대한 황성신문 기사를 보았다. 자신이 있는 인천 감옥에서도 살인 죄인 아무개의 사형을 집행한다는 내용이 있었다. 이 대목에서 김구는 "그 기사를 보고도 아무런 마음의 동요도 생기지 않았다"고 썼다. 자신도 사형당할 형편이라 보통 사람이라면 불안해할 만한 상황이었다. 그 신문이 배포된 후 감옥 안은 물론이고 밖에 있던 사람들도 줄줄이 면회를 와서 울고 갔다. 하지만 김구는 평온하게 그들을 위로해서 보냈다.

김구는 사형을 앞둔 자신이 그 상황에서 동요하지 않았던 것은 박태보 덕이었다고 썼다. 김구는 옛날 박태보가 고문을 당하던 때 어떻게 했는지에 대해 들었던 내용을 떠올렸다. 박태보가 쇠를 달구어 살을 태우는 낙형을 당하면서도 오히려 "쇠가 왜 이리 차냐! 더 달구어 오너라" 하며 당당히 맞섰던 사적을 생각하니 마음이 전혀 동요되지 않더라는 것이다.

살이 떨어져나가 너덜거릴 정도로 고문을 당했다는 김구가 으스러진 다리뼈를 주워 모은 후 옷으로 싸맨 뒤에야 감옥으로 옮길 수 있었다는 박태보의 모습을 떠올리며 고통을 참았다는 것은 참 어울리는 그림이다. 그 고통을 생각할 때 그림이라는 표현을 쓰기는 좀 민망하지만 말이다.

의 나이 70이라 매우 쇠하여 날마다 위태로운데, 자식이 되어 장차 부모의 얼굴을 영결하지 못하고 이 지경에 이르렀습니다. 사사로운 정을 생각하면 부모의 은혜가 하늘처럼 끝이 없사오나 신은 이미 나라에 몸을 바쳤으니, 상소로 임금의 허물을 간하는 것은 신하의 마땅한 분수와 의리입니다. 오늘은 나라를 위하여 집을 잊고 충성을 위해 몸을 잊었으니 구구한 정을 돌아보겠습니까. 신의 몸은 비록 죽지만 살아서 각신이 되었고 죽어서도 충성스런 혼령이 되오니 신의 마음은 조금도 뉘우침이 없습니다. 다만 안타까운 것은, 전하의 오늘의 행동이 성덕에 크게 누가 되어 반드시 망국의 주인이 되리라는 것입니다. 국가의 존망을 오늘 판단해보니 신은 전하를 위하여 서러워합니다. 아아! 중궁께서 후손이 없음을 근심하시어 전하께 후궁을 세우시라 권하셨는데, 이제 원자가 탄생하신 후에 무슨 투기하는 마음이 있겠습니까. 사람의 정으로 말하면 반드시 이런 일이 없을 것이므로 신은 전하를 위하여 참소를 들으신 것이 아닌가 아뢰었습니다. 신은 이제 살아서 울며 간하며 구하지 못하오니 전하께서도 빨리 죽이시옵소서. 이 말씀밖에 더 아뢸 말씀이 없습니다."

이후로는 지지고 달래어도 입을 닫고 눈을 감았다. 상이 더욱 크게 노하여 안석을 두드리며 하교하기를

"판의금부사는 어찌 직접 가서 자백을 받지 않는가"

하니, 민암이 급히 떨며 내려가 공에게

"죄인아, 죄인아, 어찌 자백을 하지 않느냐?"

했다. 공이 눈을 뜨고 소리를 가다듬어 꾸짖어 말하기를

"생각해보시오. 내가 무슨 죄인이라고 협박하여 자백하라 하시는가?"

하니, 민암이 멋쩍게 물러나 아뢰었다.

"아무리 달래고자 하여도 자백할 생각이 없었습니다."

상이 하교하여 말했다.

"네가 어찌 이렇듯 어리석은가. 네가 자백을 하면 내가 마땅히 너를 놓아줄 것이다."

공이 대답했다.

"어찌 어진 사람이 윗자리에 있으면서 백성을 속이는 일을 하오리까. 베고자 하시면 어서 그렇게 하소서. 어찌 자백을 강요하여 받으시려고 하십니까."

승지 이서우가 낙형을 두 채 했음을 고하였다. 기름과 피가 끓고 힘줄이 끊어지고 뼈가 다 타서 모습이 매우 참혹하여 귀신의 모양이었다. 좌우에 있는 신하들이 차마 보지 못하였고, 누린내가 어좌에까지 나니 상이 오래 냄새 맡는 것을 싫어하여 말하였다.

"몇 번 하였지만 끝내 아프단 소리조차 없으니 독하도다. 우선은 내리라."

상이 말하기를

"오두인의 상소의 말이 매우 흉악한데도, 우상의 말이 어긋났으니[98] 그를 파직하라"

하자, 권대운과 목내선이 함께 아뢰었다.

"우상이 말실수를 했습니다만, 이렇게 하시는 것은 성인의 법도가 아닌 것 같습니다."

두 번 세 번 아뢰고 합계(合啓[99])까지 하였으나 상이 허락하지 않으셨다. 상이 또 별감에게 명하여 죄인이 죽었는지 살았는지 보라고 하니, 돌아와서 죄인의 숨이 실낱같지만 아직 죽지 않았다고 아뢰었다. 상이 말했다.

"박태보가 전부터 독한 것은 알았지만 과연 그러하다. 참혹한 형벌을

---

98) 앞서 우의정은 밤중에 친국하는 것을 걱정하여 숙종에게 안으로 들기를 청하면서 '이 일보다 더 중요한 일이 있어도 친국하지 않았다'는 말을 했는데, 이것이 숙종의 분노를 샀다.
99) 사간원과 사헌부와 홍문관이 연명하여 계사를 올리는 것.

거듭하여도 아프다는 소리도 끝내 없으니 그 독한 것이 김홍욱보다 더 심하다. 병조에 분부하여 국문장을 설치하고, 다시 엄하게 형벌하여 물으라. 이후 또 상소가 있으면 마땅히 역적을 다스리는 법률로 할 것이니 이것을 전국에 알리라."

승지 김해일이 아뢰기를

"우의정을 파직하신 전지(傳旨100)는 대계臺啓101)가 한참 진행중이라 받들지 못하였습니다"

하니, 상이 알았다고 하였다. 상이 숙장문102)으로 돌아가시니 이때가 26일 진시103)였다.

받은 형벌을 다 합하면

이때에야 비로소 박태보공이 묶인 데서 풀려 숨을 크게 쉬었으나 기운이 다하고 입이 말라 장차 돌아가시게 되었다. 어느 서리가 꿀물 한 그릇을 드리니 공이 마시고 정신을 차려서 서리에게 물었다.

"네가 어느 마을 서리이며, 이름이 무엇이냐?"

이윽고 목내선이 병조에 앉아 국문장 설치를 재촉하니, 거기에서 또 엄한 형벌을 받으셨다. 목내선이 팔을 걷어붙이며 크게 소리치기를

"이 죄인은 다른 죄인과 다르니 반드시 매우 신경써서 엄하게 벌하라"

하니, 공이 소리를 높여

---

100) 승정원 승지를 통하여 전달하는 왕의 명령서.
101) 사헌부와 사간원의 대간(臺諫)들이 벼슬아치의 잘못을 임금께 보고하는 글.
102) 인정문 동쪽에 있던 문.
103) 오전 7~9시.

"이런 사람들을 어디에 쓸 것인가"

『조선왕조실록』은 공식 역사 기록이기 때문에 사실만 기록하는 것이 원칙이지만, 사관은 몇몇 기사 끝에 자신의 평을 덧붙일 수 있었다. 인현왕후를 폐위하는 문제에 대해 오두인, 이세화, 박태보 등 86명이 연명으로 올린 상소를 본 숙종은 매우 노하여 그날 밤에 바로 친히 국문을 하는데, 이때의 상황을 적은 실록 기사 끝에 사관은 이런 평을 적었다.

사신은 논한다.

오두인 등이 왕비를 폐출하려는 일을 바로잡고자 함께 상소를 올리면서 '압력을 넣는다' '핍박한다' '헐뜯는다' 등의 표현을 사용하여 임금의 극심한 분노를 불러일으켰다. 상소를 저녁에 올리자 천둥 번개 같은 진노가 밤새 울려 충정을 다 아뢰지도 못한 채 궁정 뜰에서 뼈가 으스러졌다. 저 셋은 모두 억울했지만, 박태보는 임금의 노여움이 더 심해질수록 응대는 더욱 평온했고, 형벌이 혹독해질수록 정신이 선명하였으니, 진실로 절개 있는 선비라고 할 수 있을 것이다. 다만 화를 스스로 불러와 끝내 죽고 말았으니, 성세(聖世)의 누(累)가 됨을 이루 다 말할 수 없다.

당시 옆에서 모시고 있던 신하들은 모두 재상이나 대간이었는데도 임금의 노여움이 두려워 입을 다문 채 한마디도 하지 못했으니, 이런 사람들을 어디에 쓸 것인가.

고래 싸움에 새우 등 터진 제삼자들

인현왕후의 폐비 사건 및 이를 반대한 박태보 등이 국문당하는 일이 일어나는 동안, 궁의 한쪽에서는 증광시의 문과 전시가 진행되고 있었다. 증광시는 정기적인 과거 외에 국가의 경사가 있을 때 실시되는 임시 과거였다. 2대 독자였던 숙종이 1688년 장희빈의 몸에서 아들을 얻은 것을 기뻐하여 그 이듬해인 1689년(숙종 15년) 1월 10일에 그 아들을 원자로 삼고, 이것을 축하하기 위해 실시하도록 명한 과거였다.

한쪽에서는 국모가 폐위된다고 목숨을 걸고 싸우고 있을 때 과거는 예정대로 실시되었고, 숙종은 머물고 있던 창덕궁을 나서서 창경궁으로 갔다. 전시(殿試)에서 '전'은 바로 왕을 나타내는 단어이다. 왕 앞에서 치르는 시험이라는 의미로 전시라고 쓰니, 숙종이 시험장에 갔는지 정확히 밝히지 않고 오직 창경궁에 갔다고만 썼으나(『승정원일기』 숙종 15년 4월 25일), 과거장에 갔으리라 추측할 만하다. 이날 과거로 총 38명이 뽑혔다.

정기적인 과거 시험인 식년시는 3년 만에야 한 번씩 실시되고 증광시는 언제 열릴지 모르니, 하염없이 시간만 보내며 과거 준비를 하던 이들은 증광시 실시에 환호했을 것이다. 또한 식년시의 경우 복시(覆試)에 합격하고 나서야 전시를 치를 자격을 얻지만, 증광시에서는 특별히 바로 전시를 치를 수 있으니 얼마나 좋은 기회였겠는가. 하지만 증광시 실시가 결정된 후 중전이 폐비되고 이에 대한 상소가 빗발치는 정국이 펼쳐진 것이다.

당시 수험생들은 이런 고민을 하지 않았을까?

'이런 마당에 과거를 치러야 하는가. 다들 국모 폐비에 슬퍼하고 날뛰는데 한가하게 과거장에 입장해도 될까? 아니 그래도 얼마나 기다린 시험인데 안 간단 말이야. 그렇지만…… 진짜 가도 될까?'

박태보 등의 친국이 있던 날인 숙종 15년 4월 25일의 『숙종실록』 기사에 이런 내용이 있다.

이사상(李師尙) 등 38인을 뽑았다. 당시 중궁(中宮)이 장차 폐비되게 되었으므로 신하와 백성은 다들 울면서 여기저기 뛰어다니는데, 이런 때에 전정(殿庭)에 나아가 시험에 응하는 것은 진실로 사람의 마음을 가진 자로서는 할 짓이 아니었다.

아울러 합격자의 방(榜)에 든 사람 중 상소를 올려 간하려는 자가 있었음을 말하고, 이사상과 권변이라는 두 사람의 일을 비교해서 써놓았다.

이사상은 겁이 나서 따르지 않고 바로 가버렸으므로 이를 본 사람들이 침을 뱉으며 욕했다. 권변(權忭)만은 자신이 시험에 응한 것을 후회하고 일생토록 벼슬하지 않기 때문에 사람들은 그가 선한 일을 하여 (그런 때에 과거장에 들어간) 허물을 보상했다고 일컬었다.

국가적인 위기에 어떻게 처신할지 고민하는 게 어찌 숙종 때만의 일이겠는가? 물론 국가의 위기에 나 몰라라 하는 것도 도리가 아니지만, 몇 년 만에 온 기회를 무조건 버리기가 보통 사람으로서 어찌 쉽겠는가. 또 합격까지 한 사람들이야 말해 무엇하랴.
잘잘못을 떠나, 따지고 보면 이들은 고래 싸움에 새우 등 터진 꼴이다. 예나 지금이나 정치인들 싸움에 국민이 죽는다.
이 일은 당시 사람들 사이에서 상당히 회자된 듯하다. 18세기 문인 심재는 『송천필담』 중 636번째 항목에 박태보 등의 심문 사건을 쓰고, 그 끝에 이런 내용을 덧붙였다.

인현왕후께서 궁궐을 떠나던 날 유생들이 대궐을 지키면서 통곡을 하였는데, 그 수가 수만 명이나 되었다. 그날에 마침 증광시의 급제자 방이 나붙었는데, 이사상이 장원이 되어 이하 같이 급제한 사람을 이끌고 의기양양하게 나왔다. 이동언 공이 선비들 틈에서 이를 목격하고 분통을 터뜨렸으며, 뒤에 대간이 되어 제일 먼저 기사년에 합격한 사람들을 명단에서 삭제하자는 장계를 올렸다. 그때 합격한 이들 가운데 오직 권변공만이 의를 내세워 스스로 그만두었기에 장계에서 따로 언급되었다. (신익철 외 옮김, 『교감역주 송천필담 2』, 보고사, 2009. 필자 부분 개역)

"아까 임금의 분노가 커서 엄하게 형벌을 당했는데, 지금 여기 와서도 내게 무슨 죄가 있다고 이렇게 엄하게 형벌을 주느냐"

하고, 나장을 돌아보며 말했다.

"내가 아무렴 살겠느냐. 저놈이 나를 몹시 치게 할 것이니 어서 나를 죽여라."

목내선이 화를 이기지 못하여 몹시 치게 하니 무릎뼈가 마구 깨져서, 실낱같은 목숨이 머지않아 끊어지게 되었다. 박태보공의 형벌 받음이 밤부터 아침까지 이어지니 매를 맞은 것이 두 채이며, 중간중간 맞은 것은 이루 다 세지 못한다. 압슬이 한 채요, 낙형은 두 채이며, 중간중간 받은 수는 이루 다 세지 못할 만큼이었다. 또 목내선에게 한 채 더 받았다. 이세화공과 오두인공은 두 채씩 맞았다.

목격자들이 나와서 이렇게 전했다.

"대개 임금의 뜻은 박태보공이 붓을 잡았고 짓기도 하였으리라 하여 진실로 위엄과 노함이 끝이 없었다. 간교하고 독하다 하시며 말씀을 매우 급하게 하셔서 다른 사람은 얼른 알아듣지도 못하였지만, 박태보공만은 잘 알아듣고 즉시 대답하니 상이 더욱 악하다 하셨다. 또 오두인공과 이세화공은 상소의 말씀을 하나도 외우지 못하였으나 박태보공은 줄줄 외우며 대답하되 한 글자도 빼지 않으니 상이 흉악한 물건이라 하셨다. 여러 번 참혹한 형벌을 입어 뼈와 살이 남은 것이 없을 지경이라 옆 사람들은 차마 보지를 못하는데 공은 한 번도 아프다고 하지 않으시니 상께서 독한 물건이라 하셨다. 말씀마다 화를 돋우고 마디마디 노함을 더하여 끝내 참혹한 형벌을 입으셨다."

뭉그러진 다리를 싸려 다투어 옷을 찢다

이때에 모든 선비들이 공을 들여보내고 궁궐문 밖에서 석고대죄[104] 하고 있다가, 박태보공이 형을 받는 소리를 듣고 서로 돌아보며 가슴을 두드리며

"아까운 사람이 맞는구나. 충신이 죽는도다"

하였다. 국청을 끝낸 후 의금부로 옮길 적에 나장이 급히 소리를 지르기를

"박응교 나리의 다리를 싸매려고 하는데 누가 옷을 벗으려는가?"

하니, 김몽신과 조대수가 다투어 옷소매를 칼로 베어서 주었다. 그래도 부족하니 박태보공이 도사에게

"내 도포를 베라"

하였는데, 도사가 손이 떨려 뜯지 못하니 공이

"베가 단단하여 뜯지 못할 것이니 칼을 쓰라"

하였다. 도사가 그 말대로 하여 잘 싸맸다. 공이 소매 속의 부채를 내주며 말하기를

"소매 속에 있어서 불편하니 내 집에 전해주오"

하였다. 그러고는 큰칼을 쓰고 의금부로 옮기는데, 사람들이 조총과 창을 들고 좌우에 늘어서더라.

오촌 조카 박필순이 군사를 헤치고 들어가 홑이불을 헤쳐 손목을 잡고 말하기를

"착하시도다, 우리 숙부여! 죽음에 임하여서도 마음을 바꾸지 않으시니 군자이십니다. 이번 일은 천하 후세에 전할 것입니다. 그렇지만 세상일을 예상하지 못하여 앞일을 모르니 숙부께서는 마음을 단단히 잡으

---

104) 죄인이 죄를 자책하여 거적을 깔고 엎드려 임금의 처벌을 기다리는 것.

십시오"
하니, 공이
"나는 마음을 정한 지 오래다"
하였다.

한 글자만 써다오

이때 서계 박세당공이 석천동에 계시다가 국청이 열렸다는 소식을 듣고 급하게 도성으로 오셨으나, 박태보공은 이미 의금부로 옮겨져 있었다. 집안사람들과 모든 친척이 망극하고 놀라 어떻게 할 줄 몰랐다. 서계공이 진정하여
"일이 이미 이 지경에 이르렀으니 어찌할 것인가. 국청에 들어가서 말 잘못한 일이나 예가 아닌 일을 한 것은 없었는가"
하더니, 아들이 살았는지 죽었는지, 정신이 있는지 없는지 알려고 의금부 문밖에 가서 이렇게 말씀을 전했다.
"너의 글을 보면 네 얼굴을 보는 것과 같으니 한 글자만 써 보내라."
하지만 박태보공은 말로 대답하기를
"역률로 다스린 죄인이니 부자 사이라도 문자를 서로 통하기는 어렵습니다"
하였다.

죽이지 마옵소서

그 이튿날 추국하라는 명령이 내리니 권대운이 글을 올려 구하기를

"박태보가 진실로 망상하오나 그 죄로 굳이 죽어야겠습니까. 중형重刑을 받아 금방이라도 목숨이 다하게 되었는데, 이제 형을 더하면 틀림없이 매를 맞다가 죽을 것이니 전하의 덕에 해롭습니다. 원컨대 죽이지 마옵소서. 생명을 살리기를 좋아하는 덕을 보여주십시오"

하니, 답을 내리기를

"박태보의 죄가 매우 무거우니 어찌 형벌을 면할 수 있으랴. '이후로 또 상소가 있으면 반역한 자에 대한 법률로 다스리겠다' 하교했는데, 이 일은 명령을 내리기 전의 일이라 참작할 것이 있으므로 사형에서 줄여서 먼 섬으로 위리안치圍籬安置하라. 오두인도 이미 상소의 우두머리가 되었으니 사형에서 줄여서 먼 변두리에 유배하고 이세화도 멀리로 유배하며 유헌은 관직을 빼앗으라"

하였다. 집의 정시한이 상소하여 아뢰기를

"박태보의 일은 차마 어찌 말하겠습니까. 보는 사람은 넋을 잃고 듣는 사람도 가슴을 두드립니다. 전하께서는 옛날 역사책을 보시지 않으셨습니까"

하니, 상이 답을 내리시되 꾸중을 하지는 않으시니, 여기에서 성왕의 덕을 알 수 있다.

충신의 가시는 길이나 보자

이때에야 비로소 유배지가 진도로 정해졌다. 박태보공이 옥중에서 서계공께 글월을 올리기를

"여러 번 엄한 형벌을 받았으니 응당 죽을 것이었는데 살아서 옥문을 나오게 되니 이것이 성은입니다. 하늘처럼 감격하며 어떻게 하면 갚을까 싶습니다. 지금 아들의 병세는, 두 다리가 부어 움직이지 못하고 목

위리안치

위리안치는 유배형 중에서도 특히 무거운 형벌이다. 죄인을 유배지로 보내되 그 집에서 달아나지 못하도록 가시울타리를 만들어 가두는 것을 뜻한다. 위리안치는 단순히 가시울타리가 있다는 사실 이상의 많은 의미를 내포한다.

우선 유배형 중에서도 특별히 왕의 노여움을 산 사람들에게만 내리는 중형이 바로 위리안치이다. 위리안치라 하면 단순히 이동의 제한만을 생각하는데 전혀 그렇지 않다.

위리안치에 처해지면 조금의 이동도 허용되지 않는 감옥에 갇힌 것처럼 살아야 할 뿐만 아니라, 음식을 주는 경우를 제외하고는 누구도 그 집으로 들어오거나 내통을 할 수가 없었다. 살기는 살되 아무도 만날 수도, 이야기 나눌 수도 없는 나날이 계속될 때 스스로 살았다고 느끼겠는가 죽은 혼이라고 느끼겠는가. 또 가시울타리의 높이도 상상할 수 없을 만큼 높아 볕이 안 드는 경우도 많았다 한다. 볕이 안 드니 숨 막히는 무덤과 같았을 것이다.

위리안치된 이들은 많다. 삼촌인 세조에게 쫓겨나 영월 청령포로 들어간 단종은 가시울타리를 두르지는 않았으나 물로 둘러싸인 조그만 섬 같은 땅에 위리안치되었으며, 선조 때에 세자 책봉을 주장하다가 왕의 노여움을 산 정철은 강계로 위리안치되었다. 박태보 역시 위리안치형을 선고받았으나 유배지에 도착하기도 전에 죽었다.

위리안치가 유배형 중에서도 중형에 해당하므로 유배형에서 풀어주지는 않되 다소의 변동은 추가되기도 했다. 특정 사안이 발견됨에 따라 단순 유배된 이에게 가시울타리를 두르라는 명령이 떨어지기도 하고, 위리안치된 이에 대해 가시를 걷어내라는 명령이 내리기도 했다. 현종 때에 윤선도가 유배지에서 「예설」을 지은 것이 문제가 되어 유배지에 위리안치형이 추가된 예가 있다. 이 명령은 현종(1661년) 2년 6월 13일에 내려지는데, 명령을 내리기 전에 현종은 신하에게 '위리'가 무엇이냐고 물었다. 그러자 정태화는 "가시나무로 집을 두르고 구멍으로 밥을 넣어주는 것입니다"라고 대답하였다.

〈월중도越中圖〉 중 제 2면 〈청령포도淸冷浦圖〉 단종의 능을 비롯한 단종 관련 주요 사적지를 8폭의 그림으로 제작한 화첩 중에서 청령포를 그린 것. 노산군으로 강등된 단종은 이곳에서 위리안치와도 같은 생활을 했다. 한국학중앙연구원 장서각 소장

이 부어 물 한 잔을 넘기지 못합니다"

하였다. 말씀과 글씨가 완전하여 보통 때와 다름이 없으니 보는 이들이 이상하게 여겼다. 박태보공의 병이 매우 심각하여 들것에 모셔서 내가니 나장 둘이 서로 말하기를

"이런 형벌을 입고 살아서 나가는 사람은 지금까지 없었는데, 지금 이 나리는 살아 가시니 나리의 충성에 하늘이 감동하시는 것일까"

하더라. 길에 있던 사람은 높은 사람, 낮은 사람 구분 없이 다투어 눈물을 흘리며 탄식하면서 부끄러워하여

"살아 계실 때 충신의 얼굴이나 봅시다"

하고, 어떤 이는 약봉지를 던지고, 어떤 이는 돈도 던지며 전송하였다. 공이 억지로 힘을 내어 눈을 떠 보고 전부터 아는 사람이면 손을 들어 인사하였다.

이 나리를 어깨에 메니 우리는 즐겁다

명례방[105] 본댁에 잠깐 내려 쉬니, 박태보공이 서계공께 고하기를

"아버님은 안심하십시오. 지금 어머님의 기운은 어떠십니까?"

하더라. 모든 사람이 권하기를

"이미 날이 저물고 병세도 위중하니 오늘밤만 여기에서 머무는 것이 어떠한가?"

하나, 공이 놀라며 말하였다.

"여기가 어디라고. 병이 비록 중하기는 하지만 죄도 크니 어찌 잠깐이라도 성안에 머물겠는가. 빨리 남문으로 나가자."

---

105) 지금의 명동.

시정 사람들과 각사의 하인들이 갓을 벗고 다투어 채를 매면서

"이 나리의 채를 어깨에 메니 우리는 즐겁다"

하였다. 아아! 누가 가르쳤으랴. 사람들의 마음을 속이지 못함이 이러하되 저놈들은 임금을 대하여 "박태보가 임금을 업신여긴다" 하고 또 "흉악하다" 하니 저들만 스스로 부끄럽지 않은가.

즉시 성 밖으로 나가니 거리 사람들이 모두 비로소 공의 몸을 보았는데, 차마 어떻게 보리오. 매 맞은 독과 불에 덴 독이 내장에서부터 오르는 까닭에 물 한 모금 넘기지 못하고 위태로워 금방이라도 돌아가시게 생겼다. 거리 사람들의 놀라는 기색은 말할 것도 없고 곁에서 본 사람들은 모두 울며 서러워하였다.

공이 양모[106] 윤부인께 이렇게 여쭈었다.

"다시 모친의 얼굴을 뵈오니 하늘의 은혜입니다. 비록 죽지만 서러울 것이 없습니다."

옆에서 모시는 사람더러 이르기를

"요행으로 살아서 유배지에 도착할지 모르니 내가 보고 싶은 책 몇 권을 짐 속에 넣어서 가져가자"

하니, 서계공이 쓸모없는 줄 알고 그렇게 하지 말라 했다.

노량진에서 더 가지 못하고

조금씩 가서 5월 1일에 겨우 노량진 강 건너로 도사가 맞이하여 가더니, 공의 병세가 최고에 달하여 목숨이 위태로운 까닭에 더 가지 못하게 되었다. 이에 병세를 본 후 가겠다고 장계를 올리니 상이 그리하라 하셨

---

106) 박태보는 큰아버지 박세후의 양자가 되었으므로 그 부인 윤부인은 양모이다.

다. 강가 마을에 머물러 병을 고쳐보려고 의원을 불러 침도 놓고 고름도 밤낮으로 빼내는데, 골육을 차마 보지 못할 지경이었다. 박태보공은 두 늙은 부모가 계시므로 한 번도 아프다 말씀을 하지 않으시고, 벗들이 상태를 보러 간간이 와서 이야기라도 하면 억지로 힘을 내어 대답하였다.

오촌 조카 박필순이 문안하니 공이 먼저 물었다.

"나랏일이 어떻게 되었느냐?"

"중궁전께서는 이미 사저私邸로 나가셨다 합니다."

공이 이때에 탄식하며 말하기를

"하릴없다"

하더라. 모인 사람들이 말로나마

"하늘이 착한 사람을 도우실 것이요, 자네는 천성이 굳세어서 회생할 수 있을 것이라"

하니 공이 말했다.

"슬프다! 임금께서는 나를 살리고자 하여 다시 치지 않으시고 귀양을 보내시는데 내 골육은 날로 썩어 구린내가 그치지 않고, 목이 잠겨 미음도 넘기지 못하니 이러고도 살겠는가."

최석정이 나아와 안부를 물으며 손을 잡고 우니, 공이 먼저

"어머님의 환후는 어떠하신가?"

물었고, 평산부사 유득일이 와서 안부를 물으니 공이 이렇게 말했다.

"아버님의 초상화를 조세걸에게 부탁하였는데, 화공이 서관에 있어서 평산과 가깝다 하니, 나를 위하여 말을 전해서 초상화를 빨리 이루게 해달라."

박세당의 초상화 박태보의 주선으로 1690년경 조세걸이 그렸다.
한국학중앙연구원 장서각 소장

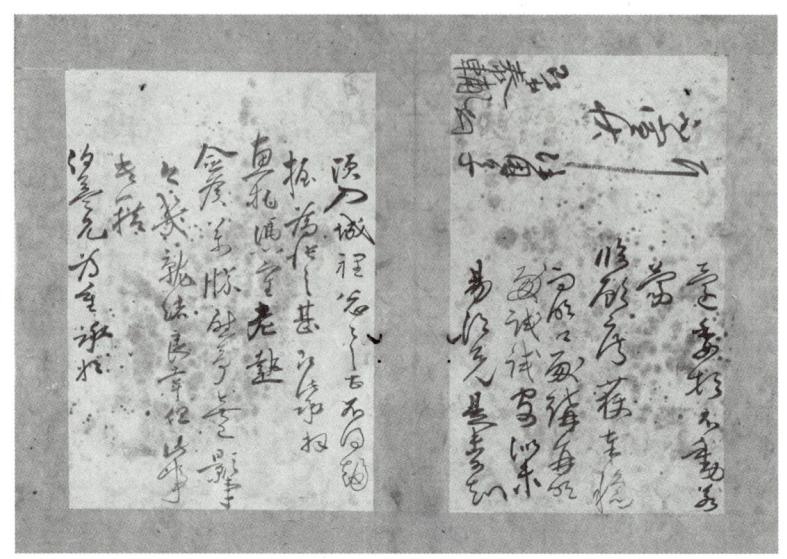

박태보의 편지 박세당 초상화 제작에 관해 1688년 7월 26일에 박태보가 쓴 편지. 왼쪽 면 가운데 줄 맨 아래에 '영사影事', 즉 '초상화에 관한 일'이라는 글자가 보인다. 한국학중앙연구원 장서각 소장

마지막 인사를 나누다

5월 4일에 이르러서는 병세가 더더욱 위급해지니 박태보공이 밤에 사람에게 이르기를

"내가 다시 일어나지 못할 줄 모르지 않으면서도 두 부모님을 위하여 약을 먹었으나, 이제 목숨이 다하게 되었다"

하면서

"쓰고 있는 의약이 무엇이 유익하리오"

하고는, 앞에 벌여놓은 것들을 다 치우게 하고 좋은 자리, 좋은 이불 위에 누웠다. 그러자 서계공이 물었다.

"네 모습을 보니 어쩔 수가 없구나. 네 마음에 할 말이 남아 있느냐?"

공이 답하기를

"할 말이 있겠습니까마는, 국청에서 한 말이 여러 가지라 틀림없이 사람들이 잘못 전하는 것이 많을 터이니 이것에 대해 아뢰겠습니다"

하고 두어 말씀을 하는데도 혀가 마르고 기운이 다하여 말하지 못했다. 서계공이 기운이 다함을 보고

"말하지 말라"

하시고 물었다.

"네 말이 아니라도 사람들이 다 아느니라. 예전에 쓴 네 형의 묘지명에서 네가 고칠 곳이 있더냐?"

"문자가 비록 좋지만 두어 가지 말씀이 빠졌으니, 이전에 말씀드린 것을 쓰십시오."

또 여쭙기를

"소자가 전에 형의 행장行狀을 기초 잡아놓았으니 감사 형[107]과 의논하여 더하옵소서."

"네가 죽으면 어느 곳에 묻어줄꼬?"

"김포 산소 앞으로 정해놓았습니다. 지관 김명하가 알 것입니다. 선친의 분묘가 좁지 않게 하십시오. 소자의 후사로는, 형의 아들이 둘 있으니 둘 중 하나로 정하십시오. 청컨대 어머님과 영결하고 싶습니다."

윤부인이 부축받아 나오니 공이 우러러보고 길게 한숨짓고 말하기를

"소자가 불초하여 슬하에서 이런 모습으로 죽사오나, 이것도 하늘의 뜻입니다. 어떻게 하겠습니까. 너무 서러워하지 마십시오. 후사[108]는 담미 형제 중에서 정하십시오"

했다. 또 부인을 불러 영결하며 말하기를

"내가 죽은 후에는 어머님이 의지할 데 없이 오직 그대뿐이니 극진히

---

107) 둘째 큰아버지 박세견의 장남 박태상.

108) 박태보가 셋째 큰아버지 박세후 집의 후사로 갔으나, 박태보 역시 아들이 없이 죽으므로 박세후 집의 후사가 다시 필요했다.

박태보의 가계도

박정(참판) × 양주 윤씨(감사 윤안국의 딸)
- 박세규: 요절
- 박세견(참의)×최곤의 딸
- 박세후×파평 윤씨(윤선거의 딸)
  - (속계)박태보×전주 이씨(이후원의 딸)
    - 딸×이덕해
    - (속계)박필모(목사)×신수화의 딸
- 박세당×의령 남씨(현령 남일성의 딸)
  - 박태유(지평)×김하진의 딸
    - 딸×이덕부
    - × 정훈의 딸
      - 박필기
      - 박필모: 박태보에게 출계
  - 박태보: 박세후에게 출계
  - ×광주 정씨(정시무의 딸)
    - 박태한(현감)×이희중의 딸
      - ×황식의 딸
    - 딸×이렴(정랑)
    - 딸×김홍석(문학)
  - ×측실
    - 딸×여필건(인의)
- 딸×이영휘(현감)

× : 혼인 관계
– : 자손
ㅣ : 형제

※ 박세후와 혼인한 파평 윤씨는 윤증의 누이

※ 박세당과 혼인한 의령 남씨는 남구만의 누이

박태보는 어려서 돌아가신 큰아버지 박세후의 대를 잇기 위해 양자가 되었다. 하지만 박태보 역시 아들이 없이 죽었기 때문에, 형 박태유의 두 아들 중 작은아들인 박필모가 박태보의 대를 이었다. 『박태보전』 곳곳에 나오는 조카나 조카사위의 경우 대부분 박세당의 형인 박세견의 자손이다. 박태보의 동생인 박태한은 박태보보다 열아홉 살이나 어렸으므로, 박태보 생전에 박태한에게서 태어난 그의 조카는 없었다.

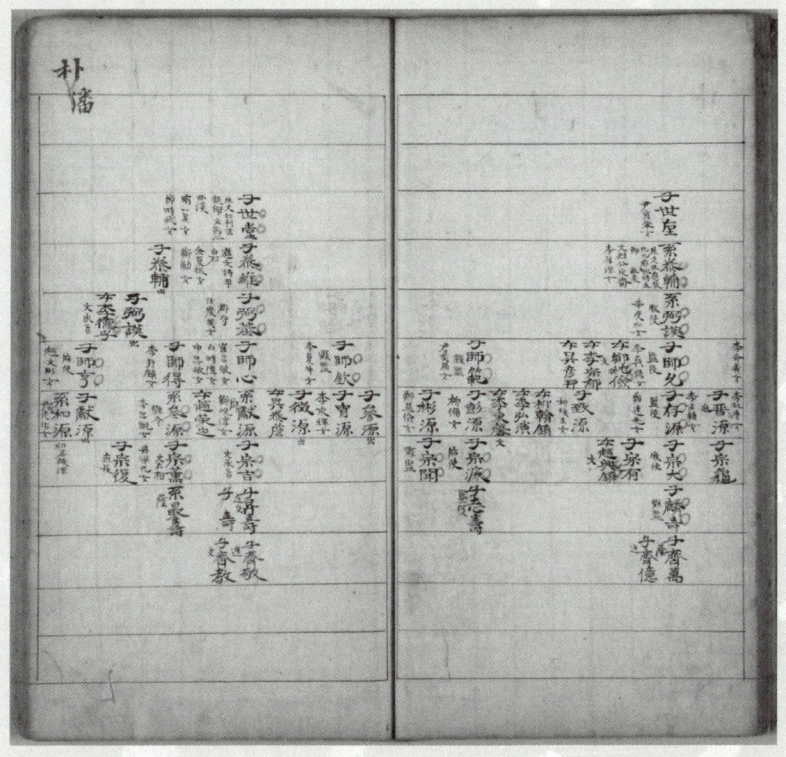

박태보의 가계도 여러 가문의 족보를 집대성한 『만가보』 중 박남 박씨 박세당과 박태보 부분. 한국학중앙연구원 소장

봉양하고, 너무 서러워하지 말고 어머님께 근심을 끼치지 마시오"

하였다. 이때 윤부인은 울며 들어가시고, 부인은 울며 머뭇거리며 가지 않으니 박태보공이 정색하여 말하기를

"사나이는 부인의 손에서 죽지 않는 것이 예라"

하고는 사람으로 하여금 부인을 붙들어 들여보내게 하니 부인이 통곡하며 들어갔다.

공이 이때에 눈을 감았다가

"이천이 왔는가?"

하고 두세 번 물었다. 이천은 공의 친구이다. 정랑 이렴이 물었다.

"자네 평생 몸가짐에 부끄러움이 없더니 이제 와 나라 위해 죽으니 죽어도 부끄러움이 없는가?"

"평생 몸가짐에 조금도 부끄러움이 없는 일이 어찌 쉽겠는가마는 다만 큰 부끄러움은 없네."

또 묻기를

"사육신의 분묘墳墓가 곁에 있으니 죽어서 서로 대하면 부끄러움이 없겠는가?"

하니, 공이 놀라며 말하기를

"이 무슨 말인가. 젊은 사람이 이렇듯 경솔한 말을 하는가"

하였다.

종질녀서[109]인 신확이 통진부사로 있다가 와서 보고 말하기를

"통진으로부터 와서 들으니, 사람들이 다 말하기를 80여 명이 한 일을 혼자 담당하여 원정이 곱지 못하고 분명치 못하여 이 지경에 이르렀다고 하던데 그 말이 옳은가?"

하니, 공이 머리를 들어 말하기를

---

109) 오촌 조카의 남편.

송시열과 박태보

봉당으로 따지면 모두 서인이었지만 사실 송시열과 박세당의 집안은 사이가 그리 좋지 않았다. 나중에 결국 서인이 노론과 소론으로 갈릴 때 각기 그 대표적인 세력이 되었을 만큼 그들 간에는 맞지 않는 것이 많았다. 송시열은 명나라에 대한 존주의리(尊周義理)를 내세우던 노론의 대표자이다. 한편 박세당은 당시 사문난적이라고 몰린 윤휴와 가까운 집안사람이기도 하려니와 박세당 자체도 탈주자학적인 사상을 보인 인물이었다. 그래서 조정의 논란 때에 늘 서로 반대자의 입장에 있었다. 박태유도 송시열을 비롯한 노론을 탄핵하다가 좌천되어 그곳 풍토를 이기지 못하고 병들어 죽었다. 박태보 역시 젊은 나이에 관직에 올라 사소한 문제

〈송시열초상〉 송시열의 초상화를 제작하기 위해 그린 밑그림. 한국학중앙연구원 장서각 소장

조차도 잘못을 보면 곧게 직간하던 인물이라 그의 비판의 대상에서 송시열과 그 집안 역시 벗어나지 못하였다. 송시열의 문집인 『송자대전』에 보면 박태보의 비판 내용에 대해 송시열이 불만을 표하며 설명하고 있는 것도 찾아볼 수 있다.

인현왕후가 폐출되고 박태보 등이 간하다가 죽은 사건이 일어나던 무렵, 송시열은 희빈 장씨가 낳은 아들, 곧 훗날 경종의 원자 책봉이 시기상조라며 반대하는 상소를 올렸다가 제주도로 유배를 가고 있었다. 도중에 송시열은 박태보가 죽었다는 소식을 들었다.

『송자대전』 부록 16권의 「황세정록黃世楨錄」을 보면, 숙종 15년인 1689년 5월 29일에 황세정이 잠깐 송시열을 만났다. 송시열은 "박태보가 국문을 받을 때의 일을 자세히 아느냐?"며 물었다. 이에 대해서 황세정은 잘 모르기는 하지만 듣기는 했다면서 전말을 말했다. 이를 들은 송시열은 탄식하며 이렇게 평했다.

"대단하다 대단해! 그 덕분에 인륜과 기강이 땅에 떨어지지 않게 되었도다."

평소 반대 입장에 있는 인물이었을지라도 박태보의 행위와 죽음에는 감동하지 않을 수 없었던 것이다.

"누가 자네에게 그런 말을 하던가? 어떤 사람이 이렇듯 무상한 말을 하던가? 그러면 내가 최석정이나 이돈에게 미루고 면했어야 한단 말인가? 두 사람이 상소를 지어왔는데 보니 상소문의 말이 분명치 않아서 내가 고쳐 썼으니 내가 담당하는 것이 옳거늘 누구에게 미루리오. 누가 이렇게 무상한 말을 하던가?"

하시고는 두어 가지 말씀을 하시더니 기운이 끊겨 말을 하지 못하므로 신확이 말했다.

"말하지 마십시오. 기운이 상하겠습니다."

"너는 사는 것이 좋더냐? 나는 죽는 것이 좋다."

가는 아들, 보내는 아버지

서계공이 말했다.

"다른 할 말이 있느냐?"

"무준[110]이 이미 장성하였사오니 글을 힘써 가르치십시오. 이 아이가 공의 자식입니다."

"내가 어찌 네가 살기를 바라겠느냐마는, 일단은 정신이 쇠하지 않으니 만에 하나 살아날까 했더니 이제는 어쩔 수 없구나. 조용히 돌아가라."

"조용히 가겠습니다."

서계공이 문을 닫고 나와서 아들의 이름을 부르며 통곡했다.

공이 사람을 시켜 아버지께 여쭈라 하기를

"내가 차마 여쭙지 못하였으니 자네가 여쭈어주소. 소자 형제가 슬하

---

110) 박세당의 막내아들인 박태한을 말하는 것으로 보인다. 이때 나이 17세였다.

通訓大夫弘文館
教贈吏曹判書
公朴泰輔之墓
人全州李氏祔左

박태보 묘소와 묘비 의정부시 장암 동의 서계 종택에서 왼쪽 기슭으로 조금 올라가면 있다.

에 서로 이어서 죽으니 어찌 차마 말씀으로 하리까. 죽고 사는 것은 운명이니 부디부디 너무 애통해하지 마십시오. 불효한 죄가 정말 끝이 없습니다. 소자 평생의 몸가짐이 좋은 옷을 입지 않았고, 죄인으로 죽는 참이기도 하니 초상 치르기를 죄인처럼 하시옵소서"

하고는 더 말씀을 하지 못하시고, 곁에서 모시는 사람에게 다리를 들라고 하나 너무 아파서 펴지 못하였다. 가래 끓는 소리가 나니 공이

"목숨 끊어지기가 어찌 이리 더딘가!"

하였다. 문득 돌아가시니 이때가 5월 5일 사시[111]였다.

일가친척과 빈객과 벗들이 다 나와 각각 의복을 보내어 장례를 치렀다. 사방에서 소식을 들은 사람들은 얼굴도 모르면서 다투어 와서 조문하고 울기를 남보다 더 못할까 걱정하는가 싶을 만큼 했다.

어떤 사람은 이렇게 제문을 쓰기도 했다.

착한 아비를 배워
두 선조의 충렬을 이었도다
명예는 유가공과도 부합하고
일찍 죽기는 충암, 탁영 같도다
초나라 굴원이 빠져 죽던 날이요
사육신 사당의 곁이로다
그대의 뼈를 묻은 곳은
동봉 언덕이로다
(동봉은 매월당 김시습이 있던 곳이더라)

7월에 박태보공의 영구를 안장하였으니 그곳은 양주 수락산 장자곡

111) 오전 9~11시.

김시습과 박세당, 박태보

매월당 김시습은 수양대군이 단종의 왕위를 빼앗았다는 소식을 듣고는 공부를 접고 수락산으로 들어가 주로 이곳에서 지냈다. 그는 사육신은 아니었으나 살아서 끝까지 수양대군, 즉 세조에게 협조하지 않고 절개를 지킨 여섯 신하, 즉 생육신 중 한 명으로 꼽힌다.

박세당은 유학자였지만 상당히 열린 사고를 한 인물이었다. 선비고 승려고 가리지 않고 교유하기도 했다. 그런 그는 김시습에게 매력을 느꼈다. 마침 자신의 거처가 옛날 김시습과 인연이 있는 곳이기도 했기에 박세당은 김시습 관련한 일을 많이 하였다.

김시습이 중의 복장으로 이 산 사찰에 머물던 것을 생각하여, 석현(錫賢)과 그의 제자 치흠(致欽)을 설득하여 석림암을 창건했다. 직접 비용도 많이 부담하고 「석림암기」와 「석림암상량문」을 지어주기도 했다. 나중에 박태보는 김시습의 명복을 빌기 위하여 석림암을 중창하기도 했다. 오늘날 수락산에 있는 석림사가 바로 이곳이다.

또 박세당은 뜻을 같이하는 사람들과 함께 자신의 거처 근처인 석천동에 김시습의 영정을 모신 사당을 만들어 사액을 받기도 했다. 이것이 청절사이다. 현재의 노강서원이 바로 청절사가 있던 자리이다.

유연한 사고를 가지고 있던 박세당과 김시습도 잘 어울리고, 폐비의 부당을 주장하며 맞아 죽기까지 절개를 지킨 박태보와 생육신 김시습도 참 잘 어울린다. 지금도 수락산 곳곳에는 매월정 같은 김시습 관련 유적이 있다.

청절사 청풍정 터 청절사는 매월당의 영정을 모셨던 곳이다. 현재는 모두 없어졌고 청절사의 부속
건물인 청풍정의 터만 남아 있다. 노강서원 정문에 서서 고개를 오른쪽으로 조금만 돌리면 보인다.

아들 죽은 해를 보내며

박세당은 둘째 아들 박태보가 죽은 해인 1689년 마지막 날에 「한 해 마지막 날 느낌을 적
다歲除日述懷」라는 제목의 시 세 수를 짓는다. 그중 마지막 수는 이렇다. 더이상의 설명이 필
요 없을 만큼 감정이 잘 드러난 시를 함께 감상해보자.

한 해가 지나도록 아무 의욕도 없고	竟歲獨無趣
하루가 다하도록 기쁜 것이 없구나	終朝常少歡
자식이 죽으면 아비가 묻는다만	兒亡猶父瘞
아비 늙으면 누가 보살핀단 말이냐	翁老更誰看

아들 벗의 죽음을 보며

박태보의 아버지 박세당이 남긴 글 중에 「사복시 주부 신군의 묘표司僕主簿申君墓表」가 있다. 이 묘표의 주인공은 신탁(申琢)이다. 신탁과 그의 사촌 형제들인 신환(申瓛), 신확(申瓏) 등은 박태유나 박태보 등과 가깝게 지내는 사이였다. 두 아들을 먼저 보낸 박세당은 아들 벗들의 죽음까지 보았으며, 그중 한 명을 위해 묘표까지 쓴다. 그 안에 아들을 잃을 때의 상황과 그때에 미처 챙기지 못한 인사의 예를 차리는 부분이 나온다.

군 형제는 전에 태유, 태보와 잘 지냈다. 기사년에 태보가 임금의 노(怒)를 건드려 형을 입고 목숨이 위태로운 몸으로 바닷가에 유배되었을 때, 상처가 너무 심해 길을 갈 수 없었다. 감옥에서 나왔으나 머물 데가 없었는데, 군의 형제가 강가의 집을 소제하고 맞아서 머물게 해주었다. 태보는 끝내 여기에서 죽었고 빈소도 여기에 차렸다. 그때에 군의 형제들이 번갈아 오가면서 주선하고 돌봐주기를 한결같이 해주었다. 오가는 사람들도 모두 그 의리에 감동했을 정도이니 하물며 죽은 자의 가족과 친척들은 오죽했으랴. 입은 은혜를 갚지도 못하고 오늘까지 왔는데 군마저 돌아가니……

신탁이 죽은 해는 1693년이다. 아들 박태보가 서른여섯의 나이로 죽은 지 4년 만에 그 벗이 전염병에 죽는 것을 보면서 박세당이 쓴 글이다. 아들이 죽은 지 4년이 지났으나 아버지 박세당의 마음에는 아들 박태보가 죽음을 맞던 순간이 생생하게 살아 있다. 아들의 벗이라는 이유만으로도 그의 죽음을 보는 마음이 편치 못한데, 그 벗이 아들 죽을 때에 챙겨준 것들까지 생각나 아버지 박세당은 또 눈물짓는 것이다.

의 서계공 집 뒤이다. 그곳에 장사를 지내고 어느 해엔가 선친의 산소를 옮겨와 공의 산소 위에 썼다. 이것은 공이 임종 때에 부탁하신 말을 따른 것이다.

박태보공의 향년은 36세이다. 두 아들을 낳았으나 모두 일찍 죽었고 오직 딸 하나뿐이었다. 아버지 서계공이 형 지평공 박태유의 둘째 아들 필모를 공의 후사로 삼으니 이것도 공의 유언을 따른 것이다. 필모는 충신의 아들이라 하여 조정에서 쓰여 청주목사까지 하였다.

뉘우치는 임금

박태보공이 유배지로 가실 때, 오두인공은 유배지인 의주로 가다가 파주역에서 죽으니 박태보공이 죽은 지 이틀 만이었다. 박태보공이 죽은 지 오래지 않아 상이 잠깐 뉘우치시는 기색을 보이셨다. 수찬 이제민이 이렇게 상소했다.

"박태보 등에 대해서는 끝내 전하의 처분이 과격하시어 옛날 성인께서 다스리는 모양이 아니었습니다. 먼 곳에 귀양 보내어 길에서 서로 이어 죽었으니 임금의 덕에 누가 됨이 얼마나 심합니까. 근래 그 자손을 금고하라는 명령을 거두시니 이는 밝은 임금께서 불쌍히 여기시어 뉘우치심을 보이는 일이기도 합니다. 전하의 뜻을 생각하오며 아룁니다. 어서 관작官爵을 회복한다는 명령을 내리시어 죽은 이로 하여금 임금의 은혜를 입게 하옵소서."

우의정 김덕원을 다시 직에 앉히니 글을 올려 아뢰기를

"저번에 박태보가 죄를 입을 때 신은 그를 구하고자 하는 마음이었는데 벌써 죄를 입었기 때문에 아뢰지 못하였습니다. 듣건대 자기 혼자 주동한 일이 아니라 여러 사람이 의논하여 상소한 것이라던데 박태보 혼자 은택을 입지 못하여 억울한 것이 그저 그대로 있습니다. 그러니 이것을 불쌍히 여기시어 널리 헤아려서 풀어주소서"

하니, 상이

 "대신이 여러 번 아뢰니 오두인과 박태보의 관작을 회복하라"[112]

하셨다.

 이로부터 6년째는 갑술년(1694년, 숙종 20년)이다. 상이 크게 뉘우쳐 중궁[113]을 맞아 돌아오게 하시고, 소인들을 베고 귀양도 보내셨다. 박태보, 오두인 두 공이 충성하며 죽은 일을 뉘우쳐 하교하시기를

 "두 신하의 충절은 공도보에게 비할 만하다. 이미 관작은 회복하였으니 정문旌門[114]하도록 하라. 오두인은 영의정으로 추증하고 박태보는 정경대부로 추증하라"

하셨다. 박태보공을 추증하니 자헌대부 이조판서의 예에 맞추어 겸직하게 하였다.

 상이 또 하교하시기를

 "그 가문은 충신의 가문이라"

하고, 예조 정랑에게 명령하여

 "그 가묘家廟에 제사를 올리도록 하라"

하셨다. 노량진과 이천과 파주에 공을 모신 서원을 세우기를 청하니 상이 허락하셨다. 파주서원에는 오두인공과 함께 배향되고, 나중에 이세화공도 배향되었다.

 상이 명령하시어 박태보공의 부인에게 정부인의 직첩을 주시고, 월음을 주시며[115], 부인이 돌아가셨을 때 장례 비용도 나라에서 내려주셨

112) 박태보 등이 죽은 지 석 달도 채 되지 않은 숙종 15년(1689년) 7월의 일이다.
113) 인현왕후.
114) 충신의 충성을 기리기 위해 마을이나 집 앞에 세우는 문.
115) 숙종 22년(1696년) 4월 2일.

노강서원

박태보가 죽은 후 숙종은 숙종 20년(1694년) 4월에 그의 충절을 기려 정려(旌閭)하고, 5월에 그를 정경대부로 추증하였다. 이런 분위기를 타고 이후 숙종 21년에 노량진에 풍계사를 세우고 박태보를 여기에 배향했다가 2년 후인 숙종 23년에 '노강(鷺江)'이라는 편액을 내렸다. 흥선대원군이 서원철폐령을 내릴 때 전국적으로 47개의 서원만 남겼는데, 노강서원은 그중 하나가 될 만큼 국가적으로 그 의미를 인정받은 서원이다. 하지만 이후 한강의 변화와 한국전쟁 등을 겪으며 소실되었다.

옛 노강서원은 완전히 사라졌지만, 그 후손이 1977년에 집안의 세거지인 수락산 밑자락에 새 건물을 지어 그 이름을 오늘까지 잇고 있다. 하지만 서원이란 본래 강학 공간과 제향 공간을 갖춘 곳인데, 새로 지은 곳은 제향 공간인 사당만 갖추고 있어 명실공히 서원이라 하기에는 아쉬운 형편이다. 다만 근방에 박세당, 박태보 등의 묘소뿐만 아니라 서계 박세당의 종가, 박세당이 처음 자리를 잡고 골짜기 곳곳 바위에 새긴 글씨 등이 모두 남아 있으므로 관련 유적을 한꺼번에 볼 수 있다는 점에서 노강서원이 이곳에 새로 세워진 것은 의미가 있다.

현재의 노강서원 장암동 서계 종택에서 오른쪽 길을 따라 조금 올라가면 있다. 노량진에 있던 노강서원이 유실된 것을 안타까이 여겨 후손들이 근래에 이곳으로 옮겨 지은 것이다.

다.[116) 이세화공을 나라에서 특별히 써서 종1품에 이르게 되었다. 이때 나라 사람이 다 기뻐하였다.

박태보, 오두인 두 공의 충절을 생각하며 누군들 감탄하지 않으며 누군들 슬퍼하지 않았으랴. 천지와 일월이 밝음을 모두들 축하하되 두 공은 불행하게도 이세화공과 함께 중궁께서 복위하시는 것을 보지 못하셨으니, 당시 사람들이 아파하고 군자들이 서러워했다.

임금께서 내려주신 제문

가묘에 제사를 내려주실 때 제문은 이렇다.

강희 33년(1694년) 세차歲次 갑술 6월 정유삭 11일 정미丁未에 예조 정랑 이만근을 보내어 고 목사 박태보 신령에 제사하노라.

하늘과 땅 사이에
지극히 강한 기운 있도다
혹 소나무 잣나무도 되고
혹 구슬이나 보배 되었도다
모진 불인들 어떻게 할 것이며
혹독한 눈인들 어찌 꺾으랴
또한 기운을 만들면
지극히 바르고 지극히 모질도다
갈고 꺾어도 부러지지 않는도다

116) 숙종 37년(1711년) 7월 4일.

154

슬프다 경의 아름다운 기질은
밖은 온화하고 안은 씩씩하도다
착한 아비의 가르침을 받아
아름다운 이름이 일찍부터 들리도다
약관의 나이에 장원하여
문장에서 독보적이더라
큰 재주와 깊은 학문으로
세상의 높은 바가 되더라
독서당에서 글을 읽고
홍문관에서 묵향을 머금었도다
사람 뽑는 자리에선 인재를 의논하고
대각의 자리에선 더러운 것을 씻더라
암행어사와 지방관을 지내니
황패와 장강 같도다
충성된 마음과 착한 의논으로
날마다 돕기를 생각하더라
여러 번 꺾였으나
군센 것을 고치지 아니하더라
용이 액해를 당하여
헌망軒芒의 변이 나도다
행위는 송나라 때와 다툴 만하니
중궁의 서러움이 깊은데도
뜰에 가득한 신하 용렬하여
나를 구하는 자 없었도다
슬프다 경이 홀로
한 봉 글월로 창자를 베었도다

의리는 인륜을 밝히고
충성은 내 그른 마음을 두루 집더라
일편단심은 해와 같고
귀신 곁에 있어도 부끄럽지 않을 터라
슬프다 내가 살피지 못하여서
경으로 하여금 이 화를 입게 했도다
끓는 가마 무엇이 무서우랴
말씀은 엄정하고 낯빛은 태연했도다
열 번 죽기에 이르러도
본마음은 잃지 않았고
목숨 버리기를 달게 여겨
무너진 오륜을 힘써 붙들더라
비유하자면 큰 물결 속에 있는
높은 산 움직이지 않은 듯하여라
불쌍한 뼈를 땅에 묻어
억울한 기운 하늘을 깨우쳤도다
지하에서 한을 머금은 지
덧없이 여섯 해로다
내가 허물을 생각하며
뉘우치고 슬퍼하는도다
이따금 지난 일을 생각하면
밤중에 일어나 방황하는도다
희미한 길을 한번 되짚으니
오륜이 더욱 빛나도다
은혜는 한나라 궁으로 돌아오고
예는 주나라 때를 회복하였도다

이전 일을 생각하고

지금의 지위를 돌아보니

그 위용이 아득하여라

내 뉘우침을 어느 때에 잊으리오

은혜는 추증한 것에 넣고

사랑하는 마음은 정문 내린 데서 빛냈도다

모든 신하의 말 때문이 아니라

진실로 내가 마음을 착하게 먹음이라

경이 한 일은 비교하자면

공도보 범중엄도 따르지 못할지라

그러나 착한 이름은

역사에 나란히 아름다우리

슬프다 세상이 경을 알기를

절의와 문장뿐이라

그 재주는 비유하자면

백 가지도 당할 사람 없도다

작게는 행보에 법이 되었고

크게는 들보와 기둥이로다

내가 밝지 못하여서

그 장점을 쓰지 못하였도다

요사이 인재가 없어서

착한 신하 죽은 일 배나 서러워하노라

정은 위징을 생각하는 듯하며

일은 장구령을 제사 지내는 것 같도다

글로 슬픔을 표현하며

정성으로 향을 피우는도다

착한 신령은 아시거든

이 술 한잔을 흠향하라

파주 풍계사 서원에 또 글을 내려 제를 올리게 하였다. 그 글은 이렇다.

세상 모든 사람이

죽은 후에는 아무것도 없도다

오직 착한 사람은

그중에 홀로 특출나도다

더욱 크게 드러나고 이름이 있는 것은

그 충렬이 사람을 놀램이라

슬프다 우리 두 신하는

뛰어나 만민 중 으뜸이로다

판서는 화평하여

그 강한 것을 기르더라

장량은 얼굴이 부인 같고

안연은 키가 석 자이었더라

공순하고 겸양하나

그 마음은 철벽이었더라

할 일을 만나면

목마른 자가 물 찾듯 하더라

잡은 마음 좋지 못하면

누가 능히 이렇게 할까

박응교는 일찍부터

빼어나고 특별하더라

백 번이나 단련한 금은 순수하게 강하고

엄한 겨울 큰 소나무 홀로 빼어나도다
정신이 미친 곳은
무슨 일이 어려울까
바다가 뒤집히며 산이 무너진들
내 뜻이야 변하겠는가
착한 일 굳이 얻으면
조금도 뉘우침이 있으리오
기사년의 말을 하게 되면
말만 하면 내 마음이 서럽도다
누가 내 신하가 아니리오마는
형벌에도 인도하고 간한 이 누가 또 있는가
오직 경들은 벼슬이 없는 때에도
글월을 올려 함께하더라
하늘을 가리켜 맹세하고
조금도 머뭇거리지 않더라
말씀이 바르고 간절하여
깨달아 고치기를 바라더라
그 마음이 밝으니
내 어찌 사랑하지 않으랴만
그때에 깨닫지 못한 것을
생각하면 얼굴이 뜨뜻하도다
충성은 지극하고 의리는 지극하니
경 등은 이를 좋게 여기는도다
목숨을 터럭같이 여기고
오륜은 태산같이 알더라
푸른 피는 무엇이 되는가

문득 세월이 흘렀구나

내 마음을 돌려

중궁전을 다시 바르게 하니

만민이 다시 보니

일식을 다시 회복하는 것 같도다

중궁전을 회복함이

송나라 때 일보다 낫도다

공도보와 범중엄은 죽지 않았으나

경 등은 불행했도다

재주와 덕을

쓰지 못하니

그 허물이

내게 있도다

충성을 자랑하고 절의를 나타내나

지하의 사람이야 어찌 일어날꼬

서파주 지방은

착한 사람이 머물던 곳이로다

누구117)는 여기에서 죽었고

누구118)는 여기에서 백성에게 은혜 끼쳤다

사람 마음은 속이지 못하여

선비들이

제사하자고 하더라

살아서도 뜻이 같으니

117) 오두인을 가리킴.
118) 박태보을 가리킴.

죽은들 집이 다르랴

서원을 낙성하고

현판을 두니

아름다운 이름은

백세에 비추이리라

저 백성 살았노라 즐거워 마라

한번 죽은 후면 누가 알리오

역사책에 오른 사람이라야

홀로 천지에 길이 남느니라

소문만 듣고도

용렬하고 혼탁한 놈들 경계하더라

두 신령은 이곳을 평안히 여겨

나의 희생 제물을 오래도록 흠향하라

나중 세상 영조 임금도 제문 내려

지금 임금[119]께서 갑술년(1754년, 영조 30년)에 옛일[120]을 생각하시어 글을 내리시고 제사를 올리게 하였는데 그 글은 이렇다.

갑술년 환갑이 돌아오니

만사가 돌아오는 듯하여라

이제 내가 이 해를 만나니

---

119) 영조를 가리킴.
120) 지난 갑술년, 즉 1694년에 숙종이 인현왕후를 복위시키고, 박태보 등에게 제사를 내리게 한 일.

감격한 마음이 가득하도다

우리 성모님[121]께서

중궁전의 자리를 이해에 회복하셨다

지금까지 나라가 평안한 것

이것은 누구의 힘이겠는가

땅의 도가 어그러진 적이 없고

하늘 마음은 매우 어지시도다

해와 달같이 고치신 밝은 덕은

세 신하에 힘입음이로다

오직 이 세 신하는

진실로 국가의 기둥이로다

한 장 상소에서 한 말 한가지였으니

옛적 기사년의 일이로다

고맙도다! 충정공[122]이여

나라를 위해 죽으며 자기 몸 잊었도다

조그만 가슴속의 뜨거운 피는

오직 인류만 알았도다

굳세도다! 충숙공[123]이여

놀라지 않고 겁도 안 내었도다

하늘이 불쌍히 여겨 홀로 살려두어

등용되기를 끝까지 다 하셨도다

곧으시도다! 문열공[124]이여

---

121) 성스러운 어머니라는 뜻으로, 여기에서는 숙종의 비인 인현왕후를 말한다.

122) 오두인.

123) 이세화.

124) 박태보.

굳은 절개 하늘을 깨웠도다

용의 비늘[125]을 거스르고

의리 위해 죽기를 결심했도다

이 세 사람은 하나로다

만세토록 전해질 것이다

정문은 찬란히 빛나고

사당은 꼿꼿이 서 있도다

옛날 송나라에서 곽후를 폐할 때

공도보와 범중엄은 무엇을 하였는가

임금이 착하면 신하가 곧으니

우리 성주[126]같이 좋으신 이 뉘 있을까

간한 말씀 잠깐 거슬렸으나

착한 덕으로 끝내 받으셨도다

선왕을 추모하는 마음을

미루어 경들을 생각하노라

모든 신령은 아시겠거든

이 잔을 굽어 흠향하시라

스승으로 삼았던 형님

지평공은 박태보공의 형이니, 형제가 함께 유명한 벼슬을 지내실 때 지평공은 온화한 곧음으로 이름이 나고, 박태보공은 군건하심으로 이름

---

125) 임금의 마음.
126) 숙종을 가리킴.

형 박태유의 삶과 그가 남긴 것

박태유는 박세당의 장남으로, 자는 사안(士安)이고 호는 백석(白石)이다.

그의 삶에서는 크게 두 가지를 이야기할 수 있다. 하나는 집안 대대로 이어진 직간의 성품이요 다른 하나는 서예사에서 그의 영향력이다.

아버지 박세당, 선대 조상들 그리고 동생 박태보와 마찬가지로 박태유 역시 신분, 지위를 따지지 않고 잘못을 지적하며 간하는 데 앞장선 사람이었다. 이 때문에 노염을 받고 좌천되거나 파직되는 삶을 산 것이 이 집 사람들의 공통적인 특징이다.

숙종 9년인 1683년 지평(持平)으로 있을 때, 박태유는 어영대장 김익훈이 근거 없는 역모를 밀고하면서 무리하게 남인을 숙청하는 데 불만을 갖고 그를 탄핵했다가, 임금의 노여움을 사 거제현령으로 좌천되었다가 곧 돌아왔다. 같은 해 6월 2일에 송시열, 윤계 등 고관들과 귀척(貴戚)들의 잘못을 탄핵하는 상소를 올렸다. 인현왕후의 아버지인 여양부원군 민유중이 권세를 믿고 국정에 잘못 참여한다고 비판하기도 했다. 이 상소로 인하여 송시열의 문인들을 중심으로 한 여러 사람들의 공격을 받아 결국 고산도 찰방(高山道察訪)으로 좌천되었다. 고산도 찰방으로 가서도 직위 고하를 막론하고 남병사(南兵使) 등은 물론이요 감사의 잘못까지도 지적하여 결국 감사가 사직하게까지 하였다. 하지만 이곳의 기후와 풍토를 이기지 못하고 병들어 1685년에 사직하고 이듬해에 죽었다. 박태보가 죽기 불과 3년 전이다.

박태유가 죽었을 때 그의 행장은 동생인 박태보가 썼다. 박태보는 박태유가 자신의 병이 심상치 않음을 걱정하면서 다음과 같은 글을 써서 동해에 던졌다고 증언했다.

"만약 제가 불충불효했거나 정직하지 않았거나 청렴결백하지 않으며 맡은 일을 소홀히 했다면 신께서는 저를 죽여주시고, 그렇지 않다면 살려주소서."

박태보는 이 일을 말하면서 신 앞에 서서 따져도 부끄러움이 없는 삶을 살았다고 평가했지만, 우리는 이 말을 보면서 그가 평소 얼마나 곧게, 그리고 강하게 직간하며 살았는지 짐작할 수 있다. 그 탓에 숙종 임금을 자주 거스르게 되었던 것이다.

박태유는 명필로도 유명했다. 조선 후기 안진경체의 유행에 박태유가 크게 기여했다고 평

가된다. 〈김응하묘비金應河墓碑〉〈영상신경신비領相申景愼碑〉 등은 박태유가 남긴 걸작으로
평가된다. 그의 글씨는 강건한 힘을 담고 있을 뿐만 아니라 아름다워서 당대 많은 이들이 비
석이나 현판을 부탁했다고 한다. 『국조인물고』에서는 박태유의 글씨를 두고 이렇게 말했다.

조선 초기에 글씨 배우는 자들은 모두 조맹부를 주로 하였고 근대에는 한호를 숭상해
서 서체의 격조가 더욱 볼품없었다. 하지만 군이 비로소 안진경의 글씨를 배워 선보이니,
일시에 글씨체가 크게 변하였다. 이 때문에 연경의 책방에서 안진경 글씨의 값이 올랐다
고 한다. (『국조인물고』 29권 「명류名流」 중 박태유 부분)

조선 서예사적으로 볼 때, 중국의 조맹부나 한석봉의 서체를 모범으로 했다가 후기 들어
안진경체 중심으로 바뀌는 데 박태유가 크게 기여했다는 것이다. 박태유의 영향으로 인하여
조선 사람들이 모두 안진경 서책본을 사려고 했기 때문에 연경, 즉 북경 서점에서 안진경 서
책의 값이 비싸졌다고까지 하니 그 영향력이 상당했음을 알 수 있다. 하지만 이 『국조인물
고』는 동생 박태보가 쓴 형의 행장을 근거로 만든 것이니 완전히 객관적인 평가였는지 단정
할 수 없다.

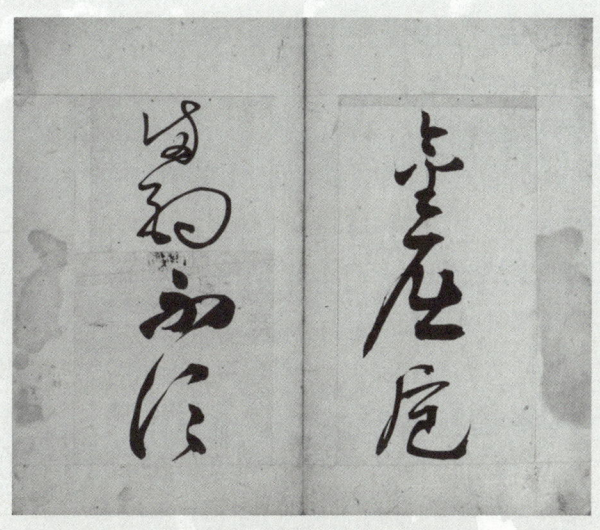

『권군첩』에 실린 박태유의 글씨 박태유는 명필로 이름이 높았다. 특히 안
진경체를 조선에 알린 공을 높이 친다. 한국학중앙연구원 장서각 소장

이 났다. 지평공은 지혜로운 학문을 좋아하는 성품이었고 글씨와 문장으로 이름이 났다. 마음이 아름답고 기운이 깨끗하며 행동거지는 공손하고 신중하여 의리를 정도로 지키어 다른 사람이 거역하지 못할 정도였다. 박태보공은 어려서부터 형을 스승으로 섬기시더라. 지평공은 상소하여 죄상을 의논하다가 고산 찰방으로 가 계시다가 박태보공보다 4년[127] 앞서 죽었다.

아버지의 이후 모습

서계공이 과거에 형제를 연이어 잃고서 슬픈 빛이 늘 드러나 힘이 없으시니 제자들이 물었다.

"선생님 슬픈 일이 있으십니까?"

서계공이 길게 탄식하시고 말하기를

"내가 슬퍼해봐야 무엇이 유익하겠느냐. 다만 아이들에게 글을 가르쳤던 것을 후회한다. 『천자문』 가르칠 때 효성을 다하기에 힘쓰고 충성을 다하기에 목숨을 바치라고 가르치면서, 신하와 인재가 된다면 그 맡은 일에 마땅히 이 같아야 한다고 했다. 이제 저희 형제가 내 말을 저버리지 않았으니 무엇이 슬프겠느냐마는 지금 내 모습이 이 같으니 아이들에게 글을 가르친 것을 뉘우치노라"

하시고, 이로 인하여 창백해져서 눈물을 흘리니 제자들이 함께 슬퍼하였다. 이것으로 보면, 박세당공이 자식을 가르치심이 본래 엄하였고, 이끌어 글을 가르치심이 깊었다. 그런 까닭에 박태보공이 충절을 스스로 세운 것이 『천자문』에서 나온 것이니 슬프다! 또한 공경할 일이로다.

127) 박태유는 1686년, 박태보는 1689년 죽었으므로 3년 차이지만, 이 책의 원본에서는 햇수로 네 해에 걸쳐 있다 하여 4년 차이라고 적었다.

박세당 묘소와 신도비 서계 종택 왼쪽 기슭을 따라 조금 가면 박태보 묘가 있고, 거기서 능선 하나를 넘으면 박세당 묘가 나온다.

할아버지 박세당이 손자 이름에 붙인 소원

박세당은 슬하에 세 아들을 두었다. 하지만 큰아들 박태유가 먼저 죽고 3년 만에 둘째 아들 박태보가 죽었다. 남은 아들은 박태한뿐이었다.

신미년(1691년) 8월 11일 박세당은 기쁨에 겨운 편지를 아들 태한에게 썼다. 태한이 아들을 낳은 것이다.

> 며느리가 무사히 해산했다는 소식 들었다. 아들을 낳았다니 기쁘고 또 기쁘구나. 나는 이미 노쇠했다. 네 형들이 잇달아 죽어 자손이 외로운 것이 나는 늘 가슴 아팠는데 오늘 이 아이를 얻으니 만금을 얻은 것 같구나. 새로 낳은 아이의 이름은 '다손(多遜)'으로 하는 것이 좋겠다. (『서계집』 17권 「기자태한寄子泰翰」)

아들 셋 중 둘을 먼저 보내고 하나 남은 아들이 자식을 낳았다는 사실이 얼마나 기쁠 것인가. 그러나 그 기쁨만을 누리고 있을 수는 없었다. 할아버지 박세당은 손자 이름을 '다손'이라고 하는 게 좋겠다고 했다. 물론 자손이라는 의미의 '손(孫)' 자를 쓰지는 않았으나 음은 같은 것이기에 자손이 많아지기를 기원하며 다손이라고 하자고 한 것이다. 또한 그 자손들이 겸손하고 순종하면서 안전하게 살기를 바라는 마음에서 겸손하다는 뜻의 '손(遜)' 자를 권한 것이다. 그 이름에서 간절한 소망이 묻어난다. 박태한은 아들 넷을 낳는데 장남의 이름이 필손(弼遜)이다. 어려서 다손이라고 부르고 또 집안에서도 다손이라고 불렀으나, 항렬자를 따라 족보에는 필손이라고 했을 것이다. 그 장남 필손에 이어 아들 셋과 딸 넷을 낳았으니 그 소망이 어느 정도 이루어졌다 하겠다.

이름에 간절한 소망을 붙인 예는 많이 있었다. 다산 정약용은 정치적 소용돌이 속에서 형들과 자신의 연이은 죽음과 유배를 겪었다. 너무나 괴로웠던 아버지 정약용은 자기 자식은 그런 일을 겪지 않으면 좋겠다는 간절한 마음을 담아 그 무렵 낳은 아들에게 '농(農)'이라는 이름을 붙였다. 벼슬살이, 성공 따위는 생각하지 말고 농사를 지으며 편안히 살았으면 좋겠다며 피를 토하듯 간절하게 붙인 이름이다. 물론 이름이 반드시 효과가 있는 것은 아니라서 그 아들 농아는 천연두로 일찍 죽고 말았다. 그것도 아버지가 유배되어 있어서 보지도 못하는 사이에. 『다산시문집』 17권 「농아광지農兒壙誌」에 나온다.

갑술년(1694년, 숙종 20년)[128] 이후 10년째인 계미년(1703년, 숙종 29년)에 서계공이 글 때문에 시절을 거슬러서 멀리 유배하게 되니, 이인엽이 이때 판윤으로서 이렇게 상소했다.

"시골에 물러나게 하신 것이 이미 40년입니다. 사람들이 매우 존경하고 높은 절개가 세상에 뛰어나, 임금의 은혜를 입어 온 세상에서 갸륵히 여김을 받았는데, 한갓 실수로 속에 있는 말을 쓴 사사로운 글 때문에 먼 곳에 유배하게 하는 것은 밝은 임금께서 바라시는 바가 아닐 것입니다. 또 두 아들을 잃고 홀로 외로운 그림자가 되어 세상에 있고, 박태보의 절개가 이렇듯 높기도 합니다. 옛글에 '착한 사람이 있으면 자손에게 죄를 묻지 않는다' 하였는데, 슬프게도 박태보의 절개로 자기 아비도 보전하지 못한다면 애처롭고 불상하지 않으오리까."

상이 상소를 보시고 유배하지 말라 하셨다. 아아! 박태보공의 곧은 충성과 큰 절개가 아니면 어찌 임금께서 감동하셨겠는가.

시호는 무엇이라 하였느냐

경종 임금 계묘년에 박태보공에게 문열이라는 시호諡號[129]를 주셨다. 지금 임금[130] 무인년에 사육신의 시호에 대해 이야기하다가 상이 물었다.

"여섯 신하의 시호는 '충忠' 자가 옳은데, 앞 조정의 충신 박태보의 시호는 무엇이라 하였는가?"

신하들이 몰라서 아뢰지 못하는데, 내가 마침 사관[131]으로 입시했으므로 '문열'이라고 아뢰었다. 상이 탄식하며 말씀하시기를

---

128) 숙종이 인현왕후를 복위시키고 박태보 등에게 제사를 내린 해.
129) 높은 학덕이나 큰 공을 세운 사람의 사후에 왕이 내리는 이름.
130) 영조를 가리킴.

"아무개의 시호를 '충' 자로 하지 않았으니 시호를 내린 법이 잘못되지 않았느냐"

하시고, 앞 조정의 일을 말씀하실 때마다 반드시 "박태보는 정말 충신이라"고 하셨다.

어떤 사람은 이렇게 말하지만

아아! 예부터 충신열사가 진실로 있었지만, 박태보공은 상소 하나로 큰 절개를 세우고 엄한 형벌을 받는 중에도 말씀과 웃음으로 기꺼이 죽으셨다. 그 충성스러운 의는 해나 달과 더불어 밝음을 다투고, 귀신에게 묻더라도 부끄럽지 않으니, 박태보공 같은 사람이 또 있을까. 혹자는 말하기를

"왕비를 위해 죽는 것이 의인가, 의란 말인가?"

하지만, 이렇게 대답하련다.

"왕비를 위해 죽는 것이 아니라 임금께 간하다가 죽었으니 죽을 때를 명확히 얻은 것이다. 국모를 폐하시는 때에 신하가 되어 아첨하여 국모가 죄에 빠지는데도 잠잠한 채 한마디 말도 간하지 않는다면 이것은 인륜이 무너진 것이다. 신하가 되어 임금을 허물에서 구하는 것은 임금과 신하 사이의 의요, 나라 어미를 위하여 신하의 직분을 다하면 이것은 부자지간의 의요, 우리 임금을 위하여 우리 어미를 보전하니 부부의 의이다. 한 번 일을 담당하여 삼강三綱을 다 갖추었으니, 이런 일을 당하면 군자는 목숨을 바칠지어다."

이런 까닭으로 옛날 후를 폐하는 문제를 간한 신하가 있었으니, 공도

---

131) 여기서 '나'란 박태보 집안의 후손인 박상로를 가리킨다. 『승정원일기』 영조 34년 10월 6일에 영조와 박상로의 이 문답 기사가 나온다.

보와 추호 두 사람이다. 어떤 사람은

"그러면 박태보공을 이 두 사람과 비교할 수 있는가?"

하니, 이렇게 대답한다.

"네가 어찌 공을 이 두 사람과 비교하는가. 송나라 때 공도보[132]는 곽후가 폐해지는 때에 범중엄과 함께 간하려 했으나 단지 선우문 밖에서 머뭇거리며 문고리만 어루만져 크게 부르짖다가 내관이 말리자 죄를 지적만 하였다. 추호[133]는 명후를 폐하는 문제에 대해 간하다가 죄를 입어 귀양 가게 되자, 갈 때에 눈물을 흘리니 그 벗 전주가 정색하며 꾸짖기를 '자네가 잠자코 벼슬자리에만 다니다가 감기로 닷새만 땀을 못 내도 죽을 것이다. 저 먼 바닷가만 사람 죽을 곳이라' 하니 추호가 망연자실하였다. 아아! 공도보와 추호 두 사람은 간할 벼슬에 있으면서 간했으니 직책을 다한 것이요, 간하다가 귀양을 가니 분수에 맞는 의이다. 공은 파직중에 있으면서도 분연히 80여 명과 함께 한 일을 혼자 담당하여 임금의 노함을 일으키고, 끓는 솥 같은 위험에 뛰어들면서도 마음을 조금도 변치 않았다. 그래서 조정에 가득한 소인들이 벼슬을 하면서도 모골이 서늘해지고 부끄러운 마음을 가져 도리어 구하게 하니 어찌 저 공도보나 추호 같으리오. 오직 우리 임금께서 갑자기 측은한 마음으로 뉘우치시는 마음을 내어 중궁전을 다시 맞아 오시니 이 또한 박태보공의 큰 절개에 감동하심이 아니겠는가. 저 공도보나 추호야 공에게 어찌 감히 비하리오."

---

132) 송나라 인종(仁宗) 때 곽황후(郭皇后)가 후궁인 상미인(尙美人)과 싸우다가 말리는 인종의 얼굴에 손톱자국을 낸 일이 있었다. 인종이 이를 빌미로 황후를 폐출하였다. 이때 공도보는 범중엄과 함께 이를 반대했으나 인종은 끝내 듣지 않았다. 『송사宋史』 297권, 「공도보열전孔道輔列傳」에 그 내용이 자세히 나온다.

133) 송나라 철종(哲宗) 때의 인물로, 철종과 휘종 2대에 걸쳐 유황후(劉皇后)의 복위를 간했던 인물이다. 그의 의견은 받아들여지지 않았고, 오히려 그는 지방으로 좌천되었다. 『송원학안宋元學案』 35권, 「진추제유학안—추호陳鄒諸儒學案—鄒浩」나 『송사』 345권 「전주열전田晝列傳」 등에 자세한 내용이 나온다. 이 작품에서 '명후'라고 한 것은 오류이다.

슬프다! 공이 돌아가신 후에 공의 전^傳이 있었지만 누가 쓴 것인지도
모른 채 온 나라에 두루 퍼져 거의 100년이 다 되었다. 집집마다 읽어서
사대부부터 소 타는 어린아이, 말 모는 포졸들까지 공의 성명을 외우기
를 일삼아 가족인 것과 같이 하고¹³⁴⁾, 공의 일을 시작부터 끝까지 말함
에 자세하여 어제 일같이 하고, 눈물을 흘리며 탄식하여 자기 친척인 듯
슬퍼한다. 그러나 여러 번 한문과 언문으로 바꾸어 다시 써서 거짓말도
섞이고 잘못하기도 하여 너무 간략함이 있을까 두려웠다. 더 오래되면
실상을 잃을까 걱정하여 나라 일기도 보고 임금의 필적¹³⁵⁾도 참고하여
번다한 것은 없애고 간략히 하여 사실만 모았다. 그러므로 자세하면서
도 간략하게 하여서 처음부터 끝까지를 다 챙긴 후에야 글을 완성하니,
박태보공께서 임종하실 때에 말씀하신 뜻을 저버리지 않은 듯하다. 저
춘추^{春秋}의 의리로는 임금을 위하여 일을 가리지만 해와 달이 고치면 사
람들이 모두 다 우러러보니, 신하가 바르면 임금이 빛나게 된다. 우리
임금께서 해와 달 같으셔서, 박태보공의 충성에 감동하여 저승에 있는
때에도 은혜를 내리시어 간사한 놈을 베고 여러 소인놈들은 먼 곳에 유
배시키시니, 천하 후세에 신하이면서도 충성하지 않는 놈들을 경계할
만하다. 아아! 주자께서는 늘 제갈공명의 「출사표」를 읽으실 때마다 눈
물이 나지 않은 때가 없고, 태사공 사마천은 「백이전」을 지을 때 자기의
뜻을 거기에 넣어서 기미를 드러내었다. 나의 이 글도 그렇다.

　병자년¹³⁶⁾ 5월 3일 시작하여 6월 3일에 다 쓰다.

---

134) 이 부분의 원문은 "외우기를 사마군실과 같고"라고 되어 있다. 사마군실(司馬君實)은 중
국의 역사가 사마광(司馬光)의 자(子)로, 이를 놓고 보면 '사람들이 사마군실의 이름을 잘 알
듯 박태보의 이름을 알게 되었다'는 의미가 된다. 그러나 소 치는 아이나 말 모는 하인들이 사
마광을 잘 안다는 것은 이치에 맞지 않으므로 여기에서 사마군실은 사마광을 가리킨다고 보
기 어렵다. 결국 이 부분은 정확한 의미를 알 수 없는 것이 사실이다. 구활자본에서 이 대목을
"공의 성명 외우기를 일삼아 아는 사람과 같고"라고 쓰고 있으므로 이에 따라 번역해놓는다.

135) 비망기.

136) 영조 연간의 병자년인 1756년.

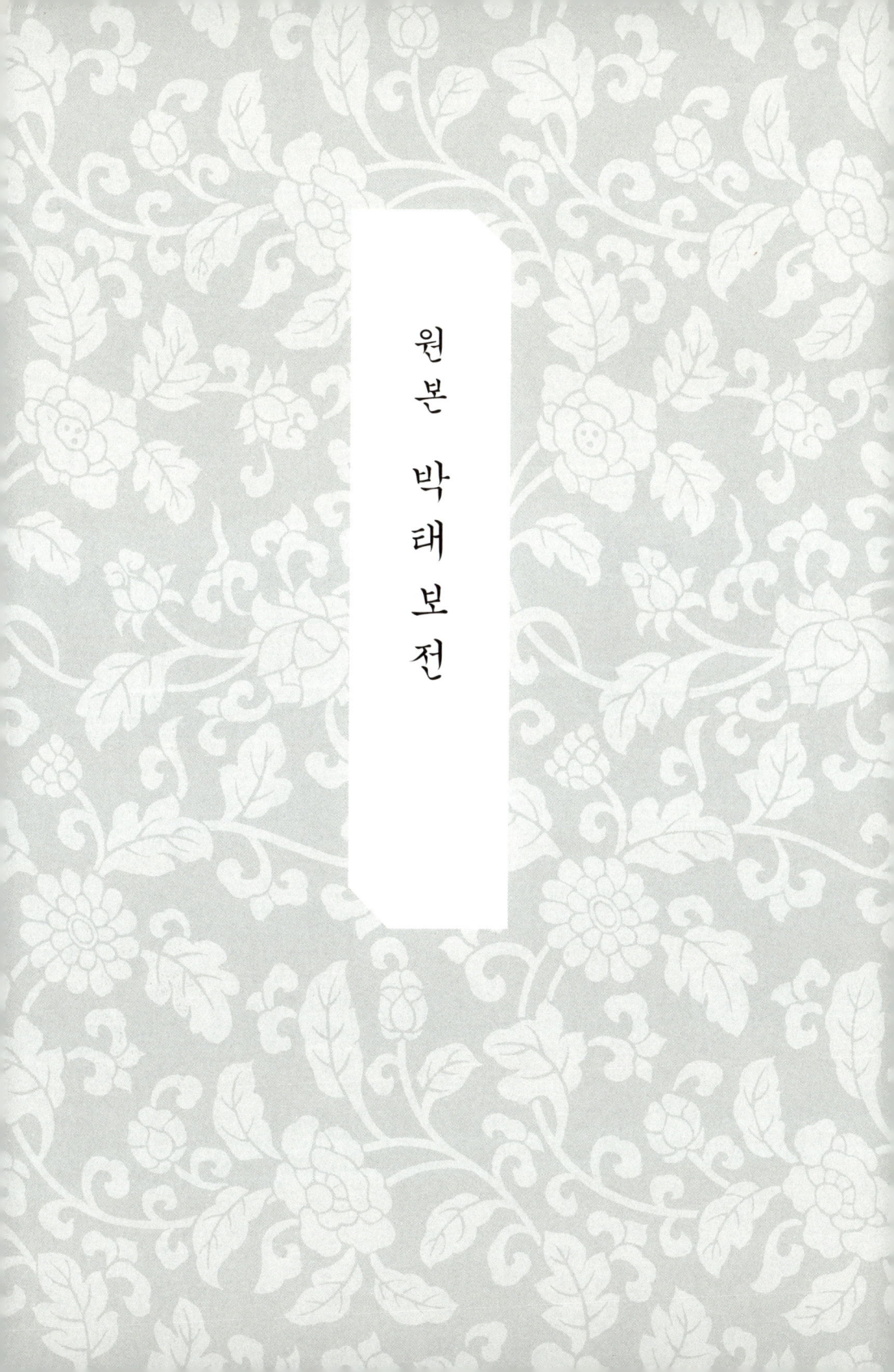

원본

박태보전

반남 박씨가 생긴 사연, 그리고 빛나는 조상들

문녈(文烈) 박공 휘는 태보(泰輔)요 즈(字)는 스선(士元)[1]이오 호는 정직(定齋)니 반남인(潘南人)이라 대대로 명인(名人)이 이셔 진신가(縉紳家)의 갑족(甲族)이 된지라

그 원조는 고려 말의 우문관(右文館)[2] 본됴(本朝) 증(贈) 영의정 문정공(文正公) 휘 샹튱(尙衷)이시니 흑문(學問)을 처엄으로 닐위여 뎡포은(圃隱 鄭夢周) 니묵은(牧隱 李穡) 제공(諸公)으로 제명(齊名)ㅎ더라[3] 나라의 샹소(上疏)ㅎ되 쇼인(小人)이 대명(大明)을 배반ㅎ고 망흔 원나라를 섬기고 스신(使臣)을 죽여 국가의 큰 화를 짓는 죄상을 의논ㅎ니[4] 권간(權奸)[5]이 딕로(大怒)ㅎ여 무함(誣陷)ㅎ되 듕형(重刑)

---

1) 박태보의 자는 사원인데 여기에서는 사선이라고 썼다. 오류이므로 한자로 바로잡는다.

2) 우문관: 고려 시기 임금이 경서를 강론하던 곳을 말한다. 초기에는 문덕전(文德殿)이라 하였는데, 17대 인종 때에 수문전(修文殿)으로 고쳤다가 충렬왕(忠烈王) 34년인 1308년 우문관으로 고쳤다.

3) 이름을 나란히 올릴 만하더라.

4) 고려는 몽골, 즉 원나라의 지배를 받았다. 박태보의 시조인 박상충은 1332년에 태어나 주로

을 닙으시고 원찬(遠竄)ᄒᆞ시나 가 길의셔 졸(卒)ᄒᆞ시니 국인(國人)이 다 슬허 ᄒᆞᄂᆞᆫ지라 이 세샹의 이 니른바 반남(潘南) 션싱(先生)이오

십ᄃᆡ조 평도공(平度公) 휘 은(訔)이시니 우리 태종대왕을 셤기와 좌명공신(佐命功臣)⁶⁾이니 덕업지셩(德業之盛)이 국ᄉᆞ(國史)의 잇ᄂᆞ니라

그 후 ᄉᆞ간(司諫) 증(贈) 영의정(領議政) 문강공(文康公) 휘 소(紹)⁷⁾시니 뎡학직도(正學直道)로 큰 일홈이 잇고 김안노(金安老)를 쇼인(小人)이니 다시 쓰지 못ᄒᆞ리라 ᄒᆞ고 쟝츳 논박(論駁)ᄒᆞ여 ᄒᆞ다가 져의 암지의 졔함(擠陷)⁸⁾ᄒᆞᄆᆞᆯ 닙어 영남(嶺南)의 방츌(放黜)ᄒᆞ여 졸(卒)ᄒᆞ시니 죠애(朝野) 칭원(稱寃)ᄒᆞ더라⁹⁾ 이에 야천션싱(冶川先生)¹⁰⁾이시니 공의 오ᄃᆡ조(五代祖)시라

고조(高祖)ᄂᆞᆫ ᄉᆞ지감(司宰監) 정(正) 증(贈) 좌찬셩(左贊成) 휘 응천(應川)¹¹⁾이시니 여러 번 슈목(授牧)ᄒᆞ야 슌니풍(循吏風)이 잇고 여러 ᄌᆞ뎨(子弟)를 ᄀᆞᄅᆞ쳐 법(法) 되이시니 오셩(鰲城府院君 李恒福)이 묘지명(墓誌銘)을 지어 글오ᄃᆡ 의관예악(衣冠禮樂)이 문젼(門前)의

공민왕 대 이후에 활동하였다. 이때 점점 원나라의 세력이 약해지는 형상을 보고, 박상충은 정몽주, 정도전 등과 함께 친원 세력을 배척하고 명나라와 가까이할 것을 주장하였다. 결국 권간의 비판에 의하여 정몽주, 이숭인 등과 함께 유배형에 처해졌으나 가던 길에 죽었다. 이때가 1375년이다.

5) 권간: 권력을 가진 간사한 신하.

6) 박은(1370~1422)은 왕자의 난 때에 공을 세워 태종 1년에 공신에 봉해졌다.

7) 원문에는 없는 글자이다. "휘 시니"라고 되어 있다. 지은이가 이름을 몰라 쓰지 못한 것인데, 역사적 사실을 근거로 하여 옮긴이가 이름을 넣었다.

8) 제함: 악의로 남을 함정에 밀어넣음.

9) 영남 지방으로 유배를 당하여 죽으니, 조정에서나 밖에서나 그가 원통하게 죽었다고 평가하더라.

10) 박소는 사간으로 있으면서 1531년 김안로의 중임을 반대하다가 파직되어 합천으로 내려가 살다가 거기서 죽었다. 문강공 사간 박소의 호가 야천이다.

11) 원문에는 이름을 넣지 않았으나 사실에 의거하여 옮긴이가 적었다. 문강공 박소는 응천, 응순, 응남, 응복, 응인이라는 아들을 두었다.

이서 식〃ᄒ고 법 되시미 됴졍(朝廷)ᄀᆞᆺ다 ᄒᆞ더라[12)

증조(曾祖)ᄂᆞᆫ 의뎡부(議政府) 좌참찬(左參贊) 증(贈) 영의졍 뎡헌
공(貞憲公) 휘 동션(東善)이시니 광희(光海君) 모후(母后)ᄅᆞᆯ 폐(廢)ᄒᆞᆯ
적[13) 빅관(百官)을 위협(威脅)ᄒᆞ야 졍쳥(庭請)[14)ᄒᆞ고 참녜(參與)치 아
니ᄒᆞᄂᆞ 니ᄂᆞᆫ 큰 형벌노 다스리라 ᄒᆞ되 홀노 불참(不參)ᄒᆞ니 사ᄅᆞᆷ이
다 장히 넉이고 올커 아더라[15) 됴숑곡(松谷 趙復陽)이 ᄒᆡᆼ장(行狀)을
디어 글오되 금셰(今世)예 가법(家法)은 능히 녜적 앙파(楊播)와 뉴
변(柳㐭)[16)도 다ᄒᆞ더라[17)

조(祖)ᄂᆞᆫ 니조참판(吏曹參判) 금쥬군(錦州君) 증(贈) 니조판셔(吏曹
判書) 츙슉공(忠肅公) 휘 뎡(矼)이시니 우리 인조대왕을 셤기와 졍샤
공신(靖社功臣)[18)이니 홀노 쳥의(淸議)ᄅᆞᆯ 가져 권신(權臣)을 논박하
니 딕셩(直性)이 됴졍(朝廷)을 움ᄌᆞᆨ여 듕흥명신(中興名臣)이 되시니
라

고(考)ᄂᆞᆫ 니조판셔(吏曹判書) 문졀공(文節公) 휘 셰당(世堂)이시니
장원(壯元) 문과(文科)로 쳥화디딕(淸華之職)을 불와 유신(儒臣)[19)으

---

12) 이항복(李恒福), 『백사집白沙集』 권3 「사재감정박공(응천)묘갈명司宰監正朴公[應川]墓碣
銘」에 나온다. 전체 구절은 다음과 같다. "恒聚子弟於一室, 設難質疑, 竟夕不怠, 衣冠禮樂, 盡在
門庭."

13) 광해군이 인목대비를 폐위할 때에.

14) 정청: 신료들이 궁정(宮庭)에 와서 큰일을 보고하고 명령을 기다리는 일.

15) 사람들이 모두 장하게 여기고 옳게 알더라.

16) 양파와 유빈: 온 집안이 예의 바르고 순후하기로 유명했던 중국의 인물들이다. 둘 다 『소
학』에 나오므로 조선에서 글 읽는 사람이라면 누구나 이들을 알고 배우려 했다.

17) 조복양(趙復陽), 『송곡집松谷集』 권10 「의정부좌참찬박공행장議政府左參贊朴公行狀」에 나온
다. 전체 구절은 다음과 같다. "李相公弘胄, 嘗謂人曰, 今世持家法, 能如古所稱楊播, 柳㐭者, 子粹其
人也, 性不喜芬華, 一室蕭然如寒士."

18) 정사공신: 인조반정에 공을 세운 사람들을 정사공신으로 봉했다. 박정은 정사공신 3등에
봉해졌다. 박정과 그의 아버지 박동선이 모두 인조반정에 참여했다. 『인조실록』 인조 10년 6
월 27일 기사에 박정의 졸기가 있어서 이를 통해 그에 대한 평가를 볼 수 있다. 요컨대 강직하
고 과단성이 있어서 바른 도리를 지켰다는 것이다.

19) 유신: 홍문관의 벼슬아치를 통틀어 가리키는 말이기도 하고, 유학에 조예가 깊은 신하를

로 유명ᄒ더니 쓰지 셰샹의 합(合)지 아니타 ᄒ시고 드듸여 셕쳔동(石泉洞)[20]으로 믈어나샤 여러번 부ᄅ시듸 니들[21] 아니ᄒ시고 도흑(道學)과 문쟝이 ᄉ림(士林)의 읏듬이 되시니 니론바 셔계 션싱(西溪先生)이라 비(妣)ᄂ 의령남시(宜寧南氏)시니 김셩현녕(金城縣令) 증(贈) 영의졍 남일셩지녀(南一星之女)[22]라

셔계공(西溪公)의 삼형(三兄)은 쳐ᄉ공(處士公) 휘 셰후(世垕)시니 문힝(文行)이 놉흐시더니 조졸(早卒) 무후(無後)ᄒ시민 공이 ᄋ시(兒時)의 츌계(出系)ᄒ시니 계비(繼妣) 윤시ᄂ 파평윤시(坡平尹氏)니 노셔션싱(魯西先生) 윤션거지녀(尹宣擧之女)라

박태보의 어린 시절

갑오(甲午, 1654년) 오월 이십일ᆢ 슐시(戌時)에 공이 강셰(降世)ᄒ시니 초칠젼(初七前) 틱란(胎丹)이 하보(下部)의 나 족지복부(觸至腹部)의 드러 홀 일 업거늘 시즙(屍汁)을 블나 무스ᄒ니라[23]

공의 위인(爲人)이 모됨ᄒ고 셩품이 항결(伉潔)ᄒ고 강방(剛方)ᄒ야[24] 긔운이 영혜(穎慧)ᄒ고 과감ᄒ야 ᄋ시(兒時)의도 지힝(志行)이 이셔 일즉 남부인(母親 南夫人)을 여희옵고 윤부인 셤기믈 남부인ᄭ

일쿳는 말이기도 하다.

20) 석천동: 양주 수락산에 있는 석천동. 지금의 의정부시 장암동 일대. 지금도 이곳에 박세당 가문 관련 유적이 그대로 있다.

21) 니다: '가다'라는 뜻의 옛말.

22) 남일성(1611~1665)의 아들이 숙종조 정승을 역임했던 약천 남구만이다.

23) 이 일화는 『정재후집定齋後集』권6 「기사민절록(하)己巳愍節錄(下)」의 '先生事實記畧'에 나온다. 여기에서는 약천 남구만의 편지를 보고 적었다며 출전도 밝혔다. 해당 구절은 "公初生七日, 內發胎丹, 自下部入腹, 命在頃刻, 以屍汁塗之得生"이라고 되어 있다.

24) 항결ᄒ고 강방ᄒ야: 매우 깨끗하고 굳세어.

나리미 업더라25)

　유시(幼時)의 되시고 품의 ᄌ실 적 반ᄃ시 고의(袴衣)ᄅᆞᆯ 닙고 ᄌᆞ시니26) 윤부인이 무ᄅᆞ신ᄃᆡ 공이 왈 ᄃᆞᆯ오니 고쟈(古者)의 남녀유별(男女有別)이라 ᄒᆞ더이다 ᄒᆞ니 모부인(母夫人)이 무익(撫愛)ᄒᆞ시더라

　나가 노ᄅᆞ실 적 고왈(告曰) 아모(某) 방소(方所)에 가 노오니 아모 ᄶᆡ 도라오리이다 ᄒᆞ시면 ᄆᆞ양 긔약(期約)ᄃᆡ로 어긔들 아니ᄒᆞ니 윤부인이 ᄉ〃(事事)의 긔특ᄒᆞ여 ᄉᆞ랑ᄒᆞ시고 ᄌᆞ라시ᄆᆡ 얼굴을 바다27) ᄯᆞ즐 슌(順)히 ᄒᆞ니 부인이 평안ᄒᆞ시더라 공의 내구(內舅) 명ᄌᆡ(明齋 尹拯)공28)이 칭왈(稱曰) 우리 ᄌᆞ씨(姊氏) 무ᄌᆞ(無子)ᄒᆞ시믈 슬허ᄒᆞ시더니 이 아ᄒᆡ 이러ᄐᆞᆺ 효ᄒᆡᆼ(孝行)이 긔특ᄒᆞ니 긔츌(己出)인들 이여셔 더ᄒᆞ랴29) ᄒᆞ시더라

　십셰(十歲)되ᄆᆡ 춍명(聰明)이 졈〃 느러 글ᄌᆞ 조슉셩(早熟成)ᄒᆞ야 어룬이 아모 글이나 ᄌᆞᆯ으라 ᄒᆞ면 응구쳡ᄃᆡ(應口輒對)ᄒᆞ야 사ᄅᆞᆷ을 놀ᄂᆡ고 ᄯᅩ 셰30)샹물졍(世上物情)과 인물시비(人物是非)를 의논(議論)ᄒᆞᆯ 제 언ᄉᆞ(言辭)ㅣ 졀당(切當)ᄒᆞ야 조리가 분명ᄒᆞᄆᆡ 공에 의죠 남김셩(金城縣令 南一星)31)이 칭찬왈 이 아희 지금 임군ᄋᆞᆸ히 나아가 말ᄉᆞᆷᄒᆞ야도 그 츙직(忠直)홈이 녯날 급암(汲黯)32)에 지나리라 ᄒᆞ더라 혹이 가로ᄃᆡ 이 아희 너무 영민ᄒᆞ고 예긔(銳氣) 과인(過人)ᄒᆞ니 슈(壽)가

---

25) 친어머니 남부인이 돌아가시자 계모 윤부인을 섬기는데, 친어머니를 섬기는 것보다 덜함이 없더라.

26) 어릴 적 데리고 잘 때 반드시 고의를 입고 자니.

27) 어른을 본받아. 구활자본을 참고했다.

28) 서계 박세당의 형인 박세후와 혼인한 윤부인의 동생이 명재 윤증이다.

29) 친자식인들 이보다 나으랴.

30) 원본 소장자의 협조를 받아 복사한 자료의 상태를 볼 때 이 부분 이후 한 면이 누락되어 있다. 제 6면이 누락되었다.

31) 외할아버지인 금성현령 남일성.

32) 급암: 중국 한무제 때에 직언을 하는 것으로 유명했던 신하.

혹 부족홀가 ᄒᆞ노라 ᄒᆞᄃᆡ 그 부친 셔계션ᄉᆡᆼ(西溪 朴世堂 先生)이 소왈(笑曰) 이 아희 졔 스스로 씨닷난 ○ 잇스리라 ᄒᆞ시더니 공에 나히 십오셰에 관을 쓰믜 스사로 마음을 잡아 예긔를 썩거 언어동지(言語動止)가 안상(安詳)ᄒᆞ고 옹용(雍容)ᄒᆞ야 다 법도(法度) ㅣ 잇셔 아시(兒時)적 일을 변ᄒᆞ야 근신(謹愼)ᄒᆞ니 두어히 못보왓던 사름은 놀나 왈 예적 모양이 업다 ᄒᆞ더라

평소의 일화

십육[33) 셰예 완남부원군(完南府院君) 니상국(相國 李厚源) 녀셰(女婿)되시니 혼인날 져녁의 부인을 경계ᄒᆞ야 부모를 잘 셤기라 ᄒᆞ시고 ᄯᅥ러안ᄌᆞ 자들 아니ᄒᆞ시니 완남공이 ᄀᆞᆯ오ᄃᆡ 신낭(新郞)이 어이 아니 자난고 공이 ᄃᆡ왈 의복금팀(衣服衾枕)이 다 금슈(錦繡)니 심히 샤치(奢侈)ᄒᆞ야 션ᄇᆡ의 맛당치 아니ᄼᄒᆞ 편치 못ᄒᆞ여 못 ᄌᆞ나이다 완남공이 격졀칭찬(擊節稱讚)하시고 즉시 금슈(錦繡)를 거두고 무명 금팀의복(衾枕衣服)을 드리니 이에 공이 취침(就寢)ᄒᆞ시더라

셕쳔동(石泉洞) 새로 셔당을 디어 도비(塗褙)ᄉᆞ지 ᄒᆞᆫ 후 나가 보시니 혁가릭 ᄒᆞ나히 빗구러져시니[34) 공이 ᄀᆞᆯ으ᄃᆡ 빗군 거슬 눈에 엇디 믜양 ᄃᆡᄒᆞ리오 ᄒᆞ고 즉시 다 헐고 고치니 공의 셩품이 바론 거슬 됴화ᄒᆞ셔 상시(常時)의 ᄒᆞ시는 일이 이런 일이 만터라

---

33) 이상의 흐리게 처리한 부분은 누락된 장을 구활자본과 비교하여 넣은 것이다. 중간의 ○ 표시는 구활자본에서도 활자가 하나 빠진 자리를 표시한 것이다.
34) 서까래 하나가 비뚤어졌으므로.

시 속의 벗 박은

문쟝(文章)을 대ᄒᆞ면 스싱이 되고 말이 스못 고셰ᄎᆞ고[35] 깁허 금셕
(金石)소리가 잇난듯 ᄒᆞ더니 홀연 샹시(常時) 지은 스집(私集)을 싸
히 더져[36] 닐오ᄃᆡ 우리들 홀 일이 여긔만 잇들 아니리라 ᄒᆞ더라 ᄒᆞ고
크게 혹문을 힘 ᄡᅥ 셩현의 글을 잠기이고 맛드려[37] 입으로 외오고 속
으로 프러 왕〃 이미 묘ᄒᆞᆫ 거슬 씨쳐 사ᄅᆞᆷ의 의스(意思)밧긔 나니 견
식(見識)과 의리(義理)ᄂᆞᆫ 셰샹 사람이 감히 밋지 못ᄒᆞ더라

호셔(湖西) 영보뎡(永保亭)[38]의 놀ᄉᆡ 그 풍경이 일홈난지라 공이
시(詩)를 지어 글오ᄃᆡ

> 호샹풍연대쇼츄(湖上風煙帶素秋)하니
> 소비미취좌고누(小杯微醉坐高樓)라
> 풍싱극포산광둥(風生極浦山光動)이오
> 됴퇴공졍안영뉴(潮退空洲岸影流)라
> 무슈운범교츌입(無數雲帆交出入)이오
> 일쌍청도ᄃᆡ팀부(一雙晴島對沉浮)라
> 벽간듕열딘오우(壁間仲說眞吾友)니
> 안득휴거공챠유(安得携渠共此遊)요[39]

---

35) 구활자본에는 "셰차고"라고 되어 있다.

36) 평상시에 지은 글들을 땅에 던지며.

37) 성현의 글에 침잠하고 맛 들여.

38) 영보정은 조선의 문장가 장유(張維)가 『계곡집谿谷集』 권15 「오성부원군이공행장鰲城府院
君李公行狀」에서 "영보정은 호서 지방 중에 경치가 으뜸인 곳이다(永保亭勝槪冠湖中)"라고 했을
만큼 경치가 뛰어난 곳이다. 『여지도서輿地圖書』와 『호서읍지湖西邑誌』에서 그 모습이 보인다.
오늘날의 충청도 보령 지방에 있다.

39) 『정재집定齋集』 권1 「영보정」.

개우히 풍긔 ㄱ을 비출 씌여시니

쟈근 잔의 희미이 취하여 놉흔 누 우희 안줏더라

바름이 먼 개예셔 나니 뫼히 움죽이고

됴셕쉬 뷘 물가의 믈너 나니 언덕 그림재 흐릇더라

무슈흔 구름 돗듸ᄂ 섯긔여 나가며 드러오고

일ᄬ 갠 셤은 셔로 대ᄒ여 즑기며 쁘더라

바름벽 사이예 듕열이ᄂ 내 버지니

엇지 잇그러 이 노롬을 흔 가지로 홀고

　대개 듕열(仲說)이란 사름은 읍취헌(挹翠軒) 박은(朴誾)의 자(字)
라 문장과 긔졀(氣節)이 일국(一國)의 유명(有名)하고 영보뎡(永保
亭)의 디은 글이 더욱 빗나 현판(懸板)하엿난[40] 고로 공의 시듕(詩中)
의 버지라 허ᄒ니[41] 이 엇디 우연한 일이리오 빅셰(百世)예 서로 늣
겨 그러흔가 마춤내 셔로 힝흔 일이 방불(彷佛)ᄒ니 시가 영참(靈
讖)[42]이 되엿나냐 공의 본디 잡으미[43] 이 시를 보면 가히 알니라

흉년에 이런 잔치는 아니 되옵니다

　숙묘(肅廟) 을묘(乙卯, 1675년)의 공이 싱원(生員)을 ᄒ시고[44] 뎡ᄉ
(丁巳, 1677년)의 알성장원(謁聖壯元)을 ᄒ시니 공의 시년(是年)이 이

---

40) 영보정에 대해 여러 문인들이 시를 지었는데, 그중 박은의 시가 특히 유명하였다. 『연려실
기술』『신증동국여지승람』에 그 내용이 보인다.
41) 구활자본 4쪽에는 "공의 시즁의벗 시라 허ᄒ시니"라 되어 있다.
42) 영참: 이전 어떤 때의 일이 미래에 있을 어떤 일의 징조가 되거나 빌미가 되었다는 의미.
43) 본보기로 삼았음을.
44) 숙종 1년 을묘년(1675년)에 사마시에 합격하고.

십시라 문장과 흑문이 임의 노셩(老成)호야 빗는 일홈이 크게 들니더라 셩균관뎐덕(成均館典籍)으로 예조좌랑(禮曹佐郎)의 올무시니

이 써 대왕디비뎐(大王大妃殿)의 진연(進宴)을 호랴 호오시니 공이 마옵쇼셔 쳥호오니 그 ᄉ(辭)의 대강 굴오되[45] 이제 구듕(九重)의 잔치를 베프오샤 냥뎐(兩殿)[46]의 츅슈(祝壽)를 호오시니 뎐하(殿下)의 이친지심(愛親之心)과 효양지셩(孝養之誠)은 뉘 흠양(欽仰)티 아니리잇고 그러호오나 흉년(凶年)이라 호오샤 간냑(簡略)히 호라 호시니 덕(德)과 쓰지 아연(藹然)[47]호와 갸륵호오시되 슈연(雖然)이나 봄과 녀름이 심히 가므와 보리는 근경(根耕)[48]을 못호옵고 셔리가 일죽 와 만만곡(萬萬穀)이 다 되들 못호엿스오니 튱쳥(忠清) 경샹지간(慶尚之間)의 젹지(赤地)가 편만(遍滿)호여[49] 빅셩이 보뎐(保全)티 못호야 홀 젹이 되는지라 일변(一邊) 진휼(賑恤)호고 일변 잔치호는 일이 셩인(聖人)의 하늘 두리워 호고 빅셩을 근심호는 쓰디 아니오 쏘흔 진연(進宴)이 진풍연(進豐宴)[50]과 드르오나 지믈(財物)을 허비(虛費)호고 빅셩의게 해로오미 덕지 아니호오니이다[51] 공지(孔子) 굴오샤되 지믈(財物)을 존졀(撙節)호고 법도를 삼가호야 빅셩을 평안킈호미 졔후(諸侯)의 효셩(孝誠)이라 호오니 잔치가 풍셩호고 음식이 낭쟈(狼藉)호야 즐거우믈 엇는 거슬 효셩(孝誠)이라 호면 이는 공지(孔子) 효

45) 『숙종실록』 숙종 3년(1677년) 9월 17일 기사에 박태보가 올린 상소문이 보인다. 실제 상소문에서 몇몇 단어까지 그대로 인용하여 이하 구절을 구성했다.

46) 숙종은 이때 대왕대비와 왕대비, 즉 효종비(孝宗妃) 인선왕후(仁宣王后)와 현종비(顯宗妃) 명성왕후(明聖王后)를 위한 잔치를 베풀려고 했다.

47) 애연: 왕성한 모양.

48) 근경: 봄 작물을 거둔 후 다음 작물을 심는 이모작.

49) 가물어 식물이 나지 못한 땅이 가득하여.

50) 진풍연: 진풍정(進豐呈)이 공식 명칭이다. 진연보다 규모가 크고 의식이 복잡한 궁중의 잔치를 말한다.

51) 백성에게 해로움이 적지 않습니다.

성이라 ᄒ심과 ᄃᄅ오이다 엇디ᄒ야 혼ᄌ 즐겨 시비(是非)이셔 빅셩
의 머리 알ᄂᆞᆫ 원망을 취ᄒ오리잇가52) 샹(上)이 우용(優容)53)ᄒ샤 진
연(進宴)이 ᄯᆺ과 녜문(禮文)의 마지 못ᄒ여시니 부비(浮費)ᄂᆞᆫ 당〃이
덜치고 감(減)ᄒ야 간냑(簡略)히 ᄒ리라 ᄒ시더라

유배지에서 문장의 조리를 닦아

이 ᄒ(1677년) 겨을의 시관(試官)을 글 제(題) 잘못 내다 하고54) 쇼
인(小人)의게 구함(構陷)55)ᄒ 빈 되어 션쳔(宣川)의 젹거(謫居)ᄒ시
니 젹소(謫所)의 가신 반년(半年)의 경셔(經書)를 됴셕(朝夕)으로 외
오며 일녁 사마 보시니56) 이후 샹소(上疏) 됴리(調理)이시미 녜예셔
득녁(得力)한 배 만터라57)
무오(戊午, 1678년) 하(夏)의 플녀오셔 계모 뎐부인(鄭夫人)58) 상ᄉ

---

52) 『정재집』권4 「예조좌랑론진연소禮曹佐郞論進宴疏」에는 "何爲而犯獨樂之戒, 爲不時之擧, 以招
疾首之怨哉"라고 표현되어 있다. 이중 가운데 구절을 빼고 앞뒤를 연결한 것이다.

53) 우용은 실록에 직접 그 의미를 설명하는 대목이 나온다. 『태종실록』 태종 12년 1월 16일:
상이 집의 한승안에게 일렀다. "너희가 간하는 신하를 우대하여 용납해달라 하는데, 이른바
'우용(優容)'이라는 것은 대간에서 궁중일이나 귀척대신 관련 사실을 지적하여 곧게 말하면,
말은 비록 듣지 않더라도 죄를 묻지 않는 것을 말한다. 어찌 남의 죄를 무고하여 청하는 것에
대해서까지 참고 죄 묻지 않는 것을 말하는 것이겠는가(上謂執義韓承顔曰: "爾等請優容, 諫臣所
謂優容者, 凡臺諫若以宮中之事與貴戚大臣之事, 斥其實而直言, 則言雖不聽, 勿罪之謂也. 豈以誣請人罪,
而含忍不罪之謂乎")."

54) 박태보는 숙종 3년인 1677년 10월 5일에 증광별시(增廣別試) 시관(試官)이 되어, 『춘추좌
씨전』 「양공襄公」 23년조에 나오는 "美疢不如惡石", 즉 "좋은 병이라도 나쁜 약침만 못하다"는
구절을 시제로 내었는데, 이것이 문제가 되어 유배되었다. 박태보전 깊이 읽기 4 '시험 문제
잘못 냈다고 유배되다'를 참고하라.

55) 구함: 모함에 걸리고 빠져들다.

56) 『정재후집定齋後集』 권3 「시장諡狀」에 의하면 이 부분은 "日有程課"라 되어 있다.

57) 상소에 조리가 있음은 여기에서 힘을 얻은 바가 많더라.

58) 계모 뎐부인: 친아버지 박세당의 둘째 부인인 광주 정씨.

(喪事)를 만나 탈상(脫喪)ᄒ고 즉시 통문관(通文館) 슈찬(修撰)을 ᄒ
이니59) 이 ᄣᅥ 공의 년(年)이 이십칠셰러라

 무양 국가의 일이 이시면 모든 혹ᄉᆡ(學士) 감히 압셔들 못ᄒ고 공
의게 사양ᄒ니 공이 부슬 셜치고 입의셔 ᄡᅥ러지면 글이 되어 시비(是
非) 명빅(明白)ᄒ야 편논(偏論)의 ᄆᆡ이지 아니코 남의 훼방의 움죽이
지 아니ᄒ니 모든 혹ᄉᆡ(學士) 공경ᄒ고 두려워ᄒ더라

경신환국 ᄢᅢ의 강개ᄒᆫ 소년 대관

 공이 더브러 노ᄂᆫ 배 일ᄃᆡ(一代) 문흑(文學)이 잇ᄂᆫ 명ᄉᆞ(名士) 두
셔 사람이러라60)

 경신(庚申)의 환국(換局)61)ᄒᆯ 적 일편신하(一便臣下)62)를 다 업시하
시고 녯 신하63)를 ᄑᆡ초(牌招)ᄒ시니 분〃(紛紛)이 입궐(入闕)ᄒᆯᄉᆡ ᄒᆫ
사롬이 여어ᄇᆞ니64) 이윽고 ᄒᆫ 사롬이 오니 풍신(風神)이 호탕ᄒ고 동
지(動止) 언건(偃蹇)하야 희미히 ᄎᆔ(醉)ᄒᆫᄃᆞᆺ ᄒ니 오셔파(西坡 吳道
一)요 ᄯᅩ ᄒᆫ 사롬이 오니 의용(儀容)이 소담(疏淡)ᄒ며 아졍(雅正)ᄒ
고 긔품(氣品)이 됴용ᄒ여 눈셥 ᄭᅳᆺᄐᆡ 산야ᄐᆡ(山野態)가 이스니 이ᄂᆫ
님창계(滄溪 林泳)요 최후의 ᄒᆫ 쇼년 ᄃᆡ각(臺官)이 얼굴의 쳘ᄉᆡᆨ(鐵色)

---

59) 내리시니.
60) 『정재후집』권3 「행장行狀」에 의하면 그가 교유한 대표적인 사람은 조지겸(趙持謙)과 임영
(林泳)이다.
61) 경신대출척을 말한다. 숙종 6년인 1680년에 남인의 영수인 영의정 허적(許積)이 허락 없
이 궁중의 천막을 가져간 사건이 계기가 되어, 숙종의 노여움을 산 남인이 서인에 의해 축출
된 사건이다.
62) 한 무리의 신하. 즉 기존에 권력을 잡고 있던 남인들.
63) 남인에 의해 밀려났다가 다시 권력을 잡은 서인들. 박태보는 서인에 속한 인물이다.
64) 엿보니. 구활자본에는 "여헛볼ᄉᆡ"라고 되어 있다.

을 씌이고 정신(精神)이 샌르고 영민(英邁)ᄒ며 긔샹이 초딕(峭直)ᄒ며 날닉여 글시도 ᄂᄂ듯 ᄒ고 소릭ᄂ 금셕(金石)을 씌칠듯 ᄒ니 익정(掖庭)65) 소속과 셔리배(胥吏輩) 겁을 닉여 감히 우러〃 보지 못ᄒ니 이 사ᄅᆷ은 공이라 ᄒ더라66)

공의 셩품이 강개(慷慨)ᄒ고 큰졀(節)을 됴화ᄒ야 ᄆᆞ음을 ᄒ번 뎡(定)ᄒ면 요개(搖改)를 아니ᄒ고 녯젹 직간(直諫)ᄒ 신하ᄅᆞᆯ ᄉᆞ모(思慕)ᄒ여 강ᄒᆫ 거슬 썻고 모딘 거슬 막들들 못ᄒ고 시졀(時節)의 휘(諱)ᄒᄂ 일과 권셰(權勢) 잇난 ᄃᆡᄅᆞᆯ 도라 보지 아니ᄒ고67) 뎐식(正色)ᄒ야 됴뎡(朝廷)의 셔〃일을 당ᄒ면 말을 다 ᄒ고 경셔(經書)ᄅᆞᆯ 잇그러68) 의리(義理)ᄅᆞᆯ 웅거(雄據)ᄒ야 나라히69) 잘못 ᄒᆞᆫ 일을 깁고 쌔딘 일70)을 주어 ᄆᆞ양71) 경연(經筵)의 뫼셔 글을 닑을 님시(臨時)의 ᄌᆞ로 안식(顏色)을 거스리니 세상 사람이 놉히 넉이디 ᄯᅩᄒᆫ 시졀(時節)의 용납(容納)지 못ᄒ야 파산(罷散)72)의 이실 ᄯᅢ 만터라

옥당(玉堂)으로셔 노모(老母)로 걸군상소(乞郡上疏)73)하오니 상이 니ᄅᆞ시되 사졍은 비록 ᄀᆞᆫ졀(懇切)ᄒ나 이 ᄯᅢ 사ᄅᆷ이 업스니 경악지신(經幄之臣)74)은 외임(外任)을 가 보야이 못ᄒ리라75) ᄒ오시고 특별이 의ᄌᆞ식물(衣資食物)ᄒ시니 공이 표(表) 올녀 사은(謝恩)ᄒ시다

---

65) 액정서는 왕명을 전달하거나 궁궐을 관리하는 등의 일을 하던 관아이다.
66) 이 사람은 정재공 박태보라 하더라.
67) 모진 것을 마구 들지 못하고, 당시에 꺼리는 일과 권세 있는 곳을 돌아보지 않고.
68) 경서를 끌어다.
69) 임금께서.
70) 빠진 일.
71) 매양. 늘.
72) 파산: 실무에서 물러나 이름뿐인 품계만 갖게 되던 일 또는 그런 사람.
73) 걸군상소: 나이 드신 어머니 봉양을 위해 고향의 수령 자리를 청함.
74) 경악지신: 경연에 참여하는 신하.
75) 지방 수령 임무를 받지 못한다.

왜 가서 곡하지 않으십니까

　이적의[76] 인경왕후(仁敬王后)[77] 두환(痘患)[78]의 승하(昇遐)ᄒ오시
니 상이 두역(痘疫)을 못 디니오신 연고로 냥궁(兩宮)의 의장(儀章)
을 눈화[79] 오삭(五朔)만의 인산(因山)을 ᄒ오시ᄃᆡ 나라희셔 빈뎐(殯
殿)의 님곡(臨哭)을 아니ᄒ오시니 됴신(朝臣)이 빈뎐 츌입ᄒ면 감히
대됴(大造)압희난[80] 가들 못ᄒ니 발인(發靷)의 빅관(百官)이 의뎡부
(議政府)의셔 우허 보ᄂᆡᄀᆡ[81] ᄒ시니 공이 상소ᄒ야 의논ᄒ니 글ᄋ
ᄃᆡ[82] 뎐해(殿下) 초상(初喪)의 님(臨)ᄒ으셔 곡(哭)을 아니 ᄒ오시고
이제 발인이 당ᄒ야시되 ᄒᆞᆫ번 닙곡(入哭)을 의논치 아니ᄒ오시니 뎐
해(殿下) 종ᄉ(宗嗣)를 도라ᄇᆞ오셔 셩궁(聖躬)[83]을 보호ᄒ오셔 구〃
ᄒᆞᆫ 녜문(禮文)을 도라보지 아니ᄒ오시ᄂᆞᆫ 뜨즐 아오나 슈연(雖然) 텬
시(天時)가 삼월이 되오면 변ᄒᆞᄂᆞᆫ디라 대개 녀녁(癘疫)이 팀음(浸淫)
ᄒ야 도니어 알틀 아니면[84] 석둘이 디나면 그 긔운이 업셔 디오니[85]
이제 석둘이 디나시되 오히려 구긔(拘忌)를 두오시니 신의 쓰든 과
(過)ᄒ여이나 됴뎡(朝廷)이란 거슨 녜법(禮法)의 근본이라 만민(萬
民)이 우러〃 본밧노니 이제 뎐해(殿下) 아니 구긔(拘忌)하오실 일을

---

76) 이때에.

77) 인경왕후: 숙종의 왕비. 숙종이 세자가 될 때 함께 세자빈에 책봉되었다가 1674년 숙종이 즉위할 때 왕비가 되었다. 하지만 이후 일찍 죽었다.

78) 두환: 천연두. 홍역 또는 두역(痘疫)이라고도 한다.

79) 나누어.

80) 대조전 앞에는. 대조전은 왕비의 거처.

81) 곡하고 보내게.

82) 관련 내용이 『숙종실록』 숙종 7년(1681년) 2월 19일 기사에 나온다.

83) 성궁: 임금의 몸.

84) 병이 도져 앓지 않으면.

85) 석 달이 지나면 그 기운이 없어지니.

구긔ᄒ야 폐(廢)치 못ᄒ오실 녜(禮)를 폐ᄒ오시니 이ᄂᆞᆫ 만민의 본 바
들 배 아니로ᄉᆞᆫ이다 원컨딕 즉시 닙곡(入哭)ᄒ오실 녜를 힝ᄒ우시고
ᄯᅩ 빅관 명ᄒ샤 교외예 곡송(哭送)ᄒ야 구긔(拘忌)를 파ᄒ시고 졍
(情)과 녜(禮)를 펴옵쇼셔

상이 우용(優容)ᄒ샤 비답왈(批答曰) 이번 상ᄉᆞ(喪事)의 구긔ᄒ난
일노 초상(初喪)브터 발인(發靷)의 이르도록 죵내 친히 가 우들 못ᄒ
니 슬프고 셜우믈 엇디 다 이르리오 훗날 졀일(節日)의나 혼뎐(魂殿)
의 셜움을 쑴으려 하노라 빈뎐(殯殿)의 닙곡(入哭)ᄒᄂᆞᆫ 일이 올흐나
일이 이젼과 ᄃᆞ라미 이셔 거힝(擧行)ᄒ기 어려울 ᄃᆞᆺ ᄒ고 교외(郊外)
예 빅관(百官) 보ᄂᆡ여 곡송(哭送)은 품쳐(稟處)ᄒ라 ᄒ시나 좃든 아
니시나 시졀(時節) 공논(公論)이 올히 녁이더라[86]

형벌과 조사는 아랫사람부터 해야지 대신부터 합니까

이젼 오시슈(吳始壽) ᄉᆞ신(使臣) 가실 젹 우리나라 신하 강한 말(爾
國臣強) 뎐(傳)한 죄로 가도아 죽게 되니[87] 공이 상소ᄒ딕 맛당이 역
관(譯官)을 져(罪)주어 승복 바드미 올커늘 이제 형벌이 도릅더[88] 대
신(大臣) ᄃᆡ낸 사롬의게 몬져 베프면 ᄉᆞ쳬(事體) 엇더ᄒ니잇고 ᄒ야
알외니 일노쎠 나라 쓰들 거스리고 신하의 ᄭᅮ지람을 드르시딕 조금

---

86) 당시 사람들의 의견으로는 박태보의 의견을 옳게 여기더라.

87) 숙종 초년에 원접사(遠接使)로서 중국 사신을 맞이하고 돌아온 오시수가, 중국의 통관(通
官) 장효례(張孝禮)가 "네 나라의 신하가 강해 선왕이 제압당했다(爾國臣強)"는 말을 했다고 전
했다. 이것이 문제가 되어 결국 숙종 7년(1681년) 6월 12일에 오시수는 죽음을 맞게 된다. 오
시수의 발언은 '신하가 강하다(臣強)'는 말에 주목하여 '신강지설(臣強之說)'로 불리기도 한다.

88) 글자가 명확지 않다. 구활자본에는 "도루혀"로 적혀 있다.

도 뉘웃디 아니시더라[89)]

문묘 배향 인물을 함부로 바꾸면 안 됩니다

이 히예 청성부원군(淸城府院君) 김셕쥬(金錫胄) 공즈(孔子) 수당(祠堂)의 비힝(陪行)흔 사룸을 내치고 올니랴 의논ᄒ니[90)] 졔(諸) 대신의 쓰지 합ᄒᆞ야 예가 임의 일고[91)] 니단히(李端夏) 니조판셔(吏曹判書)룰 ᄒ니 모도 논박ᄒ니[92)] 대개 굴오되[93)]

신이 청성부원군 ᄎᆞᄌᆞ(箚子)와 졔(諸) 대신의 의논을 업드여 보오니 신당(申黨)과 공빅뇨(公伯寮)와 슌황(荀況) 등 구인(九人)을 다 공즈(孔子) 묘뎡(廟庭)의 ᄂᆡ라[94)] ᄒ신 하교(下敎)이시니 신은 처엄은 깃거ᄒᆞ옵고 나죵은 근심ᄒ노니

깃거ᄒᆞ오믄 나라히 처음으로 흑교(學校)를 새로 ᄒᆞ우시ᄂᆞᆫ 졍ᄉᆞ를

---

89) 『숙종실록』 숙종 7년 6월 6일 기사에 의하면, 오시수의 추국과 관련하여 박태보가 처음에는 역관과 함께 추국해야 한다고 했다가 나중에는 역관을 먼저 추국해야 한다고 함으로써 시비를 흐렸다는 이유로 이때 직을 잃었다.

90) 『숙종실록』 숙종 7년 11월 9일 기사에 이조판서 김석주가 올린 차자(箚子)가 기록되어 있다. 거기에서 김석주는, 문묘에 제향하고 있는 인물 중에서 적당하지 않은 인물들을 내리고 빠진 인물을 넣어야 한다면서 순황, 양웅 등 여러 사람을 일일이 들어 그 잘잘못을 말했다. 이에 대해 숙종이 그 필요성을 인정하고 다른 대신들도 각기 공감하며 의견을 말하였다.

91) 대신들의 뜻이 모여 이야기가 이미 일어나고.

92) 박태보가 문묘의 인물을 넣고 빼는 문제와 이단하를 이조판서에 임명한 문제 두 가지를 모두 논박하니.

93) 『숙종실록』 숙종 7년 12월 20일 기사에 상소의 내용이 나와 있다. 임금이 젊은 혈기로 아직 충분히 논의되지 않았거나 자료가 부족한 이들을 문묘에서 빼려고 함을 지적한 것, 이단하는 잘못을 하고도 그것들을 가리려고 한 사실이 여럿 있는 사람이니 이조판서에 적합하지 않다고 지적한 것이 그 내용이다. 숙종은 이 상소를 받아들이지 않았고 오히려 화를 내면서 박태보를 꾸짖으며 직을 빼앗았다. 이후 여러 신하가 소를 올려 벌함을 막았으며, 결국 박태보의 상소로 인해 이단하는 며칠 뒤인 12월 26일에 면직되었다.

94) 사당에서 내리라.

깃거ᄒ옵고 나라 처분 이래 단호오시믈 깃거ᄒ오되[95)]

슈연(雖然)이나 다시 근심홀 거슨 쏘흔 말ᄉ음이 잇ᄉ오니 대개 셩묘 종향(聖廟從享)ᄒ는 법이 당(唐)나라부터 나라마다 더ᄒ오나 인믈의 허믈이 잇고 ᄉ체(事體)예 구간(苟簡)한[96)] 일이 만흐니 후셰예 셩인 군ᄌ 나면 녜(禮)를 의논ᄒ려니와 만일 사름이 아니면 망영(妄靈)되 이 의논ᄒ고 범남(氾濫)이 내면 도로혀 녜 디로 두노니만 못ᄒ여이다 대명(大明)적 송념(宋濂)[97)]과 뎡민졍(程敏政)[98)]이 의논ᄒ여 츌쳑(黜陟)ᄒ되 그른 일이 만코 댱부경(張孚敬)[99)]이 망영되이 힝ᄒ여 방ᄌ ᄒ 여 ᄲ리는 일이 업ᄉ니[100)] 본디 니를 거시 업노니이다 이제 의논하는 사름이 일홈을 대명(大明)을 조ᄎ나 기실(其實)은 대명법을 고치니 이젼 사름 잘못 ᄒ는 일은 의논키 쉽고 제 몸의 잘못흔 줄은 모ᄅ니 이는 텬하(天下) 사름 병통이니이다 이제 시졀의 셩인군ᄌ를 엇디 못 ᄒ고 초〃(草草)흔 식견으로 녁대(歷代)와 녯법을 가보야이[101)] 고치 니 이는 깁히 싱각디 못홀 이라다

그러나 신의 근심ᄒ옵는 바는 이 일의 잘못ᄒ고 못흔[102)] 밧긔 이시

---

95) 임금의 처분이 이렇게 단호하심을 기뻐하되.

96) 일의 형편이 구차하고 간략한.

97) 송염: 명나라 태조 때의 학자이자 정치가로, 문묘 배향 인물의 적합성을 따져야 한다는 논의를 처음 일으켰다.

98) 정민정: 명나라 초기의 성리학자로, 문묘 배향 인물의 적합성을 따져야 한다는 송염의 논의에 공감하여 그렇게 해야 한다는 상소를 올렸다.

99) 장부경: 명나라 세종 때의 태학사로, 당시 문묘 배향 인물의 적합성 여부를 판단하는 일을 했다.

100) 명나라 시절에 송염이 처음으로 말을 내어서 문묘에 배향된 몇몇 인물에 대해 논하면서 그들을 빼야 한다는 논의를 시작했고, 정민정이 상소를 올림으로써 이 일이 더욱 구체화되었다. 당시 명나라 태학사 장부경이 그릇된 것을 바로잡아야 한다면서 여러 이야기들을 낸 바 있다. 이 사정은 『숙종실록』 숙종 7년 11월 9일 기사에 실린 김석주의 글에 그대로 나와 있다.

101) 가볍게. 쉽게.

102) 문맥상 '잘못하고 잘한'이라는 의미인데 원문 기록자가 잘못 쓴 듯하다. 구활자본에는 "잘못하고 잘한"이라고 되어 있다.

니 복유(伏惟) 셩샹(聖上)은 츈취(春秋) 졍셩(鼎盛)ᄒᆞᄉᆞ[103] 혹문 공뷔(學問工夫) 채 튱실(充實)치 못ᄒᆞ시고 혈긔(血氣)예 일이 다 업시ᄅᆞᆯ 못ᄒᆞ샤 일 쉬온 것만 보시고 혹 어려온 거ᄉᆞᆯ 보시ᄃᆞᆯ 못ᄒᆞ시고 일의 머리만 싱각고 ᄭᅳᆺᄎᆞᆯ 혹 싱각지 못ᄒᆞ샤 사체 경듕(輕重)을 미처 슬피ᄃᆞᆯ 아니ᄒᆞ오시고 ᄒᆡᆼᄒᆞ시기ᄅᆞᆯ ᄯᅩ 과(過)ᄒᆞ고 급(急)ᄒᆞ오시니 신의 망영(妄靈)된 속견(俗見)의ᄂᆞᆫ 이 병통을 버리지 아니ᄒᆞ오시면 반ᄃᆞ시 졍ᄉᆞ(政事)의 방해롭ᄉᆞᆸ고 일의 해로오미 만ᄉᆞ오니 젹은 근심이 아니〃이다 이제 신하들이 견식(見識)이 업ᄉᆞ오니 뎐하(殿下)ᄅᆞᆯ 돕ᄉᆞ와 겸손ᄒᆞᄂᆞᆫ 덕을 놉히고 삼가ᄂᆞᆫ 도리ᄅᆞᆯ 딕히여 나라 편벽(偏僻)ᄒᆞ시ᄂᆞᆫ 거ᄉᆞᆯ 도아[104] 바르게 홀 도리ᄅᆞᆯ 싱각지 아니ᄒᆞ고 졸연(猝然)이 뎐하(殿下)ᄅᆞᆯ 도아 션유(先儒)ᄅᆞᆯ ᄭᅳ어내고 듕(重)한 법을 믄희치니[105] 뎐하(殿下) ᄯᅩ한 부술 ᄭᅳ어ᄂᆡ오셔[106] 죠곰도 지란(持難)을 아니시니 거죄소리(擧措率爾)ᄒᆞ고[107] ᄃᆞᆺ나니[108] 의심ᄒᆞ니 이 폐(弊)ᄅᆞᆯ 미뤄여 가면 져컨듸 ᄒᆞᆫ 일만 잘못ᄒᆞ실 ᄲᅮᆫ 아니리니 신은 실노 두려ᄒᆞᄂᆞ이다 일이 실노 본말(本末)이 잇고 완급(緩急)이 니시니 이제 사름 가ᄅᆞ치ᄂᆞᆫ 도리가 폐ᄒᆞ고 션비 풍습이 게얼너 집의셔ᄂᆞᆫ 효셩(孝誠)스럽고 공경(恭敬)ᄒᆞᆫ ᄒᆡᆼ실(行實)이 업고 공부ᄒᆞ기ᄂᆞᆫ 졍셩스러워 바른 혹문이 업셔 다만 글지 ᄡᅳ기만 일삼아 녹(祿)을 구ᄒᆞ고 의논은 빗구로ᄒᆞ야 벗을 모도아[109] 편논(偏論)만 슝샹ᄒᆞ니 인직(人材)가 쇠폐(衰廢)ᄒᆞ야

---

103) 나이가 한창이라서 혈기가 매우 왕성하여.

104) 임금께서 한쪽으로 치우치는 것을 도와.

105) 『정재후집』 권3 「시장」에 의하면 이 부분은 "절훼중전(折毁重典)"이다.

106) 전하 또한 붓을 꺼내오셔서.

107) 어렵게 여기지 않고 행동거지를 갑작스럽게 하시니.

108) 듣는 사람들이.

109) '비꾸로 하다'는 '옆으로 누이다'라는 뜻이니 '비뚤게 하다'로 번역한다. '벗을 모도아'는 '벗을 모아서', 즉 '무리를 만들어'라는 뜻이다. 『정재후집』 권3 「시장」에 의하면 이 부분은 "횡의이취우-(橫議而聚友)"이다.

풍쇽(風俗)이 문허저시니 뎐하(殿下) 만일 흑문(學問)을 브즈러니 ᄒ
시고 녜를 닐워여[110] 이 폐(弊)를 크게 변ᄒ랴 ᄒ시면 큰 션빅를 마자
셩균관 칙임(責任)을 맛지시고 쥰슈(俊秀)ᄒᆫ 션빅를 ᄀᄅ쳐 흑문법
(學問法)을 붉히는 딕 잇습고 션딕(先代)의 아름다온 졍ᄉ(政事)와 션
유(先儒)의 올혼 말슴을 가히 드러 쓰실 거시니이다. 시전(詩傳)의 글
오딕 졔〃(濟濟)흔 만은 션빅여 문왕이 뼈 평안ᄒ다(濟濟多士文王以
寧)[111] ᄒ니 이런 근본이며 이런 급흔 일이연마ᄂ 이제 이거슬 의논
치 아니ᄒ고 다만 죵향(從享)ᄒᄂ 녜(禮)에 ᄌ셔코져 ᄒ오니 비록 낫
〃치 니뎡(釐正)홀지라도 불과틱평부문(不過太平偽文)[112]이오 유림
(儒林)의 구경 ᄲᆞᆫ이라 이리흔 본(本)으로 인심이 졸연(猝然)이 착(着)
지 못ᄒ오니 가졍(嘉靖) 쩍의 크게 이졍(釐正)ᄒ여시나 됴뎡(朝廷)이
문난(紊亂)ᄒ고 민싱(民生)이 교쳬(交替)ᄒ여[113] 황명(皇明) 화근(禍
根)이 일노뼈 가졍(嘉靖)의 비로서시니[114] 효험 업ᄉ미 분명ᄒ니이다
ᄒ믈며 요ᄉ이ᄂ ᄉ의(私意)도 이긔여[115] 긔강(紀綱)이 서지 못ᄒ고
졍녕(政令)은 상(常) 업셔 졀용(節用)을 못ᄒ며 ᄲ힌 곡식이 업고 빅
셩은 죽어가딕 은혜 나리지 아니ᄒ고 무셥고 놀나온 직변(災變)은 들
노 나고 날노 나ᄂ딕 군신샹해(君臣上下)가 부문(偽文)만 일삼ᄉ오니

110) 학문을 부지런히 하고 예를 일으켜.
111) 『시경詩經』「대아편大雅篇」 중 '문왕(文王)'에 나오는 구절 "世之不顯厥猶翼翼, 思皇多士生
此王國, 王國克生維周之楨, 濟濟多士文王以寧"에서 인용한 것이다. 이 노래는 주나라 문왕의 덕을
찬양하는 내용이며, 여기에 인용한 구절은 그중 뒷부분 "훌륭한 선비들이여 문왕이 그래서 평
안하리라"라고 한 대목이다.
112) 부문(偽文)이란 문식(文飾)을 본뜬다는 뜻이다. 곧 근본을 이루지는 못하고 겉모습이나
꾸민다는 의미이다. 『정재집』 권5에 실린 상소문에는 "不過太平彌文"이라고 썼는데, 의미는 똑
같다.
113) 구활자본 12쪽에는 "민싱교혜"라고 되어 있다. 현재로서는 어느 것이 맞는지 정확지 않
다.
114) 명나라의 화근이 가정 연간에서 비롯되니.
115) 사사로운 뜻이 횡행하여.

국가의 화(禍)를 구ᄒ난 배니 후셰(後世)예 우음이 되리이다.[116] 복원(伏願) 성샹(聖上)은 녯법을 듕히 넉이오시고 새 명녕(命令)을 것ᄎ와[117] 근본과 급흔 거슬 슬피쇼셔

니조판셔(吏曹判書) 니단하(李端夏)ᄂ 갑인년(甲寅年, 숙종 즉위년인 1674년)의 션왕ᄒᆡᆼ장(先王行狀)을 디어드릴 적 텬위(天威)[118] 진쳡(震疊)[119]ᄒ시니 황겁(惶怯) 실조(失措)ᄒ여 불긴(不緊)한 말솜을 ᄒᆡᆼ장(行狀)의 더 쓰으니 쳐ᄉᆞ(處事)가 뎐도(顚倒)ᄒ고 쓰지 미련ᄒ여 지금 공의(公議)가 ᄭᅮ짓숩고 져즈음 그 가례(嘉禮) 후 여양부원군(驪陽府院君) 민유듕(閔維重)으로 ᄒ여곰 병조판셔(兵曹判書)를 인임(仍任)[120]ᄒ시니 이ᄂ 열조(列朝)의 듕(重)혼 법을 파(破)ᄒᆞ오셔 외쳑(外戚)의 간졍(干政)ᄒᄂ 폐(弊)를 여옵시니 대신삼ᄉᆞ(大臣三司) 날노 다 토옵ᄂᄃᆡ 니단해(李端夏) 대ᄉᆞ헌(大司憲)으로셔 구홀 줄은 모ᄅᆞ고 이에 상소ᄒᆞ여 혼 말을 〃[121]비판ᄒ되 이 벼슬은 나라 법의 업난 거시니 국귀(國舅) 겸ᄒᄆᆡ 올타[122] ᄒ니 이거슨 반ᄃ시 사름의 이목(耳目)을 덥고 상하(上下)의 아당(阿黨)ᄒᄂ 쓰디라 쳥ᄉᆞ(處事)[123]와 언논(言論)이 이러툿 ᄒ되 도로혀 대ᄎᆼ직(大冢宰)로 승낙ᄒ오시되 금일 대간(臺諫)이 혼 말을 못ᄒ오니 뎐하(殿下)의 이목지관(耳目之官)이

116) 나라의 화를 불러들이는 바이니 후세에 웃음거리가 될 것입니다.

117) 명령을 거두어서.

118) 천위: 임금의 권위. 여기서는 임금의 노함을 뜻한다.

119) 진첩: 높은 사람이 화를 계속 내며 그치지 않는 것.

120) 인임: 임기가 다 된 관료를 그 자리에 남겨두는 것.

121) 원문에 "〃"로 표시되어 있으나 의미상 불필요한 말이다.

122) 숙종이 인현왕후의 아버지 민유중을 병조판서로 삼았는데, 이에 대해 대간의 간쟁도 없고 민유중의 반대도 없었던 것을 박태보가 문제삼고 있다. 『숙종실록』 숙종 7년 12월 20일 기사에 실렸다.

123) 원문에는 분명 '청사'라고 되어 있으나 의미상 '처사'이다. 박태보의 문집에 실린 상소 원문에도 '처사'로 되어 있다. 구활자본에는 이 대목에서 '정사'라고 썼다. 둘 사이에 의미 차이는 있으나 문맥상 어느 쪽도 어색하지 않다.

되어 귀 먹고 눈 어둡기 이러툿 ᄒ오니 엇디 한심티 아니리잇고 상이
대로ᄒ샤 비망긔(備忘記) 느리오샤 파딕블셔(罷職不敍)[124)]ᄒ시니 정
원(政院)[125)]과 삼시(三司) ᄃ토아 구ᄒ고 노봉 민상국(老峯 閔相國)[126)]
은 민유듕(閔維重)의 형이로ᄃ 구ᄒ더라. 그러ᄒ나 이 상소(上疏) 후
(後)ᄂ 우흐로 상의(上意)를 덧니고 아릭로 모든 대신이 노희여 ᄒ니
삼스(三司) 망(望)의 낙졈(落點) 아니시미[127)] 무수(無數)ᄒ더라

사가독서 하고 이천현감도 되다

임슐(壬戌, 숙종 8년인 1682년)의 독셔당(讀書堂)의 쌘이니[128)] 이ᄂ
당셰(當世)예 극망(極望)이라[129)] 공과 됴지겸(趙持謙)과 임영(林泳)과
오도일(吳道一) 셔종태(徐宗泰)[130)] 니어(李畲)로 쌘니[131)] 나라희셔 글
지어 드리라 명ᄒ시니 녹피(鹿皮) 스송(賜送)ᄒ시고 션온(宣醞)ᄒ샤
은잔을 주시니 공 등이 표(表) 올녀 사은(謝恩)ᄒ오니 일셰(一世) 영

---

124) 파직불서: 파직하고 다시 등용하지 못하게 하다.

125) 정원: 승정원.

126) 민정중(閔鼎重)을 말한다. 민정중은 숙종 8년(1682년) 1월 7일 주강(晝講) 자리에서 박태
보에게 죄를 묻지 말아야 한다고 했다.

127) 어떤 자리의 임명을 위한 후보자 명단, 즉 망(望)에 적힌 이름에 점을 찍어야 뽑히는데
그렇게 되지 않았다는 뜻이다. 실제로 『숙종실록』 숙종 8년 9월 2일 기사에 "참찬관 조지겸
이 이단하와 박태보의 문장과 학문을 크게 칭찬하면서 모두 선발 임용할 것을 청하였으니,
이는 대개 박태보가 이단하를 논핵한 뒤로부터 오랫동안 벼슬을 주는 데 인색하였기 때문이
었다(參贊官趙持謙盛稱李端夏, 朴泰輔文學, 請竝加甄用, 蓋泰輔自論端夏, 久靳恩點故也)"라는 기사가
있다.

128) 사가독서로 뽑히니. 사가독서란 임금이 뛰어난 인재들을 뽑아 휴가를 주어 독서에 전념
하게 한 제도를 말한다. 독서하는 장소 이름을 따라 독서당(讀書堂) 제도, 혹은 호당(湖堂) 제
도라고 부르기도 한다.

129) 사람들이 매우 바라던 일이다.

130) 『숙종실록』 숙종 8년 5월 2일 기사에 이 인물들이 독서당에 뽑혔다는 내용이 나온다.

131) 뽑으니.

화로이 녁이더라

　이 히 동(冬)의 이쳔현감(伊川縣監)132)을 ᄒ니 오년이 되도록 브르지 아니ᄒ시더라 공이 도임(到任) 후 즉시 상소ᄒ여 읍폐(邑弊)와 민막(民瘼)을 변통ᄒ여 낫〃치 득쳥(得聽)ᄒ여 졍녕(政令)과 문셔(文書)를 됴리(條理) 있게 ᄒ며 쥬야(晝夜) 부즈런이 ᄒ야 ᄒ 번 폐단도 업시 ᄒ며 글 닑어 션븨를 가ᄅ치니 이쳔 빅셩이 지금의 칭송ᄒ더라

풍수지리나 믿고 왕릉을 옮기다니요

　병인(丙寅) 츈(春)의 스장(辭狀)ᄒ여 글고 다시 옥당(玉堂)ᄒ여133) 니조좌랑(吏曹佐郎) 븍평스(北評事)134) 젼나도(全羅道) 어스(御使) 디내고 응교(應敎)도 든 후 이 씌 장능(長陵)135) 쳔장(遷葬)ᄒ올 의논이 낫ᄂ지라136) 공이 글을 올녀 글ᄋ듸 지슐화복지셜(地術禍福之說)137)이란 거ᄉ 무당의 말과 ᄀᆺ튼지라 이제 잡슐(雜術)의 말노뻐 반빅년지후

<hr>

132)『숙종실록』에는 박태보를 이천현감으로 임명하는 기사가 명확히 나와 있지는 않다. 다만 숙종 8년 12월 27일 기사에, 유득일의 상소에서 왕이 간쟁하는 말을 받아들이지 않는다는 지적과 함께 "박태보는 이단하의 일로 인하여 크게 전하의 노여움을 사서, 해가 넘도록 배척을 받다가 외진 시골 고을의 수령(守令)으로 좌천되었으며"라고 말하는 대목이 있는 것으로 저간의 사정을 알 수 있을 뿐이다.

133) 옥당은 홍문관을 말하기도 하고, 홍문관의 부제학, 교리(校理), 부교리, 수찬(修撰), 부수찬을 일컫기도 한다. 숙종은 박태보를 불러들이기를 권하는 여러 신하들의 말을 거절하다가, 숙종 12년(1686년) 10월 29일에야 박태보를 부수찬으로 임명하였다.

134) 북평사: 정6품의 무관 벼슬로, 함경도 병마절도사의 보좌관이다.

135) 장릉: 인조의 능.

136) 숙종 12년 12월 7일에 홍산(鴻山)의 유학(幼學) 방숙제(方叔齊)가 장릉을 천장해야 한다는 내용의 소를 올렸다. 재난이 자주 일어나는 것이 파주에 있는 장릉의 터가 풍수지리상 좋지 않기 때문이라는 주장이었다. 이에 대해 허망하다는 설과 살펴야 한다는 설이 동시에 일었다.

137) 지술화복지설: 풍수지리설.

(半百年之後)의 의관지장(衣冠之藏)을 가보야이[138) 의논흐오니 수십 인 듕(中)의 올타 흐나 니는 반이 남고[139) 올치 아니타 하는 니는 감히 분명흔 말을 못흐더니 공의 말이 통쾌흐나 샹(上)이 망상(妄率)타[140) 슈종흐오시더라

파주목사 시절

파쥐목스(坡州牧使) 나가시니 치민(治民)흐기를 이쳔(伊川)과 ᄀᆞᆮ치 흐되 더옥 브즈런흐고 닉으니 일도(一道)의 읏듬이라 일큿더라

파쥐 관스(官舍) 업스니 월음을 버혀내여[141) 풍낙헌(風樂軒)을 짓다

겨을의 장빙(藏氷)홀 적 공이 ᄀᆞ로오듸 어름 짜흘 집이 몃 간(間) 지으라 흐고 몃 간의 어름 몃 당(糖)식 들니라 흐시더니 나죵 혀여 보니 과연 올터라

모든 것에 뛰어난 인재

대개 공의 텬품(天稟)이 이상(異常)흐야 지조 놉고 니(理)에 붉아 대쇼ᄉᆞ(大小事)의 어려우며 쉬온 것 업시 반드시 다 안 연후에 그치시더라 필법(筆法)도 모질고 단〃흐여 방정(方正)흐고 골육(骨肉)이

---

138) 가벼이.
139) 옳다 하는 사람은 반이 넘고.
140) 망솔하다: 앞뒤 헤아리지 못하고 경솔하다.
141) 떼어내어.

상칭(相稱)ᄒ야[142] 셰상의 유명ᄒ고 슈법(手法)도 묘(妙)ᄒ고 뎡(精)ᄒ여 츄호(秋毫)도 그릇ᄒ미 업서 그릇 속의 곡식과 나모 우히 실과(實果)는 몃 낫치라 ᄒ여 혜여 보면[143] 낫〃치 어긔는 일이 업더라

ᄯᅩ 의약(醫藥)과 졈셔(占筮)와 텬문(天文)도 모를 거시 업고 텬하(天下) 고을과 나라 지형(地形) 원근(遠近)과 인민다소(人民多少)를 다 녁낙[144]ᄒ고 더옥 쥬역(周易) 공븨 이셔 ᄆᆞ양 강연(講筵)의 드러 깁흔 ᄯᅳᆺ과 묘(妙)ᄒᆫ 니(理)를 분명이 말ᄉᆞᆷᄒ면 모든 ᄌᆡ상명ᄉᆞ(宰相名士)와 늘근 션븨 아모 말도 못ᄒ더라

율곡과 우졔를 문묘에서 내치지 마옵소서

긔ᄉᆞ(己巳) 츈(春)의 국ᄉᆞ(國事)가 크게 변ᄒ여[145] 모든 쇼인이 당권(當權)[146]ᄒ고 뉼곡(栗谷 李珥) 우계(牛溪 成渾) 냥션싱(兩先生)을 츌향(黜享)ᄒ니[147] 공이 고을이셔 거ᄒᆡᆼ(擧行)ᄒ기 슬희여 병장(病狀)ᄒ니 파츌(罷黜)ᄒ여 도라오시다 냥션싱을 위ᄒ여 츌향마옵쇼셔 샹소ᄒ여 션븨를 주니 지금까지 뎐송(傳誦)[148]ᄒ더라

---

142) 형제가 나란히 이름났다. 즉 박태유와 박태보 형제가 모두 필법으로 유명했다는 뜻.
143) 몇 개라고 하여 세어보면.
144) 구활자본에는 "녁양"이라고 되어 있으나, 어느 쪽이든 의미가 명확지 않다.
145) 기사환국을 말한다. 기사환국은 장희빈이 낳은 아들을 원자로 책봉하는 문제를 두고, 남인(南人)이 숙종의 마음을 얻어 송시열 등 서인을 몰아내고 재집권한 사건을 가리킨다.
146) 당권: 권력을 잡음. 곧 집권.
147) 이이와 성혼은 숙종 7년인 1681년에 문묘(文廟)에 배향되었으나, 1689년 기사환국 후 출향(黜享)되었다가 1694년 복향(復享)되었다.
148) 구활자본에는 "칭송"이라고 썼다.

인현왕후 폐함을 반대하다 귀양 가는 외숙 남구만

이 쌔예 인현왕후 장춧 폐ᄒ시게 되니 공이 간(諫)ᄒ난 샹소를 지어 유싱(儒生)과 감찰(監察)¹⁴⁹⁾을 주시다 어시(於時)의 공의 구시(舅氏) 남약천(藥泉 南九萬)¹⁵⁰⁾이 영의뎡으로셔 후궁(後宮) 말삼ᄒ시다가 ¹⁵¹⁾ 샹이 대로(大怒)ᄒ샤 강능(江陵)으로 귀향 보ᄂ시시니 교외(郊外)예 가 숑별(送別)ᄒ실ᄉ 닌죵(內從)¹⁵²⁾ 남학명(南鶴鳴)ᄃ려 마상(馬上)의셔 이르시되 쑴의 사름의게 됴상(弔喪)ᄒ니 피눈믈이 저〃 일신(一身)의 흐르니 씬 후의도 오히려 늣기니¹⁵³⁾ 그 어인 딩쥔(徵兆)고 ᄒ시더라 공이 약천(藥泉)긔 글 지어 젼송ᄒ니 그 시의 굴오되¹⁵⁴⁾

　　샹고망연님노기(相顧茫然立路歧)ᄒ니
　　의쳐졍극각무ᄉ(意悽情極各無辭)라
　　죵ᄂ우언공하유(從來尤怨公何有)아
　　단각우챠아쟈ᄉ(但覺憂嗟我自私)라
　　편거진경도어급(鞭擧塵驚徒御急)이오
　　풍회일에도도비(風回日暗道塗悲)라
　　곤의잠위동인망(袞衣暫慰東人望)ᄒ니
　　갈월환간부궐긔(曷月還看赴闕期)오

---

149) 감찰: 사헌부에 속하여 관리들을 감시, 감독하는 일을 맡아 하는 벼슬.
150) 박태보의 아버지 박세당은 남구만의 누이와 혼인하였다. 그러므로 남구만은 박태보의 외숙이 된다.
151) 『숙종실록』 숙종 14년 7월 14일 기사에 자세히 나온다.
152) 내종: 외삼촌의 자녀.
153) 꿈에서 깬 후에도 오히려 흐느끼니.
154) 『정재집』 권1 「칠언율시七言律詩」 중 '農村舍, 奉別舅氏藥泉南相公江陵謫行'에 실려 있다. 여기에 약천 남구만의 답시도 함께 실려 있다.

아득히 서로 보고 길머리의 서시니

쓰준 슬프고 정은 지극ᄒ여 말이 각ᄀᆞᆨ 업도다

본니 공은 원망과 타슬 아니 ᄒ나

다만 나는 근심ᄒ고 슬프도다

치딕을 들고 씌글이 놀나 하인을 직쵹ᄒ고

ᄇ람은 요란ᄒᆫ디 날은 어둡고 길히 사름은 슬허ᄒᄂᆫ도다

이번 가미 동편 ᄇᆡ셩은 죱간 위로ᄒ고

어느 ᄃᆞᆯ의 대궐노 드러올 긔약을 볼고

약쳔 공이 화답ᄒᆫ 시의 왈

금당분슈입젼기(今當分手立前歧)ᄒ니

일슈신시깅쟉ᄉ(一首新詩更作辭)라

ᄇᆡᆨ발창안구노미(白髮蒼顔俱老邁)오

광담츄한실졍식(狂談麤翰悉情私)라

쳔댱망양의미원(天長魍魎依微遠)이오

ᄒᆡ활어룡규소비(海闊魚龍叫嘯悲)라

문ᄌᆞ하시동방아(問子何時東訪我)오

영쥐욕졍회경긔(瀛洲欲定鱠鯨期)라

이제 손을 난ᄒ고 길히 셔시니

일슈시로 말을 짓노라

흰 털과 프른 ᄂᆞᆺ츤 ᄒᆫ 가지로 쇠ᄒ고

미친 말과 큰 글은 다 졍이러라

하늘은 긴ᄃᆡ 망냥은 흐리고 어둡게 멀고

바람흔 먼ᄃᆡ 어룡 브르고 슈프람[155] 블기ᄅᆞᆯ 슬퍼ᄒ더라

뭇ᄂᆞ니 ᄌᆞ니 어ᄂ ᄢᅦ예 날을 초즐고
영쥐예 큰 고개 회칠긔약을 덩코져 ᄒᆞ노라

이 ᄢᅦ 사ᄅᆞᆷ이 공(公)다려 니로듸 고이타 군(君)의 시말(詩末)이 쳐
챵(悽愴)ᄒᆞ여 샹셔(祥瑞)롭지 아닌고 공이 왈 즉금경(卽今景)[156]을 거
록(擧錄)ᄒᆞᆫ 거시 해로올가 ᄒᆞ시더라 슬프다 공의 이 시도 마ᄌᆞ막 글
이라 피화뎐뉵일(被禍前六日)이라 몽춤(夢讖)과 시춤(詩讖)이 젼졍
(前程)이로다

80여 명 대표로 상소를 작성하다

어시(於時)의 비망긔(備忘記)[157] 빈쳥(賓廳)[158]의 나리오샤 말슴이
엄졍(嚴正)ᄒᆞ시고 위엄이 극히 진쳡(震疊)ᄒᆞ실 ᄉᆞ긔(事機)가 졈〃 급
박ᄒᆞ여 일국(一國)이 황〃(遑遑)ᄒᆞ여 아모리 ᄒᆞᆯ 줄을[159] 모ᄅᆞ거늘 공
이 듯고 강개(慷慨)ᄒᆞ여 눈을 흘녀 왈 즉금 국뫼(國母) 쟝ᄎᆞᆺ 위틱(危
殆)ᄒᆞ엿거늘 신ᄌᆞ(臣子)의 파직(罷職) 듕(中)이라도 간(諫)치 아니ᄒᆞ
랴 드듸여 셔찰(書札)노 파직ᄒᆞᆫ 명ᄉᆞ(名士)들의게 쳥(請)ᄒᆞ여 당ᄎᆞᆺ
샹소ᄒᆞ랴 ᄒᆞᆯᄉᆡ ᄯᅩᄒᆞᆫ 오공두인(吳公斗寅)이 파산(罷散)ᄒᆞᆫ 명ᄉᆞ로 샹소ᄒᆞ
랴 한다 ᄒᆞ니 이에 평시예셔 ᄆᆞ올노 모하니[160] 이시(於時)의 니공셰

---

155) 휘파람.

156) 지금의 모습.

157) 『숙종실록』 숙종 15년 4월 24일 기사에 나온다.

158) 빈청: 비변사의 대신이나 당상관들이 모여서 집무하던 곳.

159) 어떻게 할 줄을.

160) 이 구절의 정확한 뜻과 언급된 장소는 알 수 없다.

화(李世華) 강교(江郊)로셔 긔약(期約) 아냐[161] 드러 오고 파산(罷散)
호 됴ᄉ(朝士)들이 소문 듯고 오니 도합(都合)ᄒ야 팔십여인이러라
최셕졍(崔錫鼎) 니돈(李墩)이 각 〃 ᄉ미예[162] 샹소(上疏) 초(抄)ᄅᆞᆯ 너
코와 모든 명ᄉ 샹소됴어(上疏措語)ᄅᆞᆯ 의논ᄒ되 결단이 업고 날이 임
의 져므러시니 ᄒᆞᆫ 사ᄅᆞᆷ이 ᄀᆞᆯ오되 금일은 볼셔 져므러시니 명일 바치
미 해롭지 아니타 ᄒᆞ거늘 공이 왈 이런 일을 날포[163] ᄭᅳ으랴 ᄯᅩ 한 사
ᄅᆞᆷ이 왈 짓고 쓰 리 업스니 엇딜고[164] 공이 분연(奮然) 왈 출하리 ᄂᆡ
짓고 쓰리라 언필(言畢)의 집필(執筆)을 잡아 두 샹소ᄅᆞᆯ ᄉᆡᆫ허 ᄂᆡ여 혹
고치고 혹 더ᄒᆞ여 짓고 쓰실 적 필역(筆力)이 표홀(飄忽)[165] ᄒᆞ여 풍위
(風雨) 오ᄂᆞᆫ 듯 ᄒᆞ고 문ᄌᆞ지간(文字之間)의 쥰혁한 말이 만ᄒᆞ며 잠간
ᄒᆞ여 샹소(上疏) 일편(一篇)을 일워ᄂᆡ니 오공(吳公)[166]이 이에 벼슬이
놉ᄒᆞ매 소두(疏頭)[167]ᄅᆞᆯ 쳥ᄒᆞ여 승졍원(承政院)의 바치니 ᄎᆞ시(此時)
긔ᄉ(己巳) 사월 이십오일 신시(申時)[168]러라

상소를 읽다

샹소 닙계(入啓)ᄒᆞᆫ 후 오라도록 비답(批答) 아니 나리오시더니 황
혼의 샹이 명ᄒᆞ샤 승지(承旨) 입시(入侍)ᄒᆞ라 ᄒᆞ시고 닑으라 ᄒᆞ시니

161) 약속하지 않았지만.
162) 소매에.
163) 날포: 하루가 조금 넘는 동안.
164) 짓고 쓸 사람이 없으니 어찌할까.
165) 갑자기 나타났다 사라지는 모양이 빠르다.
166) 오두인(吳斗寅).
167) 소두: 여러 사람이 함께 올린 상소문에서 맨 앞에 이름을 올린 사람.
168) 신시: 오후 3~5시.

승지 니셔우(李瑞雨) 펴노코 업듸여 닑어 글오되[169] 젼(前) 판셔(判書) 신(臣) 오두인(吳斗寅) 젼 참판(參判) 신 니셰화(李世華) 젼 샤딕(司直) 신 유헌(兪櫶) 젼 승지(承旨) 신 김지현(金載顯) 젼 군슈(郡守) 신 최션(崔渲) 젼 목스(牧使) 신 니돈(李墩) 젼 승지 신 셔문유(徐文裕) 젼 급데(及第) 신 됴셩보(趙聖輔) 젼 부스(府使) 신 셔종태(徐宗泰) 젼 목스 신 니광하(李光夏) 젼 목스 신 박태보(朴泰輔) 젼 목스 신 심스홍(沈思泓) 젼 경녁(經歷) 신 신여박(申汝晢) 젼 부스 신 니힝하(李行夏) 젼 부스 신 심쥰(沈楫)[170] 신 니지웅(李志雄) 신 유명직(柳命才) 신 윤박(尹博)[171] 신 윤평(尹坪)[172] 신 권샹하(權相夏) 젼 뎡낭(正郎)[173] 신 홍슈헌(洪受瀗) 젼 판관(判官) 신 니동헌(李東馣) 부스 신 니의챵(李宜昌) 젼 참의(參議)[174] 신 심슈량(沈壽亮) 젼 현감(縣監) 신 박태슌(朴泰淳) 젼 도스(都事)[175] 신 김닌(金演) 젼 찰방(察訪)[176] 신 셔종헌(徐宗憲) 젼적(典籍)[177] 신 김두남(金斗南) 젼 정낭(正郎) 신 김

---

169) 이 상소는 숙종 15년(1689년) 4월 25일 기사에 실려 있다. 이름은 모두 나오지 않고 대표자 몇 명만 나오며, 내용은 여기에 있는 것보다 조금 생략되어 있다. 표현이 똑같지는 않다. 『정재후집』 권5 「기사민절록(상)」 '진신소(縉紳疏)'에는 둘로 나누어 쓴 상소문이 모두 나오며, 함께 참여한 사람들의 명단까지 다 적혀 있다. 김용덕본 『문녈공긔스』는 한글로만 적혀 있어서 정확한 명단을 파악하기 어렵기 때문에, 문집에 실린 명단과 대조하여 잘못된 것을 괄호 속 한자로 바로잡는다.

170) 원문에는 '젼 부스 신 심쥰'이라 적혀 있지만, 『정재후집』 권5 「기사민절록(상)」 '진신소'의 끝에 적힌 함께 소를 올린 사람 명단에는 "前郡守臣沈楫"이라 적혀 있다. 심집은 순흥부사를 역임하였으므로, 여기에서 '심쥰'이라 적은 것은 '심집'을 잘못 적은 것으로 보인다. 이하에서도 문집의 명단과 비교하여 잘못된 것은 한자로 밝혀 바로잡는다.

171) 실록에는 기록이 없고, 『승정원일기』 숙종 10년 7월 12일 기사에 윤박이 한산군수라고 나온다.

172) 실록에는 기록이 없고, 『승정원일기』 숙종 13년 4월 16일 기사에 윤평이 영월군수라고 나온다.

173) 정랑: 육조에 소속된 정5품 벼슬아치.

174) 참의: 육조에 소속된 정3품 벼슬아치.

175) 도사: 의금부 등에 소속되어 벼슬아치들을 감찰하는 일을 하던 종5품 벼슬아치.

176) 찰방: 역참에 소속되어 일을 하던 종6품 외직 벼슬아치.

177) 전적: 성균관에 소속되어 학생을 지도하는 일을 하던 정6품 벼슬아치.

홍복(金洪福) 젼 졍낭 신 김몽신(金蒙臣) 젼 도스(都事) 신 유명홍(兪命弘) 젼 현감 신 니언긔(李彦紀) 젼 스과(司果)[178] 신 니삼셕(李三碩) 젼 판관(判官) 신 홍만션(洪萬選) 신 유경운(柳成運) 젼 현녕(縣令) 신 안듕(安重)[179] 젼 현감 신 오두셩(吳斗成) 신 니졍긔(李鼎基) 신 박뇽션(朴龍見) 신 김지(金梓) 젼 쥬부(主簿)[180] 신 김셰졍(金世楨) 젼 별졔(別提)[181] 신 한덕냥(韓德亮) 젼 박스(博士)[182] 신 니진식(李震栻) 젼 별검(別檢)[183] 신 니긔쥬(李箕疇)[184] 젼 군수(郡守) 신 니쥰(李憻) 젼 현감(縣監) 신 윤이진(尹以徵) 젼 쳠졍(僉正)[185] 신 뉴시번(柳時蕃) 젼 군슈 신 니인혁(李寅爀) 젼 현녕 신 니인슉(李寅爀) 젼 봉스(奉事)[186] 신 니인희(李寅熺) 젼 현감 신 뎡졍양(鄭正陽) 신 니셰환(李世瑗) 젼 스과(司果) 신 김덕긔(金德基) 젼 봉스 신 니셰유(李世瑜) 신 최방언(崔邦彦) 젼 판관 신 홍슈졈(洪受漸) 젼 봉스 신 니하셩(李厦成) 신 니만형(李萬亨) 참봉 신 뎡유졈(鄭維漸) 신 니덕명(李德齡) 신 남반(南磐) 신 박셰집(朴世集) 젼 참봉 신 니만형(李萬亨)[187] 급뎨 신 김셰션

---

178) 사과: 오위(五衛)에 소속된 정6품 벼슬아치.

179) 실록에는 기록이 없고, 『승정원일기』 숙종 5년 11월 9일 기사에는 이 사람이 봉화현감으로 나온다.

180) 주부: 각 아문에서 문서 등을 맡은 종6품 벼슬아치.

181) 별제: 각 관아에 속한 정6품 혹은 종6품 벼슬아치.

182) 박사: 성균관, 홍문관 등에 소속되어 가르치는 임무를 맡거나 전문 기술에 종사하는 벼슬아치.

183) 별검: 사포서나 빙고 등에서 일하는 정8품 혹은 종8품 벼슬아치.

184) 『정재후집』 권5 「기사민절록(상)」 '진신소'에 의하면, 이기주(李箕疇)와 이준(李憻) 사이에 세 사람이 더 있다. 전 찰방 신 임원성(任元聖), 전 대교 신 이인엽(李寅燁), 전 정자 신 조대수(趙大壽)가 그들이다.

185) 첨정: 각 관아 낭청에 소속된 종4품 벼슬아치.

186) 봉사: 관상감, 훈련원, 각 시(寺) 등에 소속된 종8품 벼슬아치.

187) 『정재후집』 권5 「기사민절록(상)」 '진신소'에는 이만형의 이름은 없고 이 자리에 전 참봉 신 이제하(李齊夏), 전 참봉 신 유명웅(柳命雄), 전 참봉 신 김구서(金龜瑞), 전 참봉 신 이세경(李世敬) 등 네 사람의 이름이 들어 있다.

(金世翊) 젼 참봉 신 민광익(閔光益) 젼 현감 신 강셕범(姜錫範) 신 니만딩(李萬徵) 신 힝젹(李行迪) 젼 부스 신 됴틱릭(趙泰來) 젼 감찰 신 셔문슉(徐文淑) 젼 현감 신 김화셕(金夏錫)[188] 신 곽챵딕(郭昌徵) 젼 도스(都事) 신 오딕슈(吳遂大) 젼 현녕 신 니경슈(李敬秀) 등은

성황성공(誠惶誠恐) 돈슈〃(頓首頓首) 근빅비(謹百拜) 샹언(上言) 우(于) 쥬샹뎐하(主上殿下)ᄒᆞ옵ᄂᆞ니 복이신등(伏以臣等)은 업드려 싱각ᄒᆞ오니 인군(人君)의 후비(后妃) 둔 거슨 죵묘(宗廟)를 ᄒᆞᆫ 가지로 밧들고 만민을 ᄒᆞᆫ 가지로 님(臨)ᄒᆞ샤 왕로(王路)의 근본이오 왕화(王化)의 근본이라 녜젹 셩왕(聖王)이 후비(后妃)를 듕히 넉인 즈는 이런 년괴(緣故)라 우리 모후(母后)는 곤위(壼位)예 님(臨)ᄒᆞ오션지 님의 구년(九年)이라 대왕대비 친히 간틱(揀擇)ᄒᆞ오셔 우리 뎐하를 맛지우시니 뎐해(殿下) ᄯᅩ한 대왕대비 삼년상을 ᄒᆞᆫ 가지로 닙즈오시고 외간(外間)의 실덕(失德)이 아니 들니옵고 신민(臣民)의 우럴미[189] 간졀(懇切)ᄒᆞ옵더니 홀연 어제 빈쳥(賓廳)의 ᄂᆞ리오신 비망긔(備忘記)를 보오니 신즈(臣子)의 ᄎᆞ마 드를 배 아니로소이다 왕언(王言)이 ᄒᆞᆫ 번 나미 스방(四方)이 다 놀나ᄂᆞᆫ지라 엇디 셩명지셰(聖明之世)예 은혜 샹(傷)ᄒᆞ고 도리예 해로오시미 이실 줄 ᄯᅳᆺᄒᆞ여시리잇가 슬프다 궁듕(宮中)일은 외인(外人)이 알 배 아니오ᄃᆡ 비망듕(備忘中)의 니ᄅᆞᆫ 바 평계ᄒᆞ여 사ᄅᆞᆷ 소긴다 말슴이 무슨 일이온지 모ᄅᆞ오나 셜스(設使) 내 뎐(內殿)의 됴고만 허믈이 겨오시나 몽듕스(夢中事)난 힝스(行事)의 드러나온 허믈이 아니오신ᄃᆡ 게연(蓋然)이 집어ᄂᆡ여 표양(暴揚)ᄒᆞ며 죠곰도 고쟈(假借)ᄒᆞᆫ 일[190]이 업스와 망극ᄒᆞᆫ 죄명을 씌오시며 ᄒᆞ믈며

---

188) 원문에 쓰인 '김화셕'이라는 이름으로는 『숙종실록』이나 『승정원일기』의 기록을 찾을 수 없다. 반면 구활자본에 쓰인 '김하셕'이라는 인물의 경우 산음현감에 임명된 사실이 『승정원일기』 숙종 13년 2월 8일 기사에 나온다. 그러므로 김하석인 듯하다.

189) 우러러봄이.

190) 숙종은 꿈에서 선왕과 선왕후를 만났다는 인형왕후의 말을 언급하며, 그들을 '가차'하여

원ᄌᆞ탄강(元子誕降)ᄒᆞ오시니 죵ᄉᆞ(宗社)의 무강(無疆)ᄒᆞ신 복이라 심산궁곡(深山窮谷)의 뉘 아니 즐겨ᄒᆞ리 업ᄉᆞ거든[191] 닉뎐(內殿) ᄆᆞ음이 엇디 깃거 아니시리잇가 져 즈음ᄭᅴ[192] 후궁을 널니 ᄲᅡᆫ라 ᄒᆞ오시기ᄂᆞᆫ 닉뎐(內殿)의셔 ᄒᆞ오시매 ᄉᆞ쇽(嗣續) 념녀(念慮)ᄒᆞ오셔 사졍(私情)을 닛ᄌᆞ오신 ᄠᅳᆺ을 가히 보올 거시니이다 이제 원ᄌᆞ탄강(元子誕降)하오신 후 블평(不平)한 ᄆᆞ음을 품어 노(怒)ᄒᆞ오믄 사ᄉᆡᆨ(辭色)이 잇다 ᄒᆞ오시니 이ᄂᆞᆫ 니(理)밧긔 말ᄉᆞᆷ이니이다 부인은 텬셩(褊性)이라 투긔(妒忌) 아닛ᄂᆞᆫ 니 드믄지라 임ᄉᆞ지셩(任姒之性)[193]이 아니면 녜적 뉘 투긔 아녓ᄉᆞ오리잇가 ᄯᅩ 녀항간(閭巷間) 필뷔(匹夫) 일쳐일쳡(一妻一妾) 두 니ᄅᆞᆯ[194] 보아도 반ᄃᆞ시 명분을 딕희여 가찰(苛察)[195]ᄒᆞᆫ 거슬 업시ᄒᆞ야 규문(閨門)의 부졍(不靖)ᄒᆞᆫ 거슬 두오면 가댱(家長) 소임(所任) 못ᄒᆞᆫ다 ᄒᆞ오니 진실노 그러치 못ᄒᆞ오면 혐의(嫌疑)가 압핍(狎逼)한 ᄃᆡ셔 나고 흔단(釁端)이 서로 결우ᄂᆞᆫ ᄃᆡ셔 나고 춤간(讒諫)ᄒᆞ여 ᄉᆞ랑ᄒᆞ나 뮈워ᄒᆞᆫ다 그 틈을 니간(離間)ᄒᆞᄃᆡ 믈 졋도시[196] 혹(惑)ᄒᆞ여 고지 드러 깁히 슬피지 못ᄒᆞ오면 큰 해(害) 나옵ᄂᆞ이니이다

뎐해(殿下) ᄆᆞ양[197] ᄒᆞ오시ᄃᆡ 죵ᄉᆞ(宗社)를 위ᄒᆞ야 깁흔 념녀(念慮) ᄒᆞ노라 ᄒᆞ오셔도 신 등은 그 ᄠᅳᆺ을 모로옵ᄂᆞ이다 원ᄌᆞ 위호(位號)[198]

자기의 뜻을 이루려고 한 것이라고 지적했었다. 이에 대해 박태보의 상소는, 인현왕후가 선왕과 선왕후의 말을 '빌려' 자기 뜻을 이루려고 한 것이 아니었음을 강변하는 것이다.

191) 즐거워하지 않은 사람이 없는데.

192) 그즈음에.

193) 임사지성: 태임(太任)과 태사(太姒)를 말한다.

194) 둔 사람을.

195) 가찰: 까다롭게 따지며 상세히 살핌.

196) 물에 젖듯이.

197) 매양. 늘.

198) 위호: 작위(爵位)와 명호(名號).

룰 임의 뎡(定)ᄒ오셔 뎍댱(嫡長)199)이 되어 겨오신즉 듕궁(中宮) 아드님이 되어 겨오신지라 엇디 듕궁을 보젼(保全)치 못ᄒ 연후(然後)의야 원ᄌ긔 평안ᄒ리잇가 타일(他日) 원ᄌ ᄌ라오신 후 오늘날 거조(擧措)룰 드르시게 되오면 엇디 슬허 아니시리잇가 녯글의 ᄀᆞ로오ᄃᆡ 부뫼 ᄉ랑ᄒᆞᆫ 바룰 ᄯᅩ ᄉ랑ᄒᆞᆫ다200) ᄒ옵고 ᄯᅩ 닐오ᄃᆡ 아ᄃ리 안히룰 맛당이 아니 녁이ᄃᆡ 부뫼(父母) 날을 잘 셤긴다 ᄒᆞ면 아ᄃ리 부〃의 녜룰 힝ᄒ여 둑기신지 쇠(衰)틀 아닛ᄂ다 ᄒᆞ엿ᄉ오니 셜사 ᄂᆡ뎐(內殿)으로 쳐ᄉ(處事) 셩심(聖心)의 맛당티 못ᄒ오시나 우리 션후(先后)의201) ᄉ랑ᄒ오시던 일을 싱각ᄒ오시면 뎐하(殿下)의 효셩으로 엇디 ᄎ마 폐(廢)ᄒᆞ실 ᄯᅳ즐 두오시리잇가 쥬역(周易)의 ᄀᆞ로오ᄃᆡ 여러히 밋브면 뉘웃부미 업다202) ᄒᆞ엿습고 ᄯᅩ 프러 갈오ᄃᆡ 쇠로 여러흘 조ᄎ면 하늘의 ᄆᆞ음을 합ᄒᆞ리라203) ᄒᆞ오니 이 일이 이스므로브터 뎐하의 신ᄌ(臣子) 되어 ᄃᆡ신ᄌ상(大臣宰相)과 삼ᄉ(三司) 빅관(百官)으로 니르러 혹 힘뼈 간(諫)ᄒᆞ면 혹 졍쳥(庭請)으로 ᄃᆞ토아 간ᄒᆞ나 죄벌이 서로 니어 그치들 아니ᄒᆞ오ᄃᆡ 됴의(布衣) 션븨204) 서로 니어 샹소룰 ᄭᅮ미고 부유하쳔(婦孺下賤)이라도 분쥬(奔走)ᄒᆞ여 눈믈 아니 ᄂᆞ리오리 업ᄉ오니205) 이러틋 한 거슨 진실노 텬지(天地) 긔운(氣運)이 그릇되면 만믈(萬物)이 나지 못ᄒ고 부뫼(父母) 블화(不和)ᄒᆞ면 여러 아ᄃ리 편치 못ᄒ 연괴(緣故)니이다 사룸의 ᄆᆞ음 잇난 바의 하늘 ᄯᅳ즐 알

---

199) 적장: 적손의 큰아들. 여기에서는 첩이 아니라 정실 왕후의 큰아들이라는 뜻.

200) 『숙종실록』 원문에는 "父母之所愛, 亦愛之"라 되어 있다.

201) 선대의 군주께서.

202) 『숙종실록』 원문에는 "衆允悔亡"이라 되어 있다. 『주역』의 인용이다.

203) 『숙종실록』 원문에는 "謀從衆則合天心"이라 되어 있다.

204) 『정재집』 권7에 실린 상소문 '기사진신소(己巳搢紳疏)'에는 이 부분을 "韋布之士"라고 썼다.

205) 눈물을 흘리지 않는 사람이 없사오니.

거시니 뎐하(殿下)는 졍(情)을 임의로 힝ᄒ오시나 텬의(天意)는 거스리디 못홀 줄 어이 싱각디 못ᄒ오시ᄂᆞ니잇가 녯글의 ᄀᆞ오되 사름이 뉘 허물이 업스리오마난 고치미 귀(貴)타[206] ᄒ엿ᄉ오니 원컨딕 뎐하는 큰 의ᄅᆞᆯ 싱각ᄒ오시고 모든 하졍(下情)[207]을 술피오샤 위엄(威嚴)을 거두오시고 급히 명녕(命令)을 고치오샤 텬디(天地)와 일월(日月)노 다시 덕이 합(合)ᄒ믈 뵈여 ᄡᅥ 동방 빅셩의 근심ᄒ고 브라(不安)난 ᄯᅳᆺ을 위로ᄒ시게 되면 불승힝심(不勝幸甚)이로소이다 신등이 뎐하의 됴졍(朝廷)의 이셔 뎐하의 녹(祿)을 먹ᄉ오미 냥궁(兩宮)을 우러와 은혜 닙ᄉ오미 망극(罔極)하옵더니 이제 죄파듕(罪罷中)의 잇ᄉ와 졍쳥(庭請)의도 참녜(參預)치 못ᄒ엿ᄉᆞ기 구″(區區)ᄒ옵고 통박(痛迫)ᄒ온 하졍(下情)을 펴와 감히 나라압희 알외오니 오딕 뎐하는 술피옵쇼셔 신 등은 셜워 울며 알외옵ᄂᆞ이다

한밤중에 친국을 준비하다

닑기ᄅᆞᆯ ᄆᆞᄎᆞ니 샹(上)왈 샹소(上疏)말이 엇더ᄒ고 승지(承旨) 딕왈(對曰) 과(過)ᄒᆞᆫ 말솜이 잇ᄉ오되 대의(大義)ᄂᆞᆫ 졍쳥(庭請)과 다르미 업셔이다 샹왈 샹알샹핍(相軋相逼)[208] 그 문ᄌᆞ(文字) 다시 닑소 승지 두어 줄 닑으니 샹이 말솜을 ᄀᆞ도담아[209] ᄀᆞ오시되 신ᄌᆞ(臣子) 되어 감히 이 말노 군부(君父)ᄅᆞᆯ 억늑(抑勒)홀가 비망긔예 말이 졀엄(切嚴)ᄒ되 삼ᄉᆞ빅관(三司百官)이 삼일졍쳥(三日庭請)ᄒᆞᆫ 일도 오히려 무

---

206) 『숙종실록』 원문에는 "人孰無過? 改之爲貴"라 되어 있다.

207) 하정: 아랫사람의 사정.

208) 샹알샹핍: 서로 다투고 서로 핍박한다.

209) 가다듬어.

거(無據)ᄒ거든 ᄒ믈며 감히 믈겻다 ᄒ고 감히 그런 말노 글의 올녀
210) 바로 춤소(讒訴)룰 밋고 무함(誣陷)ᄒᆞᆫ 대로 도라보닉니 ᄯ 한 흉패
(凶悖)ᄒᆞᆫ 거시 아니냐 비망(備忘)을 술피들 아니ᄒ고 부인(婦人)을
위ᄒᆞ여 닙졀(立節)코져 ᄒ여 이에 날을 춤소(讒訴)룰 밋고 닉뎐(內
殿)을 폐한다 이르니 소두(疏頭) 오두인(吳斗寅)을 금야(今夜) 삼경
(三更)닉로 당〃이 친국(親鞫)ᄒᆞᆯ 거시니 소하(疏下)211)는 일병극변원
찬(一竝極邊遠竄)ᄒ라 ᄒ시니 승지 알외오되 팔십여인을 일시(一時)
의 원찬(遠竄)이 졀녜(前例) 잇ᄉᆞ니잇가 샹왈 빅인(百人)이라도 죄
이시면 줄 거시니 졀녜 잇고 업ᄉᆞ믈 니르리오 승지 김희일(金海一)이
알외되 역옥(逆獄)과 ᄃᆞ르오니 엇디 이러툿 모야(暮夜)ᄒᆞ야 셜국(設
鞫)ᄒᆞ오시도록 ᄒ오리잇가 샹왈 모반역젹(謀叛逆賊)도곤212) 더ᄒ노
니 ᄯᅩ 닐오되 니셰화(李世華) 유헌(兪櫶)을 나리(拿來)ᄒ라 샹왈 이
샹소는 반ᄃᆞ시 가라친 놈이 이실 거시니 민진후(閔鎭厚) 형뎨(兄弟)
룰 본부(本府)로 나국(拿鞫)ᄒ라 니셔우(李瑞雨) 김희일(金海一) 냥
(兩) 승지 알외되 비가 못 개읍고213) 야긔(夜氣) 음습(陰濕)ᄒ오니 뎐
하 옥체(玉體) 샹하오실 거시니 엇지 쳔〃 다ᄉᆞ리지 아니ᄒᆞ오시ᄂᆞ니
잇가 샹왈 잡말마소 즉금(卽今) 친국(親鞫)을 아니ᄒ면 오늘밤 닉로
큰 병이 날 ᄃᆞᆺ ᄒ니 대우(大雨)와도 친국은 ᄒ리라 대신과 삼ᄉᆞ와 금
부당샹(禁府堂上)과 졔(諸) 승지 패초(牌招)ᄒᆞ야 급〃히 친국긔구(親
鞫器具)룰 삼경(三更) 닉(內) 거힝(擧行)ᄒ라 급히 밧드러 거힝치 아
니면 힝방승지(刑房承旨) 죄주리라 샹왈 샹소 쥬쟝(主張)한 지 이실
거시니 민진후(閔鎭厚) 나문(拿問)과 소하(疏下) 원찬(遠竄)을 기ᄃᆞ

---

210) 정확한 뜻을 알 수 없다. 구활자본에는 "물겻닷시흔단 말를 글로써 올녀"라 되어 있다.

211) 소하: 상소에 참여한 자들 중 상소 대표자 이외의 사람들.

212) 모반한 역적보다.

213) 비가 개지 않았고.

리라 두 승지 명(命)을 밧드러 추창(趨愴)ㅎ여 가더라 샹이 이윽고 보년(寶輦)을 타시고 만안문(萬安門)의 나오셔 인정문(仁政門)의 뎐좌(殿座)ㅎ시고 셔 겨오셔 승지를 브르시며 셜국(設鞫)ㅎ라 ㅎ오시니 초경(初更)²¹⁴⁾ 오뎜(五點)이러라

끝없이 재촉하는 임금

텬위(天威)가 진쳡(震疊)ㅎ오시니 궐듕(闕中)이 슬터라²¹⁵⁾ 궁문(宮門)을 다 듯고 반야창졸(半夜倉卒)의 각식(各司) 미처 모도지 못ㅎ고 의댱(儀章)을 미처 베프지 못ㅎ고 황겁(惶怯)ㅎ야 다만 셤 우ㅎ²¹⁶⁾ 지의(地衣)²¹⁷⁾만 실고 다만 뇽상어탑(龍床御榻) 쑨 이러라 이 날 친국 참녜흔 재(者) 녕의뎡(領議政) 권대운(權大運) 좌의졍 목니션(睦來善) 우의뎡 김덕원(金德遠) 판의금(判義禁)²¹⁸⁾ 민암(閔黯) 지의금(知義禁) 뉴명텬(柳命天) 동의금(同義禁) 신후지(申厚載) 쏘 ㅎ나흔 권유(權愈) 대ᄉ헌(大司憲) 목창명(睦昌明) 대사간(大司諫) 뉴명현(柳命賢) 도승지(都承旨) 유명견(柳命堅) 좌승지(左承旨) 니옥(李沃)²¹⁹⁾ 우승지 박진교(朴鎭圭)²²⁰⁾ 좌부승지 김희일(金海一) 우부승지 니셔우(李瑞雨) 문ᄉ낭쳥(問事郎廳)²²¹⁾ 김쥬(金澍) 김원셥(金元燮) 심계량(沈季良) 심발

---

214) 초경: 저녁 7~9시.
215) 끓더라.
216) 섬돌 위에.
217) 지의: 여러 개를 마주 이어 크게 만든 돗자리. 주로 제사 때에 쓴다.
218) 판의금부사.
219) 여기에 '우' 자가 하나 더 있지만 문맥상 잘못 쓰인 것이므로 삭제했다.
220) 구활자본에는 "좌승지 리유구와 우승지 박지교"로 되어 있다.
221) 문사낭청: 죄인을 신문할 때에 기록과 낭독을 맡던 임시 벼슬아치.

(沈橄) 니현됴(李玄祚) 주셔(注書) 임윤원(任胤元) 가주셔(假注書)²²²⁾ 니지츈(李再春) 스변주셔(事變注書)²²³⁾ 심듕량(沈仲良) 긔스관(記事官) 민진형(閔震炯) 박졍(朴婣) 별 형방도스(刑房都事) 니힝도(李行道) 니후영(李後榮) 문셔빗 도스 신쳐 댱만긔(張萬紀)러라²²⁴⁾ 이 쩌 황겁(惶怯)ᄒᆞ야 미처 오지 못ᄒᆞ엿더라 샹이 진노ᄒᆞ샤 고셩(高聲) 하교(下敎) 왈(曰) 승지(承旨) 도스(都事)ᄃᆞ려 명녕(命令)ᄒᆞ야 죄인 나릭(拿來)ᄒᆞ라 승지 니셔우(李瑞雨) 젼명(傳命)ᄒᆞ고 드러와 알외되 친국 쩌예 궁셩호위(宮城扈衛)ᄅᆞᆯ 엇디 ᄒᆞ리잇고 샹왈 말나 쏘 알외되 당〃이 어ᄂᆞ 문을 여오리잇가 샹왈 금호문(金虎門)과 단봉문(丹鳳門) 유문(留門)²²⁵⁾ᄒᆞ라 쏘 알외되 야반(夜半)의 급거(急遽)ᄒᆞ야 친국(親鞫) 위의(威儀) 되지 못ᄒᆞ엿ᄉᆞ오니²²⁶⁾ 후(後) 폐(弊) 될가 저허ᄒᆞ노이다²²⁷⁾ 김쥬(金澍)와 심계량(沈季良)이 입시(入侍)ᄅᆞᆯ 쳥ᄒᆞ온되 샹왈 옥당(玉堂)²²⁸⁾은 무스 일오ᄂᆞᆫ고 심계량이 알외되 두인(吳斗寅)의 상소ᄅᆞᆯ 미처 보옵도 못ᄒᆞ엿ᄉᆞ오나 친국ᄒᆞ오시미 셩덕(聖德)의 해로울 듯 ᄒᆞ여이다 김쥬(金澍) 알외되 칭병범궐(稱兵犯闕)ᄒᆞᆫ 역적이 아닌즉 이러틋 급히 친국ᄒᆞ시니잇가 밤이 깁고 졔신(諸臣)이 미처 오지 못ᄒᆞ엿노니 샹왈 옥당(玉堂)은 귀먹엇ᄂᆞᄂᆞ냐 흉녁(凶逆)을 다스리매 신하ᄅᆞᆯ 기다리리오 두인(吳斗寅)이 닉 비망긔ᄅᆞᆯ 헛말이라 하니²²⁹⁾ 진실노 그러

---

222) 가주셔: 승정원에 소속된 정7품 벼슬아치.
223) 사변주서: 사변이 있을 때 그것에 관한 공적인 기록 혹은 그 기록을 담당하는 벼슬.
224) 의미가 명확지 않다. 구활자본에는 "문셔과 도사 신쳐 댱과 리만긔러라"라고 되어 있다.
225) 유문: 한밤중에 특별한 일이 있을 경우 궁궐문 혹은 성문을 닫지 않는 것.
226) "니"는 원문에는 없지만 문맥상 있어야 하고, 구활자본에도 있다.
227) 염려합니다.
228) 옥당: 홍문관의 부제학, 교리, 부교리, 수찬, 부수찬 등을 통틀어 가리키는 말.
229) 원문에는 "하니"가 없으나 의미상 있어야 하고, 구활자본에도 있다.

호면 헛말혼[230] 니광한(李光漢) 굿다 호나냐 이놈들을 죽이지 못호면 분을 어이 풀고 샹왈 도스(都事)로 죄인 나릭(拿來) 호엿느냐 나댱(羅將)[231]이 다 모혀 셔며 형댱(刑場) 딕령 호엿느냐 스관(辭官)은 무르라[232] 샹왈 졔신(諸臣)이 어이 아니 오는고 승지 니셔우(李瑞雨) 알외되 졔신의 집이 혹 셩(城) 밧긔도 잇습고 혹 벽항(僻巷)의도 잇습기 더되오이다[233] 샹왈 표신(標信) 닉여 주어 셩문(城門) 열나 샹왈 죄인이 왓느냐 스관은 무르라 샹왈 문스낭쳥(問事郎廳)을 번(番)든 옥당(玉堂)으로 몬져 닉라 샹왈 죄인이 왓는가 승지 뭇소 추시(此時) 이경(二更) 일점(一點)이러라

샹왈 이경이 디나되 죄인이 어이 아니 왓는고 승지 어이 아니 알외는고 샹왈 녕부스 민뎡듕(閔鼎重)을 딕신(大臣) 위(位)예 두지 못홀 거시니 위션(爲先) 삭탈관쟉(削奪官爵)호라 셔위[234] 알외되 죄인의 집이 혹 머옵고 반야(半夜) 창황 듕 하인이 미처 오지 못호여 지쳐(遲滯)호여이다 샹왈 몬져 오나 니는 몬져 나릭(拿來)호고 후(後)의 오나 니는 후의 나릭하라 샹왈 딕신과 금부당샹(禁府堂上)이 누구는 오고 누구난 아니 왓난고 스관(辭官)은 아라 드리라 샹왈 뎐좌(殿座) 호연지 오릭되 오히려 대신과 금부당상이 호나토 아니 오니 실노 스체(事體) 희연(駭然)호니 대신은 츄구(推考)[235]호는 법이 업스나 금부당샹은 일변 다 츄고(推考)호라 샹왈 패(牌) 나간 지 오라되 졔승지(諸承旨) 어이 아니오는고 셔위(李瑞雨) 알외되 심야(深夜)의 취침(就寢)호여실 찌읍기 주연 지쳬호여이다 민암(閔黯)이 드러오니 샹왈 판의

<hr>

230) 무고(誣告)한, 즉 거짓말을 꾸민.
231) 나장: 의금부에 속해 죄인을 매질하거나 귀양 가는 죄인을 압송하는 하급 관리.
232) 물어보라.
233) 더딥니다.
234) 승지 이서우(李瑞雨).
235) 추구: 관리들의 죄를 조사함.

금(判義禁)은 어이 완〃(緩緩)이 드러오는고 나댱(羅將)과 형댱(刑場) 쥰비(準備)ᄒ엿난가 심분(十分) 최쵹(催促)ᄒ소 민암이 최쵹ᄒ고 드러오니 샹왈 판의금이 문낭(問郞)²³⁶⁾과 샹소 보아 문목(問目) 뎍어 니소 민암이 믈너안ᄌ 문낭과 ᄒᆫ 가지로²³⁷⁾ 샹소 보더라 샹왈 이젼(以前)의 보니 친국시(親鞫時)의 쁠의 상(床) 노코 상 우희 문셔(文書) 노하 문낭이 상(床) 가의 셔〃 쓰더라 의례(依例)ᄒ야 비셜(排設)ᄒ라 이 ᄣᅵ 삼경(三更) 일졈(一點)이러라

임금이 직접 준비하는 친국

샹왈 삼경이 되어시되 졔신이 어이 아니 오난고 민암이 알외되 틱후(大後)²³⁸⁾의 벼슬ᄒᆞ 니ᄂᆞ 아모리 급ᄒ여도 거러단니지 말나 ᄒ엿스오니 반야(半夜) 창졸(倉卒)의 하인이 모히디 못ᄒ여 지쳐(遲滯)ᄒᄂᆞ이다 또 알외되 국쳥(鞫廳) 문목(問目)을 되신이 디어니옵ᄂᆞᆫ 거시 법이오니 되신을 기다리옵ᄂᆞᆫ 거시 엇더ᄒᆞ올지 이 ᄣᅵ예 권되운(權大運) 드러오니 샹왈 시방(時方) 나라희 흉역(凶逆)이 이셔 뎐좌(殿坐)ᄒ연 지 삼경이 디나되 경(卿)이 너모 더듸오니 분의(分義)²³⁹⁾도 이러ᄒᆫ가 영의뎡(領議政) 권되운 알외되 집이 머러 더듸오니 황공대죄(惶恐待罪) 샹왈 되죄 말고 어서 판의금(判義禁)과 샹의(相議)ᄒ야 문목(問目) 디어 니옵소 샹왈 영샹은 샹소(上疏) 보니 어엇더ᄒ온고 권되운

236) 문랑: 죄인을 심문할 때 그것을 기록하는 일을 맡던 낭관.
237) 함께.
238) 대후: 대부(大夫) 이상의 벼슬아치. 대부는 벼슬의 품계에 붙이던 칭호로 정1품에서 종4품까지의 벼슬에 붙였다.
239) 분의: 임금과 신하 사이에 지켜야 할 직분과 도리.

이 알외되 문ᄌᆞ(文字)를 젼혀 갈희들[240] 아녓ᄉᆞ오니 무상(無狀)[241]ᄒᆞ오나 신(臣)을 맛져[242] 다ᄉᆞ리미 족ᄒᆞ옵거늘 굿하여[243] 친국ᄒᆞ시리잇가 샹왈 오두인 등이 늬 말이 헛말이라 ᄒᆞ니 나는 헛말 한 니광한(李光漢) 되엿노라 젼(前)의 김홍욱(金弘郁)[244]이 잇더니 이ᄂᆞᆫ 더 심ᄒᆞ다 일긱(一刻)이나 텬지간(天地間)의 살와 두리오 목늬션(睦來善)이 제셩(齊聲)ᄒᆞ여 알외되 야기(夜氣) 음습(陰濕)ᄒᆞ오니 대늬(大內)[245]로 환궁(還宮)ᄒᆞ옵쇼셔 샹왈 잡말 말고 어셔 거힝(舉行)ᄒᆞ옵소 샹왈 문묵(問目)을 초(抄) 잡고 뎡셔(正書)ᄒᆞ기 더딜 거시니 바로 뎡셔ᄒᆞ라 권ᄃᆡ운(權大運)이 알외되 니현됴(李玄祚) 심발(沈檼)노 문낭(問郞)ᄒᆞ여지이다 샹왈 친국 시의 발포(發捕)[246]ᄒᆞᆯ 일이 이셔도 가도ᄉᆞ(假都事)를 만히 녀라[247] 샹왈 문묵을 ᄌᆞ시[248] 늬라 두인(斗寅) 등이 말[249]ᄒᆞ되 늬 말은 거즛말이라 ᄒᆞ며 춤소(讒訴) 드러 이 과거(過擧)[250]를 ᄒᆞᆫ다 ᄒᆞ니 이 말은 뉘게 드르며 샹소를 뉘 쇠옴 드럿난고 일노[251] 문묵(問目)ᄒᆞ라 도승지 유명견(柳命堅)이 알외되 친국 졀묵(節目)을 각ᄉᆞ(各司)의 분부ᄒᆞ나이다 샹왈 의윤(依允)[252] 샹왈 나쟝(羅將)이 어

---

240) 가리지.

241) 무상: 함부로 행동하여 버릇이 없음.

242) 신하에게 맡겨.

243) 굳이.

244) 효종 때에 소현세자빈(昭顯世子嬪) 강씨(姜氏)의 사사(賜死) 문제를 두고 그 잘못됨을 말하다가 죽은 인물. 『효종실록』 효종 5년 7월 17일 기사에 그의 죽음에 관한 내용이 있다.

245) 대궐 안으로.

246) 발포: 죄인을 잡기 위하여 포교를 보내는 것.

247) 많이 내어라.

248) 자세히.

249) 원문에는 "말"이 없으나 의미상 있어야 하고, 구활자본에도 있다.

250) 과거: 그릇된 행위.

251) 이것으로.

252) 의윤: 신하가 아뢴 것을 임금이 그 말대로 허락하는 것.

이 뎍은고253) 누고는 느러 셔며 누구는 권댱(棍杖) 소리ᄒ며 누구는 집댱(執杖)ᄒ고 판의금(判義禁)은 최쵹(催促)ᄒ여 만히 셰우소 상왈 홰블이 어이 뎍은고 만히 심그라 샹왈 서로 알핍(狎逼)ᄒ다 서로 알소(訐訴)254)ᄒ다 ᄉ랑ᄒ다 뮈워ᄒ다 ᄒ니 그런 말은 어인 말이며 물 졋ᄃ시 깁히 드러255)슬피지 못한다 말은 어인 말이며 일노 문묵(問目)ᄒ라 어시(於時)의 졔신(諸臣)이 거의 다 모도이고 나라 호령(號令)이 심히 엄급(嚴急)ᄒ니 대쇼졔신(大小諸臣)이 다 실ᄉᆨ(失色) 경황(驚惶)ᄒ야 다리도 썰며 숨을 쉬지 못ᄒ여 셔로 얼굴만 보고 아모 말도 못ᄒ더라 샹왈 오두인(吳斗寅)을 몬져 블 블근 뒤로 잡아드리라 ᄒ시니 도ᄉᆨ(都事) 명녕(命令)을 바다 급히 가더라

제가 상소문을 썼다고 고하십시오

어시(於時)에 공이 졔(諸) 명ᄉ(名士)로 더브러 샹소 바친 후 비답(批答)을 기ᄃ리되 져무도록 아니 나리오시니 모든 명ᄉ 혹 집으로 가고 혹 궐문(闕門) 밧긔 이시니 공과 오공(吳公)과 니공(李公)256)과 심슈량(沈壽亮) 김몽신(金蒙臣) 니인엽(李寅燁) 됴대슈(趙大壽) 김덕긔(金德基) 등이 ᄒᆫ 가지로 대명(待命)ᄒᆯ ᄉᆡ 니공이 왈 우리 등이 비록 파산(罷散)ᄒ야 벼슬이 업스나 팔십여 인이나 하니 변시됴졍(便是朝廷)이 되엿난디라 엇지 ᄒᆫ 샹소만 ᄒ리오 여러 번 ᄒ미 엇더ᄒ뇨

---

253) 적은가.
254) 알소: 남을 헐뜯기 위하여 사실을 날조하여 고자질하는 것.
255) 물에 옷이 젖듯이 참소의 말을 깊이 들어서.
256) 박태보공과 오두인공과 이세화공.

오공이 우어²⁵⁷⁾ 굴오되 미처 녕감(令監) 말과 긋지 못홀가 ᄒ노라 말이 맛되 못ᄒ여²⁵⁸⁾ 궐뇌(闕內)예 드레ᄂ²⁵⁹⁾ 소리를 듯고 제(諸) 명사(名士) 셔로 도라보아 왈 이 거죄(擧措) 필연 우리배(輩) 죄를 무르려 시ᄂ도다

아이(俄而)²⁶⁰⁾오 국쳥(鞫廳) 명이 나리매 혼야(昏夜)의 버러션 홰블이 됴요(照耀)²⁶¹⁾ᄒ고 셔리배(胥吏輩)들이 황겁ᄒ야 들네ᄂ²⁶²⁾ 소리 텬지(天地) 딘동(振動)ᄒ더라 제 명사 면〃(面面)이 실식(失色)ᄒ야 인〃(人人)이 황겁ᄒ되 공이 홀노 굴오되 이 일이 이에 니르미 고이치 아냐²⁶³⁾ 의법(依法)ᄒ니 놀나지 말나 언어동지(言語動止) 됴용²⁶⁴⁾ 안일(安逸)ᄒ미 평일로 더라²⁶⁵⁾ 히챵위(海昌尉) 오태쥬(吳泰周)ᄂ 오공의 아들이라 울며 대인긔 엿ᄌ와 굴오되 ᄉ쳬(事體) 블측(不測)ᄒ니 대인은 드러가 알욀 말솜을 어이 의논치 아니시ᄂ니잇가²⁶⁶⁾ ᄒ더라 공이 오공ᄃ려 왈 이 샹소의 짓기와 쓰기를 실노 늬 손의 ᄒ여시니 엇디 가(可)히 면(免)ᄒ리오 공이 만일 몬져 드러갈 거시니 샹이 반드시 짓고 쓰 니를 엄문(嚴問)ᄒ실 적 공은 브른 딕로 알외쇼셔 오공 왈 늬 엇지 ᄎᆷ아 ᄒ리오 공이 왈 바른 딕로 아니 고ᄒ면 이ᄂ 님군을 소기ᄂ 거시니 공은 함호(含糊)²⁶⁷⁾치 말나 대개 두 번 님군을 소기

---

257) 웃어.

258) 말을 마치지 못하여.

259) 야단스럽게 떠드는.

260) 얼마 지나지 않아.

261) 조요: 환하게 밝음.

262) 소란스러운.

263) 이상하지 않다.

264) 조용.

265) 평일보다 더하더라.

266) 원문에는 '아니'가 연속 두 번 쓰여 있으나 오류이므로 하나만 쓴다.

267) 함호: 문자 그대로 풀이하면 죽을 머금었다는 뜻이다. 우물거리며 분명하게 말하지 않거

지 마르쇼셔 ᄒᆞ더라 니공(李公)이 바지를 거두고 다리를 닉여 만져 위연(喟然) 탄왈(歎曰) 삼십년 나라 은혜를 닙어 후록(厚祿)을 먹어 다리의 살이 찟더니 엇디 오늘날 국청(鞫廳)의 드러낼 줄 ᄯᅳᆺᄒᆞ여시리오 아경(俄頃)의 금오랑(金吾郎)이 나댱(羅將)을 거ᄂᆞ리고 쎨니와 오공을 나릐(拿來)ᄒᆞ니 공이 옷ᄉᆞ믜를 잡고 니르되 샹이 짓고 쓰 니를 뭇ᄌᆞ오시거든 공이 날노 ᄒᆞ여곰 엿ᄌᆞ오라 오공이 왈 늬 엇디 소두(疏頭)로셔 스스로 당(當)치 아니리오 공이 두세 번 고ᄒᆞ여 왈 공이 만일 바로 고치 아니면 늬 스스로 딕고(直告)ᄒᆞ리라 어려워ᄒᆞ지 말고 소기지 말고 바로 고ᄒᆞ야 숨기ᄂᆞᆫ 일이 업게 ᄒᆞ라 ᄌᆡ삼(再三) ᄌᆡ삼 당부ᄒᆞ시더라 임의²⁶⁸⁾ 오공이 드러가니 니공 유공²⁶⁹⁾이 니어 나릐(拿來)ᄒᆞ니 공이 드듸여 나릐ᄒᆞᆯ 복ᄉᆡᆨ(服色)을 고치고 안ᄌᆞ 기드리시더라

상소 대표자 오두인을 국문하다

어시(於時)의 승지 니셔우 봉명(奉命)ᄒᆞ야 죄인을 직쵹ᄒᆞ더니 이에 죄인 잡아온 줄 알왼ᄃᆡ 샹왈 오두인(吳斗寅)을 몬져 올니라 샹왈 친국 ᄉᆞ체(事體) 엇더케 엄듕(嚴重)ᄒᆞ관ᄃᆡ 죄인이 망건(網巾) 쓰고 씌" 여 죠용이 거러 드러오ᄂᆞᆫ고 직쵹ᄒᆞ여 큰 칼 씌오고 슈족쇄(手足鎖)를 베프라 문낭(問郎) 심계량(沈季良)이 문목(問目)을 닑더니 샹왈 됴건됴건²⁷⁰⁾ 엄히 므르라 샹왈 나댱(羅將)은 엽흘 디르며 무르라²⁷¹⁾

나, 또 그렇게 결단을 못 내리는 태도를 말한다.

268) 이미.

269) 이세화공과 유헌공.

270) 조근조근. 차근차근 순서에 따라.

271) 양 어깨 사이에 몽둥이를 끼우고 국문하라는 뜻이다. 『숙종실록』에는 "나장은 죄인의 겨드랑이에 장축을 끼우고 국문하라(羅將以杖築罪人之腋而問之)"라고 쓰여 있다.

샹왈 우샹(右相)은 어이 지금 아니오는고 김덕원(金德遠)이 놀나 이
러 업듸여 알외되 쇼신(小臣)이 오완지 오라여이다 샹왈 냥수당관(兩
司堂官)이 어이 아니오는고 니셔우 알외되 대수헌(大司憲) 묵챵명(睦
昌明)이 셩외(城外)예 잇습기 미처 못 왓습ᄂ이다 샹왈 죄인의 원뎡
(原情)을 좀 문즈로 말고 말노 알외라 시에 오공의 년(年)이 년노(年
老)ᄒ고 파려ᄒ며²⁷²⁾ 말이 언눌(言訥)ᄒ여 명빅(明白)지 아니ᄒ니 샹
왈 미쳐 형츄(刑推)²⁷³⁾젼 감히 분명이 아니홀가 상소 쥬장(主掌)ᄒ기
는 뉘며 지으 니는 뉘며 쓰 니는 뉜고 긔이지²⁷⁴⁾ 말고 완〃이 싱각지
말고 어셔 바로 알외라 오공이 원정(原情)ᄒ니 심계량(沈季良)이 넑
어 알외되 신 오두인은 년(年)이 뉵십뉵이라 국은(國恩)을 닙스와 직
샹(宰相)이 되와 군부(君父)의 과거(過擧)를 보오나 파산(破散)ᄒ 연
고로 졍쳥(庭請)의도 참녜치 못ᄒ옵고 츠마 좀〃코 잇습기 신즈의 덕
분이 아니오니 파산 졔신(諸臣)으로 더브러 샹소를 ᄒ오되 창졸지간
(倉卒之間)의 글 쓰지 다른 말슴과 다르옵디 엇디 뎐하(殿下)를 일회
(一毫)나 의심ᄒ오리잇가 샹왈 샹핍(相逼)이란 말슴은 녀염(閭閻) 부
〃(夫婦) 스이 샹실ᄒ게 되면 그런 일이 잇스오매 녀항간(閭巷間) 말
슴을 알외엿습되 엇디 뉘 쇠옴을 드르며 드러스우리잇가 샹소 듀장
(主掌)ᄒ기는 엇지 흔 사름의 쥬쟝한 일이으리잇가마는 엄문지ᄒ(嚴
問之下)의 감히 긔이리잇가 지필(執筆)은 박○○²⁷⁵⁾고 의논ᄒ옵기는
뉘 아니ᄒ엿스오리잇가 이 밧긔 알욀 말슴이 업스와이다

넑기를 마초니 샹왈 오두인(吳斗寅)은 나리오고 셰화(世華)를 올니

272) 파리하며.

273) 형추: 죄인을 때리며 심문함.

274) 속이지.

275) 두세 글자 정도 들어갈 자리에 종이를 붙여서 글자를 가린 흔적이 있다. 박태보의 이름
을 가린 것이다. 그렇다면 이 이본은 박태보의 이름을 함부로 부를 수 없을 만큼 가까운 사람
에게서 나왔다고 봐야 한다. 자손 등이 이에 해당한 것이다.

라 승지 금희일(金海一)이 표신(標信) 가지고 드러오고 대ㅅ헌 묵챵명(睦昌明)이 창황이 드러와 알외되 셩명지계(聖明之界)예 이런 흉흔 놈들이 이런 흉참(凶慘)흔 샹소 홀 줄 쯧ᄒ여ㅅ오리잇가 만〃 통분(萬萬痛憤)ᄒ여이다 샹왈 댱관(當官)²⁷⁶⁾은 참국(參鞫)ᄒ소

글은 잘 모르지만 왕비를 폐하는 것이 잘못인 줄은 압니다

시(是)에 니공을 올니시 문묵(問目) 닑고 원졍(原情) 밧기 법 디로 ᄒ난다라 니공은 본디 확실흔지라 원졍 젼(前)의 알외되 신은 죄가 잇ᄉ오며 죄가 잇습ᄂ이다. 뎐하로 ᄒ여곰 반야(半夜)의 친국ᄒ샤 옥체 손상ᄒ시게 ᄒ고 과거(過擧)를 ᄒ시게 ᄒ오니 이 더욱 신의 죄로소이다 샹왈 잡말 말나 심계량이 원졍 닑어 알외되 대강 굴오되 죄인 니셰화는 년이 뉵십이라 의신(矣身)이 직조 업산 거시 텬은(天恩)을 과히 닙ᄉ와 오도방빅(五道方伯)을 디닉엿습ᄂ이다 녕남(嶺南)으로 도라와 병 드러 강촌의 잇습더니 홀연 폐비거조(廢妃擧措)를 듯습고 놀납ᄉ와 급히 드러오〃니 팔십여인이 긔약(期約)디 아냐 일제히 모히와 샹소 의논ᄒ오되 신은 실혹급뎨(實學及第)²⁷⁷⁾라 문한(文翰)을 ᄌ임(自任)을 못ᄒ와 ᄆ양 문ᄌ(文字)부치 대쳬(大體)만 아옵고 깁흔 쯧들 모로오매 폐비(廢妃) 과거(過擧)되오심만 아옵고 샹소 당연ᄒ옴만 아옵ᄂ이다 의신(矣身)이 쥬쟝ᄒ라 ᄒ와도 신이 진실노 ᄉ양치 아니ᄒ옵ᄂ이다 즉금 사름이 이셔 아비되 니 어미를 닉치면 그 아들되 니 울며 간ᄒ여야 올ᄉ오니잇가 아븨 쯧즐 바다 어미 닉치는 거슬

---

276) 당관: 현재 그 관직을 맡고 있는 일, 혹은 그 벼슬아치.

277) 실학급제: 실속 있는 공부를 한 사람이라는 뜻으로, 문리(文理)를 제대로 깨치지 못한 사람을 비꼬아 지칭하는 말.

물꼬름 보고 간(諫)치 아니ᄒ리잇가 슬프다 뎐하(殿下)ᄂᆞᆫ 신민(臣民)
의 아비시라 듕궁(中宮)은 신민의 어미시라 뎐하의 신ᄌ(臣子)되여
잠〃코 이시면 텬하(天下)의 용납지 못ᄒᆞᆯ 죄인이니이다 이 밧긔 알욀
말ᄉᆞᆷ이 업서이다 샹왈 니세화ᄂᆞᆫ ᄂᆞ리오고 유헌(兪櫶)을 올니라 유공
이 노병(老病)이 심ᄒᆞ야 귀 먹고 말 잘 못ᄒᆞ매 몬져 병샹(病狀)을 알
욀ᄃᆡ 샹왈 병 드러서면 참녜ᄒ랴 나댱(羅將)이 엄히 질너 무르라[278]
문낭(問郎) 계량(沈季良)이 원졍 넙어 알외되 죄인 유헌은 나히 칠십
삼이라 셩외(城外)예 잇ᄉᆞᆸ더니 샹소ᄒᆞᆫ다 말 듯ᄉᆞᆸ고 아들만 보ᄂᆡ여 일
홈만 뻣ᄉᆞᆸ거니와 샹소조어(上疏措語)ᄂᆞᆫ 실노 모르옵ᄂᆞ이다 샹왈 나
리오라 샹왈 친국은 다른 옥ᄉ(獄事)와 둘나 법이 엄ᄒᆞ니라 늬 임의
여러 다딤을 드르니 지필의 박○○[279]ᄅᆞᆯ 나릭(拿來)ᄒ라 ᄎᆞ시(此時)
ᄉ경(四更) 삼졈(三點)이라

박태보를 잡아오라

도ᄉ(都事) 나댱(羅將)을 거ᄂᆞ리고 금호문(金虎門) 밧긔 나와 크게
소ᄅᆡ ᄒᆞ여 지필(執筆) 박○○ ○[280]더 잇ᄂᆞ니 공이 여러 사ᄅᆞᆷ 듕(中)
의 니러나 글오되 늬 예 잇노라 ᄒ고 큰 칼을 잇그러 스스로 쓰며 망
건과 담빗딕ᄅᆞᆯ 죵을 주어 니ᄅᆞ되 이ᄅᆞᆯ 갓다가 모친긔 드리라 ᄒ시고

---

278) 죄인의 겨드랑이에 장축을 끼우고 국문하라는 뜻이다. 『숙종실록』에 "羅將以杖築罪人之腋
而問之"라고 되어 있다. 이런 표현이 앞에서도 나왔고 뒤에서도 계속 나온다.
279) 여기에도 두세 글자 들어가는 자리에 종이를 붙여 가린 자국이 있다. 역시 박태보의 이
름이 들어갈 자리인데 성만 남기고 이름은 지운 것이다.
280) 앞에서와 마찬가지로 두세 글자가 가려져 있다. 박태보의 이름이 들어갈 자리이다. 또 이
름을 가리다가 한 글자를 더 가린 것으로 보인다. 이후에 이어지는 글로 볼 때 그 글자는 '어'
자인 듯하다.

띄와 부체를 스매의 너흐니[281] 쳐시(處事) 안샹(安詳)ᄒᆞ고 신식(身色)
이 변치 아니ᄒᆞ고 거름이 죠용ᄒᆞ시더라 니인엽(李寅燁) 됴대슈(趙大
壽) 김몽신(金蒙臣) 삼인이 손을 잡아 굴오되 이 무슴 씐고 자닉 엇디
혼즈 담당ᄒᆞ고 우리도 당〃이 ᄒᆞᆫ 가지로 드러갈 거시라 ᄒᆞ되 공이 왈
자닉들이 ᄒᆞᆫ 가지로 드러갈 의가 무어신고 짓고 쓰기는 다 닉 ᄒᆞᆫ 배
니라 ᄒᆞ니 삼인이 일시(一時)의 굴오되 원정을 쟝ᄎᆞᆺ 엇디 ᄒᆞ려ᄒᆞᄂᆞᆫ고
비ᄂᆞ니 서로 의논ᄒᆞ세 ᄒᆞ되 공이 왈 닉 원정은 닉 홀 거시니 엇지 의
논ᄒᆞ리오 출하리 혼즈 죽을 지언정 엇지 다른 사름과 ᄒᆞᆫ 가지 ᄒᆞ리오
닉 ᄆᆞ음이 임의 졍ᄒᆞ여시니 자닉들 넘녀(念慮)마소 니돈(李墩)이 ᄉᆞ
매를 잡아 굴오되 ○○아 엇지 이리 경솔ᄒᆞᆫ고 공이 ᄉᆞ매를 썰쳐 니러
나며 우셔 굴오되 남이(男兒) 이 씌를 당ᄒᆞ여 엇디 죽기를 두려워 ᄒᆞ
리오 우숩다 녕공(令公)[282]의 말이여 닉 ᄆᆞ음이 ᄒᆞᆫ번 뎡(定)ᄒᆞ여시니
엇지 죽기를 무셔워ᄒᆞ리오 드듸여 드러가미 댱외(場外)예 오공 니공
이 공의 오는 거동을 보고 굴오되 슬프다 우리 등은 벼슬이 놉고 늘
거 죽게 되어시니 ᄒᆞᆫ 번 죽어 국은을 갑흐미 뉘웃ᄇᆞ미[283] 업거니와
자닉 쇼년(少年) 명망(名望)이 잇고 집의 냥(兩) 노친이 계시니 헛도
이 죽는 거시 의리가 ᄀᆞᆺ지 못ᄒᆞ니 자닉 이제 원정을 잘 ᄒᆞ여 젼혀 우
리게 미루고 살 도리를 싱각ᄒᆞ소 그러치 못ᄒᆞ면 면치 못홀 거시니 원
졍을 의논ᄒᆞ미 엇더ᄒᆞᆫ고 공이 왈 녕공(令公)은 말 마옵쇼셔 닉 원정
을 엇지 녕공의 말ᄉᆞᆷ을 기ᄃᆞ리리오 인신(人身)이 여긔 이르러 죽을
ᄯᆞ람이니 엇디 계교(計巧)를 ᄒᆞ리오 닉 ᄆᆞ음의 임의 뎡(定)ᄒᆞ여시니
엇디 변ᄒᆞ리오 공의 말ᄉᆞᆷ과 긔운이 더욱 강개(慷慨)ᄒᆞ시고 졍신은 더
옥 강열(剛烈)ᄒᆞ시니 뉘 아니 슬허ᄒᆞ며 이샹(異常)이 아니 넉이리오

---

281) 띠와 부채를 소매에 넣으니.
282) 영공: 정3품 이상의 벼슬아치를 가리키는 '영감'과 같은 말.
283) 뉘우침이, 즉 후회함이.

들을 것도 없다 무조건 쳐라

이윽고 드러가시니 문낭(問郎)이 상(床) 아릭 셔〃 고셩(高聲)ㅎ여 문목(問目)을 닑으며 굴오되 소듕(疏中)의 니른바 가탁(假託)ㅎ야 거즛말 쑤민다 ㅎ여시니 그는 어인 말이며 또 셜亽(設使) 닉뎐(內殿) 과실이 이신들 숢의 긔록(記錄)혼 거슨 블과실언(不過失言)이오 힝亽(行事)의 드러난 일이 아닌되 젹발(摘發)ㅎ여 망극혼 죄명을 쓰인다 말은 어인 말이며 샹알샹핍(相軋相逼)은 어인 말이며 혼 몸의 亽(私)를 본다 말²⁸⁴⁾은 또 어인 말이며 비망(備忘)의 하교 졍녕(丁寧)ㅎ되 이리 쑤미기는 어인 일고 뉘 가르치더냐 이러툿혼 흉혼 말을 어느 곳의 드럿느냐 이러툿혼 흉소(凶疏)를 눌과 더브러 의논ㅎ며 뉘 쥬쟝ㅎ여 군부(君父)를 비반ㅎ고 죄샹(罪狀) 드러난 사름의게 닙졀(立節)코져 ㅎ는다 숨기지 말고 바로 알외라 닑기를 다ㅎ니 샹이 나댱(羅將)으로 ㅎ여곰 녑흘 질너 엄히 무르라 ㅎ시니 공이 옷기슬 녀믜고²⁸⁵⁾ 긔운(氣運)을 나초고 소릭를 죵용이 ㅎ야 알외되 임의 문목으로 뭇즈오시니 바로 알외리이다 샹왈 네 엇디 무샹부도(誣上不道)를 혼다 네 엇디 님군의 말을 허망타 ㅎ는다 공이 알외되 신(臣)이 엇디 무샹홀니 이시리오 그러ㅎ오나 신은 ㅎ옵기를 닉뎐(內殿) 겨옵셔 비록 언어간(言語間) 과실이 겨오시나 젹발(摘發)ㅎ오셔 큰 죄예 보닉시미 맛당치 아닌가 ㅎ느이다 원간닉 항간(巷間) 쳐쳡(妻妾) 둔 사름이 가댱(家長)이 편벽(偏僻)되여 제ㄱ(齊家)를 잘 못ㅎ면 가되(家道) 괴란(壞亂)ㅎ니 왕〃(往往)이 잇습느이다 이제 뎐해(殿下) 후궁의 툥(寵)이 셩(盛)ㅎ오니 혹 그러ㅎ올가 ㅎ나이다 신이 엇지 감히 왕언(王言)을

---

284) 상소문 중 임금에 대하여 "한 몸의 사심(私心)을 좇아 돌아보지 않고 마음대로 행하시지만(殿下縱欲循一己之私而顧行不顧)"이라고 지적한 부분.

285) 옷깃을 여미고.

허망타 호오리잇가 문목 딘답 두어 가지 혼뒤 샹이 공의 동졍(動靜)이 조곰도 무셔워호는 거시 업스믈 보시고 도옥 대로(大怒)호샤 죄인을 어좌(御座) 갓가이 호시고 고셩(高聲)호여 하교(下敎) 왈 네 엇지 감히 이런 말을 호는다 네 날을 챵쳡(寵妾)의 춤소(讒訴)를 미더 무죄(無罪)혼 닉뎐(內殿)을 폐혼다 호느냐 그러호면 나는 무고(誣告)혼 니광한(李光漢)이 되엿다 샹왈 죠고만 놈이 일즉 날을 거스리고 곤칙(困責)호던 놈 네 아니냐 내 너를 뮈워호기를 깁히 호여시되 특별이 노분(怒憤)을 춤아 네 머리를 버히디 못호엿더니 또 금일 욕(辱)을 보앗다 간특(姦慝)혼 부인을 위하야 이러틋 방즈(放恣)하니 흉역(凶逆)이 아니냐 공이 알외되 군신부즈(君臣父子)는 의가 혼 가지온되 뎐하 엇지 이런 하교(下敎)를 호시느니잇가 군친(君親)이 비록 곳디 아니호오나 츙효(忠孝)는 다르미 업습느이다 아비가 만일 어미를 닉치면 즈식이 되어 당챵 간호오리잇가 슌(順)히 듯소오리잇가 이제 뎐해(殿下) 뎐(前)의 업던 과거(過擧)를 힝호오샤 곤위(壺位)[286] 쟝챵 기우러시니 신즈(臣子) 감히 죽기를 무릅 뻐 간호여 드르시기를 기다리니 엇디 뎐하를 빈반호옵고 듕궁을 위호리잇가 듕궁을 위혼 바는 뎐하를 위혼 배니이다 샹왈 이러틋 독믈(毒物)을 바로 버혀도 올치 아니미 업도다 모름즉이 원졍(原情) 밧디 아닐 거시니 엄형(嚴刑)호라 우의뎡(右議政) 김덕원(金德遠)이 알외되 원정을 아니 받드시고 형츄(刑推)를 몬져 호오면 후폐(後弊) 대단홀 듯 호여이다 샹왈 이러틋혼 흉물을 봉쵸(捧招)[287]를 엇디 기드리〃오 어셔 엄형(嚴刑)호라 샹이 판의금(判義禁)을 불너 하교(下敎) 왈 일의 닙낙(入落)[288]이 잇고 법의 두루 집히미 잇느니 만일 져는 올코 나는 무인(誣人) 니광한

---

286) 곤위: 중궁을 가리키는 말. 국모, 내전, 곤전, 곤위 등이 모두 왕비를 나타낸다.
287) 봉초: 죄인을 문초하여 진술을 받는 것.
288) 입락: 되고 안 되고, 받아들이고 받아들이지 않고, 합격 불합격 등의 양면.

이 굿히 죄인을 위ᄒ야 닙졀(立節)ᄒ랴 ᄒ니 ᄆᆡ질 잘 ᄒᄂ 나댱(羅將)이 고의쇠를 명ᄒ야 ᄉ체(四體)를 결박(結縛)ᄒ고 판의금(判義禁)은 몸소 고찰(考察)ᄒ여 개〃(箇箇)히 엄형(嚴刑)ᄒ여 승복(承服)ᄒ라 져주시더라[289)

1차로 형신을 가하다

이 ᄯᅢ 쳔위(天威)가 진쳡(震疊)ᄒ시고 호령(號令)이 더옥 엄ᄒ여 권댱(棍杖)ᄒᄂ 소ᄅᆡ 향교동(鄕校洞)[290)ᄭᆞ지 들니더라 골육(骨肉)이 다 ᄶᅢ여뎌 뉴혈(流血)이 님ᄂᆡ(淋漓)[291)ᄒ되 공의 안ᄉᆡᆨ(顏色)이 안연(晏然)ᄒ여 죠곰도 통호지셩(痛呼之聲)이 업스니 샹이 부체로셔[292) 안(案)을 쳐 글오샤되 이러ᄐᆞᆺ흔 형댱(刑杖)을 더으되[293) 통셩(痛聲)이 업스니 여ᄎ(如此) 독물(毒物)이 무ᄉ 일을 못ᄒ리오 엄히 치라 공이 알외되 뎐해(殿下) 군부(君父)를 ᄇᆡ반ᄒ고 동궁을 위ᄒᆞᆫ다 ᄒ오시고 인ᄒ여 죄인이 되엿ᄉ오니 신이 비록 무샹ᄒ오나 약간의 녜(禮)ᄂ 아옵ᄂ이다 뎐하를 ᄇᆡ반ᄒ고 동궁을 위ᄒ여 닙졀(立節)흔들 어이 졀이라 호리잇고 그러ᄒ오나 동궁ᄭᅴ 닙졀이 뎐하ᄭᅴ 닙졀이니이다 샹왈 네 더옥 독(毒)을 ᄂᆡᄂᆞᆫ다 무샹부도(誣上不道) 봉쵸(捧招) 어셔 바드라 ᄃᆡ왈(對曰) 뎐하 ᄆᆡ양[294) 무샹(誣上)으로써 신의 죄를 삼으시니 신

---

289) 심문하라시더라.
290) 향교동: 조선시대 초기 한양 북부 양덕방(陽德坊)에 속하는 동네이다. 현재 종로구 경운동, 낙원동, 운니동 일대가 그곳이다.
291) 임리: 액체 같은 것이 흘러넘치는 모양.
292) 부채로.
293) 더하되. 가하였는데.
294) 매양. 늘.

이 실노 우미(愚迷)하와 무스 일 무상이 되온 줄 모르옵ᄂᆞ이다 신의 소어(疏語)ᄂᆞᆫ 무상이 아니 되온 줄 뎐하 엇지 모르시ᄂᆞ니잇고 청컨딕 문묵(文墨)으로 앙딕(仰對)ᄒᆞ오리다295) 무상이란 하교(下敎)ᄂᆞᆫ 듯고져 아니ᄒᆞᄂᆞ이다 샹왈 승복을 아니ᄒᆞ거든 매 댱슈(杖數)를 혜디 말나296) 잡담(雜談)ᄒᆞ거든 입을 ᄢᅥᅙᆞ라 샹왈 비망긔(備忘記) 쓰지 졍녕(丁寧)ᄒᆞ거든297) 춤소(讒訴) 듯고 소긴다 닐너셔298) 날노 ᄒᆞ여곰 헛말ᄒᆞᄂᆞᆫ 딕로 밀워니299) 네 무상부도(誣上不道) 아니냐 어셔 지만(遲晚)300) 두라 딕왈 투긔지셰(妬忌之時) 예(例) 혐의(嫌疑) 수이 니러난 연고로 궁듕ᄉᆞ(宮中事)를 외인(外人)이 알 배 아니오나 혹 싱각건딕 혹 이런 일이 니셔 뎐해(殿下) 혹 살피지 못ᄒᆞ오신가 ᄒᆞᄂᆞ이다 샹왈 부인을 위ᄒᆞ야 반드시 닙졀(立節)코져 ᄒᆞ여 죽ᄂᆞᆫ 거시 무슨 ᄯᅳᆺ진고 후셰(後世)예 너를 뉘라 졀(節)이라 니르랴 딕왈 신이 엇디 닙졀코져 ᄒᆞ여 샹소를 ᄒᆞ엿시리잇가 다만 금일 거죄(擧措) 덧덧지 아닌 거슬 ᄇᆡ옵고 신즈의 ᄆᆞ음이 통박(痛迫)ᄒᆞ물 이긔지 못ᄒᆞ와 ᄉᆞ어(疏語)를 서로 베퍼 뻐 뎐해(殿下) 드리시기를 ᄇᆞ랄 ᄯᆞ름이로소이다 샹왈 지만(遲晚)을 어이 아니ᄒᆞᆯ고 딕왈 신은 지만은 무어신지 므로옵ᄂᆞ이다 신은 뎐하의 신해(臣下)라 엇지 뎐하를 속일 니 잇ᄉᆞ오리잇가 샹왈 원즈(元子)ᄂᆞᆫ 나라 근본이라 원즈 향ᄒᆞ야 편치 아닌 ᄆᆞ음이 잇게 ᄒᆞ니 이 죄인이라 네 어이 죄인을 위ᄒᆞ야 원즈를 위틀 아니ᄒᆞᄂᆞ냐 혼갓 무상이 아니라 대역브되(大逆不道)로다 엄형ᄒᆞ라 승지 니셔위(李瑞雨) 고왈

---

295) 구활자본에는 "쥬달ᄒᆞ리니"라고 되어 있다.

296) 세지 말라.

297) 조금도 틀림없거늘.

298) 속인다고 말하여서.

299) 헛말하는 데로 미니.

300) 지만: 자백.

(告曰) 쥰칙(峻責)[301] 호엿습ᄂ이다 아딕을난[302] ᄂ리오라

상소 대표자 오두인을 두번째 치다

상왈 이젼(以前) 버힌 죄인 홍치샹(洪致祥)이 잇더니[303] ᄯ 이 변이 잇도다 셰도인심이 과연 엇더호고 권ᄃ운(權大運)이 알외되 젼녜(前例)로 의논호건ᄃ 오두인(吳斗寅) 니셰화(李世華)ᄂ 당〃이 다시 치려니와 유헌(兪櫶)은 엇더호오이다[304] 샹왈 무상(誣上)한 죄인을 다스리랴 ᄒ니 법 잡기를 엇디 이러툿시 완〃(緩緩)호고 ᄃ신(大臣)은 츄고(推考)를 못ᄒ나 금부당샹(禁府堂上)은 죵〃 츄고ᄒ라 오두인을 다시 올녀 형츄(刑推)호되 오공이 쇠패(衰敗)ᄒ기 심혼지라 나당이 ᄎ마 만이 치지 못ᄒ더라 샹왈 뉘 샹소ᄒ라 니르더냐 오공이 ᄃ왈 팔십여인이 의논호옵고 드른 일 업서이다 샹왈 팔십여인 듕 엇지 한 사름이 쥬쟝ᄒ니 업ᄉ리오 홍치샹이 무샹이라 버혀더니 ᄯ 엇디 감히 무샹ᄒ리오 ᄃ왈 엇지 무샹ᄒ리잇가 말이 쯔즐 니르지 못홀소이다 샹왈 감히 글의 쓰고 이제 와 말이 쯔즐 니르지 못한다 홀가 ᄯ 엇지 감히 주쵹인(嗾囑人)[305]을 가리울가 오공이 ᄃ왈 다만 듯ᄌ오니 정청(庭請)의 참녜치 못ᄒ면 맛당이 샹소ᄒ리라 ᄒ오니 드럿ᄂ이다 샹왈

---

301) 원문은 '듄칙'라고 되어 있으나 구활자본에 따라 '쥰칙'이라고 적었다. 그래야 의미상 맞다. 준책은 엄하게 꾸짖는다는 말이다.

302) 아직은.

303) 홍치상은 홍득기와 효종의 딸인 숙안공주 사이에서 난 아들이었다. 장희빈의 어머니가 조사석의 집안과 친분이 있어서 조사석이 정승이 된 것이라는 유언비어를 퍼트렸다는 이유로 숙종 15년(1689년) 4월 22일에 교형(絞刑)에 처해졌다. 이는 박태보에 대한 국문이 있기 불과 사흘 전에 벌어진 사건이다.

304) 어떻게 하시겠습니까.

305) 주촉인: 남을 부추겨서 시킨 사람.

소의 니른 놈이 누고뇨 오공이 뒤왈 어느 곳의셔 난 줄 모른올소이다
샹왈 하늘이 니른더냐 싸히 니른더냐 모른다 말이 되지 못ᄒ엿다 엄
히 처라 ᄒ신되 오공이 왈 윤심(尹深)이 통ᄒ옵더이다 샹왈 무슴 말
을 통ᄒ더냐 오공이 왈 파산인도 맛당이 샹소ᄒ염즉ᄒ다 ᄒ더이다
샹왈 허실간 혼 번 당〃이 무른리니 윤심을 나뤼(拿來)하라

ᄯᅥ예 삼 대신이 나아와 업듸여 알외되 새박이 거의 되엿ᄉ오니 원
컨듸 드옵쇼셔 우샹 김덕원이 알외되 비록 이 옥ᄉ(獄事)도곤[306] 더
듕한 거시 잇ᄉ오나 근닉(近來)예 친국ᄒ오신 일이 업습더니 이제 밤
이 진(盡)ᄒ옵고 새박이 되엿ᄉ오나 뎐좌(殿座)ᄒ오시니 쳥컨듸 신
등이 우려가 적지 아니ᄒ여이다 샹왈 우샹의 말이 감히 이러틋 홀가
엇지 이도곤 듕한 옥시 이시리오 덕원[307]이 퇴(退)ᄒ니 권대운 목닉
션이 좌우의 나오고 제(諸) 승지 나와 알외되 우샹이 비록 실언ᄒ엿
ᄉ오나 친국이 쳬듕(最重)ᄒ오니 삼공을 치올거시니 쳥컨듸 도로 부
른옵쇼셔 샹왈 번거로이 알외지말나 이 옥사여셔 더 듕혼 거시 어이
이시리오 ᄒ시더라

이세화에게 두번째 묻다

시(是)의 오공의 형댱(刑杖)을 그치고 윤심이 미처 잡아오지 못ᄒ
엿ᄂ지라 샹왈 니셰화를 다시 올니라 ᄒ시고 다시 형츄ᄒ실ᄉᆡ 샹왈
쥬쟝혼 놈이 누고뇨 니공이 알외되 신이 실노 쥬쟝ᄒ엿ᄂ이다 샹왈
다른 사람을 미루고져 아니ᄒ여 스ᄉ로 쥬쟝ᄒ엿다 하나냐 닉 ᄉ어

---

306) 이 옥사보다.
307) 우의정 김덕원.

(疏語)를 무로면 두인과 너[308]는 아지 못하노라 ᄒ고 홀노 박태보
는[309] 줄〃귀〃(句句)마다 어기들 아니ᄒ되 네 말은 쥬쟝ᄒ엿노라 ᄒ
니 네 말은 간사ᄒ다 두인은 니ᄅ기를 박태보의 지필(持筆)이라 ᄒ니
샹소 짓기ᄂ 박태보냐 니공이 알외되 지필은 올ᄉ오나 짓기ᄂ 팔십
여인이 뉘 아니 ᄒ엿ᄉ오리잇가 두인이 반드시 다 알외엿ᄉ오리이다
샹왈 그런즉 네 엇디 샹소를 참녜하엿ᄂᄂ다 니공이 알외되 소어(疏語)
를 보옵고 ᄆ음의 됴ᄉ긔로 참녜ᄒ엿습ᄂ이다 샹왈 흉참ᄒ 문ᄌ(文
字)여늘 무엇시 됴터냐 니공이 되왈 비망긔(備忘記)를 보오니 개연
(介然)ᄒ옵고 소어(疏語)를 보오니 됴ᄉ더이다 샹왈 비망긔예 무슨
말이 개연ᄒ더냐 니공이 왈 정신이 미란(迷亂)ᄒ오니 무슨 말이온지
모로올소이다 샹왈 임의 보앗다 ᄒ고 ᄯ 가연(佳然)ᄒ다 ᄒ고 이제
와 긔록지 못ᄒ다 ᄒ니 이 말은 간샤ᄒ다 엄형ᄒ라 니공이 되왈 녀항
간 부〃ᄉ이 혹 이런 일이 잇ᄉ오매 억탁(臆度)으로 알외엿습ᄂ이다
샹왈 님군의게 알왼 말이 억탁ᄒ아니[310] 공이 왈 억탁으로 죄를 주시
면 만ᄉ무셕(萬死無惜)이오나 무상(誣上)으로 죄를 주시면 천만 이
미[311]ᄒ여이다 승지 고왈 쥰치ᄒ믈 알왼되 샹왈 니셰화난 ᄂ리오고
박태보[312] 올니라 다시 형츄ᄒ실

---

308) 오두인과 이세화.

309) 여기에서 '태보'라는 글자는 다른 글자보다 작게 오른쪽으로 살짝 치우쳐 적혀 있다. 나중에 적어넣었을 수도 있다. 같은 쪽에 있는 나머지 두 곳도 마찬가지이다.

310) 문장이 온전히 끝나지 않아 어색하다. 구활자본에는 "억탁이라 ᄒᄂ다"라고 씌어 있다.

311) 죄 없이 벌을 받아 억울함.

312) 여기에서도 태보라는 글씨는 오른쪽으로 약간 치우쳐 작게 적혀 있다.

박태보를 다시 불러 국문하다

샹왈 여러 죄인이 네 지필노 원정ᄒ여시니 그런즉 지필도 네 ᄒ고 쥬쟝도 네 ᄒ엿ᄂ냐 엄히 치라 공이 ᄃᆡ왈 쓰옵기ᄂ 신이 ᄒ엿습거니와 소어(疏語)ᄂ 여러히 불너 ᄒ엿스오나 임의 신이 쓰옵기를 ᄒ옵고 문ᄌ간 취샤(取捨)를 ᄒ옵고 윤식(潤色)도 ᄒ여습ᄂ이다 샹왈 네 무슨 ᄆ음으로써 흉참(凶慘)ᄒ 말을 밍그러ᄂᆞᆫ다 홍치샹을 보지 아냣난다³¹³⁾ 공이 ᄃᆡ왈 슬프다 뎐해(殿下) 엇디 일즉 홍치샹의게 비(比)ᄒ시ᄂ니잇고 치샹은 죄 잇습거니와 쇼신은 무슨 죄니잇가 신의 샹소ᄂ 일국(一國)의 ᄒ 가지로 의논ᄒ 일이라 신이 나라 알픠 츌입하완 지 멋히완되 신의 ᄒᆡᆼ실이 치샹과 ᄃ른 줄을 모로시ᄂ니잇가 샹왈 너희 놈들은 치샹과 ᄒ치라 춤소를 밋고 거즛말 ᄒ다 ᄒ니 무샹이 아닌가 군부(君父)를 ᄇᆡ반하고 음특(淫慝)ᄒ 부인을 위ᄒ여 독ᄉ(毒事)를 ᄒᆡᆼᄒ니 대역브도가 아니냐 공이 죵용이 앙ᄃᆡ(仰對) 왈 뎐하 엇지 이러틋 실언ᄒ시ᄂ니잇고 녯 사롬이 굴오되 부〃(夫婦)ᄂ 인뉸(人倫)의 비로스미오 셩인은 인뉸이 지극ᄒ옵고 필부(匹夫)도 오히려 납폐(納幣)한 의를 둉히 녁여 의로써 ᄃᆡ졉ᄒ옵거든 ᄒ물며 듕궁은 엇더케 놉ᄒ시며 엇더ᄒ신 의³¹⁴⁾ 완되 그 노(怒)ᄒ오므로써 말숨을 갈희지 아니ᄒ오시ᄂ니잇고 샹이 더옥 대로ᄒ샤 왈 네 날을 더옥 곤쵝(困責)ᄒ고 공갈(恐喝)ᄒᄂ다 판의금은 봉초(捧招)를 어이 아니 밧난고 낫〃치 개〃히 엄형ᄒ라 샹왈 간독(奸毒)ᄒ야 죵시(終是) 바로 고(告)치 아니하난다 공이 ᄃᆡ왈 소듕ᄉ(疏中事 혹은 疏中辭)를 임의 고ᄒ여스오니 이제 고ᄒ올 거시 업ᄂ이다 뎐해(殿下) 신의 샹소를 갓다가 ᄆ음

<hr>

313) 아니하였느냐.
314) 구활자본에는 "위의(威儀)"라고 씌어 있다.

을 프로시고 골도리 보오시면 바로 고한 줄을 아른시고 무고(誣告)
아닌 줄을 아오시리이다 샹왈 네 소어의 말을 다 호여시니 은위(隱
諱) 숨기고져 흔들 어드리오 어셔 지만(遲晚) 두라 공이 딕왈 이제 신
으로 호여곰 지만을 바드려시는 일은 무슨 말숨이며 무슨 일이니잇
가 신은 츄호(秋毫)도 무샹호올 일이 업셔이다 샹왈 이러툿 흔 역적
(逆賊)을 바로 버힌 후야 국강(國綱)이 셔리로다 엄형호여 승복을 바
드라 공이 왈 뎐해 근닉(近來) 쥬역(周易)을 강논호시니 건곤(乾坤)
의 의리를 모른시노니잇가 셜수(設使) 듕궁으로 과실(過失)이 계오
시나 녯적 명성왕후(明聖王后)[315] 겨옵실 적 인즈(仁慈)히 스랑호오시
니 그 쩌를 당호와도 일즉 과실이 겨오시나 말숨을 듯줍디 못호엿습
더니 원직(元子) 탄강(誕降)호오신 후 과실이 졈〃(漸漸) 들니오니
신(臣)의 쓰은 춤소(讒訴) 일노조ᄎ 드오밋가 하ᄂ이다 샹이 대로호
샤 고셩호교(高聲下敎) 왈 이 어인 말이며 이 어인 말이뇨 이 놈이 간
특(姦慝)은 김홍욱(金弘郁)의겨 더 심호다 댱ᄎᆺ(將次) 역늌(逆律)노
홀 거시로되 몬져 압슬(壓膝)[316]을 호리라 승복을 호게 되면 극정방
형(克正邦刑)[317] 호리라 지만(遲晚)을 아니면 블문곡직(不問曲直)호고
엽흘 디르고[318] 입을 따흐라 압슬형최(壓膝刑推)를 속〃히 거힝호라
목닉션(睦來善)이 알외되 압슬형최난 졸연(猝然)이 ᄀᆺ초기 어렵ᄉ오
니 황공딕죄(惶恐待罪)호노이다 공이 왈 신은 임의 흔 번 죽기를 뎡호
엿습고 군신(君臣)의 분의(分義)를 다호엿ᄉ오니 진실노 앗갑지 아
니호오나 뎐하의 거죄(擧措) 이럿툿 과도호오시니 신은 저허호옵건

---

315) 명성왕후: 현종비를 말한다. 숙종 9년(1683년) 12월에 숙종은 상대행왕대비(上大行王大
妃)의 시호를 명성(明聖)이라 정했다.

316) 압슬: 무거운 것을 무릎이나 다리 위에 올려서 눌리게 하는 형벌.

317) 극정방형: 나라의 형률로 바로잡다.

318) 양 어깨 사이에 막대기를 끼우고.

되 형벌이 과(過)ᄒ온 후는 반ᄃ시 망국지쥬(亡國之主)319) 되ᄂ이다 샹이 익노(益怒) 왈 국가의 존망이 네 아름굿가320) 딕왈 뎐해(殿下) 이러툿 실언(失言)ᄒ오시ᄂ니잇고 뎐해 비록 네 아름굿가321) ᄒ오시나 신은 교목셰신(喬木世臣)322)으로 나라흐로 더브러 휴쳑(休戚)323)을 혼 가지로 ᄒ올 거시오미 그런고로 신은 오날 거조(擧措)를 애통ᄒ옵ᄂ니 후일의 반드시 뉘우츠미 잇스오리이다 샹이 ᄉ관(史官)을 도라보아 하교왈 이런 좁스러온 말은 쓰지 말나 샹이 판의금은 압슬 형쳐를 어이 지쵹을 아니ᄂ고 급쵹(急促)ᄒ라 형츄(刑推) 심히 급엄(急嚴)ᄒ여 뉴혈(流血)이 바지의 ᄲᅡ게 되고 형용이 참혹ᄒ여시되 공의 말슴과 긔운이 죠곰도 요동치 아니시고 의리곳직(義理曲直)을 분간ᄒ시니 좌우로 보고 듯는 재(者) 뉘 아니 실식(失色)ᄒ리오 나댱(羅將)이 매를 드러시나 우지 아니 리 업더라 승지 쥰쵀호믈 고ᄒ고 윤심(尹深)을 나릭(拿來)혼 줄 알왼되 샹왈 박태보는 아딕 나리오고 윤심을 올니라

오두인과 이세화를 다시 형추하나 성과를 얻지 못하다

  승지 왈 새벽이 되와 일긔 음산(陰散)ᄒ오니 셜포댱(設布帳)을 병조(兵曹)의 분부하ᄂ이다 샹왈 그리ᄒ라 샹이 윤심(尹深)의 원정(原

---

319) 『정재후집』권6 「기사민절록(하)」 '기문(記聞)'의 첫번째 항목에 나온다.

320) 구활자본에는 "네게 알비 아니라 하시니"라고 되어 있다. 아울러 다음 줄에 나오는 용례로 보아 '무관(無關)'이라는 뜻이다.

321) 『정재후집』권5 「기사민절록(상)」 '우일본별단(又一本別段)'에 '殿下雖曰無關, 臣乃喬木世臣也'라 적혀 있다. 즉 '아름굿다'는 무관하다는 뜻이다.

322) 교목세신: 여러 대를 이어 중요한 벼슬을 지낸 집안 출신이어서 나라와 운명을 같이하는 신하.

323) 휴척: 편안함과 근심.

情)을 늙히고 우왈(又曰) 처엄의 서로 통ᄒ나 참녜치 아낫고 소어(疏
語)도 모론다 ᄒ니 심(深)은 죄 업스나 노ᄒ라 샹왈 두인의 정상(情
狀)이 실노 곳 악ᄒ다 한 번 통(通)ᄒ 니를 고ᄒ고 절친(切親)ᄒ야 한
가지로 ᄒ 니도 아니 고ᄒ니 간독(奸毒)기 심ᄒ다 오공을 다시 올녀
형츄(刑推)ᄒ시니 원정이 전과 ᄀ트니 나리오니라 샹왈 세화는 형치
(刑推)를 더울 거시니324) 다시 니공으로 올녀 형츄ᄒ되 승복을 아니
ᄒ더라 니공이 늙어 매를 견되지 못ᄒ여 어탑(御榻)을 즈로325) 바라
보고 흔 말을 듸ᄒ여 고스어 앞프물 ᄎᆷ아 ᄀᆯ오되 신의 머리는 버히려
니와 결안(結案)326)은 밧지 못ᄒ오시리이다 ᄯᅩ 알외되 신이 흔 번 결
안ᄒ여 죽삽게 되오면 텬하 후셰예 공논(公論)을 엇지랴 ᄒ시ᄂᆞ니잇
고 신의 몸은 나라희 허(許)하엿스오니 신의 우튱(愚忠)327)이 ᄆ양 ᄆᆯ
가족의 죽엄을 ᄲᆯ 마음이 잇습더니 금일 ᄆ참 죽스오ᄆᆡ 경ᄉᆡ(慶事)
아니오니잇가 다만 신은 참소홀 의만 아옵고 소어(疏語) 엇던 줄은
모로옵ᄂᆞ이다 신이 당〃이 원정(原情)의 죄(罪) 뎡(定)할 도리 잇스
리이다 쥰치(峻責)ᄒ고 ᄂᆞ리니라

압슬형에 뼈 깨지는 소리 들려도

샹왈 박○○ ○328)시 올니라 압슬형치(壓膝刑推)를 다시 베프니라
일노부터는 냥 공(兩公)은 두시고 젼혀 공만 다스리시더라 이에 널을

---

324) 더 할 것이니.

325) 자주.

326) 결안: 사형할 죄로 결정한 문서.

327) 우충: 어리석고 고지식한 충성심. 신하가 임금에게 자신의 충성심을 낮추어 이르는 말
이다.

328) 박태보의 이름을 가리다가 한 글자를 더 가린 것이 확실하다. 문맥상 '다' 자가 가려졌다.

실고 널 우히 스감329) 두 셤을 실고 두 드리를 너코 쏘 사감 두 셤을
덥고 좌우로 널을 덥고 널머리를 둔〃이 민여 움즉이지 못ᄒ게 ᄒ고
건장ᄒᆫ 군스 ᄒᆫ 머리의 셋식 셔〃330) 일시의 소릭ᄒ여 쒸니 형별의
열 세 번식 쒸면 ᄒᆫ 치라 ᄒ더라 샹이 직쵹ᄒ여 일시의 쒸여 지만 밧
게 ᄒ시니 널 속의셔 쎠와 사감 씌여지ᄂᆫ 소릭 나니 나졸이 울며 쒸
고 좌우 견직(見者) 실식(失色)ᄒ여 믈너나되 공의 안식(顏色)은 ᄌ
약(自若)ᄒ여 ᄒᆫ 번 아야라 ᄒᆫᄂ 소릭 어스니 샹이 노왈 네 임의 스스
로 짓고 쎠시니 엇디 지만을 아니ᄒᆫᄂ다 네 비록 승복을 아닌들 ᄒᆫ
번 죽기를 면ᄒᆯ소냐 공이 딕왈 망상ᄒᆫ 죄로 죽이오시면 죽스오려니
와 무샹(誣上)은 신의 죄 아니로소이다 샹이 대로대로(大怒大怒) 왈
소듕(疏中)의 쑴일은 무슨 말이며 뉘게 드럿난다 딕왈 신의 소듕의
무슨 말삼이 무샹의 범(犯)ᄒᆫ 일이 잇ᄉᆸ더니잇가 싱각건딕 츄호(秋
毫)도 무샹(誣上)의 갓가오미 업서이다 니른바 몽스(夢事)도 뎐하 비
망긔 보옵고 아라ᄉᆸᄂ이다 샹왈 그리면 네 날을 허망ᄒᆫ 사ᄅᆷ으로 니
로ᄂᆫ다 딕왈 신이 엇지 궁듕스(宮中事)를 알니잇고마난 몽듕스ᄂᆫ 허
망ᄒ기 갓가와 맛ᄂᆫ 일이 업슬ᄂ되 부〃간 위연ᄒᆫ331) 말숨이 긔 무슨
과실이완딕 뎐하 이를 잡아닉여 죄안(罪案)을 삼으시니 큰 과게(過
擧)332) 아니시니잇가 뎐하겨오셔 듕궁을 쑴을 믿ᄂᆫ다 ᄒ오시나 신은
도로혀 뎐하겨오셔 쑴을 믿ᄌ오시난 줄 아옵ᄂ이다 이젼 입시(入侍)
의 ᄆᆞ양 하교(下敎)ᄒ샤 쑴 말숨을 니오시니 신은 그러므로 쑴을 됴
화ᄒ시ᄂᆫ 줄노 아옵ᄂ이다 샹이 대로대로ᄒ샤 폴을 쏌닉시며 왈 간
독(奸毒)ᄒ고 간독ᄒ다 ᄆᆞ양 날을 헛말ᄒᆫ 니광한이라 ᄒ니 이를 어이

---

329) 사감: 사금파리 같은 것을 이르는 듯한데 정확히 무엇인지는 알 수 없다.

330) 압슬을 하기 위해 놓은 판자 양쪽 끝에 세 사람씩 서서.

331) 구활자본에는 "우연이"라고 썼다.

332) 구활자본에는 "관계"라고 썼다.

버히디 못ᄒᆞ난고 네 뎡녕³³³⁾ 부인의게 아당(阿黨)³³⁴⁾ᄒᆞ야 이러틋시 구ᄂᆞ냐 부인이 이러톳 혼 과게(過擧)³³⁵⁾ 이시면 네 반ᄃᆞ시 과거 아니라 ᄒᆞ리라 민진후(閔鎭厚) 형뎨(兄弟) 너를 브쵹(咐囑)ᄒᆞ여 흉역(凶逆)의 소(疏)를 지엇ᄂᆞᆫ다 뒤왈 셩명(聖明)이 엇지 신을 셔인(西人)이라 ᄒᆞ야 민진후의게 아당ᄒᆞ리잇고 신의 일홈은 비록 셔인이나 셩품이 본딕 견협(狷狹)ᄒᆞ와 세샹의 합(合)지 못혼 줄 셩명이 엇지 모로시나니잇가 신이 만일 붕당(朋黨)의 드러 계교(計巧) 이해(利害)로 잘 밧드오면 뎐ᄒᆞ(殿下)의 ᄯᅳ즐 마초디 못ᄒᆞ와 이 지경의 ᄲᅢ져ᄉᆞ오리잇가 셩명이 엇디 신의 평싱 몸가지ᄋᆞᆸ기를 붕당의 일을 모로ᄋᆞᆸ난 줄 모로시ᄂᆞ니잇가 신의 형 태유(朴泰維)³³⁶⁾가 녀양부원군(驪陽府院君)의 일을 의논ᄒᆞ미 이셔³³⁷⁾ 두 집이 졍의(情誼)가 샹통(相通)치 못ᄒᆞ오니 엇지 교분이 잇ᄉᆞ오리잇가 셩명(聖明)이 ᄯᅩ 미처 싱각지 못ᄒᆞ오시니잇가 ᄒᆞ물며 이 샹소ᄂᆞᆫ 신ᄌᆞ(臣子)의 분의(分義)라 엇지 사름의 ᄀᆞ르치물 바드리잇고 비록 그러ᄒᆞ오나 이러틋시 참형(慘刑)ᄒᆞ오시니 뎐해(殿下) 신을 셔인(西人)이라 ᄒᆞ여 이리ᄒᆞ오시노니잇가 샹왈 엄문ᄒᆞ라 감히 동셔(東西)를 얼코고 ᄯᅩ 감히 편당(偏黨)을 일ᄏᆞ라 이러틋시 방ᄌᆞ홀고 늬 너를 엇지 셔인이라 ᄒᆞ여 엄형ᄒᆞ리오 공이 왈 원컨딕 급혼 노를 그치옵시고 오늘 거조(擧措)를 세 번 싱각ᄒᆞ옵쇼셔 진실노 알기 어렵지 아닌 일이 ᄌᆞ시ᄒᆞ리이다 군신의 분의ᄂᆞᆫ 부ᄌᆞ ᄀᆞᆺᄉᆞ오니 부뫼(父母) 불화(不和)ᄒᆞ면 ᄌᆞ식이 읍간(泣諫)ᄒᆞ미 올ᄉᆞ오니잇

---

333) "녕"자는 원문에 없으나 문맥상 있어야 한다.

334) 아당: 아첨함.

335) 과거: 잘못한 행실.

336) 조그마한 글자로 약간 오른쪽으로 치우쳐 씌어 있다.

337) 박태유는 정언 벼슬에 있으면서 숙종 9년(1683년) 6월 2일에 여양부원군 민유중(閔維重)을 탄핵한 일이 있었다. 이로 인해 두 집안의 사이가 좋지 않기 때문에, 민유중의 아들 민진후 형제의 사주를 받았다는 말이 사실이 아님을 강력하게 말하고 있는 것이다.

가 그르오니잇가 신 등의 쓰즌 냥 뎐(兩殿)을 밧드와 국가의 평안ᄒ
오신 복녁을 누리과져ᄒ와 ᄉᆞᆸᄂᆞ니338) 오늘 이 샹소 업지 아닐 줄 몰
나겨옵시더니잇가 고어(古語)의 왈 이편 ᄆᆞᄋᆞᆷ으로써 사름의 ᄆᆞᄋᆞᆷ을
혜아린다 ᄒᆞ오니 뎐해 의리를 슬피오셔 신 등의 심ᄉᆞ를 혜아리지 아
니ᄒᆞ옵시ᄂᆞ니잇가 셔우(李瑞雨) 쥰치ᄒᆞᆷ믈 알왼지라

내 몸이 재가 되어도

샹이 익노(益怒)ᄒᆞ샤 압슬은 제(除)ᄒᆞ고 화형(火刑) 졀치를 ᄲᆞᆯ니
드리라 샹왈 엄형(嚴刑)ᄒᆞ고 ᄯᅩ 압슬(壓膝)ᄒᆞ고 ᄯᅩ 화형을 ᄒᆞ리 엇지
디만(遲晩)을 아닛난다 공이 압슬ᄒᆞᆫ 다리를 쟌득이339) 쑤러 하교를
듯고 안연이 앙되(仰對)ᄒᆞ여 고왈 뎐해 아모리 참형을 ᄒᆞ시나 신은
본ᄃᆡ 무샹의 범ᄒᆞᆫ 죄 업ᄉᆞ오니 무ᄉᆞ 일노 무샹ᄒᆞ리잇가 샹왈 죵시 간
악한 놈이로다 지만을 못ᄒᆞᆯ가 되왈 역젹 아닌 줄 셩명(聖明)이 모로
시ᄂᆞ니잇가 샹왈 네 군부(君父)를 비반ᄒᆞ고 죄인을 구ᄒᆞ니 역젹과 드
로미 무어신고 공이 되왈 신은 만〃코 역젹이 아니로소이다 샹이 블
〃340) 대로(大怒)ᄒᆞ샤 옥체(玉體) 죵용치 아니시고 여러 번 안즈락닐
낙 ᄒᆞ시며 갈오되 이 놈이 더욱 독ᄒᆞ다 화형을 어셔〃〃 ᄒᆞ라 급히
숫 두 셤을 퓌울ᄉᆡ 심히 급ᄒᆞ여 부체질도 미처 못ᄒᆞ야 모든 나댱(羅
將)의 옷ᄌᆞ락으로 퓌우더라 화염이 창쳔(衝天)ᄒᆞ여 좌우졔신이 쓰거
우믈 이긔지 못ᄒᆞ야 차〃 믈너 셔더라 두 손 너뷔만한 흔 넙덕쇠 둘

---

338) 아뢰니.
339) 행동이 조금 검질길 정도로 끈기가 있게.
340) 기운이 끓어오르듯 성한 모양.

을 불의 너허 달화 식으면 서로 가며 달화 지〃게 ᄒ더라 큰 남글[341]
세우고 공을 갓고로 미여 둘고 싸히 여슷치ᄂ 쓰이게[342] ᄒ니 보난
재(者) 다 실식(失色)ᄒ고 다 긔운이 막혀 말을 못ᄒ니라 ᄒ더니 공
이 정신을 더옥 ᄀ다듬아 긔운과 말삼이 졈〃 분명ᄒ여 죠용이 고왈
(告曰) 신은 듯즈오니 압슬 낙형(壓膝烙刑)[343]은 역적을 다스린다 ᄒ
옵더니 이제 신의 죄악이 역적과 무엇시 ᄀᆺ스오니잇가 샹왈 네 졍상
(情狀)이 흉참(凶慘)ᄒ여 역(逆)의셔[344] 심ᄒ다 무슨 말을 홀고 지만
(遲晚) 두 자(字)만ᄒ라[345] 나댱이 바지를 그르고져 ᄒ되 샹왈 엇지
뫼들[346] 아니ᄒ난고 살이 나ᄂ 족〃 지〃라 일이 심히 급ᄒ여 바지를
솔을 ᄲᅧ며[347] 달훈쇠를 남긔 시험ᄒ니 문득 너 이러나[348] 남기 트더라
화형법(火刑法)이 쇠 식으면 더운쇠 밧고아 지〃기를 열세번식 ᄒ면
흔 치라 ᄒ더라 달흔쇠를 ᄌᆞ금 밧고아 지〃니 두 다리 불ᄀᆺ치 니러나
고 벌건 기름 ᄶᆞᆯ허 누린ᄂᆡ 코흘 디르더라 공의 형용이 죽은 나므치[349]
ᄀᆺᄒ며 ᄭᅳᆯᄂᆫ 기름이 괄괄 흐르니 시위(侍衛) 졔신(諸臣)이 감히 ᄶᅥ러
셧디 못ᄒ되 공의 안식(顔色)은 슬펴보니 딩그여[350] 못 견듸여 ᄒᄂ
ᄉ식(辭色)이 업스니 ᄶᅥ난 재(者) 일노 힘닙어 평안ᄒ더라 샹왈 판의
금은 몸소 가 왼몸은 두루〃〃 지〃라 낙형(烙刑)의 져 놈이 스라 날
가 이제도 지만을 아닐가 듸왈 신이 임의 이 지경의 이르러 ᄆᆞ음을

341) 큰 나무를.

342) 땅에서 여섯 치 정도 떨어지게.

343) 낙형: 달군 쇠로 몸을 지지는 형벌.

344) 역적보다.

345) 자백한다는 두 글자만 말하라.

346) 매달지.

347) 솔기를 찢으며.

348) 나무에 시험해보니 즉시 연기가 나서.

349) 죽은 나무.

350) 찡그려.

변호여 지만을 호오면 안흐로 신의 무음을 긔이읍고351) 우흐로 뎐하
의 무음을 소기미니이다 신의 흔 몸이 지가 되오나 숫치 되오나352)
블이 되오나 실노 뎐하긔 속이읍디 못호올소이다 샹왈 스스로 더옥
착흔 줄 쟈랑호도다 일신을 디〃면 지만을 못 바들가 공이 딕왈 오늘
날 신(臣)의 졀(節)을 당〃이 다 호엿느이다 쟝춧 지만홀 일 업습고
뎐해(殿下) 션왕(先王)을 팀노(侵擄)호여 말흔 됴스긔(趙嗣基)353)는
아니 다스리시고 신은 무슨 죄 잇다 호오시고 이러틋이 참형(慘刑)호
시노니잇가 다만 십여년 경악(經幄)354)의 츌입호와 군덕(君德)을 보
조(補助)치 못호와 뎐하로 호여곰 과거(過擧)를 호오시게 호오니 이
는 신의 죄(罪)읍거니와 다른 죄난 업서이다 샹이 더옥 딕로 호샤 스
관(史官)ᄃᆞ려 니르시되 박태보의 이런 말은 쓰디 말나 텬하의 이런
간독(奸毒)흔 거시 어딕 이시리오 간독으로 날을 참욕(僭辱)을 아닐
가 시브냐 김홍욱의셔 여러 층(層) 심호다355) 권듸운이 알외딕 문스
낭쳥(問事郎廳) 김주(金澍) 유병(有病)호오니 쳥컨딕 김원셤356)을 긔
치(改差)357)호여디어다 샹왈 그리호라 이 쩌예 이런 말을 알외딕 흔
번 구호는 니를 보지 못홀너라 샹왈 네 죵시(終是) 지만(遲晚)을 아닐
가 임의 다리를 지〃고 무릅홀 디〃고 원 몸을 지〃니 이리호여도 지
만을 아닐가 권듸운(權大運)이 머뭇〃〃호다가 알외딕 신의 나히 팔

---

351) 속이는 것이고.

352) 숯이 되나.

353) 숙종 15년(1689년) 윤3월 27일 조사기는 송시열의 죄를 논하는 상소를 올렸는데 그 내용
이 선왕을 무함하는 것과 연결되어 대신들이 그에게 죄를 물 것을 맹렬히 요청하였다. 숙종
은 급히 결정을 하지 않다가 숙종 20년(1694년) 5월 11일에야 그를 죽였다. 즉 박태보가 심문
을 받던 당시는 아직 조사기를 죽이지 않은 때이다.

354) 경악: 경연. 임금과 신하가 모여 학문과 국정을 논하던 곳.

355) 김홍욱보다 여러 배 더 심하다.

356) 어떤 인물인지 미상. 『숙종실록』에도 『승정원일기』에도 이 시기에 활동한 김원섬이란 인
물은 나오지 않는다.

357) 개차: 바꾸는 일.

238

십이라 옥소(獄事)를 여러 번 디뇌와소오되 발바당만 지〃던 듯 ᄒ여이다 샹왈 그리ᄒ면 의례(依例)되로 거힝ᄒ라 나댱이 하교를 밧ᄌ와 발바당만 지〃니 샹왈 두 발을 두루〃〃지〃라 ᄒ시더라 이 쩌 두 드리ᄂᆞᆫ 숫 ᄀᆞᆺ고 ᄭᅳᆯ난 기름은 십솟 듯³⁵⁸⁾ ᄒ되 공의 말ᄉᆞᆷ이 됴리(條理) 잇고 실녜(失禮)홈미 업ᄉᆞ니 뉘 아니 신긔(神奇)히 넉이리오

고문 속에서도 다른 이들을 구하고

샹왈 유헌이 소어(疏語)를 모론다 ᄒ니 올ᄒ냐 공이 디왈 헌(兪櫶)이ᄂᆞᆫ 진실노 병(病) 드와 셩외(城外)예 잇ᄉᆞᆸ기 그 아ᄃᆞᆯ만 보뇌여 졔명(題名)만 ᄒ여ᄉᆞ오니 소듕(疏中) 문ᄌᆞ를 모로올시 올소오니이다 샹왈 니셰화 졔 쥬쟝ᄒ엿노라 ᄒ니 올ᄒ냐 디왈 쓰옵고 짓기ᄂᆞᆫ 신이 쥬쟝ᄒ엿ᄉᆞᆸ지 셰화(李世華) ᄒᆞᆫ 말삼이나 너허ᄉᆞ오리잇가 반ᄃᆞ시 신을 구ᄒᆞ고져 ᄒ와 졔 담당ᄒᆞᆫ 말삼이니다 냥 공(兩公)이 쾌히 면ᄒ기를 이 말ᄉᆞᆷ의 힘닙우니라 샹왈 니셰화 유헌이 쥬쟝을 아냐시면 네 쥬쟝ᄒ여시니 지만을 아닐가 디왈 뎐해(殿下) 신을 죽이랴 시거든 머리를 바로 버히쇼셔 뉘 감히 말니오리잇가 반ᄃᆞ시 밧기 어려운 지만을 브드려시나니잇고 신의 머리ᄂᆞᆫ 버히시려니와 지만은 못브드시리이다 신이 뎐하를 위ᄒᆞ와 말삼과 긔운이 너모 격(激)ᄒ시고 위엄이 너모 급하샤 죵야(終夜)토록 과도히 긔운을 쓰옵시니 신은 듯ᄌᆞ오니 분(憤)과 기운(氣運)을 과(過)히 뇌오면 졍신이 편치 못ᄒ다 ᄒ오니 구〃ᄒ온 신의 ᄆᆞᄋᆞᆷ의ᄂᆞᆫ 져허ᄒ옵건듸 옥체 상ᄒ오실가 져허ᄒ옵ᄂᆞ이다 이제 뎐해(殿下) 신을 협박(脅迫)ᄒ오셔 참형으로 지만을 브드신

358) 두 다리는 숯 같고 끓는 기름은 샘솟듯.

후 그치고져 ᄒᆞ오시나 신이 엇지 감히 셩명(聖明)을 긔여[359] 거즛 지만을 두리잇고

왕께 올리는 마지막 말

공이 ᄯᅩ 숨을 ᄂᆡ쉬고 소ᄅᆡ를 ᄂᆞ즉이 ᄒᆞ여 알외디 신은 이제ᄂᆞᆫ 죽엇습ᄂᆞ이다 엄형을 못 견ᄃᆡ여 거즛 지만을 두고 지하의 도라가면 지하 사ᄅᆞᆷ이 반ᄃᆞ시 신을 보고 지쇼(嗤笑)ᄒᆞ여 글오디 져 사ᄅᆞᆷ이 형벌을 못 견ᄃᆡ여 거즛 지만을 두엇다 ᄒᆞ면 신이 여긔 니르러난 붓그럽지 아니ᄒᆞ리잇가 셟ᄉᆞ와이다 신의 아비 나흔 뉵십이 남ᄉᆞᆸ고[360] 어믜 나흔 칠십이라 쇠패(衰敗)ᄒᆞ기 심ᄒᆞ와 죠모(朝暮)의 위ᄐᆡ롭ᄉᆞ온디 인ᄌᆞ(人子) 되여 쟝ᄎᆞᆺ 부모의 얼굴을 영결(永訣)치 못ᄒᆞ옵고 이 지경의 니르러ᄉᆞ오니 사졍(私情)을 싱각ᄒᆞ오면 호텬망극(昊天罔極)ᄒᆞ오나 신의 몸이 임의[361] 나라의 허(許)ᄒᆞ여 샹소로 님군의 허믈을 간(諫)ᄒᆞ오문 신ᄌᆞ(臣子)의 분의(分義)라 오늘날은 나라ᄒᆞ로 ᄒᆞ와[362] 집을 이저ᄇᆞ리옵고 튱셩(忠誠)으로 몸을 이젓ᄉᆞ오니 구〃흔 하졍[363]을 도라보리잇가 신의 몸은 비록 죽ᄉᆞ오나 사라셔도 각신(閣臣)이 되옵고 죽어셔도 튱혼(忠魂)이 되오니 신의 ᄆᆞ음은 죠곰도 뉘웃부미 업습거니와 다만 ᄒᆞ옵건디 뎐해(殿下) 오늘날 거조(擧措) 셩덕(聖德)의 뉘(累)가 되단이 되어 반ᄃᆞ시 망국지쥐(亡國之主) 되올거시니 국가 존망(存

359) 속여.
360) 아비 나이는 예순이 넘고.
361) 이미.
362) 나라 때문에.
363) 구활자본에는 "ᄉᆞ졍"이라 되어 있다.

亡)이 금일 판단ᄒᆞ엿스오니 신은 뎐하를 위ᄒᆞ와 셜워ᄒᆞ노이다 슬프
다 듕궁(中宮)겨오셔 ᄉᆞ쇽(嗣續) 업스시믈 근심ᄒᆞ오셔 뎐하긔 후궁
을 권ᄒᆞ오시더니 이제 원직(元子) 탄강(誕降)ᄒᆞ오신 후 무슨 투긔(妬
忌)예 ᄆᆞ음이 겨오시리잇가 인졍(人情)으로 이르오면 반ᄃᆞ시 이런 일
이 업ᄉᆞ올 거시매 그러므로 신은 뎐하를 위ᄒᆞ와 춤소(讒訴)를 드ᄅᆞ신
가 알외엿ᄉᆞᆸ더어이다 신이 사라셔 읍간(泣諫)ᄒᆞ여 구치 못ᄒᆞ오니 뎐
하도 ᄲᆞᆯ니 죽이옵쇼셔 이 말ᄉᆞᆷ밧 다시 알욀 말ᄉᆞᆷ이 없ᄂᆞ이다 이후ᄂᆞᆫ
지〃고 달녀도 입을 닷고 눈을 ᄀᆞᆷ아시니 샹이 더옥 대로(大怒)ᄒᆞ여
안상(案上)을 두드리시고 하교 왈 판의금(判義禁)은 몸소 가 어이 지
만을 아니 밧ᄂᆞᆫ고 민암(閔黯)이 황겁ᄒᆞ여 썰며 ᄂᆞ려가 공(公)ᄃᆞ려 닐
너 ᄀᆞᆯ오되 죄인아 〃〃〃 어이 지만(遲晚) 아니 두는다 공이 눈을 쓰
고 소릭를 ᄀᆞ다듬아 ᄶᅮ지져 갈오되 혜아려 보옵소 닉 무슴 죄인관ᄃᆡ
협박(脅迫)ᄒᆞ여 지만ᄒᆞ라 ᄒᆞ옵난고 민암이 무류(無聊)[364]이 퇴(退)ᄒᆞ
여 알외되 아모리 달닉고져혀도 지만홀 의ᄉᆞ(意思) 업더이다 샹이 하
교 왈 네 어이 이러틋 어린고[365] 네 지만을 두면 닉 당〃이 노ᄒᆞ리라
공이 딕왈 엇지 어진 사람이 우희 이셔 빅셩 소기믈 ᄒᆞ리잇가 버히고
져 ᄒᆞ오시면 어셔 그리 버히쇼셔 엇디 지만을 강잉(强仍)ᄒᆞ여[366] 바
드시리잇고 승지 니셔우 낙형(烙刑) 두 ᄎᆡ를 고ᄒᆞ니 기름과 피 ᄭᅳᆯ코
힘줄이 ᄯᅵᆫ허디고 ᄲᅢ 다 ᄐᆞ 형용이 극히 흉참ᄒᆞ여 귀신의 모양이니 좌
우 졔신이 ᄎᆞ마〃〃 보지 못ᄒᆞ고 누린닉 어좌(御座)의 올나가니 샹이
오릭 딕ᄒᆞ오시미 슬히 넉이오셔 ᄀᆞᆯ오샤디 몃번을 ᄒᆞ야시되 죵시(終
是) 춤아 아야라 ᄒᆞ미 업스니 괴독ᄒᆞ다 아딕은 날희라[367]

---

364) 무료: 부끄럽고 열없음.
365) 어리석은가.
366) 억지로 하여.
367) 일단 내려라.

샹왈 두인(閔斗寅)의 소에(疏語)가 극히 흉역(凶逆)인듸 우샹의 말이 패려(悖戾)ᄒ니 파직(罷職)ᄒ라 권듸운(權大運) 목너션(睦來善) 일시(一時)의 알외되 우샹(右相)의 일이 실언(失言)ᄒ엿ᄉ오나 저허ᄒ옵건듸 셩인의 법되(法度) 아니로소이다 지삼(再三) 알외고 합계(合啓)ᄒ오니 샹이 불윤(不允)ᄒ시다 샹이 ᄯᅩ 별감(別監)³⁶⁸⁾을 명ᄒ샤 죄인이 죽엇ᄂ가 사랏ᄂ가 보라 ᄒ오시니 도라와 알외되 죄인의 목숨이 실낫 ᄀᆞᆺ트되 아덕 ᄭᅳᆺ지 아니믈 알왼되 샹이 왈 태보(朴泰輔)의 일즉 괴독(怪毒)ᄒ 거ᄉᆞᆯ 아랏더니 과연ᄒ다 참형(慘刑)을 거포〃〃 하되 통호지셩(痛呼之聲)이 죵시(終是) 업ᄉ니 그 독이 김홍욱의셔 더 심ᄒ다 병조의 분부ᄒ여 셜국(設鞫)ᄒ고 다시 엄형ᄒ여 므로라 이후 ᄯᅩ 샹소 이시면 당〃이 역뉼(逆律)노 ᄡᅳᆯ 거시니 경향(京鄕)의 발포(發布)³⁶⁹⁾ᄒ라 승지 김회일(金海一)이 알외되 우의졍 파직(罷職)ᄒ신 던지(傳旨)ᄅᆞᆯ 듸계(臺啓)³⁷⁰⁾ 방쟝(方張)ᄒ야시므로 바다드리디 못ᄒ엿ᄂᆞ이다 샹왈 지도(知道)³⁷¹⁾ 샹이 슉쟝문(肅章門)³⁷²⁾으로 도라 가시니 이 ᄯᅢ 이십뉵일 진시(辰時)러라

받은 형벌을 다 합하면

이 시(時)의 공이 비로소 히박(解縛)ᄒ믈 어더 숨을 기리 쉬나 긔

---

368) 별감: 장원서나 액정서에 속하여 궁중의 각종 행사 및 차비에 참여하고 호위를 맡던 사람들.
369) 발포: 법이나 정강(政綱) 등을 세상에 널리 알리는 것.
370) 대계: 사헌부와 사간원의 대간(臺諫)들이 벼슬아치의 잘잘못을 임금에게 보고하는 글.
371) 지도: 알았다는 뜻으로 임금이 쓰는 말.
372) 숙장문: 창덕궁 인정전의 정문인 인정문의 동쪽에 있던 문. 숙종은 이 문을 통해 편전이나 침전으로 돌아갔다.

운(氣運)이 진(盡)ㅎ고 입이 말나 엄〃ㅎ야 쟝춧 진ㅎ시게 되니 흔 셔리(胥吏)가 밀슈(蜜水) 한 그릇슬 드린디 공이 마시고 졍신을 슈습 (收拾)ㅎ여 셔리드려 무러왈 네 어느 마을 셔리며 셩명이 무어시라 ㅎ는다 무로시더라 이윽고 목닉션(睦來善)이 병조의 안고 셜국을 직 촉ㅎ니 이 가온디 쏘 엄형을 바드실시 목닉션이 풀을 쏨니며 고셩왈 (高聲曰) 이 죄인은 드른 죄인과 다르니 반드시 십분(十分) 조심ㅎ여 엄형ㅎ라 공이 소리랄 놉혀 닐오되 앗가 텬위(天威) 진쳡(震疊)373)ㅎ 샤 엄형(嚴刑) 닙기도 스세(事勢) 그러ㅎ거니와 즉금 예 와셔도 닉 무 슨 죄 잇다 ㅎ고 이러틋 엄형ㅎᄂ니 나댱(羅將)을 도라보아 갈오되 닉 아모리면 살나더냐374) 뎌 놈이 고찰(考察)375)ㅎ니 어셔 날을 죽이 라 닉션(睦來善)이 셩을 이긔지 못ㅎ야 고찰하니 무릅쎄 마ᄌ 씨여젓 ᄂ지라376) 실낫 갓탄 목숨이 쟝춧 쩌러지게 되엿더라 공의 슈형(受 刑)이 밤으로브터 아젹의 니르니 형츄(刑推) 두 치며 훗틋 수를 니로 혜지 못ㅎ고377) 압슬(壓膝)은 한 치오 낙형(烙刑)은 두 치오 훗튼 수 ᄂ 니로 혜디 못ㅎᄂ러라 쏘 닉션(睦來善)의게 흔 ᄌ 더 ㅎ고 니공 오공 은 두 치식 마잣더라 보던 재(者) 나와 갈오되 대개 님군의 쓰준 공이 지필(持筆)ㅎ여시며 짓기도 ㅎ여시리라 ㅎ여 진실노 위엄과 노(怒) ㅎ오미 업고 샹이 간독(奸毒)다 ㅎ시고 나라 말씀이 심히 급ㅎ여 다 르 니ᄂ 졸연(猝然)이 아라듯지 못ㅎ되 공은 홀노 잘 아라듯ᄌ와 즉 시 딕답ㅎ오니 샹이 양악(養惡)378)다 ㅎ시고 쏘 오공 니공 상소 말씀 을 ㅎ나도 외오지 못ㅎ되 공은 줄〃이 외오고 딕답ㅎ시되 흔 ᄌ(字)

---

373) 진쳡: 지위가 높은 사람이 몹시 성을 냄.

374) 내가 아무렴 살겠느냐.

375) 고찰: 죄인에게 매질을 할 때 형리(刑吏)를 감시하여 몹시 치게 하는 것.

376) 무릎뼈가 마저 깨졌는지라.

377) 중간중간 맞은 숫자는 이루 다 세지 못하고.

378) 양악: 못된 버릇을 기름.

도 빠지우지 아니ᄒᆞ니 샹이 흉물이라 ᄒᆞ시고 여러 번 참형을 닙어 골육이 남은 거시 업셔 보ᄂᆞ니 ᄎᆞ마 이긔여 보들 못ᄒᆞ되 공은 ᄒᆞᆫ 번 알프다 말ᄉᆞᆷ 아니니 샹이 독물(毒物)이라 ᄒᆞ시고 말ᄉᆞᆷ마다 쵹훼(觸毀)ᄒᆞ시고 마디〃〃 노(怒)ᄒᆞ오믈 도아 죵내(終乃) 참형을 닙으시다 ᄒᆞ더라

믓그러진 다리를 싸려 다투어 옷을 찟다

어시(於時)의 모든 명ᄉᆞ(名士) 공을 드려보ᄂᆡ고 궐문(闕門) 밧긔 셕고ᄃᆡ죄(席藁待罪)[379] ᄒᆞᆯ시 공의 슈형(受刑)ᄒᆞᄂᆞᆫ 소ᄅᆡ를 듯고 서로 도라보아 가ᄉᆞᆷ을 두드려 글오되 앗가온 사ᄅᆞᆷ이 맛난도다 튱신(忠臣)이 죽ᄂᆞᆫ도다 ᄒᆞ더라 국쳥(鞫廳) 파(罷)ᄒᆞᆫ 후 본부(本府)[380]로 나리올 적 나댱(羅將)이 급히 소ᄅᆡ 딜너 글오되 박응교(朴應敎) 나으리 다리 ᄲᆞ라 ᄒᆞ니 누고 옷 버슬가 김몽신(金蒙臣) 됴ᄃᆡ슈(趙大壽) 듯토아 오ᄉᆞ매를 칼노 버혀 주더라 오히려 브죡(不足)ᄒᆞ니 공이 도ᄉᆞ(都事)ᄃᆞ려 닐너 왈 ᄂᆡ 도포를 버히라 도ᄉᆞ(都事) 손이 썰녀 ᄲᅮᆺ지 못ᄒᆞ니 공이 왈 뵈난 ᄃᆞᆫᄃᆞᆫ ᄒᆞ야 ᄲᅮᆺ지 못ᄒᆞᆯ 거시니 칼노 쓰라 ᄒᆞ시더라 도ᄉᆞ 그ᄃᆡ로 ᄒᆞ여 잘 ᄲᆞ더라 공이 ᄉᆞ매 속의 부체를 ᄂᆡ여 주어 왈 소매 속의 이셔 편(便)치 아니ᄒᆞ니 ᄂᆡ 집의 뎐(傳)ᄒᆞ옵소 ᄒᆞ시더라 이에 큰 칼 쓰고 본부로 나릴시 죠총(鳥銃)과 창을 드러 좌우로 열닙(列立)ᄒᆞ더라

종질(從姪) 필슌(朴弼純)[381]이 군ᄉᆞ(軍師)를 헤치고 드러가 훗ᄂᆡ블

---

379) 석고대죄: 죄인이 죄를 자책하여서 멍석을 깔고 엎드려 임금의 처벌을 기다리는 것.

380) 본부: 의금부(義禁府). 왕명을 받들어 추국하는 일을 관장했다.

381) 박필순. 박세당의 형인 박세견(世堅)의 장남 박태상(泰尙)의 두 아들 중 한 명. 그러므로 박태보와는 오촌이다.

을 헤치고 손목을 잡아 글오되 착ᄒ실샤 우리 숙부(叔父)여 죽기를 님(臨)ᄒ여 ᄆ옴을 변치 아니ᄒ시니 군ᄌ(君子)인이로다 이번 일은 텬하후셰예 말ᄉᆷ이 잇ᄉ오리이다 그러ᄒ나 셰샹일을 측냥(測量)치 못ᄒ여 젼두ᄉ(前頭事)³⁸²)를 모로오니 숙부는 ᄆ옴을 든든이 잡으쇼셔 공이 왈 닉 ᄆ음의 뎡(定)ᄒ연지 오라여라 ᄒ시더라

한 글자만 써다오

이 씩 셔계공(西溪公)³⁸³)이 셕쳔동(石泉洞)의 계시다가 국쳥(鞫廳) ᄒ 쇼식 드르시고 창황(蒼黃)이 도셩(都城)의 오신즉 공이 임의 본부(本府)의 나리왓난지라 가듕인(家中人)과 모든 친쳑이 망극(罔極) 경황(驚惶)ᄒ야 아모리 ᄒᆯ 줄 모로더니 셔계공이 딘졍(鎭靜)ᄒ여 글오되 일이 임의 이 지경의 이르러시니 엇지ᄒ며 국쳥의 드러 말ᄉᆷ이나 그릇한 일 업ᄉ며 녜(禮) 아닌 일이나 업는가 ᄒ시고 공이 사랏난가 죽엇난가 졍신이 잇난가 업는가 알고져 ᄒ샤 금부(禁府) 문 밧긔 가 오셔 말ᄉᆷ을 뎐ᄒ여 글오시되 네 슈젹(手迹)³⁸⁴)을 보면 네 얼굴을 보나 다르지 아니ᄒ니 ᄒ ᄌ(字)만 써 보닐가 ᄒ시니 공이 말ᄉᆷ으로 딕답ᄒ여 글오되 부ᄌ(父子) ᄉ이오³⁸⁵) 문ᄌ샹통(文字相通)은 어렵ᄉ와이다 ᄒ시더라

382) 젼두사: 앞으로 있을 일.
383) 박태보의 친아버지인 서계 박세당.
384) 수적: 필적, 즉 박태보가 쓴 글자.
385) 『정재후집』 권5 「기사민졀록(상)」 '우일본별단(又一本別段)'에 보면, 이 부분 앞에 "今聞國家以逆律論罪"라는 내용이 더 있다. 국가에서 역률로 논죄하였으니 비록 부자간이라도 글을 서로 통하지 못한다는 내용으로 연결되니 자연스럽다.

죽이지 마옵소서

그 이튿날 츄국녕(推鞫令)이 나리니 권딕운이 츠즈(箚子)[386]로 구ᄒᆞ여 글오되 박태보 진실노 망상(罔上)ᄒᆞ오나 그 죄 굿ᄒᆞ야[387] 죽ᄉᆞ오리잇가 듕형(重刑)을 닙ᄉᆞ와 경긱(頃刻)의 명(命)이 진(盡)ᄒᆞ게 되어시ᄉᆞ오니 이제 가형(加刑)을 ᄒᆞ오면 반ᄃᆞ시 댱ᄒᆞ(杖下)에 죽ᄉᆞ올 거시니 셩덕(聖德)의 해롭ᄉᆞ오니 원컨디 듁이지 마옵쇼셔 텬지호ᄉᆡᆼ디덕(天地好生之德)을 뵈옵쇼셔 비답(批答)ᄒᆞ여 글오샤되 박태보의 죄명(罪名)이 지듕(至重)ᄒᆞ니 엇지 형벌 다시 면(免)ᄒᆞ리마는 이후 샹소 나면 역뉼(逆律)노 쓰리라 하교ᄒᆞ여시니 이거슨 녕젼(令前)이라 참작홀 도리 이시니 감ᄉᆞ(減死) 졀도(絶島) 우리안치(圍籬安置)[388]ᄒᆞ게 ᄒᆞ고 오두인도 임의 소두(疏頭) 되어시니 감ᄉᆞ하여 극변원찬(極邊遠竄)ᄒᆞ고 니셰화도 원찬ᄒᆞ고 유헌은 샥직(削職)ᄒᆞ라 ᄒᆞ시더라 집의(執義)[389] 뎡시한(丁時翰)이 샹소ᄒᆞ여 알외되 박태보의 일은 ᄎᆞ마 엇지 말ᄉᆞᆷᄒᆞ리잇가 보ᄂᆞ 니 넉슬 일코 듯난 니도 가삼을 두드리오니 뎐해(殿下) 녜적 ᄉᆞ긔(史記)를 보옵시지 아니ᄒᆞ오시니잇가 박살각신(撲殺閣臣)한[390] 님군이 엇더ᄒᆞ옵더니잇가 샹이 비답(批答)ᄒᆞ오시되 ᄉᆞ죵 아니하오시니 이런 씨 셩쥬(聖主)의 덕을 알너라

---

386) 차자: 신하가 임금에게 올리는 글의 하나.
387) 구태여. 굳이.
388) 위리안치: 죄인을 유배하되 집 둘레에 가시로 울타리를 치고 그 안에 가두는 것.
389) 집의: 사헌부에 소속된 정3품 벼슬아치.
390) 각신을 때려죽인.

충신의 가시는 길이나 보자

비로소 비소(配所)를 딘도(珍島)[391]로 뎡(定)ᄒ니 공이 옥듕(獄中)
의셔 셔계공(西溪公)긔 글월을 올녀 글오되 여러 번 엄형(嚴刑)의 응
당 죽ᄉ올 거시오되 능히 사라 옥문(獄門)을 나오니 이 거시 셩은(聖
恩)이로소이다 감격하기 하늘 ᄀᆞᆺᄉᆞ오니 엇디ᄒᄆ면 갑ᄉᆞ올고 ᄒᄂ나이다
즉금 ᄌᆞ(子)의 병셰(病勢)ᄂᆞᆫ 두 다리 부어 운동치 못ᄒᆞ옵고 목이 부
어 작슈(勺水)[392]를 통(通)치 못ᄒ소이다 말ᄉᆞᆷ과 글시 완년(完然)ᄒᆞ
여 샹시(常時)와 드르미 업스니 견재(見者) 이샹히 넉이더라 공의 병
이 극듕(極重)ᄒ여 들거시 뫼셔 너여가니 나댱(羅將)이 둘이 서로 말
ᄒ여 글오되 이런 형벌 닙고 사라 나가ᄂᆞ 니 고금(古今)의 업더니 즉
금 이 나으리 사라 가시니 이ᄂᆞᆫ 나으리 튱셩(忠誠)을 하늘이 감동ᄒᆞ
나 ᄒ더라 길ᄒᆡ 사름이 샹하 업시 다토아 눈물 닉며 탄식ᄒ며 붓드러
닐오되 싱젼(生前)의 튱신(忠臣)의 얼굴이나 보사이다 ᄒ고 혹 약 봉
지도 더지며 혹 지물(財物)도 더져 젼송ᄒ니 공이 강잉(强仍)ᄒ야[393]
눈을 써 보아 친구(親舊)[394]의 사름이면 손을 드러 샤례(謝禮)ᄒ시더
라

391) 진도: 전남 서남쪽 섬.
392) 작수: 한 잔의 물.
393) 억지로 참으면서.
394) 친구: 전부터 아는 사람.

이 나리를 어깨에 메니 우리는 즐겁다

명녜동(明禮坊)³⁹⁵⁾ 본틱(本宅)의 잠간 나려 쉬니 공이 셔계공긔 고
ᄒᆞ야 글오되 딕인(大人)은 안심ᄒᆞ쇼셔 이 쩌 ᄌᆞ친(慈親) 긔운이 엇더
ᄒᆞ시니잇가 ᄒᆞ시더라 모든 사름이 권ᄒᆞ여 왈 임의 날이 져물고 병셰
(病勢) 위듕(危重)ᄒᆞ니 금야(今夜)만 여긔 머물면 엇더ᄒᆞ뇨 공이 놀
나 글오되 예가 어딘뇨 병이 비록 듕ᄒᆞ나 죄(罪)도 또 듕(重)ᄒᆞ니 엇
디 잠간이나 셩듕(城中)의 머물니오 수이 남문으로 나가쟈 ᄒᆞ시니 시
졍인(市井人)과 각ᄉᆞ(各司) 하인들이 가슬 벗고 ᄃᆞ토아 치를 메여 글
오되 이 나으리 치를 엇게예 메니 우리는 또한 즐겁다 ᄒᆞ더라 슬프다
이 누구 ᄀᆞ로쳐시랴마는 인심(人心)을 소기지 못ᄒᆞ미 이러틋 ᄒᆞ되 져
놈들은 님군을 딕ᄒᆞ여 글오되 무샹(誣上)타 ᄒᆞ고 또 흉참(凶慘)타 ᄒᆞ
니³⁹⁶⁾ 홀노 스ᄉᆞ로 붓그럽지 아니리오 즉시 셩(城)밧긔 나가시니 가
듕인(街中人)이 모다 비로소 공의 몸을 보니 ᄎᆞ마 〃〃 어이 보리오
댱독(杖毒)과 화독(火毒)이 복쟝(腹臟)에 오로ᄂᆞ지라 ᄒᆞᆫ 술 물을 나
리오지 못ᄒᆞ고 늠〃(懍懍)ᄒᆞ여³⁹⁷⁾ 경긱(頃刻)의 진(盡)ᄒᆞ시게 되니
가듕경식(街中驚色)은 니르지 말고 좌우견지(左右見者) 뉘 아니 울며
셜워 아니리오 공이 양모(養母) 윤부인(尹夫人)³⁹⁸⁾긔 엿ᄌᆞ와 글오되
다시 모친 얼굴을 뵈오니 텬은(天恩)이로소이다. 비록 죽ᄉᆞ오나 셜우
미 업서이다 뫼신 사름ᄃᆞ려 닐너 글오되 닉가 요힝(僥倖) 사라나 젹
소(謫所)로 가게 되면 나 보고시분 칙(冊) 아모권(某券)을 힝듕(行中)

395) 명례동: 명례방, 즉 지금의 명동.
396) 임금께 말씀드리길 박태보가 윗사람을 무함했다 하고 또 흉악하다 하니.
397) 매우 위태로워.
398) 박태보는 아버지 박세당의 셋째 형 박세후의 양자가 되었다. 윤부인, 즉 박세후의 부인은
노서(魯西) 윤선거(尹宣擧)의 딸이다.

의 가져가라 ᄒᆞ시니 셔계공(西溪公)이 무익(無益)ᄒᆞᆫ 줄 아르시고 말나 ᄒᆞ시더라

노량진에서 더 가지 못하고

오월 초일 〃의 조곰식 힝(行)ᄒᆞ여 겨오 노량(鷺梁)³⁹⁹⁾ 강 건너 도ᄉᆞ(都事) 녕(迎)ᄒᆞ여 가더니 공의 병세(病勢) 극 〃(極極)ᄒᆞ여 명지위틱(命在危殆)로아 능히 힝역(行役)들 못ᄒᆞ게 되니 병셰 보아 가믈 장계(狀啓)ᄒᆞᆫ딕⁴⁰⁰⁾ 샹왈 그리ᄒᆞ라 ᄒᆞ오시니 강촌(江村)의 머므러 병을 다스릴 계교(計巧)를 ᄒᆞ여 의원을 불너 팀(針)도 주고 사감⁴⁰¹⁾도 쥬야(晝夜) 쌔혀내니 ᄎᆞ마 〃〃 골육 보지 못ᄒᆞᆯ너라 공이 냥(兩) 노친(老親)이 계시므로 ᄒᆞᆫ 번 아야라 아니 ᄒᆞ시고 벗들이 거동을 보려 간 〃이 회희ᄒᆞ면 강잉(強仍)ᄒᆞ여 딕답ᄒᆞ시더라

종질(從姪) 필슌이 문안ᄒᆞ온딕 공이 몬져 무르시되 나라 일이 엇디 되엿난고 딕왈 듕궁뎐(中宮殿)이 님의 ᄉᆞ쳐(私處)로 나시다 ᄒᆞ더이다⁴⁰²⁾ 공이 이 시(時)히 탄식왈 홀 일이 업다 ᄒᆞ시더라 뫼신 사ᄅᆞᆷ들이 말ᄊᆞᆷ으로 긔롱(譏弄)ᄒᆞ여 왈 ᄒᆞᄂᆞᆯ이 혹 챡ᄒᆞᆫ 사ᄅᆞᆷ을 도우실 거시니 자닉 텬셩(天性)이 강건(強堅)ᄒᆞ니 회ᄉᆞᆼ(回生)홀 니 이실가 공이 왈 슬프다 셩은 〃 날을 살와져 ᄒᆞ샤⁴⁰³⁾ 다시 치시들 아니 ᄒᆞ시고 귀향을 보닉시것마는 골육이 날노 석고 구린닉 그치지 아니코 목이 즙겨 미

---

399) 노량: 서울 한강 이남의 노량진.

400) 병세를 살피고 가겠다고 장계를 올리니.

401) 뜻을 알 수 없다. 구활자본에는 "ᄉᆞ감치"라고 썼으나 이 역시 무슨 뜻인지 알 수 없다.

402) 폐비를 처음 언급한 것은 숙종 15년(1689년) 4월 23일이지만, 실제로 교서가 내려져 인현왕후가 안국방(安國坊) 친정으로 간 것은 5월 4일이다.

403) 나를 살리고자 하여.

음도 못 넘기니 이리코도 사난가 최셕졍(崔錫鼎)이 나아와 문후(問候)홀시 손을 잡고 울거늘 공이 몬져 무로시되 존댱(尊堂)[404] 환후(患候) 엇더ᄒ시고 평산부ᄉ 유득일(兪得一)이 와 뭇거늘 공이 왈 딕인의 화샹(畵像)을 조셰걸(曺世傑)의게 언약ᄒ엿더니 화ᄉ(畵師) 셔관의 이셔 평산(平山)과 갓갑다 ᄒ니 날을 위ᄒ여 말을 뎐(傳)ᄒ여 화본(畵本)을 쉬이 일우게 ᄒ여ᄃᆞᆯ나 ᄒ시더라

마지막 인사를 나누다

초ᄉ일(初四日)의 이르러ᄂ 병셰(病勢) 극〃(極極)이 위급ᄒ시니 밤의 사ᄅᆷ ᄃᆞ려 닐어 왈 ᄂᆡ 다시 니지 못홀 줄 모로지 아니되 냥친(兩親)을 위ᄒ여 의약(醫藥)을 ᄒ더니 ᄂᆡ 즉금 명(命)이 진(盡)ᄒ게 ᄒ엿다 ᄒ시고 다ᄉ리ᄂ 의약이 무어시 유익ᄒ리오 압희 버린 것들 다 치워앗고[405] 조흔 ᄌᆞ리예 조흔 니블의 누어 계시니 셔계공이 굴오되 네 신ᄉᆡᆨ(神色)을 보니 홀 일이 업다 네 ᄆᆞ음의 홀 말이 잇ᄂᆞ냐 공이 듸왈 ᄒ올 말ᄉᆷ이리잇가마ᄂ 국쳥(鞫廳)의셔 ᄒᆞᆫ 말ᄉᆷ이 여러가지라 사ᄅᆷ들이 반ᄃᆞ시 뎐ᄒ기 그릇ᄒ미 만ᄉ올 거시니[406] 알외리이다 두어 말ᄉᆷ ᄒ시더니 혀가 ᄆᆞᆯ나디시고 긔운이 진ᄒ고져 ᄒ시니 말ᄉᆞᆷ을 못 ᄒ신ᄃᆡ 셔계공이 긔운이 다ᄒᆞᆷ믈 보시고 말 말나시고 왈 네 말이 아니라도 사ᄅᆷ이 다 알니라 이젼(以前)의 형쥬(兄主)[407] 묘지명(墓誌銘)의 네가 고칠 문ᄌᆞ(文字)잇다 ᄒ더냐 말ᄒ라 공이 듸왈 문ᄌᆞ 비록 죳ᄉ

---

404) 존댱: 남의 어머니를 높여 이르는 말.

405) 치우고.

406) 잘못 전하는 것이 많을 것이니.

407) 형주: 형을 높여 이르는 말. 여기에서는 박세당의 형인 박세후를 말한다.

오나 두어 가지 말숨이 쌔젓스오니 이젼의 엿즈온 거슬 쓰옵쇼셔 공이 쏘 엿즈와 왈 쇼즈(小子) 일즉 형의 힝장(行狀) 초(抄)를 짓숩더니 감스(監司) 형(兄)[408)]의게 의논ᄒ여 더 허ᄒ옵쇼셔 셔계공이 쏘 무러 굴오되 네 죽으면 어ᄂ 곳의 ᄒᆡ골(骸骨)이 도라갈고 되왈 김포 산소 알픽 뎡ᄒ엿스오니 지관(地官)[409)] 김명히(金鳴夏) 알이다 션친(先親) 분묘(墳墓) 외롭지[410)] 아니케 ᄒ시고 소즈(小子)의 후스(後嗣)로 형의 냥지(兩子)이시니[411)] 듈 듕 뎡ᄒ소셔 청컨되 모친긔 영결(永訣)ᄒ여지이다 윤부인이 붓들녀 나아와 보신되 공이 우러 〃 보시고 기리 한숨 디시고 왈 소즈 불쵸(不肖)ᄒ와 슬하의 이 경샹(景狀)[412)]으로 죽스오나 막비텬의(莫非天意)[413)]로소이다 현마[414)] 엇디 ᄒ리잇고 과(過)히 셜워 마옵쇼셔 후스(後嗣)[415)]는 담미 형뎨(兄弟) 듕(中) 뎡(定)ᄒ옵쇼셔 부인을 쳥ᄒ야 영결 왈 늬 죽은 후ᄂ 모친이 의지ᄒ오실 썩 업셔 그딕쑨이니 극진이 봉양(奉養)ᄒ고 과도(過度)히 셜워 말고 모친긔 근심을 끼치옵디 마옵소 이 썩 윤부인이 우르시고 드러가시고 부인은 우르고 머뭇겨 아니 가시니 공이 뎡식(正色) 왈 사나희 부인의 손 죽지 아니미 녜(禮)라 ᄒ시고 사름으로 ᄒ여곰 붓들여 드려 보닉시니 부인이 통곡ᄒ고 드러가시더라

---

408) 박세당의 형인 박세견의 장남 박태상(泰尙). 그러므로 박태보와는 사촌지간이다. 박태상은 숙종 11년(1685년)에 평안감사가 되었다.

409) 지관: 풍수지리에 따라 묏자리의 길흉을 판단하는 사람.

410) 구활자본에는 "좁지"라고 되어 있다.

411) 아들이 없었던 박태보가 형인 박태유의 두 아들 중 하나를 자기의 양자로 하여 대를 잇게 해달라고 한 것이다.

412) 경상: 좋지 못한 몰골.

413) 막비천의: 하늘의 뜻이 아님이 없음.

414) 얼마라도, 차마 등의 뜻을 가진 옛말.

415) 박태보가 큰아버지 박세후의 집에 후사로 갔으나, 박태보 역시 아들이 없이 죽으므로 박세후 집의 후사가 다시 필요해진 것이다.

공이 이 시(時)히 눈을 감앗다가 니로딕 니쳔(李天賦)⁴¹⁶⁾이 왓는가
지삼(再三) 무로시니 니쳔은 공의 친위(親友)라 졍낭(正郎) 니렴(李
㴉)⁴¹⁷⁾이 왈 자닉 평싱 몸 가리기 마음의 붓그러오미 업더니 이제 와
나라희 죽으니 죽어도 붓그러오미 업슬가 딕왈 평싱의 몸가지미 츄
호(秋毫)도 붓그러오미 업기 어이 쉬울고마는 다만 큰 붓그러오미 업
스리 쏘 문왈 늌신(六臣)의 분묘(墳廟) 겻히 이시니⁴¹⁸⁾ 죽어도 서로
딕(對)ㅎ면 붓그러오미 업슬가 공이 놀나 왈 이 어인 말인고 쇼년이
니러틋시 경솔흔 말을 ㅎ는고 죵질녀셔(從姪女婿) 신확(申㻬)⁴¹⁹⁾이 통
진부ᄉ(通津府使)로셔 와 보고 니르되 통진으로브터 와 드로니 사름
이 다 호되 팔십여인이 흔 일을 자닉 혼조 담당ᄒ여 원졍(原情) 곱디
못ᄒ고 골돌(骨突)ᄒ여⁴²⁰⁾ 이 지경의 이르다 ᄒ니 그 말이 올흔가 공
이 머리를 드러 왈 뉘가 자닉ᄃ려 이 말을 ᄒ던고 어ᄂ 사름이 이러
툿 무상흔 말을 ᄒ던고 그리면 닉 최셕졍(崔錫鼎) 니돈(李墩)의게 밀
우고 면(免)흘가 두 사름이 샹소를 지어왓거늘 보니 소에(疏語) 몽농
(朦朧)ᄒ매 닉 고치고 쓰고 ᄒ여시니 닉 담당ᄒ미 오커늘 뉘게 밀우
리오 뉘 가히 이리 무상흔 말을 ᄒ더뇨 ᄒ시고 두어 가지 말슴 ᄒ시
더니 긔운이 단속(斷續)ᄒ여 언어를 일우지 못ᄒ시니 신확이 왈 말

---

416) 『정재후집』 권5 「기사민절록(상)」 '우일본별단(又一本別段)'에 '李天賦'라고 썼다. 문맥상 '이렴'의 자나 호가 '천부'인듯 하지만 명확히 확인할 수 없다.

417) 이렴은 박세당의 딸과 혼인하였으므로, 이렴과 박태보는 처남매부지간이다.

418) 박태보는 자신의 묘를 김포 땅에 써달라고 유언한 상태다. 한편 사육신의 묘는 노량진에 있다. 따라서 "사육신의 묘 곁에 있다"는 이렴의 말은 얼핏 이해하기 어려울 수도 있다. 하지만 숙종 17년(1691년) 9월 2일에 숙종이 김포에 갔다가 돌아오는 길에 노량의 모래밭에서 열무를 한 후 관원을 보내 사육신묘에 제사를 올리게 하였다는 기사가 『숙종실록』에 있는 것으로 보아, 노량진과 김포는 숙종 당시 같은 길에 놓인 지역이라 이렇게 말한 것이다. 또한 이런 내용을 노출함으로써 박태보를 사육신과 연결하여 그런 충신의 반열로 올리고자 하는 의도도 담고 있다.

419) 박세당의 형인 박세견(世堅)의 장남 박태상(泰尙)은 두 아들과 딸 하나를 두었는데, 그 딸이 신확과 혼인하였다. 그러므로 박태보에게 신확은 오촌조카사위가 된다.

420) 분명치 못하여.

마옵소 긔운이 샹ᄒ오리 되왈 너ᄂᆞᆫ 사ᄂᆞᆫ 거시 됴터냐 나ᄂᆞᆫ 죽ᄂᆞᆫ 거시 됴화ᄒ노라

가는 아들, 보내는 아버지

셔계공이 니로시ᄃᆡ 다른 말이 잇느냐 되왈 무쥰(茂雋)[421]이 임의 댱셩(長成)ᄒ엿ᄉ오니 글을 힘뼈 가르치쇼셔 ᄎᆞ(此)ᄂᆞᆫ 공의 아이시러라 셔계공이 왈 닉 엇디 너를 사리를 ᄇᆞ라리오마ᄂᆞᆫ 오직 일단 졍신(精神)이 감(減)치 아니니 혹 만일 사라날가 ᄒ더니 즉금은 홀 일이 업다 죠용이 도라가라 되왈 종용이 도라가리이다 셔계공이 문 닷고 나오셔〃 브르시며 우르신디 공이 사ᄅᆞᆷ으로 ᄒ여곰 엿ᄌᆞ오라 닉 ᄎᆞ마 엿줍디 못 ᄒ엿더니 자닉 엿줍소 쇼ᄌᆞ(小子) 형뎨(兄弟) 슬하(膝下)의 서로 니어 도라가오니[422] 엇디 ᄎᆞ마 말삼으로 ᄒ리잇고 ᄉᆞᄉᆡᆼ(死生)은 명(命)이여니와 브ᄃᆡ〃 애통을 과히 마옵쇼셔 블효(不孝) ᄒ온 죄도 망극〃ᄒ여이다 쇼직(小子) 평싱의 몸가지옵기를 됴흔 오ᄉᆞᆯ 아니 닙엇습고 또 죄인으로 죄예 죽ᄉ오니 샹슈(喪需)를 죄인으로 다ᄉᆞ리옵쇼셔 다시 말ᄉᆞᆷ을 못ᄒ시고 뫼신 사ᄅᆞᆷᄃ려 다리 들나 심히 알파 펴지 못ᄒ시더라 담 소ᄅᆡ 나니[423] 공이 왈 명(命)이 ᄉᆞᆫ키 이리 더딘고 ᄒ시더라 문득 졸(卒)ᄒ시니 오월 초오일 ᄉᆞ시(巳時)[424]러라

---

421) 박세당의 막내아들인 박태한을 말하는 듯하나 명확하지 않다. 박태한은 1673년에 태어났으므로 박태보가 죽은 이때, 즉 1689년에 17세였다.

422) 박태보의 형 박태유(朴泰維)는 박태보가 죽기 3년 전인 숙종 12년 1686년에 죽었다.

423) 구활자본에는 "담 쓸난 소ᄅᆡ 되단ᄒ니"라고 적었다.

424) 사시: 오전 9~11시.

일가친쳑(一家親戚)이며 빈긱붕위(賓客朋友) 다 나와 각〃 의복을
보늬여 치상(治喪)ᄒᆞ더라 ᄉᆞ방(四方)이 듯ᄂᆞᆫ 재(者) 일즉 얼굴도 모
로며 드토아 와 됴상(弔喪)ᄒᆞ고 울 니 저마다 못 미츨 듯 ᄒᆞ더라 ᄒᆞᆫ
사ᄅᆞᆷ이 제문(祭文)ᄒᆞ여⁴²⁵⁾ 왈

낙유현부樂有賢父ᄒᆞ고
츄이조녈追二祖烈이라
명보유공名符劉孔ᄒᆞ고
요균튱탁天均沖濯이라
초신팀일楚臣沉日이오
노호묘측魯湖廟側이라
의이미골宜爾埋骨을
동봉지녹東峯之麓이라

착ᄒᆞᆫ 부형의 비화
두 션조의 튱녈을 니엇도다
일홈은 유가공⁴²⁶⁾도 ᄇᆞ긋도다
단명ᄒᆞ기난 튱암⁴²⁷⁾과 탁영⁴²⁸⁾ ᄀᆞᆺ도다
초나라 신하 굴원이 ᄲᅡ져 죽던 날이오
뇩신의 사당 겻치로다

---

425) 『정재후집』 권4에 실린 '제문(祭文)[李世璋, 李世玉, 李世璉, 李挺曾]'에 나온다. 이 제문
은 7월 7일에 올린다고 되어 있다.

426) 어떤 인물인지 알 수 없다.

427) 명확지 않으나 충암 김정인 듯싶다. 그는 사림파의 대표 인물 중 한 명이며 중종 대의 문
신으로 기묘사화, 신사무옥에 연루되어 36세의 나이에 사사되었다.

428) 명확지 않으나 탁영 김일손인 듯싶다. 그는 35세의 나이로 연산군 대에 무오사화 당시
능지처참당했다.

맛당이 군의 뼈를 뭇기를
동봉언덕이로다
동봉은 미월당 잇던 디러라

칠월의 공의 영구(靈柩)를 안쟝(安葬)홀시 양쥐(楊州) 슈락산(水落
山) 장즛곡은 셔계공 집 뒤히라 그 고디 장스(葬事)를 디니고 모년(某
年)의 공의 션친(先親) 산소를 텬장(遷葬)ᄒ야 공의 산소 우히 쓰와
공의 님스(臨時)의429) 부탁ᄒ시믈 조츠니라 공의 년(年)이 삼십뉵이
라 이즛(二子)를 나흐시되 다 기르지 못ᄒ시고 일녀(一女)뿐이러라
430) 셔계공이 지평공(持平公) 졔이즛(第二子) 필모(弼謨)로 공의 계후
(繼後)를 ᄒ시니431) 쏘흔 공의 유언을 조츠시니라 필모는 튱신지즛
(忠臣之子)라 ᄒ여 조졍(朝廷)의 쓰니432) 쳥쥐목스(淸州牧使)가지 ᄒ
니라

뉘우치는 임금

공이 비소(配所)로 가실 쩌예 오공433)의 비소는 의쥐(義州)라 오공
이 쏘 힝ᄒ나가 파쥐역(坡州驛)의셔 졸(卒)ᄒ니 공의 졸ᄒ신지 이틀
만 이러라 공의 상스(喪事) 나신 지 오라지 아냐 샹이 잠간 뉘우츠신

---

429) 임종할 때. 목숨이 끊어질 때.
430) 박태보의 아들 둘은 난 지 얼마 안 되어 모두 죽고 딸 하나만 살았다. 그 딸은 이덕해(李
德海)에게 시집갔다.
431) 지평공은 박태보의 형 박태유를 말한다. 박태보에게 아들이 없으므로 박태유의 둘째 아
들 박필모를 양자로 하여 박태보의 대를 잇게 하였다는 말이다.
432) 『숙종실록』 숙종 33년 10월 15일 기사에 의하면, 정몽주(鄭夢周)와 길재(吉再)의 후손을
쓰면서 박태보의 계를 잇는 아들도 함께 쓸 것을 윤허했다.
433) 상소의 우두머리가 되었던 오두인.

긔ᄉᆡᆨ(氣色)을 뵈오신ᄃᆡ 슈찬(修撰)⁴³⁴⁾ 니제민(李濟民)이 샹소ᄒᆞ여 글 오ᄃᆡ 박태보 등은 죵시(終是) 뎐하(殿下)의 쳐분(處分)이 과격ᄒᆞ샤 네 셩인(聖人)의 다ᄉᆞ리ᄂᆞᆫ 모양이 아니로소이다 극쳐(極處)에 원찬 (遠竄)ᄒᆞ여 듕도(中道)의셔 서로 니어죽ᄉᆞ오니 셩덕(聖德)의 뉘 되오 미 엇더ᄒᆞ니잇고 져즈음 긔 ᄌᆞ손 금고(禁錮)ᄒᆞ라 명녕(命令)을 즉시 거두오시니 셩명(聖明)이 불샹이 넉이우사 뉘우치시믈 뵈시는 일이 오니 뎐하의 ᄡᅳᆯ 싱각ᄒᆞ오니 어셔 복관쟉(復官爵)ᄒᆞᆯ 명녕(命令)을 ᄂᆞ리오샤 죽으 니로 ᄒᆞ여곰 셩ᄐᆡᆨ(聖澤)을 닙ᄉᆞᆸ게 ᄒᆞ옵쇼셔

우의졍 김덕원(金德遠)이 도로 졍승(政丞)ᄒᆞ엿더니 계ᄉᆞ(啓辭)하 여 왈 즈음ᄭᅴ⁴³⁵⁾ 박태보 죄(罪) 닙ᄉᆞᆯ 적 신의 ᄡᅳ즌 구ᄒᆞ고져 ᄒᆞ오ᄃᆡ 볼셔 죄를 닙ᄉᆞ와 슬기 못ᄒᆞ엿습ᄂᆞ이다 듯ᄉᆞ오니 제 혼ᄌᆞ 쥬쟝ᄒᆞᆫ 일 이 아니오라 여러 사ᄅᆞᆷ이 의논ᄒᆞ온 샹쇠(上疏)오ᄃᆡ 박태보 혼ᄌᆞ 은ᄐᆡᆨ (恩澤)을 못 닙ᄉᆞ와 원억(冤抑) 되로 그저 잇ᄉᆞ오니 일노뼈 불샹이 넉 이오샤 널니 혜아리옵셔 프옵쇼셔 샹왈 ᄃᆡ신이 누〃히 알외니 오두 인 박태보를 복관쟉(復官爵)ᄒᆞ라⁴³⁶⁾ ᄒᆞ시니라

이후 늑년은 갑슐년이라 샹이 크게 뉘우ᄎᆞ샤 듕궁뎐(中宮殿)⁴³⁷⁾을 마ᄌᆞ도라 오시고 여러 쇼인(小人)들을 버히시고 귀향도 보ᄂᆡ시고 냥 공(兩公)⁴³⁸⁾의 튱셩(忠誠)으로 죽은 줄 뉘우ᄎᆞ샤 하교왈 두 신하의 튱

---

434) 사실 이때 이제민은 수찬이 아니라 부수찬이었다. 『숙종실록』 숙종 15년 5월 28일 기사 에 따르면, 부수찬 이제민이 박태보의 직첩을 돌려달라고 상소하였으나 거절당했다.

435) 저번에.

436) 숙종은 박태보가 죽은 후 석 달도 채 되지 않은 7월에 박태보와 오두인의 관작을 회복시 켰다. 이때 가뭄이 심했는데, 우의정 김덕원이 가뭄을 해결하기 위해서라도 원혼을 달래야 한 다면서 이들의 신원을 요청하자 숙종이 허락한 것이다. 『숙종실록』 숙종 15년 7월 18일 기사 에 나온다.

437) 중궁전: 인현왕후 민씨를 말한다.

438) 오두인과 박태보를 말한다.

절(忠節)은 가히 공도보(孔道輔)[439]의게 비(比)ᄒᆞ염즉 ᄒᆞ도다 임의 복관쟉(復官爵)은 ᄒᆞ여시니 젹문(旌門)ᄒᆞ라 오두인은 녕의졍 츄증(追贈)ᄒᆞ고 박○○[440]ᄂᆞᆫ 졍경(正卿) 츄증ᄒᆞ라 ᄒᆞ시더라[441] 공을 츄증ᄒᆞ기로 ᄌᆞ헌ᄐᆡ우(資憲大夫) 니조판셔(吏曹判書) 의례(依例)ᄒᆞ여 겸직을 씌웟더라 샹이 ᄯᅩ 하교왈 그 문(門)의 글오되 튱신(忠臣)의 문이라 ᄒᆞ시고 녜랑(禮郎)을 명녕(命令)ᄒᆞ샤 가묘(家廟)의 치졔(致祭)ᄒᆞ라 ᄒᆞ시니라[442] 노량(鷺梁)[443] 이쳔(伊川)[444]과 퍄쥐(坡州)예 공의 셔원(書院) ᄒᆞ기ᄅᆞᆯ 쳥ᄒᆞ되 샹이 듯ᄌᆞ오시니 파쥐 셔원의ᄂᆞᆫ 오공(吳公)과 ᄒᆞᆫ 가지로 드르시고 나죵의 니공(李公)[445]도 드니라 샹이 ᄯᅩ 명ᄒᆞ샤 공의 부인 졍부인(貞夫人) 직쳡(職牒) 주시고 월음 주시고[446] 부인 상ᄉᆞ(喪事)시의 장슈(葬需)ᄅᆞᆯ 나라희셔 츌혀 주시니라[447] 니공 셰화(李世華)ᄅᆞᆯ 나라희셔 특별이 ᄡᅳ으샤 슝품(崇品)[448]의 니르러시니 이 ᄯᅢ 국인(國人) 다 깃거ᄒᆞ고 ᄯᅩ 냥공(兩公)의 튱졀을 싱각고 뉘 아니 감탄ᄒᆞ며 뉘 아니 슬허ᄒᆞ리오 텬지와 일월이 ᄇᆞᆰ으믈 져마다 경하(慶賀)로

439) 공도보: 송나라 사람으로, 성품이 강직하여 바르지 않은 일이라면 어떤 것이든 굽히지 않고 탄핵한 사람으로 유명하다.

440) 이름이 들어갈 자리를 종이로 가렸다.

441) 숙종 20년(1694년) 5월 6일에 이시준(李時俊)의 상소에 따라 박태보와 오두인을 추증하라는 명령이 떨어졌다.

442) 숙종 21년 12월 10일에 숙종은 예관을 보내어 오두인과 박태보의 사당에 치제(致祭)하게 하였다.

443) 노량진 가에 서원을 세워 박태보를 배향했었다. 이 서원의 이름이 노강서원(鷺江書院)이다. 현대에 들어 후손이 수락산 아래쪽에 다시 세웠다.

444) 숙종 21년 이천 화산서원(花山書院)에서 박태보를 향사하였다. 박태보가 이천현감을 한 것을 인연으로 한 듯하다.

445) 상소를 올릴 때 함께 우두머리의 역할을 했던 이세화를 말한다.

446) 『승정원일기』 숙종 22년 4월 2일과 4일 기사에 의하면, 박태보가 아들도 없이 딸만 하나 남기고 죽어서 남은 부인이 생활이 어려운 것에 대해 논하면서 공신(功臣)과 현자(賢者)의 처자에게 종신토록 먹을 것 등을 내려주는 예에 따라 박태보 등의 처자에게 그렇게 해주었다.

447) 『숙종실록』 숙종 37년 7월 4일 기사에 나온다.

448) 숭품: 18품계 가운데 위에서 두번째인 종1품.

이 넉이디 냥공은 블힝(不幸)ᄒ여 니공(李公)449)으로 더브러 듕궁(中宮)의 복위(復位)ᄒ시믈 ᄒᆫ 가지로 못 보시고 시인(時人)이 통탄(痛歎)ᄒ고 군직(君子) 셜워ᄒ더라

임금께서 내려주신 제문

가묘(家廟)의 ᄉ제(賜祭)ᄒ실 제450) 제문(祭文)451)의 왈
강희(康熙)452) 삼년453) 셰ᄎ(歲次) 갑슐(甲戌) 뉵월 뎡유(丁酉)삭 십일〃 뎡미(丁未)의 녜조(禮曹) 졍낭(正郎) 니만근(李萬根)을 보늬여 고(故) 목ᄉ(牧使) 박태보 신녕(神靈)의 제(祭)ᄒ노라

텬디듕간의	(天地中間)
지극히 강ᄒᆫ 긔운이 잇도다	(有氣純剛)
혹 숑빅도 되고	(挺爲松柏)
혹 구슬과 보비 되엿도다	(結爲珪璋)
모진 불인들 엇디ᄒ며	(烈焰何燬)
엄ᄒᆫ 샹셜인들 엇지 것그랴	(霰雪靡戕)
쏘ᄒᆫ 긔운을 밍글면	(其鍾於人)
지극히 바르고 지극히 모지도다	(以直以方)
돌노 ᄀ라도 갈늬지 아니ᄒ고	(磨之不磷)

449) 이세화를 가리킨다.
450) 숙종 임금이 박태보의 사당에 치제하라고 명하셨을 때.
451) 『정재후집』 권6 「기사민절록(하)」의 '(숙묘肅廟)가묘사제문(家廟賜祭文)'에 전문이 실려 있다.
452) 청나라 강희제 때(1662~1722)의 연호.
453) 원문에는 '강희 삼년'으로 되어 있으나, 제문이 내린 이해는 강희 33년(1694년)이 옳다.

갈고 것거도 부러지〃 아니는도다　　　　　　（挫之不僵）

슬프다 경의 아름다온 긔질은　　　　　　　（噫卿嫩質）

밧근 화ᄒ고 안흔 싁〃ᄒ더다　　　　　　（外和內莊）

착흔 아븨의 ᄀᄅ치믈 바다　　　　　　　（襲訓名父）

아름다온 일홈이 일즉 들니더라　　　　　（華聞夙彰）

약관의 쟝원ᄒ야　　　　　　　　　　　（弱冠魁元）

문쟝을 독보ᄒ더라　　　　　　　　　　（獨步詞場）

큰지조와 깁흔 혹문으로　　　　　　　　（鴻文駿藝）

셰샹의 놉흔 바 되더라　　　　　　　　（遐擧高驤）

독셔당의 글 넑고　　　　　　　　　　（湖堂賜暇）

홍문관의 향을 먹음엇도다　　　　　　　（玉署含香）

뎐지ᄅᆯ 당ᄒ여 인지ᄅᆯ 의논ᄒ고　　　（提銓品藻）

ᄃᆡ각을 당ᄒ면 더러온 거슬 벗더다　　（戴豸激揚）

어ᄉ와 외임을 ᄃᆡ니니　　　　　　　　（臥轍齊霸）

황패와 쟝강 ᄀᆺ도다　　　　　　　　　（埋輪坊綱）

튱셩된 ᄆᆞ음과 착흔 의논으로　　　　（忠規讜議）

날마다 돕기ᄅᆯ ᄉᆡᆼ각ᄒ더라　　　　（思日贊襄）

여러 번 썻기이나　　　　　　　　　　（雖遭挫閼）

굿셴 거슬 고치지 아니ᄒ더라　　　　　（矯哉其强）

뇽ᄉᆞ의 익힉를 당ᄒ여　　　　　　　（龍蛇歲厄）

헛망의 변이 나도다　　　　　　　　　（譎見軒芒）

ᄌᆞ최ᄂᆞᆫ 슝젹과 듯토니　　　　　　（迹類瑤華）

듕궁의 셜우미 깁도다　　　　　　　　（痛甚黃裳）

뜰의 ᄀᆞ득흔 신하 용열ᄒ야　　　　（盈庭巽奭）

ᄂᆡ 일 구ᄒᆞᄂᆞᆫ 재 없도다　　　　（曾不我匡）

슬프다 경이 홀노　　　　　　　　　　（卿惟忱慨）

흔 봉 글월노 창즈를 베혓도다 　　　　　　(一封剗腸)

의리는 인뉸을 붉히고 　　　　　　　　　(義秉昭倫)

튱셩은 닉 그른 ᄆ음을 두루 집더라 　　　(忠切格王)

일편단심은 히과 ᄀᆞᆺ고 　　　　　　　(丹衷炳日)

귀신이 겻히 이셔도 붓그럽지 아니터라 　(鬼神在傍)

슬프다 닉가 슬피들 못ᄒᆞ여셔 　　　　　(咎予莫察)

경으로 ᄒᆞ여곰 이 화를 닙엇도다 　　　　(俾爾罹殃)

쓸는 가마 무어시 무셔오랴 　　　　　　(鼎鑊奚怵)

말ᄉᆞᆷ은 엄정ᄒᆞ고 신식은 ᄌᆞ약ᄒᆞ도다 　(辭毅神陽)

열 번 죽기의 이르러 　　　　　　　　　(至死不撓)

본 마음을 일치 아닌ᄂᆞᆫ도다 　　　　　(素守靡喪)

목숨 ᄇᆞ리기를 둘게 넉여 　　　　　　　(甘捐性命)

문허딘 오륜을 힘 뻐 붓드더라 　　　　　(力扶彝常)

비컨디 큰 물결 속의 　　　　　　　　　(頹波渾渾)

놉흔 뫼히 움죽이지 아니ᄒᆞ더라 　　　　(屹然巨防)

불샹한 쎠를 싸히 무더 　　　　　　　　(義血埋碧)

언억ᄒᆞᆫ 긔운은 하ᄂᆞᆯ의 쎄쳣도다 　　　(寃氛薄蒼)

지하의 흔을 먹음이 　　　　　　　　　(黃壚飮恨)

덧업ᄉᆞᆫ 여ᄉᆞᆺ히로다 　　　　　　　　(奄六星霜)

즉시 닉가 허믈을 싱각ᄒᆞ니 　　　　　　(旋予追愆)

뉘웃브고 슬허ᄒᆞᄂᆞᆫ도다 　　　　　　　(怛焉疚傷)

잇다감 지ᄂᆞᆫ 일을 싱각ᄒᆞ면 　　　　　(時懷往事)

듕야의 이러 방황ᄒᆞᄂᆞᆫ도다 　　　　　　(中夜彷徨)

희미흔 길흘 흔 번 두루 집으니 　　　　　(迷塗一返)

오륜이 더옥 빗나도다 　　　　　　　　(人紀重光)

은혜는 한나라 궁으로 도라오고 　　　　(恩回漢殿)

네는 쥬나라빅예 회복ㅎ엿도다　　　　　(禮復周梁)

이젼 일을 싱각ㅎ고　　　　　　　　　(興言疇曩)

즉금 반항454)을 도라보니　　　　　　　(顧瞻班行)

졍의의용은 아득ㅎ지라　　　　　　　(風儀已邈)

늬의 뉘웃브믈 어느 쩍의 이즈리오　　　(悼悔難忘)

은혜는 츄즁의 베프며　　　　　　　　(榮加贈柳)

ㅅ랑ㅎ은 ㅁ음은 젹문의 빗늬도다　　　(寵賁旋商)

모든 신하의 말이 아니라　　　　　　　(匪伊羣言)

실노 늬 ㅁ음의 챡히 먹이노라　　　　（寔予所臧)

경의 흔 일은 비컨딕　　　　　　　　（如卿所就)

공도보 범듕엄455)의 ㅆ로디 못ㅎ리라　　(孔范靡尤)

그러ㅎ나 챡흔 일홈은　　　　　　　　(風聲並卓)

ㅅ긔예 흔 가지로 아름답도다　　　　　(竹素齊芳)

슬프다 셰상이 경을 알기룰　　　　　　(嗟世知卿)

졀의와 문쟝쑨이라　　　　　　　　　(節義文章)

그 직조는 비ㅎ건딕　　　　　　　　　(若其材具)

빅 가지의 당ㅎ 리 업도다　　　　　　（百爲皆當)

젹게 닐너는 힝보의 법이 잇고　　　　　(微而履屐)

크게 닐너는 들보와 기동이로다　　　　(高則棟樑)

늬가 붉지 못ㅎㅁ로써　　　　　　　　(由予不明)

그 쟝처룰 쓰지 못ㅎ엿도다　　　　　　(未究厥長)

요ㅅ이 인직가 업슨 쩍예　　　　　　　(屬時才難)

챡흔 신하 죽인 일 빅나 셜워ㅎ노라　　　(倍恨殱良)

454) 반항: 서열에 따라 줄을 지어 서는 것을 뜻한다.

455) 범중엄(范仲淹): 송나라 인종(仁宗) 때 사람으로, 곽황후의 폐위를 반대하다가 반대파에
게 져서 지방으로 쫓겨갔다.

정은 위딩456)이롤 싱각ㅎ는 듯ㅎ며 　　　　　(情同憶鄭)

일은 댱구령457)이 제 지닌 것 ᄀ도다 　　　　　(事徵祭張)

글노뻐 슬프믈 베프며 　　　　　　　　　　(文以瀝哀)

졍셩으로뻐 향을 픠오는도다 　　　　　　　(誠以薦蘋)

챡한 신녕은 아름미 잇거든 　　　　　　　　(英靈不昧)

이 슐 흔 쟌을 흠향ㅎ라 　　　　　　　　　(庶歆侑觴)

　파쥐(坡州) 풍계ᄉ셔원(豐溪祠書院)의 ᄶᅩ 글을 나리오샤 치졔(致
祭)하야 굴오디458)

셰샹 일만 사름이 　　　　　　　　　　　　(衆萬之盡)

둑은 후는 아모 것도 업도다 　　　　　　　(同歸無物)

오직 착흔 ᄉ람은 　　　　　　　　　　　　(唯有樹立)

그 듕의 홀노 독별흔지라 　　　　　　　　　(乃不埋沒)

더욱 크게 드러나고 크게 일홈 잇난 거슨 　(尤大彰明)

그 튱녈이 사름을 놀닉난디라 　　　　　　　(其惟義烈)

슬프다 우리 두 신하는 　　　　　　　　　　(嗟我兩臣)

쒸오쳐 만민의 웃듬이로다 　　　　　　　　(卓爲人綱)459)

판셔난 화평ㅎ야 　　　　　　　　　　　　(尙書履和)

그 강흔 거슬 기르더라 　　　　　　　　　　(以養厥剛)

---

456) 위징(魏徵): 당나라 초기의 공신이자 학자이며, 정치적으로 두루 요직을 지냈다. 특히 사정을 가리지 않고 직간을 잘 했던 것으로 유명하다.

457) 장구령(張九齡): 당나라 현종(玄宗) 때의 재상으로, 안녹산이 위험한 인물임을 간파했다는 일화가 전해진다.

458) 이 글은 『정재후집』 권6 「기사민절록(하)」에 '파주풍계사사액제문(坡州豐溪祠賜額祭文)'이라는 제목으로 실려 있다.

459) 문집에 실린 글에 의하면 "卓爲人綱"과 "尙書履和" 사이에 "並世同軌, 煒有耿光"이라는 두 구가 더 있다.

댱냥460)의 얼굴은 부인 깃고　　　　　　　（張貌婦人）

안영461)의 몸은 석 즈히러라　　　　　　　（晏軀三尺）

공슌ᄒ고 겸양ᄒ나　　　　　　　　　　（偊焉退讓）

그 ᄆ음은 텰벽이러라　　　　　　　　（中則鐵壁）462)

ᄒᆯ 일을 당ᄒ면　　　　　　　　　　（遇所當爲）

목 ᄆ른 재 믈의 가둣 하더라　　　　　（如渴赴水）

잡은 ᄆ음 됴치 못ᄒ면　　　　　　　　（匪擇之精）

뉘 능히 이러ᄒ고　　　　　　　　　　（曷能乎是）

응교ᄂᆞᆫ 일즉되여　　　　　　　　　（侍講幼闡）

쌔혀나고 독별ᄒ더라　　　　　　　　（挺特超類）

빅번이나 연ᄒ 금은 슈연이 강ᄒ고　　（百鍊純剛）

엄ᄒ 겨을의 큰 솔이 홀노 쌔혀나도다　（大冬獨秀）

졍신의 미츤 고즌　　　　　　　　　（精神所到）

무ᄉ 일 어려올고　　　　　　　　　（靡物不透）

바다히 뒤치며 산히 문허딘들　　　　（溟翻巖隤）

늬 쓰지야 변ᄒᆯ 줄 이시랴　　　　　（我志必守）463)

착ᄒ 일 구ᄒ여 어드면　　　　　　　（旣求斯獲）

죠곰도 뉘우츠미 이실손가　　　　　　（何有悔怍）

긔ᄉ년 말을 하게 되면　　　　　　　（己巳之事）

말곳ᄒ면 늬 ᄆ음이 셟도다　　　　　（言予心憯）

---

460) 장량(張良)은 한나라 고조 유방의 건국에 결정적인 역할을 한 공신이다.

461) 안영(晏嬰)은 중국 춘추시대 제나라의 정치가로, 관중(管仲)과 함께 대표적인 재상(宰相)이다.

462) 문집에 실린 글에 의하면 "中則鐵壁"과 "遇所當爲" 사이에 "謹畞攫挐, 獨守靚黙"이라는 두 구가 더 있다.

463) 문집에 실린 글에 의하면 "我志必守"와 "旣求斯獲" 사이에 "溝壑一念, 寔所素蓄"이라는 두 구가 더 있다.

뉘가 닉 신하 아니라오마는　　　　　　　　(孰非我臣)[464]

형벌노 인도ᄒ고 간ᄒ 리 뉘 잇ᄂ고　　　(匪甯不匡)

오딕 경들은 됴폐ᄒ여시되　　　　　　　　(奮自閉廢)

글월을 올닉 흔 가지로 ᄃ토더라　　　　　(抗辭同章)

하ᄂᆯ을 ᄀ르쳐 밍셰ᄒ고　　　　　　　　(指天爲正)

죠곰도 머뭇거리지 아니터라　　　　　　　(曾不少豫)

말ᄉᆞᆷ이 졍녕ᄒ고 ᄅ졀ᄒ야　　　　　　　(丁甯反復)

ᄭᄭ닥라 고치기를 ᄇ라더라　　　　　　　(冀悟而改)

그 ᄆ음이 붉으니　　　　　　　　　　　　(寸心炯然)

닉 엇디 사랑치 아니랴마는　　　　　　　　(實惟我愛)

그ᄭᆡ예 ᄭᆡ닷지 못흔 줄을　　　　　　　(莫之省覺)

싱각ᄒ면 얼굴이 ᄯᄯ〃ᄒ도다　　　　　　(予則靦顏)

튱셩은 지극ᄒ고 의리는 디당ᄒ니　　　　(忠盡義至)

경등은 이를 조히 넉이ᄂ도다　　　　　　(惟卿所安)[465]

셩명을 홍모 ᄀ치 알고　　　　　　　　　(鴻毛性命)

오륜은 퇴산 ᄀ치 아더라　　　　　　　　(泰巖倫常)[466]

프른 피는 무어시 되엿ᄂ고　　　　　　　(碧血之化)

젹은덧 셰월이 쉽도다　　　　　　　　　　(奄幾星霜)

닉 ᄆ음 두루집어　　　　　　　　　　　　(及予回心)

곤위가 다시 바르게 ᄒ니　　　　　　　　(壺化重亨)

만민이 고쳐 보니　　　　　　　　　　　　(萬品改觀)

---

464) 문집에 실린 글에 의하면 "孰非我臣"과 "匪甯不匡" 사이에 "銀艾羣翔, 張辟娛予"라는 두 구가
더 있다.
465) 문집에 실린 글에 의하면 "惟卿所安"과 "鴻毛性命" 사이에 "鼎鑊如歸, 其色閒閒"이라는 두 구
가 더 있다.
466) 문집에 실린 글에 의하면 "泰巖倫常"과 "碧血之化" 사이에 "義夫喑噫, 泣涕其滂"이라는 두 구
가 더 있다.

일식이 고쳐 회복ᄒᆞᄂᆞᆫ 것 ᄀᆞᆺ도다　　　　　　　(如蝕斯更)[467]

곤위ᄅᆞᆯ 회복ᄒᆞ미

송(宋)적 일과ᄂᆞᆫ 낫도다

공도보 범듕엄은 죽디 아니되　　　　　　　(孔范無死)

경 등은 불ᄒᆡᆼᄒᆞ도다　　　　　　　　　　(卿獨不幸)

직조와 덕을　　　　　　　　　　　　　　(令德通才)

쓰지 못ᄒᆞ니　　　　　　　　　　　　　　(而用不竟)

그 허믈이　　　　　　　　　　　　　　　(靜思咎悔)

ᄂᆡ게 잇도다　　　　　　　　　　　　　　(職由予爽)[468]

튱셩을 ᄌᆞ랑ᄒᆞ고 졀의ᄅᆞᆯ 나타ᄂᆡ니　　　　(褒忠顯烈)

디하의 사ᄅᆞᆷ이야 엇디 이러날고　　　　　　(莫起泉壤)

셔파쥐난　　　　　　　　　　　　　　　(坡城之麓)

착ᄒᆞᆫ 사ᄅᆞᆷ의 머무던 고지로다　　　　　　(義躅攸曁)

혹 셩명을 여긔 ᄆᆞᆾ고[469]　　　　　　　　　(或殞厥命)

혹 민혜도 여긔 잇더라[470]　　　　　　　　　(或留其惠)

인심을 소기지 못ᄒᆞ야　　　　　　　　　　(風聲所及)

션ᄇᆡ들이　　　　　　　　　　　　　　　(章甫輩起)

졔ᄉᆞᄒᆞ쟈 ᄒᆞ더라　　　　　　　　　　　(請廟而祀)[471]

사라셔도 ᄡᅳ지 ᄀᆞ트니　　　　　　　　　(生旣同志)

---

467) 문집에 실린 글에 의하면 "如蝕斯更" 다음에 "回瞻舊班, 祗愴予情, 瑤華旣復, 視古爲盛"이라는 네 구가 더 있는데, 「문녈공긔ᄉᆞ」에는 이 구에 해당하는 해석 구절이 없다. 대신 다음에 나오는 "곤위ᄅᆞᆯ 회복ᄒᆞ미 송적 일과ᄂᆞᆫ 낫도다"라는 구절이 들어가 있다.

468) 문집에 실린 글에 의하면 "職由予爽"과 "褒忠顯烈" 사이에 "哀贈縷班, 恩旋繼牓"이라는 두 구가 더 있다.

469) 오두인은 유배 가던 중 파주에서 죽었다.

470) 박태보는 파주목사가 되어 여기에서 백성을 다스렸다.

471) 문집에 실린 글에 의하면 "請廟而祀" 다음에 "以永厥慕, 開荒授矩, 肅然局序"라는 세 구가 더 있다.

스흰들 집이 드르랴	(圬甯異宇)
셔원을 낙셩ᄒ고	(旣成而落)[472]
현판 두니	(用揭厥首)
아름다운 일홈은	(嗟哉明靈)
빅셰에 베최더라	(百世在後)
져 빅셩 사랏노라 즐겨마라	(罔生自嬉)
흔 번 듁은 후 뉘 알고	(堅潦誰存)
스칙의 머무는 사람이야	(汙竹之光)
홀노여 쳔지 댱돈(長存) ᄒᄂ니라	(獨照乾坤)[473]
풍셩만 드러도	(餘風凜然)
용녈ᄒ고 혼탁흔 놈 경계ᄒᄂ니라	(警懦與嫷)[474]
두 신령은 이 고즐 평안이 넉여	(靈安厥次)
닉의 희싱을 오릭 흠향ᄒ라	(享我牲羞)

나즁 세상 영조 임금도 제문 내려

금샹(今上) 겨오셔 갑슐(甲戌)의[475] 녜 일을 싱각ᄒ옵셔 글을 ᄂ리
오샤 치제(致祭)ᄒ야 골오샤되[476]

갑슐년 환갑이 도라오니　　　　　　(閹茂周星)

---

472) 문집에 실린 글에 의하면 "旣成而落" 다음에 "亟來登奏, 玆宣美號"라는 두 구가 더 있다.
473) 문집에 실린 글에 의하면 "獨照乾坤" 다음에 "舍魚取熊, 前聖所敎"이라는 두 구가 더 있다.
474) 문집에 실린 글에 의하면 "警懦與嫷" 다음에 "太華竦峙, 淸漢西流"라는 두 구가 더 있다.
475) 여기서 금상은 영조를 말한다. 갑술년은 1754년, 즉 영조 30년이다.
476) 이 글은 『정재후집』 권6 「기사민절록(하)」에 '(영조英廟)풍계사사제문豐溪祠賜祭文'이라
는 제목으로 실려 있다.

만ᄉ가 도라오ᄂᆞᆫ 듯ᄒᆞ여라 　　　　　　　(萬事迴薄)

이제 닉가 이 ᄒᆡ를 만나니 　　　　　　　(予値玆歲)

감챵ᄒᆞᆫ 회포가 지〃로다 　　　　　　　(感懷塡臆)

우리 셩모님이 　　　　　　　　　　　(於顯聖母)

곤위 이 ᄒᆡ예 광복ᄒᆞ시도다[477] 　　　　(壼儀光復)

지금가지 국가 평안ᄒᆞ기ᄂᆞᆫ 　　　　　(式至今休)

이거시 뉘 힘일넌고 　　　　　　　　　(緊誰之力)

지덕이 여즈러진 일 업고 　　　　　　　(地道靡虧)

하ᄂᆞᆯ ᄆᆞ음이 심히 어지르시도다 　　　(天心孔仁)

일월 ᄀᆞᆺ치 고치신 셩덕은 　　　　　　(日月之更)

ᄯᅩ 세 신하[478]의 힘 닙엇도다 　　　　　(亦賴三臣)

오직 이 세 신하ᄂᆞᆫ 　　　　　　　　　(維此三臣)

진실노 국가의 기둥이로다 　　　　　　(實國之紀)

ᄒᆞᆫ 장 샹소의 소릭를 ᄒᆞᆫ 가지로 　　　(尺疏同聲)

녯젹 긔ᄉ년이러라[479] 　　　　　　　　(在昔己巳)

고마울샤 튱졍공이여 　　　　　　　　(謇謇忠貞)

나라희 죽어 몸을 니젓도다 　　　　　　(殉國忘身)

죠고만 가슴 속의 더운 피난 　　　　　　(危腔熱血)

다만 인뉸만 아ᄂᆞᆫ도다 　　　　　　　(永樹彝倫)

굳셀샤 튱슉공이여 　　　　　　　　　(毅然忠肅)

놀나도 아니ᄒᆞ고 겁도 아니닉더라 　　　(不懾不悚)

하ᄂᆞᆯ이 불샹이 넉여 홀노 살나두어 　　(賴天愍遺)

---

477) 인현왕후 민씨가 다시 궁에 들어온 것이 1694년 갑술년이었다. 그러므로 그때로부터 한 갑자, 즉 60년이 지난 이때에 기념한 것이다.

478) 상소의 대표자이자 파주 서원에 봉안된 오두인, 이세화, 박태보.

479) 기사년이란 박태보 등 80여 명이 상소를 올렸다가 숙종의 노여움을 사서 밤중에 국문을 받아 죽은 때(1689년)를 말한다.

쓰기를 죵닉 다 ᄒᆞ시더라   (卒究厥用)

고둘시고 문녈공이여   (直哉文烈)

모딘 졀은 하늘의 썻쳣도다   (勁節劘穹)

룡의 비늘을 거스리고   (義抗嬰鱗)

의리예 죽기를 결ᄒᆞ엿도다   (志決取熊)

이 세 사름은 일체라   (一體三人)

만셰예도 말이 잇도다   (萬世有辭)

졍문은 황〃이 빗나고   (棹楔煌煌)

ᄉᆞ당은 외로이 흔 ᄃᆡ 잇도다   (廟宇持持)

네 송젹 곽후 폐할 졔480)   (瑤華遜位)

공도보 범듕엄은 무엇슬 ᄒᆞ엿ᄂᆞᆫ고   (孔范徒勞)

인군이 착ᄒᆞ시면 신해 고드니   (主聖臣直)

우리 셩쥬 도ᄒᆞ시니 뉘 이실고   (孰如我朝)

경계흔 말숨 좀간 거스리나   (箴言乍咈)

착흔 신덕은 죵닉 합ᄒᆞ시도다   (璿度終軌)

션왕을 츄모ᄒᆞ신 ᄆᆞ음으로   (維新厥命)

미뤼여 졍들을 싱각ᄒᆞ노라   (自玆伊始於戲之思)

모든 신녕은 아름이 있ᄂᆞᆫ가   (推庸醉而靈其不昧)

이 잔을 구버 흠향ᄒᆞ라   (庶歆予卮)

480) 중국 송나라 때 곽후를 폐하려고 할 때.

스승으로 삼았던 형님

션시(先時)의 지평공(持平工)[481]은 공의 형이시니 형데(兄弟) 한 가지로 명환(名宦)을 디니실식 지평공은 온공ᄒ고 고드므로[482] 일홈이 나시고 공은 강반(剛愊)ᄒ시므로 일홈이 나시더라 지평공이 셩품이 지효(知曉)[483]온 혹문(學問)을 됴화ᄒ야 필한(筆翰)과 문쟝(文章)이 일홈나신지라 ᄆᆞᄋᆞᆷ이 아름답고 긔운(氣運)이 넘결(廉潔)ᄒ고 거지(擧止)[484]ᄂᆞᆫ 공신(恭愼)ᄒ야 의리를 뎡도(正道)로 딕히시면 다른 사름이 거우들[485] 못ᄒ더라 공이 ᄋᆞ시(兒時)적브터 스싱으로 셤기시더라 샹소ᄒᆞ여 죄샹을 의논ᄒ다가 고산찰방(高山察訪)[486] 보위 가 계시더니 공의 ᄉᆞ년뎐(四年前)[487] 졸(卒)ᄒ시다

아버지의 이후 모습

셔계공이 모년(暮年)의 형데(兄弟)를 니어 일호시고 슬픈 비치 샹시(常時)의 드러나 시미 업ᄉᆞ시니 문싱(門生)이 뭇ᄌᆞ와 ᄀᆞ로오되 션싱이 슬프시미 업ᄉᆞ시니잇가 셔계공이 기리 탄식ᄒ시고 왈 닉 슬푼들 무어시 유익ᄒ리오 다만 아ᄒᆞᆯ들 글 가로치믈 뉘우처 ᄒᆞ노라 텬ᄌᆞ(千

---

481) 박태보의 형 박태유를 말한다.
482) 구활자본에는 "온공ᄒ고 곳음으로"라고 썼다. 이에 따라 "온공ᄒ" 다음에 "고"를 추가했다.
483) 지효: 환히 안다는 뜻.
484) 거지: 행동거지.
485) 거역하지.
486) 박태보의 형 박태유는 숙종 9년(1683년) 윤6월 26일에 고산 찰방에 제수되었다.
487) 박태유는 1686년에, 박태보는 1689년에 죽었다.

字) ᄀ로칠 제 효셩은 당〃힘을 쓰고 튱셩(忠誠)은 목숨을 다ᄒ라 그 글의 ᄌ식을 ᄀ르치되 인신(人臣)과 인ᄌ(人才) 되어 직분이 당〃이 이ᄀᆺᄒ리라 ᄒ엿더니[488] 이제 와 져희 형뎨(兄弟) ᄂᆡ 말을 져ᄇ리지 아니ᄒ니 무어시 슬프리오마ᄂᆞᆫ 이제와 ᄂᆡ 졍경(情景)[489]이 이ᄀᆺᄒ니 아ᄒᆡ들 글 ᄀ로친 줄 뉘웃노라 ᄒ시고 인(因)ᄒ여 실ᄉᆡᆨ뉴쳬(失色流涕)ᄒ시니 문ᄉᆡᆼ들이 ᄯᅩᄒᆫ 슬허ᄒ더라 일노 보게 되면 공의 훈ᄌ(訓子)ᄒ시미 본ᄐᆡ 엄ᄒ고 공이 잇그러 글 가르치시미 깁히ᄒ신 고로 공의 튱졀을 스스로 셰우미 텬ᄌ(千字)의셔 나시니 슬프다 ᄯᅩᄒᆫ 공경ᄒ리로다

갑슐(甲戌) 후 십년 계미(癸未)의 셔계공이 문ᄌ(文字)로 뻐 시졀(時節)을 거스려[490] 원찬(遠竄)ᄒ시게 되니 니인녑(李寅燁)이 〃쩍 판윤으로셔 샹소왈 산간(山間)의 퇴(退)ᄒ미 임의 ᄉ십년이라 놉흔 물망(物望)[491]과 놉흔 졀(節)이 셰샹의 ᄶᅱ여나더니 셩됴(聖朝)의 은혜를 닙ᄉᆞ와 일셰(一世)예 갸륵히 넉이믈 듯ᄌᆸ더니 ᄒᆞᆫᄀᆺ 그릇 속의 ᄉ〃로이 긔록한 글노뻐[492] 영ᄒᆡ(嶺海)예 원젹(遠謫)게 되오면 셩됴(聖朝)의 ᄇᆞ란 배 아니옵고 아모 두 아들을 굿기옵고[493] 혈〃(孑孑)ᄒᆞᆫ 외로온 그림지 셰샹의 부처시되 태보의 졀(節)이 이러틋 놉고 넷글의 글오되 착한 사ᄅᆞᆷ이 이시면 훗ᄌ손(後子孫)의게도 죄를 아니준다 ᄒ

---

488) 『정재후집』권6「기사민절록(하)」'선생사실기략(先生事實記略)'에, 박세당이 박태보에게
『천자문』을 가르칠 때 박태보가 충성을 위해 목숨을 다해야 한다는 이야기를 했다는 대목이
있다.

489) 정경: 사람이 처해 있는 모습 혹은 형편.

490) 박세당은 백헌 이경석의 신도비명을 썼는데, 이것의 내용이 문제가 되어 비판이 일었다.
그래서 숙종 29년(1703년) 4월에 숙종은 박세당을 옥과(玉果)로 귀양 보낼 것을 명하였다. 이
에 4월 28일 행사직(行司直) 이인엽(李寅燁)은, 그의 나이 이미 75세이며, 두 아들을 잃었음을
말하며 선처를 요구하는 상소를 올렸다. 이에 대해 숙종은 고려할 만하다면서 귀양 집행을 잠
시 정지시켰다. 『숙종실록』숙종 29년 4월 28일 기사에 그 내용이 있다. 그후 박세당은 석천동
으로 돌아왔으나 며칠 후인 5월 21일에 죽었다.

491) 물망: 여러 사람이 우러러보는 명망.

492) 한갓 개인적인 생각을 기록한 글 때문에.

493) 아무개 아무개라는 두 아들을 잃고.

엿ᄉᆞ오거늘 슬프이다 태보의 졀(節)노뻐 제 아비를 보젼치 못ᄒᆞ오니
잔잉ᄒᆞ고⁴⁹⁴⁾ 불샹치 아니ᄒᆞ오니잇가 샹이 샹소를 보시고 원찬(遠竄)
말나 ᄒᆞ오시니 슬프다 공의 뎡튱ᄃᆡ졀(貞忠大節)이 아니면 엇디 나라
히 감동ᄒᆞ시리오

시호는 무엇이라 하였느냐

경묘(景廟) 계미(癸未)⁴⁹⁵⁾의 공의 시호(諡號)를 주시니 문녈(文烈)
이라 ᄒᆞ엿더니 금샹(今上)⁴⁹⁶⁾도 무인(戊寅)의 이르러 뉵신(六臣) 시호
를 의논ᄒᆞ더니⁴⁹⁷⁾ 샹이 묻ᄌᆞ와 굴오ᄃᆡ 뉵신 시호ᄂᆞᆫ 튱ᄌᆞ(忠字)가 올
커니와 션됴튱신(先朝忠臣) 박태보의 시호ᄂᆞᆫ 무어시라 ᄒᆞ엿난고 ᄒᆞ
오시니 졔신(諸臣)이 몰라 알외지 못ᄒᆞ거늘 닉 ᄆᆞ춤 ᄉᆞ관(史官)으로
입시(入侍)의 드러왓더니⁴⁹⁸⁾ 문녈(文烈)노 알외오니 샹이 탄식ᄒᆞ오

---

494) 애처롭고 불쌍하여 차마 보기 어렵다고.

495) 경종 3년인 1723년에 박태보에게 문열(文烈)이라는 시호를 내렸다. 그런데 이해는 계미년이 아니라 계묘(癸卯)년이다.

496) 영조를 말한다.

497) 영조 임금이 사육신의 시호를 '충(忠)' 자로 내린 것은 영조 34년(1758년) 무인년 10월 7일의 일이다. 그러나 『영조실록』 해당 날짜에는 그 사실만 적혀 있을 뿐 그 자리에서 영조가 박태보의 일을 물었다는 내용은 나오지 않는다.

498) 『영조실록』 10월 7일에 사육신과 당시 삼정승의 시호를 내리는 명령을 내린다. 이 기록에 박태보의 시호에 관한 언급은 없다. 그러나 전날의 기록, 즉 『승정원일기』 영조 34년(1758) 10월 6일 소대에서 영조가 박태보의 시호를 묻자 당시 가주서로 입시했던 박상로가 답하는 기록이 나온다. 이 소설에서 묘사하고 있는 것처럼, 박태보도 '충' 자를 써서 시호를 써야 하는데 '문' 자로 쓴 것은 실제와 맞지 않다고 영조는 탄식하였다. 하지만 박태보의 경우 선왕이 이미 시호를 내렸으므로 따로 다음날 박태보의 시호에 관한 명령을 내리지 않았던 것이다.
박상로의 본관은 반남이며 부친은 박호원(朴好源), 조부는 박사창(朴師昌), 증조부는 박필사(朴弼師)다. 영조 32년 병자(丙子) 정시(庭試) 병과(丙科) 2위로 합격하여, 사헌부대사헌(司憲府大司憲) 등을 역임했다. 박필사의 조부 박세규(朴世奎)가 박세당의 큰형이다. 그러므로 박상로는 박태보의 4대 후손 항렬이었으며, 박상로는 자기 집안 인물이었기에 박태보에 대해서 평소 알고 있다가 곧 답변할 수 있었던 것으로 보인다.

시고 개연(慨然)왈 아모(某)를 튱ᄌ(忠字)를 아니ᄒᆞ니 시호법이 그ᄅ
지 아니ᄒᆞ냐 ᄒᆞ오시고 션됴(先祖)일의 ᄆᆞ양 말ᄉᆞᆷ ᄒᆞ오실 ᄯᅥ예는 반ᄃ
시 하교(下敎)ᄒᆞ샤 왈 박태보ᄂᆞᆫ 진짓 튱신(忠臣)이라 일ᄏᆞᄌ오시더
라

어떤 사람은 이렇게 말하지만

오회(嗚呼)라 녜부터 튱신녈ᄉᆞ(忠臣烈士) 실노 이시ᄃᆡ 공의 ᄒᆞᆫ 샹
소로 ᄃᆡ졀(大節)을 셰우고 엄형지하(嚴刑之下)의 말ᄉᆞᆷ과 우슴으로 죽
기를 즐겨ᄒᆞ시니 그 튱의(忠義)ᄂᆞᆫ 일월노 더브러 비츨 ᄃᆞ토고 귀신의
게 질졍(質正)499)ᄒᆞ여도 붓그럽지 아니ᄒᆞ니 공 ᄀᆞᆺᄐᆞ니 ᄯᅩ 이실가 혹
왈(或曰) 후비(后妃)의게 죽난거시 의(義)가 의(義)가 ᄒᆞ거늘 ᄃᆡ답ᄒᆞ
여 ᄀᆞᆯ오되 후비의게 죽으미 아니라 간(諫)ᄒᆞ다가 죽어시니 죽을 ᄯᅥ
를 어덧ᄂᆞ니라 국모(國母) 폐(廢)ᄒᆞ시믈 당ᄒᆞ야 신ᄌᆞ(臣子) 되어 아
쳠(阿諂)한 ᄃᆡ로 인도ᄒᆞ야 국뫼(國母) 죄과(罪過)의 ᄲᅢ져시되 죰〃ᄒᆞ
야 한 말도 간(諫)ᄒᆞ여 ᄃᆞ토지 아니ᄒᆞ면 인뉸(人倫)이 문허졋ᄂᆞᆫ지라
인신(人臣)이 되어 인군(人君)의 허물을 구ᄒᆞ면 군신지의(君臣之義)
오 국모(國母)를 위ᄒᆞ야 신ᄌᆞ(臣子)의 딕분(職分)을 다ᄒᆞ면 가히 부
ᄌᆞ지의(父子之義)오 우리 님군을 위ᄒᆞ여 우리 모후(母后)를 보젼(保
全)ᄒᆞ니 가히 부〃지의(夫婦之義)라 ᄒᆞᆫ 번 일을 당(當)ᄒᆞ미 삼강(三
綱)이 다 ᄀᆞᄌᆞ니 이런 일을 당ᄒᆞ면 군ᄌᆡ(君子) 가히 죽을지어다 시
고(是故)로 녜적 폐후(廢后)의 간(諫)ᄒᆞᆫ 신하 이시니 공도보(孔道輔)
츄호(鄒浩) 두 사름이라 혹왈 그러면 공을 이 두 사름의게 비홀가 왈

---

499) 질정: 묻고 따져서 바로잡음.

네 엇디 이 두 사름의게 비ᄒᆞᄂᆞᆫ고 송(宋)적 공도보ᄂᆞᆫ 곽후(郭后) 폐
ᄒᆞ기ᄅᆞᆯ 당ᄒᆞ야500) 범듕엄(范仲淹)으로 더브러 비록 간ᄒᆞ라 ᄒᆞ나 불과
션우문 밧긔 머믓거려 문골회ᄅᆞᆯ501) 어루만져 크게 브로지〃더니 니
이간(內官)의 말니믈 닙어 죄ᄂᆞᆫ 폄츌(貶黜)502)만 ᄒᆞ고 츄호503)난 명후
504) 폐ᄒᆞᆷ믈 간ᄒᆞ다가 죄ᄅᆞᆯ 닙어 귀향가기ᄅᆞᆯ 님(臨)ᄒᆞ여 눈물을 닌ᄃᆡ
그 벗 젼위(田畫) 졍ᄉᆡᆨ(正色)ᄒᆞ여 ᄭᅮ지저 왈 ᄌᆞᄂᆡ로 ᄒᆞ여곰 좀〃코 벼
슬만 ᄃᆞ니다가 곳불505)의 닷새만 ᄶᆞᆷ을 못ᄂᆡ면 죽거날 엇디 녕ᄒᆡ(嶺
海)가 사름 죽을 고지랴 ᄒᆞ니 츄회(鄒浩)506) 망연ᄌᆞ실(茫然自失)ᄒᆞ여 ᄒᆞ
니 슬프다 공츄(孔鄒)506) 두 사람은 간(諫)ᄒᆞᆯ 벼슬노 간ᄒᆞ니 딕척(職
責)이오 간ᄒᆞ다가 귀향 가니 분의(分義)라 공은 죄파듕(罪罷中)507)의
이셔 개연이 팔십여인의 ᄒᆞᆫ 가지로 ᄒᆞᆫ 일을 ᄒᆞᆫ 몸의 담당ᄒᆞ여 뇌뎐
(雷電)의 위엄(威嚴)508)을 거우고509) 졍확(鼎鑊)510)의 ᄶᅱ여들기를 조
곰도 변치 아니시고 됴졍(朝廷)의 그득ᄒᆞᆫ 쇼인(小人)으로 ᄡᅧ 서늘ᄒᆞ

---

500) 공도보는 송나라 인종(仁宗) 때인 1033년에 곽황후(郭皇后)가 폐위되자, 천하의 어머니를
경솔히 폐위할 수 없다며 강력하게 간하다가 결국 좌천되었다. 『송사』 권297 「공도보열전孔道
輔傳」에 자세히 나온다.

501) 문고리를

502) 폄출: 깎아내려 배척하는 것.

503) 추호는 송나라 철종(哲宗) 및 휘종(徽宗) 대에 유황후(劉皇后)의 복위를 간하다가 오히려
좌천된 인물이다. 부임하는 길에 벗인 전주를 찾아갔더니 전주는 "선비가 해야 할 일이 이런
일뿐만이 아니라"하고, 또 "자네가 서울에서 사흘만 감기를 앓으며 땀을 빼지 않으면 죽을 텐
데 꼭 영해에 가는 것이 죽을 일이겠느냐"했다는 내용이 『십팔사략』 권7 및 『송사』 권345 「전
주열전田畫列傳」 등에 자세히 나온다.

504) 추호는 명후가 아니라 유황후의 복위를 간하다가 좌천되었으므로, 이는 잘못 쓴 것이다.

505) 고뿔: 감기.

506) 공도보와 추호.

507) 죄파중: 죄를 입어 파직된 상태.

508) 임금을 화나게 하는 것을 보통 '역린(逆鱗)' 혹은 '뇌위(雷威)'로 표현한다.

509) 집적거려 성나게 하고.

510) 정확: 가장 무거운 형벌인 사형을 이르는 말.

고511) ᄆᆞ음의 붓그려ᄒᆞ야 도로혀 구ᄒᆞ니 엇디 져 공츄(孔道輔 鄒浩) ᄀᆞ트리오 오딕 우리 셩샹(聖上)겨오셔 졸연이 측은(惻隱)ᄒᆞ신 ᄆᆞ음으로써 뉘우ᄎᆞ시ᄂᆞᆫ 비출 ᄂᆞ오셔 곤위(壼位)512)를 다시 맛ᄌᆞ오시니 이 ᄯᅩ한 공의 ᄃᆡ졀(大節)을 감동ᄒᆞ오시미 아니리오 져 공츄야 공의게 감히 비ᄒᆞ리오

슬프다 공의 졸(卒)ᄒᆞ신 후 뎐(傳)이 잇건마ᄂᆞᆫ 어ᄂᆞ 사ᄅᆞᆷ의 손의 난 줄 모르고 일국(一國)의 편만(遍滿)ᄒᆞ여 거의 근빅년이 되나 집〃이셔 닑어 ᄉᆞ태우(士大夫)브터 우동마졸(牛童馬卒)의 이르러 공의 셩명(姓名) 외오기를 ᄉᆞ마군실513)과 ᄀᆞ고 공의 일의 죵시(終始)를 말ᄒᆞ미 넉〃ᄒᆞ여 어졔날 ᄀᆞᆺᄒᆞ여 뉴쳬오열(流涕嗚咽)ᄒᆞ야 친쳑(親戚)ᄀᆞᆺ치 슬허ᄒᆞ나 그러ᄒᆞ되 여러 번 진서(眞書) 언문(諺文)의 밧고 이여514) 거즛말도 셧기고 그릇ᄒᆞ며 초략(抄略)ᄒᆞ미 이실가 두려워 더욱 오라면 실샹(實狀)을 일흘가 져허 나라 일긔(日記)도 보고 신필(宸筆)515)도 보아 번거로온 것 덜치고 간냑(簡略)히 ᄒᆞ야 실(實)말만 ᄒᆞ야 ᄌᆞ셔ᄒᆞ며 간냑ᄒᆞ미 잇고 본말(本末)을 다 흔 후야 글이 되니 거의 공의 님죵(臨終)시 말ᄉᆞᆷᄒᆞ신 ᄯᅳ즐516) 더ᄇᆞ리지 아닌가 ᄒᆞ노라 뎌 츈츄(春秋)의 의리(義理)ᄂᆞᆫ 나라 위한 일의 휘(諱)ᄒᆞ나 일월(日月)의 고치믈 사ᄅᆞᆷ마다 우러〃 보ᄂᆞ니 신하이셔 바르면 셩쥬(聖主)긔 빗치 잇ᄂᆞ니 우리 셩샹이 일월 ᄀᆞᆺ조오샤 공의 튱셩(忠誠)을 감동ᄒᆞ샤 구쳔(九泉)의 은

---

511) 뼈까지 서늘하고.

512) 곤위: 왕후, 즉 인현왕후를 말함.

513) 원문에는 "외오기를ᄉᆞ마군실과ᄀᆞ고"라고 되어 있으나 이 부분의 정확한 의미를 알 수 없다. 구활자본에는 "공의 성명 외우기를 일삼아 아는 사람과 같고"라고 씌어 있다.

514) 한문본과 한글본으로 번갈아 번역되며 전해져.

515) 신필: 임금의 필적.

516) 박태보가 죽기 전에 아버지 박세당에게 "국청에서 한 말이 여러 가지라 틀림없이 사람들이 잘못 전하는 것이 많을 터"라고 이야기했다는 것이 앞부분에 있었다.

혜 미처[517] 간사흔 놈 버히고 여러 쇼인놈들 극변원찬(極邊遠竄)흐오시니 텬하 후셰예 인신(人臣)이 되어 불튱(不忠)한 놈들 죡히 경계흐리로다 슬프다 쥬지(朱子) 무양 무후(武候)[518]의 츌스표(出師表) 닑으실 제 눈물 아니날 적이 업고 태스공(太史公)[519]이 빅이젼(伯夷傳)[520] 지을 제 스스로 쓰줄 의탁(依託)흐야 긔미(機微)[521]를 브쳣더니 니 이 글의 그러흐여라

병즈[522] 오월 초삼일 시쟉흐여 뉵월 초삼일 다 쓰다

---

517) 구천, 즉 저승에 가 있는 사람에게까지 은혜를 미쳐.

518) 유비의 책사였던 제갈공명(諸葛孔明).

519) 『사기』를 쓴 사마천(司馬遷).

520) 『사기』에 포함된 열전 중에서 가장 앞에 나오는 전이 「백이전」이다. 흔히 이 열전에 사마천이 자기의 마음을 의탁했다고 전한다.

521) 기미: 낌새. 어떤 것을 알아차릴 수 있는 눈치.

522) 본문에서 '금상(今上)'이라고 쓴 것이 영조였다. 영조 시기 병자년이면 1756년이다. 하지만 영조가 박태보의 시호에 대해 물은 것은 1758년의 일이므로 맞지 않는다. 이 기록을 나중에 끼워넣었거나, 영조 병자년이 아니라 다음 병자년인 순조 16년(1816년)을 가리킨다는 추정이 가능하다.

박태보, 다 갖춘 이의 처참하고도 완벽한 죽음

도대체 박태보는 누구인가

박태보朴泰輔는 효종 5년인 1654년에 태어나 숙종 15년인 1689년에 죽었다. 호는 정재定齋, 시호는 문열文烈이다. 그가 조정에 나와 벼슬하던 때는 숙종 대이다.

무턱대고 박태보라는 인물을 아느냐고 물으면 그렇다고 대답할 사람이 많지는 않을 것이다. 그러나 몇몇 인물과 한 가지 사건을 대면 놀라워하며 새삼스레 그에 대해 관심을 가질 것이다.

그의 조상들은 대대로 조선 각 왕대에 공신이 되었다. 태종을 도와 공신이 되기도 했고, 인조를 도와 공신이 되기도 했다. 늘 정치 일선에서 중요한 인물을 담당해온 집안이었다. 아버지는 그 이름도 유명한 서계 박세당이며, 외삼촌은 약천 남구만이다. 큰아버지의 대를 잇는 양자가 되어 큰어머니였던 윤부인을 계모로 얻었는데, 이분은 명재 윤증의 누이였다. 조선 후기 역사에 대해 조금이라도 아는 사람이라면 이 세 인물의 이름을 듣는 것만으로 박태보의 가정환경을 충분히 알 수 있을 터이다.

조선의 정치를 모르는 사람이라도 인현왕후 폐비 사건은 알 것이다. 숙종이 장희빈에게 빠져 인현왕후를 중전에서 서인으로 강등시켜 내쫓았다가 결국 후회하고 돌아오게 하는 것, 돌아온 인현왕후를 장희빈 측이 온갖 술수를 동원하여 죽게 만드는 것, 그 행각이 발각되어 결국 장희빈은 사사賜死되는 것, 그 과정에서 무수리였던 최숙원이 숙종의 눈에 들어 결국 나중에 영조가 되는 아들 연잉군을 낳고, 장희빈의 아들은 경종이 되기는 했으되 시름시름 앓다가 일찍 죽은 것······ 이는 텔레비전 사극에서 단골로 등장하는 이야기이다. 그중 누구의 이름을 강조하는가에 따라 사극의 이름이 〈인현왕후〉가 되기도 하고 〈장희빈〉이 되기도 하며 최근의 경우처럼 〈동이〉가 되기도 한다. 박태보는 이 모든 사건의 시작인 인현왕후 폐비 명령이 내려졌을 때, 이것에 반대하는 상소를 올렸다가 숙종에게 직접 국문을 받아 끝내 죽음을 맞은 인물이다.

이 정도면 박태보가 어떤 시대를 산 어떤 인물이며 그의 삶은 어떤 의미를 지닐지 짐작하기 어렵지 않을 것이다.

의를 위해 목숨을 바친 이들의 계보를 이어

박세당은 과거에 장원급제했다. 그리고 그의 둘째 아들인 박태보 역시 20대에 장원급제를 했다. 요즘식으로 말하면 부자가 대를 이어 고시에서 수석을 차지한 셈이다. 그 집안은 또 얼마나 쟁쟁하던가. 그런 그는 용모 또한 준수했다고 한다. 물론 그가 젊은 나이에 죽는 바람에 초상화를 마련해놓을 시간조차 없었기에 그의 모습을 지금 확인할 길은 없다. 하지만 그의 잘생긴 얼굴에 반한 여인이 그 때문에 상사병이 걸릴 지경이 되고 결국 그와 하루를 보낸 후 평생 수절하며 살다가 그의 위패가 모셔지는 사당에서 죽었다는 이야기조차 들릴 정도였으니 그 수

준을 짐작하기가 어렵지는 않다. 이만하면 그야말로 모든 것을 갖춘 셈이다. 집안 좋고, 똑똑하고, 게다가 잘생기기까지…… 그를 설명하는 맨 마지막 말은, 그런 그가 의義를 위해 목숨을 바칠 만큼 곧은 사람이었다는 점이다.

자신이 옳다고 생각하는 것, 의라고 믿는 것을 위해 끝까지 변하지 않은 이들이 있다. 이런 의기는 그에 대한 제재가 있을 때, 반대 상황에 처하게 될 때, 대표적인 예로 고문의 현장에서 흔히 나타난다. 조선시대 이래 그런 인물들의 계보를 보자면, 단종의 복위를 도모하다가 세조에게 죽임을 당한 사육신이 대표적일 것이며, 이후 시대에는 오랑캐라 믿는 청나라에 굴복하지 않고 지조를 지키다 결국 청나라 땅에서 죽어간 삼학사가 있다. 그다음을 잇는 사람이 바로 박태보이다. 그는 왕 앞에 예의를 다 지키면서 국모를 내치는 것은 안 된다며 끝까지 간쟁을 하다가 고문으로 죽어갔다. 조선이 망하고 이어진 일제강점기에는 백범 김구가 그 맥을 이었다. 일제의 명성황후 시해에 분노한 젊은 혈기의 김구는 일본 군인을 죽였다가 감옥에 갇혀 온갖 고문과 협박을 당했는데, 그때 바로 박태보와 삼학사를 생각하며 이겨낼 수 있었다. 사형이 거의 기정사실화되어 사람들이 울며 찾아오는 상황에서도 김구는 박태보를 생각하며 이상하리만큼 평안할 수 있었다는 내용이 『백범일지』에 나온다.

『박태보전』의 이본

완벽한 집안, 뛰어난 인물의 의로운 죽음이라는 내용은 그 자체로 드라마틱한 면이 있다. 그래서 당시에 이미 많이 언급되었고 많은 기록이 남았다.

박태보에 관한 기록으로는, 우선 일반적인 문집처럼 그가 평소에 남긴 글, 그가 다른 사람들과 주고받은 글을 모은 문집이 있다. 하지만 인현왕후 폐비와 관련한 그의 죽음이 워낙 충격적이었기 때문에 이것만을 특별하게 다룬 글이 여럿 있다. 이는 다시 사실 기록에 충실한 글과 소설로 변형한 글로 나뉜다.

박태보 스스로도 죽어가면서 잘못 전해질까봐 국문장에서 자신이 한 언행을 아버지께 일일이 말하며 바르게 기록해달라 했고, 아버지 박세당이 직접 그 모든 자료를 일일이 챙겼기 때문에 박태보에 대해서는 꼼꼼한 기록이 남아 있다. 특히 숙종 15년 4월 25일의 친국 사건에 대해서는 더욱 그렇다. 친국을 할 때 질문 목록인 문목, 죄인의 진술을 글로 쓴 원정, 당시 사관의 실록 기록, 친국 자리에 있던 사람들이 알려준 내용까지 꼼꼼히 다 모아 『기사록記事錄』이라는 제목의 책으로 엮기도 했다.

소설 『박태보전』은 한문필사본, 한글필사본, 구활자본으로 나뉘며 여러 이름으로 전하고 있다. 박태보의 일생을 '충성'이라는 단어로 정리한 제목인 『츙신박틱보젼이라』 『본국츙신박틱보젼』 『박태보충절록』 『본조충신박할임젼』 등이 있고, 호나 이름을 그대로 적은 『박졍직젼니라』 『박틱보실긔』 등이 있으며, 벼슬 이름을 드러내어 『박응교젼』 『박할님젼』 『박학ᄉ사졀녹이라』 『박학사태보젼』 등으로 제목 붙인 글도 있다. 현재까지 밝혀진 것만도 30여 종에 이른다. 그만큼 당시 사람들의 관심을 끄는 이야기였던 것이다.

여러 이본이 있으나 대개 숙종이 인현왕후를 폐하는 명령을 내리는 순간부터 박태보가 죽는 순간까지의 짧은 시간만을 다루고 있다. 4월 25일 친국을 받아 5월 5일에 죽었으니 약 열흘간의 일이지만, 하룻밤 꼬박 이어진 친국 장면에 중점을 두고 나머지 날은 소략하게 하였으니, 말하자면 하루 동안의 일만 집중적으로 다룬 셈이다.

이본들은 그래서 내용이 거의 비슷하다. 인현왕후 폐비, 폐비 반대 상소문, 숙종의 친국, 박태보의 유배 및 죽음이라는 내용은 공통적으로 다

들어간다. 여기에 이본에 따라 박태보의 출생과 출사出仕 전 일화, 죽음 이후의 변화(예컨대 숙종의 후회, 인현왕후의 복위, 박태보 명예 회복을 위한 각 종 조처)를 더 넣은 것도 있다.

『문녈공긔스』는 어떤 책인가

이 책에서는 『박태보전』류의 여러 이본 중 『문녈공긔스』를 대본으로 삼았다. 대표성을 고려하여 제목을 『박태보전』이라고 했을 뿐이다. 『문 녈공긔스』는 한양대 김용덕 교수가 지방 학술조사 때에 발견하여 공개 한 것이다. 이 책을 가지고 있었던 집안은 박태보의 후손이 아니었으나, 발견 당시 B4용지 크기 144쪽 분량의 이 책에는 '박태보'라는 이름 자 리를 종이로 가려 함부로 이름을 부르지 않는 예를 다하고 있었다 한다. 이 이본은 이제까지 책 전체가 다른 어느 곳에 영인되어 소개된 적이 없었다. 그래서 김용덕 교수의 연구서 중 일부에서 언급된 것과, 2004년 8 월 주영아가 이것을 대본으로 쓴 석사 학위 논문 이외에 다른 논의가 없었다.

이 『문녈공긔스』는 다른 이본들과는 다른 특징을 크게 두 가지 지니 고 있다.

첫째, 현존 이본 중 가장 길고 자세하다. 다른 이본들이 가진 내용은 당연히 다 포함하고 있고, 그 이외의 것들까지 포함하고 있으며, 같은 부분의 이야기라도 훨씬 길고 자세하게 제시되어 있다. 반남 박씨 시조 에서부터 주요 조상들까지 일일이 거론하였으며, 인현왕후 폐비에 대한 상소 이전의 다른 상소 내용도 여럿 소개하여 박태보가 직간하는 곧은 선비였다는 사실을 개연성 있게 서술했다. 흉년에 백성은 밭갈이도 못 하는데 궁궐에서 대왕대비를 위한 성대한 진연을 하는 것은 옳지 못하다는 것, 유교의 나라에서 풍수지리설의 내용을 믿고 왕릉을 옮기려 함은 허망한 일이라는 것, 천연두가 이미 사라졌을 만한 때인데도 천연두를 핑계로 중전의 장례에 임곡臨哭하지 않음은 임금이 잘못하는 일이라는 것, 성인군자같이 견식이 뛰어난 인물이 있지도 않은 시대에 문묘의 배향 인물을 함부로 넣고 빼면 안 된다는 것 등을 앞에 모두 적어서, 박태보의 이런 상소 행위의 결정판이 인현왕후 폐비 반대 상소라는 쪽으로 자연스럽게 연결되도록 구성했다.

둘째, 내용 하나하나를 박태보의 문집인『정재집定齋集』『정재별집定齋別集』『정재후집定齋後集』및『숙종실록』, 관련자들의 여러 문집 등에서 다 찾을 수 있을 만큼 철저히 자료에 근거하여 썼다. 어릴 적 일화나 지방 목사 시절 일화, 지인들과의 이야기 등 단편적으로 여기저기 흩어져 있는 일화들을 하나로 모아 작품에 연결시켰다. 또『숙종실록』에 있는 내용이라도 지면 관계상 생략한 많은 이야기들까지 모두 넣어서 이 작품 하나만 보면 당시의 상황을 다 알 수 있도록 구성하기도 했다.

▨ 누가, 언제 썼는가

『문녈공긔스』는 누가 썼을까? 작품 곳곳에 숨은 정보를 조합해보자.

경종 때 '문열'이라는 시호를 내린 일이 작품에 언급되어 있으니 그 이후에 지어진 것이고, 작품 내에 있는 '금상今上', 즉 '지금 임금'이라는 표현은 모두 영조를 가리킨다. 인현왕후가 궁으로 돌아온 지 회갑回甲, 즉 60년(1754년)이 된 것을 기념하여 박태보 등의 사당에 제문을 내린 내용도 작품에 나온다. 박태보의 처참한 죽음을 그린 것과 마찬가지로 그에 대한 특별한 대우와 명예 회복의 문제를 무슨 사명을 가진 듯 세밀히 다루는 점도 눈여겨볼 만하다.

결정적으로 영조 때의 이런 일을 작품에 넣었다.

지금 임금 무인년에 사육신의 시호諡號에 대해 이야기하다가 상이 물었
다.
"여섯 신하의 시호는 '충忠' 자가 옳은데, 앞 조정의 충신 박태보의 시호
는 무엇이라 하였는가?"
신하들이 몰라서 아뢰지 못하는데, 내가 마침 사관으로 입시했으므로
'문열'이라고 아뢰었다.

사육신과 삼정승에게 시호를 내리는 명령은 영조 34년(1758) 10월 7
일에 있었다. 하지만 전날인 10월 6일 소대召對에서 영조는 신하들과 함
께 '시호와 실제 행적의 불일치' 문제에 대해 토론한 적이 있다. 그 내용
을 『승정원일기』 영조 34년 10월 6일 기록에서 볼 수 있다. 바로 이때
영조가 박태보의 시호가 무엇인지 당시 가주서假注書로 입시하고 있던 박
상로에게 물었다.

상이 물었다. "옛 충신 박태보의 시호는 무슨 글자로 했는가? 가주서는
알고 있는가?"
상노가 답했다. "문열입니다."
상이 말했다. "충렬이라 하지 않고 문열이라 한 것은 박태보의 실제 사적
과 다르다. 우리나라가 '문' 자를 숭상하는 폐단이 충신의 시호에까지 이르
러 '충'이라 하지 않고 '문'이라 하였으니 진실로 좋은 시호라 할 수 없고 진
실을 잃었다 할 만하다."[1]

---

1) 『승정원일기』 영조 34년(1758) 10월 6일 12번째 기사. "上曰, 故忠臣朴泰輔之諡何字乎. 彼注書
知之乎. 相老曰, 文烈矣. 上曰, 不曰, 忠烈, 而曰, 文烈, 非朴泰輔之實事也. 我國崇尙文字之弊, 以至忠臣
之諡, 不曰忠而曰文, 誠不可謂美諡也, 可謂失眞矣."

박상로朴相老, 1732~1766는 박태보와 같은 반남 박씨이다. 박상로의 현조玄祖가 바로 박세당의 큰형인 박세규朴世奎이다. 즉 박상로의 부친은 박호원朴好源, 조부는 박사창朴師昌, 증조부는 박필사朴弼思이다. 박필사의 부친은 박태소朴泰素, 조부는 박세규이다. 그러므로 박상로는 박태보를 중심으로 하면 4대 후손 항렬이었으며, 박상로는 자기 집안 인물이었기에 박태보에 대해서 평소 알고 있다가 곧 답변할 수 있었던 것이다. 그러므로 『문녈공긔스』의 작가는 박상로이거나 혹은 다른 이가 쓴 것에 박상로가 시호 부분의 일화만 추가로 기록한 것이라 할 수 있다.

그럼 언제 지었을까? 작품 맨 끝에 "병자년 5월 3일 시작하여 6월 3일에 다 쓰다"라고 적었다. 영조 시기 병자년이면 1756년이다. 하지만 영조가 박태보의 시호에 대해 물은 것은 1758년의 일이니 작품을 적었다고 하는 해보다 나중이다. 그렇다면 여기에서 두 가지 추정을 할 수 있다. 본래 완성해서 적어놓은 작품에 영조가 시호에 대해 물은 사건만을 나중에 끼워넣었거나, 영조 연간의 병자년이 아니라 다음 병자년인 1816년(순조 16년)인 것이다. 그런데 순조 16년이라고 하기에도 역시 문제는 간단하지 않다. 작품에서 '금상今上', 즉 '지금 임금'이라고 표현하는 부분이 두 번 있는데 모두 영조를 가리키는 것이었다. 순조 시기의 일은 전혀 나오지 않고, 또 영조 시기에 다 지어놓고 순조 시기에 적었다고 기록했을 가능성도 적은 것이다.

그러므로 일단 이 작품은 영조 병자년인 1756년에 적었고, 끝에 시호에 대해 물은 1758년의 일을 추가했을 것이라고 잠재적으로 결론을 내린다.

또한 여기에서 구활자본 『박틱보실긔』에 대해 잠시 언급해야겠다. 이본 중 구활자본은 오직 『박틱보실긔』뿐인데, 이것은 『문녈공긔스』를 대본으로 한 것이다. 다만 『문녈공긔스』는 반남 박씨의 시조부터 적었고

『박틱보실긔』는 중시조中始祖부터 적었다는 것, 끝 부분에 몇 줄 글이 없는 것만 빼고 두 작품은 빼닮았다. 구활자본은 대체로 20세기 들어와서야 주로 만들어졌다는 것을 생각하면, 『문녈공긔수』의 창작은 훨씬 이전이고 이것을 대본으로 나중에야 구활자본이 만들어졌다고 생각해야 한다. 『문녈공긔수』 후미의 필사기를 그대로 옮긴 것을 보고 구활자본의 등장 시기를 영조 시기까지 올리는 것은 잘못이다.

▨ 『박태보전』을 둘러싼 쟁점: 전기인가 소설인가?

『박태보전』류는 일반적인 '소설'과는 분명 다르다. 허구적, 공상적 소설보다는 실기實記에 가까운 것은 분명하다. 어쩌면 이것은 정치 사건 실기라고 말해야 할지도 모른다. 그래서 이 작품에 대한 연구는 늘 이것이 소설인지 실기인지 해명하는 데에 집중되었다.

『문녈공긔수』 끝에 날짜를 적기 직전에 이런 내용이 적혀 있다.

　슬프다! 공이 돌아가신 후에 공의 전傳이 있었지만 누가 쓴 것인지도 모른 채 온 나라에 두루 퍼져 거의 100년이 다 되었다. 집집마다 읽어서 (…) 공의 일을 시작부터 끝까지 말함에 자세하여 어제 일같이 하고, 눈물을 흘리며 탄식하여 자기 친척인 듯 슬퍼한다. 그러나 여러 번 한문과 언문으로 바꾸어 다시 써서 거짓말도 섞이고 잘못하기도 하여 너무 간략함이 있을까 두려웠다. 더 오래되면 실상을 잃을까 걱정하여 나라 일기도 보고 임금의 필적도 참고하여 번다한 것은 없애고 간략히 하여 사실만 모았다.

박태보의 죽음 후에 박태보에 대한 인물전人物傳이 유행했으며, 유전되면서 거짓 등이 섞이기도 했다는 것이다. 인물전, 즉 전기傳記란 사실을 기록하는 문체의 글이다. 하지만 이것은 소설과의 경계가 모호하다. 또한 전파되면서 거짓 등이 섞였다고 했으니 소설성이 강화되었다는 것이다.『문녈공긔人』의 작가는 이에 대해서 문제삼고, 다시 사실에 가깝게 짓기 위해 노력했다는 것이다.

여러 논의에서『박태보전』류가 소설인지 실기인지 논하고 있지만, 기본적으로 이것은 그다지 중요한 문제가 아니다. 박태보라는 인물에 관심이 집중되어 그에 대한 기록이 나오는 것이고, 모든 기록에는 정보의 취사선택이 있다. 그 취사선택한 정보에 따라 특정 부분이 강조되기도 하고, 선택한 정보를 더 잘 드러내기 위해 막상 하나의 글로 엮을 때 각종 수식어가 덧붙어 장면이 구체화된다. 박태보에 대한 기록은 계속되는 전파 과정 속에 있었으며, 그 과정은 유동적이라 특정 문체로 고정되지 않았던 것이다. 이 모든 과정은 실기라고 하든 소설이라고 하든 그다지 다르지 않다.

다른 이본에 비해『문녈공긔人』는 특히 일반적으로 소설성이라고 부르는 것보다는 실기적인 특성이 강한 것이 사실이다. 하지만 각 사실을 기록하는 장면 장면은 매우 극적으로 제시되어 있다.

예를 들어 친국을 준비시키고 진행하는 과정에서 인간 숙종의 성미를 보는 재미가 쏠쏠하다. 이미 밤이 어둡고 비도 내릴 것 같다고 말리는데도 당장 친국을 하지 않으면 화 때문에 밤새 죽을 것 같다고 소리를 지르는 모습, 여러 번 말리는데도 나이 든 대신들을 향하여 "잡말 말라"를 남발하는 모습, 친국장에 서 있어야 한다고 규정된 여러 벼슬아치들을 한밤중에 갑자기 불러놓고도 빨리 안 온다며 시간마다 재촉하는 모습, 준비도 되기 전에 친국장에 나타나 횃불을 더 밝게 하라는 등 매를 칠 나장을 더 많이 동원하라는 등 일일이 소리 지르는 모습, 재촉하고 또 재촉하다가 막상 들어오는 정승들을 보며 "왜 늦게 왔느냐" 소리 지르는 모습 등. 특정 정승을 지칭하며 아무개는 왜 안 왔느냐며 소리

지르자 사람들 사이에서 "저, 이미 와 있었는데요……" 하는 정승의 모습에 이르면, 무게만 잡고 어려운 말이나 하는 것이 왕이요, 영의정, 우의정, 좌의정 등이라고 여겨왔던 사람은 이런 모습에서 사뭇 흥미를 느낄 것이다.

박태보가 국문장에서 고문을 당하는 장면 역시 눈으로 보는 듯 선하다. 무엇보다도 압슬형, 낙형을 당하는 과정이 매우 자세히 기록되어 있다. 조선시대를 통틀어 이 두 형벌을 그토록 지독하게 당한 예는 드물다고 한다. 형벌의 방법과 횟수까지 매우 자세히 서술했고, 또한 그 안에 있는 사람들의 감정까지 충실히 전달하였다. 각종 고문이 진행될 때 공포에 질려 제대로 서 있지 못하고 창백한 채 어쩔 줄 몰라하던 이들이, 오히려 차분한 박태보공을 보고 사시나무처럼 떨리는 몸을 간신히 지탱하며 안정을 찾는 모습도 그렸다. 압슬형을 할 때 박태보의 무릎 위에 얹힌 널판 위에서 소리 맞춰 뛰어야 했던 나장들은 모두 울면서 뛰었다고 했다. 의금부로 옮길 때 뼈가 다 부서져 그대로는 데려갈 수 없으므로 누구든 다리를 쌀 것을 내놓으라는 말에 사람들이 다투어 자기 옷을 찢는 장면에 이르면, 사실인지 소설인지 따질 겨를이 없이 그 장면이 그저 눈앞에 펼쳐질 뿐이다.

『인현왕후전』과 다른 또다른 가치

숙종 대의 인현왕후 폐비 등과 관련된 사건을 다룬 글로 『인현왕후전』이 있다. 이 작품에는 숙종과 인현왕후, 장희빈 등과 관련한 온갖 사건이 복잡하게 얽혀서 드러난다. 하지만 기본적으로 왕이나 비빈의 입장에서 쓰인 것이고, 그런 면에서 이 시대를 그린 모든 콘텐츠 역시 이들 왕이나 비빈의 입장에서 형상화한다. 그저 옛 시절의 이야기라고 하면서 왕과 왕비, 그리고 그들의 측근에만 관심을 기울이고 마는 것이다. 하지만 왕정시대에 왕의 모든 일은 신하들과 백성들에게 직접적으로 영향을 미친다. 그들은 생각이나 느낌이 없는 것이 아니요, 온갖 순간을 고통스러워하고 아파하면서 세상 권력의 변화가 자신들에게 몰고 오는 것들을 온몸으로 겪어왔다는 사실을 우리는 흔히 잊는다. 그런 면에서 『박태보전』은 의미가 있다. 왕실이 아닌 신하의 입장에서 그 사건의 정체가 무엇이었는가 알 수 있고, 그 사건을 겪으면서 개인들이 겪은 고통이 적나라하게 드러난다.

박태보는 국왕이 국모를 쫓는 일이 백성들에게 몰고 올 결과에 대해 끊임없이 이야기하였고, 죽을 만큼 고문을 당한 후 유배를 떠나면서는 유배지에서 보고 싶은 책을 챙기라고 했다. 죽고 싶어 눈이 먼 사람이 아닌 것이다. 죽어가는 자신을 끊임없이 확인하면서 다하지 못한 일들, 예컨대 먼저 죽은 형의 행장에서 고쳐야 할 내용, 아버지의 초상화를 그리는 문제 등에 대해 당부를 한다. 혼자 남게 된 어머니와 아내에 대한 당부도 잊지 않는다. 결국 자신이 죽을 것이라는 사실을 받아들이고 나서는 깨끗한 이불을 깔라고 한 후 조용히 거기에 눕는다. 누가 이 사람을 이렇게 죽음으로 내모는가, 국왕이란 무엇인가, 백성이란 누구인가 하는 반추는, 왕이 아니라 백성의 시각을 통해 당대를 들여다볼 때 가능해지는 것이다.

아버지 박세당의 모습을 보자. 갑작스런 국문에 아들이 죽어간다는 소식을 듣고 수락산 밑에서 한달음에 달려온 아버지는 궐문 앞에서, 의금부 문 앞에서 아들이 죽었는지 살았는지라도 알자고 발을 동동 구르며 동서로 뛴다. "살았으면 한 글자만이라도 적어다오" 간청한다. 그것을 보면 아들이 괜찮은지 알게 될 것 같아 외친다. "한 글자만! 한 글자만!"

의금부에서 나와 진도로 유배길을 떠나다가 결국 노량진에서 더이상

가지 못하고 누운 아들 옆에서 시간을 보내던 아버지 박세당은, 혹시나 아들이 나을 수 있지 않을까 기대하다가 며칠 만에 결국 아들이 더이상 살지 못하리라는 것을 받아들인다. 아버지는 아들에게 딱 한 마디의 말을 한다. "조용히 가거라."

그 한마디를 이별의 말로 하고, 자신보다 먼저 그런 꼴로 죽는 것이 민망할 아들을 위해 조용히 문을 닫고 나온다. 그러나 문은 닫고 나왔으되 속에서 터져나오는 통곡을 막지는 못한다. 아들은 방 안에서 아버지의 통곡 소리를 들으며 죽어가는 것이다.

그저 정치적인 사건으로 무슨 왕이 서고, 또 무슨 왕비가 서는 일련의 일 안에는 이런 장면들이 숨어 있다. 이미 박세당은 조선의 유명한 학자가 아니요 그저 사랑하는 아들의 죽음을 바라볼 수밖에 없어 통곡하는 아버지이며, 박태보는 천고의 충신이 아니요 그저 나이 드신 아버지보다 먼저 죽는 것이 한없이 죄스러운 아들일 뿐이다. 『박태보전』은, 조선 역사에서 가장 많이 드라마화된 왕과 왕비에게 한정되었던 시선을 돌려, 당시를 살아가던 사람들의 삶과 아픔을 보여주고 있다는 면에서 큰 의의를 지닌다.

1654년 (효종 5년)   1세. 아버지 박세당, 어머니 의령 남씨 남일성의 딸 사이에서 차
　　　　　　　　　남으로 출생.

1658년 (효종 9년)   5세. 때가 정확하지 않으나 숙부 박세후朴世垕의 후사로 입양됨.

1666년 (현종 7년)   13세. 생모 의령 남씨 사망.

1669년 (현종 10년) 16세. 이후원의 딸과 혼인.

1673년 (현종 14년) 20세. 동생 박태한朴泰翰 출생.

1675년 (숙종 1년)   22세. 알성시 장원급제.
　　　　　　　　　대왕대비전과 왕대비전의 진연을 취소하라는 상소.

1677년 (숙종 3년)   24세. 시관試官으로서 낸 시제試題 문제로 선천宣川으로 유배. 이
　　　　　　　　　듬해에 풀려남.

1680년 (숙종 6년)   27세. 숙종이 천연두를 두려워하여 인경왕후의 상례에 임곡臨哭
　　　　　　　　　하지 않는 것을 지적하는 상소.

1681년 (숙종 7년)   28세. 문묘 종사從祀 인물을 함부로 조정하는 문제와 이조판서
　　　　　　　　　이단하의 잘못을 지적하는 상소. 이 일로 파직.

1682년 (숙종 8년)   29세. 5월 사가독서. 같은 해 11월 이천현감이 됨.

1686년 (숙종 12년) 33세. 형 박태유朴泰維 사망.

1688년 (숙종 14년) 35세. 파주목사가 됨.

1689년 (숙종 15년) 36세. 인현왕후 민씨의 폐위 관련 상소를 올렸다가 국문을 당
　　　　　　　　　하고 진도로 유배를 가던 도중 노량진에서 5월 5일 사망.
　　　　　　　　　같은 해에 관작官爵 회복.

1694년 (숙종 20년) 인현왕후 민씨 복위.
　　　　　　　　　자헌대부 이조판서로 증직贈職.

1702년 (숙종 28년) 아버지 박세당이 문집 간행.

1703년 (숙종 29년) 아버지 박세당 5월 21일 사망.

1723년 (경종 3년)   '문열文烈'로 시호를 받음. 영의정으로 추증追贈.

권혁래, 『조선후기 역사소설의 탐구』, 월인, 2001.

김용덕, 『한국전기문학론』, 민족문화사, 1987.

민영대, 『박태보전 연구』, 한남대출판부, 1997.

서신혜, 「「박태보전」의 이본 「문널공긔ᄉ」의 작자와 저작 원리」, 『동아시아문화연구』 52집, 한양대 동아시아문화연구소, 2012.

심재우, 『네 죄를 고하여라』, 산처럼, 2011.

안동준, 「군신갈등 소설의 출현 의미—박태보전을 중심으로」, 『논문집』 5, 한국정신문화연구원, 1990.

염동락, 「박태보전 연구—실기문학 계열 「박학ᄉ사절녹」을 중심으로」, 동국대 교육대학원 석사논문, 1999.

윤사순 외, 『서계 박세당 연구』, 집문당, 2006.

이장동, 『조선조 역사소설 연구』, 이우, 1986.

이태효, 「박태보전 연구—사실성을 중심으로」, 한남대 석사논문, 1991.

이희재, 『박세당』, 성균관대출판부, 2010.

정은임, 「궁정실기문학연구」, 숙명여대 박사논문, 1988.

_____, 「궁정실기문학연구—장르 이론과 수용미학적 견지에서」, 숙명여대 박사논문, 1988.

주영아, 「문널공긔ᄉ(朴泰輔傳) 연구」, 한양대 석사논문, 2004.

_____, 「박세당의 사유체계와 작품세계」, 한양대 박사논문, 2011.

한국정신문화연구원, 『서계 박세당의 필첩』, 이회, 2003.

우리가 고전에 눈을 돌리는 것은 고전으로 회귀하기 위해서가 아니다. 한국의 고전은 고전으로서 계승된 역사가 극히 짧고 지금 이 순간에도 발견되고 있으며 심지어 어떤 작품은 저 구석에서 후대의 눈길을 간절하게 기다리고 있기도 하다. 우리의 목표는 바로 이런 한국의 고전을 귀환시키는 것이다. 그러니까 고전 안에 숨죽이며 웅크리고 있는 진리내용들을 다시 불러들이고 그것으로 이 불투명한 시대의 이정표를 삼는 것, 이것이 우리의 궁극적인 목적이다.

문학동네 한국고전문학전집은 몇몇 전문가의 연구실에 갇혀 있던 우리의 위대한 유산을 널리 공유하는 것은 물론, 우리 고전의 비판적 · 창조적 계승을 통해 세계문학사를 또 한번 진화시키고자 하는 강한 열망 속에서 탄생하였다. 그래서 문학동네 한국고전문학전집은 이미 익숙한 불멸의 고전은 말할 것도 없고 각 시대가 새롭게 찾아내어 힘겨운 논의 끝에 고전으로 끌어올린 작품까지를 두루 포함시켰다. 뿐만 아니라 한국 고전의 위대함을 같이 느끼기 위해 자구 하나, 단어 하나에도 세밀한 정성을 들였다. 여러 이본들을 철저히 비교하는 과정을 거쳐 정본을 확정했고, 이제까지의 모든 연구를 포괄한 각주를 달았으며, 각 작품의 품격과 분위기를 충분히 살려 현대어 텍스트를 완성했다. 이 모두가 우리의 고전을 재발명하는 것이야말로 세계문학의 인식론적 지도를 바꾸는 일이라는 소명감 덕분에 가능했음은 물론이다. 부디 한국의 고전 중 그 정수들을 한자리에 모은 문학동네 한국고전문학전집이 그간 한국의 고전을 멀리했던 독자들에게 널리 읽히고 창조적으로 계승되어 세계문학의 진화를 불러오는 우리의, 더 나아가 세계 전체의 소중한 자산으로 자리하기를 기대해본다.

문학동네 한국고전문학전집 편집위원
심경호, 장효현, 정병설, 류보선

옮긴이 **서신혜**

한양대학교 국어국문학과를 졸업하고 동 대학원에서 문학박사 학위를 받았다. 경북대 퇴계연구소, 한국학중앙연구원 장서각연구소 전임연구원을 거쳐 지금은 한양대학교 기초융합교육원 조교수로 재직하고 있다. 주로 우리나라 고전서사에 대해 가르치면서, 한편으로 전공 분야를 가로질러 세상을 아름답게 하는 글을 쓰려 노력한다. 『김소행의 글쓰기 방식과 삼한습유』 등 전공 관련 연구서와 국역서를 다수 낸 것은 물론, 옛 음악인의 모습을 통해 지금을 사는 자세를 다지도록 안내한 책 『열정— 천한 광대 樂人의 비범한 삶』, 묘향산에 관한 백과사전적 문화지리서인 『오천년 역사 묘향에 오르다』 (공저), 옛사람들의 삶의 이야기를 통해 돈과 인생의 문제를 살핀 『옛사람들에게 묻는 부자의 길— 전도』, 신분적 한계를 뛰어넘어 각 분야에서 일가를 이룬 사람들의 이야기인 『조선의 승부사들』, 조선 사람들이 바라는 이상세계의 모습을 살핀 『조선인의 유토피아』 등을 집필하였다.

한국고전문학전집 012

박태보전

ⓒ서신혜 2012

1판 1쇄 | 2012년 12월 1일
1판 2쇄 | 2021년 1월 8일

옮긴이 서신혜 | 펴낸이 염현숙

책임편집 장영선 | 편집 오경철 | 독자모니터 황치영
디자인 윤종윤 이주영 | 마케팅 정민호 양서연 박지영 안남영
홍보 김희숙 김상만 함유지 김현지 이소정 이미희
제작 강신은 김동욱 임현식 | 제작처 영신사

펴낸곳 (주)문학동네
출판등록 1993년 10월 22일 제406-2003-000045호
주소 10881 경기도 파주시 회동길 210
전자우편 editor@munhak.com | 대표전화 031)955-8888 | 팩스 031)955-8855
문의전화 031)955-2655(마케팅), 031)955-2671(편집)
문학동네카페 http://cafe.naver.com/mhdn | 트위터 @munhakdongne
북클럽문학동네 http://bookclubmunhak.com

ISBN 978-89-546-1984-4 04810
       978-89-546-0888-6 04810 (세트)

www.munhak.com